o melhor lugar do mundo

O melhor lugar do mundo

1ª edição: Outubro 2024

Autora:
François Alfonse

Preparação:
Jacob Paes

Revisão:
Debora Capella
Rebeca Michelotti

Projeto gráfico e diagramação:
Vitor Donofrio (Paladra Editorial)

Capa:
Rafael Brum

DADOS INTERNACIONAIS DE CATALOGAÇÃO NA PUBLICAÇÃO (CIP)

Alfonse, François
O melhor lugar do mundo / François Alfonse.
– Porto Alegre : Citadel, 2024.
384 p.

ISBN 978-65-5047-483-6

1. Ficção brasileira 2. Literatura erótica I. Título

24-4403 CDD B869.3

Angélica Ilacqua – Bibliotecária – CRB-8/7057

Produção editorial e distribuição:

CITADEL Grupo Editorial

contato@citadel.com.br
www.citadeleditora.com.br

o melhor lugar do mundo

FRANÇOIS ALFONSE

CITADEL
Grupo Editorial
2024

Prólogo

O que garante a felicidade?

Para Richard Coleman, o auge da alegria e da satisfação se fazia presente a cada momento em que visualizava o corpo nu e suado de sua amada esposa. As curvas macias, a pele abrasada pelas carícias que ele mesmo lhe causara, os suspiros que compunham a mais perfeita melodia; a explosão de prazer que ela alcançava na boca dele.

Eles se reconheciam no olhar. No toque preciso e na profunda cumplicidade de quem compartilhava uma vida. Richard se deleitava enquanto seus lábios ligeiros alcançavam o centro úmido, gotejante, de Anna. O clitóris inchado bailando conforme o ritmo de sua língua, sempre tão ávida, era o seu maior regozijo.

Anna Coleman se retorcia e gemia, prendia os dedos alongados nos cabelos escuros de seu amado, sentia o êxtase a cada sugada. O ritmo, a frequência... Ele sabia como ela gostava. Richard estava ciente de como proceder para que a sua mulher gozasse forte, do jeito violento ao qual ele amava assistir.

Uma força poderosa subiu do âmago de seu espírito quando ela, enfim, deixou-se romper. Naquele segundo precioso, Anna balbuciou:

– Richard...

Era tudo de que ele precisava para viver. O marido tinha certeza absoluta de que, enquanto Anna chamasse seu nome no instante de plena excitação, ele se sentiria vivo. Richard Coleman acharia que a sua existência valia a pena, e teria a certeza de que a sua jornada dera certo, havia um propósito para que continuasse respirando.

Anna não se sentia diferente. Ter a boca carnuda e experiente do marido lambuzando a sua intimidade lhe trazia um sentimento muito próximo à felicidade tão comentada nos livros e filmes românticos.

Era a perfeição em toda sua crueza, experimentada por meio de um orgasmo intenso. Ela chamava o nome dele porque nenhum outro vinha à mente. Nada mais existia além de Richard e a sua capacidade de provocar prazer.

– Você é tão gostosa... – murmurou ele assim que percebeu Anna respirando forte, depois de mais um gozo provocado. Os dedos da outra mão dela estavam entrelaçados ao lençol de algodão egípcio, enquanto os da mão direita se mantinham nos cabelos dele. – E é só minha... Minha esposa deliciosa.

Anna não teve dúvidas antes de concordar com aquela afirmação dita apaixonadamente. O tesão estava visível nos olhos de Richard, e ela sabia o que viria em seguida. Estava ansiosa por isso. Por mais que amasse quando o marido a chupava como uma fruta suculenta, e por mais que fosse daquele modo que encontrava o clímax, visto que tinha dificuldade de gozar apenas com penetração, o momento da entrega era seu preferido. Era quando Anna se sentia pertencente a Richard.

O amor de sua vida.

Mesmo após dez anos de casamento, Anna Coleman ainda não acreditava que havia encontrado um homem como ele: gentil, prestativo, carinhoso e, ao mesmo tempo, ambicioso. Ele cuidava de seu casamento com o mesmo esmero com que cuidava de seus negócios tão prósperos. Richard não sabia fazer nada sem se entregar de corpo e alma, o que, Anna agradecia, englobava também o sexo.

Era esse o motivo de transarem todas as noites, como se tivessem acabado de iniciar o relacionamento. A paixão ainda existia, pulsava feito uma entidade que os rodeava e permitia declarações melosas, conversas rotineiras abobalhadas, jantares românticos, presentes bem pensados e viagens sempre que ambos, tão profissionalmente ocupados, faziam questão de planejar.

Richard Coleman tinha certeza de que jamais encontraria uma mulher com o apetite sexual tão compatível com o seu próprio. Ambos se consideravam viciados e não tinham problemas em admitir isso. Dificilmente Anna mencionava uma dor de cabeça ou qualquer outro motivo que os impedisse de vivenciar uma noite como aquela.

Ainda que fizesse uma noite fresca e agradável em Fort Lauderdale, região metropolitana de Miami, os dois corpos se mantinham suados em decorrência da entrega, acalorados dentro do quarto.

Richard não costumava ser violento, mas foi com precisão e rudeza redobrada que girou o corpo de Anna até deixá-la de joelhos sobre a cama king size. Sabia que ela gostava daquele jeito, como se fosse uma fêmea no cio. Ele amava a disposição que a esposa possuía para a depravação.

Enfim, havia chegado o momento.

Richard se posicionou e não hesitou ao penetrá-la com força. Seu membro pulsante, endurecido pelo tesão inestimável que Anna lhe causara, encontrou pouca resistência diante de uma vagina pronta, úmida o suficiente para recebê-lo. O primeiro tranco fez Richard e Anna gemerem em uníssono.

A mulher se sentiu preenchida e glorificada, porém a sensação se tornou mais profunda quando as mãos largas de Richard envolveram seus cabelos loiros. Ele a puxou para si, de modo que sua coluna arqueou para trás.

Os próximos trancos vieram com intensidade. O homem arremeteu dentro de sua esposa uma, duas, três vezes, sem cessar, em uma ânsia que fazia os dois arquejarem. Os fôlegos foram tragados, e os ruídos intensos dos choques entre seus sexos preencheram a bem decorada suíte máster.

– Me fode... Com força! gritou Anna, enquanto delirava. A entrega se tornou mais feroz, porque ouvir a esposa implorando fazia Richard acelerar, ainda que já a estivesse comendo a toda velocidade.

De uma maneira única, aquela boceta, quente e latejante ao redor de seu pau, convidava Richard a um êxtase que ele tentava adiar o quanto fosse possível. Sua mão direita irrompeu em um tapa na nádega de Anna, o que a fez gemer e pedir, novamente, para continuar sendo fodida. A marca avermelhada, com os contornos evidentes dos dedos, trouxe um sorriso de satisfação ao rosto de Richard.

O homem sabia que ela não gozaria daquele jeito. Já havia feito o seu serviço com maestria ao se dedicar às preliminares e ao sexo oral. Tinha certeza de que era isso o que garantia que Anna estivesse sempre a fim de foder. Ainda assim, Richard queria que aquele instante durasse mais do que o seu corpo implorava.

A cama era pesada o suficiente para não se chocar contra a parede, porém o vai e vem brusco fazia o colchão chacoalhar. Anna prendeu as mãos na cabeceira como se precisasse dela para não ser partida ao meio, tamanha a veemência do marido ao comê-la. Sua vagina melava mais a cada choque. Sentia-a pulsando em suas têmporas, como se todos os órgãos do corpo latejassem em sincronia.

Para intensificar as sensações de Anna, Richard usou a ponta de um dedo mais ousado para se afundar no ânus redondinho, à vista e de fácil acesso, diante de si. Não resistiu ao convite incitado pela posição que deixava Anna empinada, muito aberta.

A mulher se contorceu e achou que gozaria sem precisar de um incentivo diferente. Caminhou na beira daquele delicioso precipício, aprontando-se para ser empurrada, o que não aconteceu. Era sempre assim. Isso a frustrava, em certo ponto.

Tamanha frustração a fez se mover para levar os próprios dedos ao clitóris. Queria gozar no pau de seu homem. O fato de não conseguir lhe trazia uma sensação de ausência insustentável. Por outro lado, sabia que o novo estímulo a levaria ao limite depressa.

Richard prendeu os olhos e ofegou quando Anna vibrou ao redor de seu pau. A boceta o expulsou, mas ele forçava a entrada e sentia cada espasmo dela encaminhá-lo para mais perto da insanidade. A mulher gemeu escandalosamente ao alcançar o êxtase do jeito que queria, lubrificando tanto que gotas de gozo alcançaram o lençol abaixo deles.

O marido sabia que um homem precisava reconhecer quando uma batalha estava perdida. Ele se manteve ciente de que, depois que Anna se esbaldasse com o estímulo triplo, só lhe restaria esporrar intensamente.

Esperou com paciência calculada que ela concluísse. Foi com frieza que a girou de novo. Desconectou seus corpos apenas para se ajustar em seu centro outra vez. Afundou-se, tomado pela sensação única de ocupar aquele espaço que era tão dele.

Anna abriu as pernas e o recebeu com o fôlego tragado, a respiração suspensa pelo orgasmo recém-alcançado, porém ciente de que Richard necessitava de um alívio. Suas unhas pintadas de vermelho-sangue arranharam as costas largas dele. As bocas se conectaram com a nova posição. Simultaneamente, o encaixe voltou em um ritmo bruto.

Richard gostava de gozar olhando nos olhos verdes de Anna. Ela era tão linda. O tempo só havia lhe feito bem, tornava-se uma mulher mais atraente a cada ano que passava. Ele sentia ciúmes até do ar que a esposa respirava, mas o continha porque sabia que agiria feito um ridículo se expusesse tantos sentimentos contraditórios.

Certas emoções precisavam continuar guardadas, porque transformavam homens comuns em monstros com uma facilidade espantosa. Richard sabia disso, e preferia dar um tiro na própria testa antes de machucar a amada, independentemente da forma que fosse. Era um apaixonado convicto.

– Eu vou gozar nessa boceta tão quente... tão molhada... – avisou em um timbre rouco. A voz dele quase não saiu. Suas arremetidas aceleraram.

Richard afastou o rosto para a encarar, ciente de que o clímax se aproximava e não havia nada que pudesse fazer para contê-lo. Deixou-se derramar enquanto percebia a face corada da esposa distorcida pelo deleite. Soltou um rosnado selvagem, gutural, e se deliciou ao ver Anna o observando como se estivesse diante de uma preciosidade.

Richard Coleman pôde jurar que visualizou o amor sendo correspondido. Talvez fosse a real garantia de felicidade. Além do sexo diário, da cumplicidade, da companhia, do fato de serem bem-sucedidos, da quase ausência de solidão... Richard tinha certeza de que era amado e adorado. Eles tinham tudo, afinal.

Talvez fosse sorte demais. Ele sempre pensava nisso. Não era possível que pessoas pudessem ter tudo em um mundo tão desgastado, mas aquela era a sua realidade. Richard possuía tanto que sentia que não existia mais o que alcançar.

Apesar de sempre ir atrás da perfeição, intimamente se considerava um homem completo. Satisfeito. Ele estava na linha de chegada e vivendo rotineiramente o fato de ser um vencedor em todos os sentidos.

Podia parecer tolice ou imaturidade, mas ele não tinha medo de perder. A plenitude de Richard Coleman era um cálculo matemático exato, ao menos era nisso que acreditava. Não havia por que supor que, de repente, de uma hora para outra, um mais um deixaria de ser dois. Não fazia sentido, era contra toda a lógica.

Já Anna estava tão ocupada sendo feliz que não se dedicava a encontrar defeitos no que lhe parecia ótimo. Mantinha-se grata porque culpava Deus pelas suas conquistas, como uma boa e fervorosa cristã. Para ela, não precisava ter lógica. Anna só necessitava da fé que sempre nutriu, e não associava todos os ganhos ao berço de ouro em que nasceu.

Quando Richard deixou seu corpo grande e suado afundar sobre o de Anna, caído de exaustão pelos esforços, murmurou a frase que sempre fazia questão de repetir, toda vez que concluía seu intento:

– Este é o melhor lugar do mundo.

Anna já esperava por aquele conjunto de palavras. Ela sorria genuinamente em todas as noites, assim que ouvia o timbre de Richard deixar evidente que não desejava estar em qualquer outro ponto do Universo.

Ela sabia exatamente onde era esse lugar, porque seu marido estava ali, ainda dentro dela, pulsante, e a mulher sentia tudo o que podia em máxima potência. Richard inteiro a provocava: os contornos, a espessura e a maciez, o tronco altivo, com músculos bem-definidos, o cheiro que podia reconhecer de longe, o coração batendo forte depois de um orgasmo profundo...

Para Anna, o corpo de Richard também era morada. Tudo o que conhecia como lar foi ele quem lhe havia mostrado. Ela não fazia ideia do que faria caso o seu melhor lugar do mundo fosse tirado ou simplesmente deslocado. Ninguém nunca sabe.

Até que acontece.

1

Anna observava o arranjo que pairava sobre a mesa de seu escritório, localizado no anexo de sua loja de artigos decorativos, dentro do luxuoso shopping Galleria, em Fort Lauderdale. Sempre considerou Richard um homem atencioso e de bom gosto, porém, daquela vez, ele havia se superado.

As flores exalavam um odor gostoso por causa da presença dos lírios brancos. As rosas e os cravos cor de pêssego traziam cor, mas de um jeito despretensioso. O vaso era de vidro, charmoso e elegante. Havia outras espécies de flores que variavam entre o branco e o bege, as quais Anna não conseguia identificar, embora as amasse mesmo assim.

A esposa sabia que seu marido havia escolhido a dedo aquela pequena surpresa, por isso não continha um sorriso apaixonado. Ele sabia como fazer o coração dela bater mais forte. Naquela data tão especial, dar-se conta disso foi mais um motivo de alegria. Anna se considerava uma mulher afortunada.

Segurou o bilhete outra vez e o releu, embora já tivesse decorado cada palavra. Não se cansava de analisar tanta delicadeza:

Você é a melhor escolha da minha vida.
Hoje e sempre, eu te amo. Feliz dez anos de nós.
– Richard Coleman

Anna achava que aquilo que fazia seu estômago vibrar só podia ser as tão comentadas borboletas. A prova física de sua paixão latente. Era incrível que, mesmo após dez anos de relacionamento, ainda fosse capaz de senti-las.

Foi difícil voltar a trabalhar com aquela distração diante dela. Estava ansiosa para encontrar Richard e demonstrar sua gratidão pelo gesto romântico. Haviam combinado de jantar em um bom restaurante e sabiam, ainda que não tivessem planejado verbalmente, que a sobremesa seria mais uma noite de prazer.

Foi perto do meio-dia que Anna ouviu a porta de seu escritório bater. Apenas uma pessoa entraria no recinto sem aguardar sua resposta, por isso, quando a maçaneta girou, ficou assustada ao se deparar com Richard. Levantou-se da poltrona executiva e o observou em seu terno bem-cortado. A postura altiva de CEO de uma grande rede de concessionárias de veículos de luxo sempre a deixava encantada.

Aquele homem era o sonho de qualquer mulher. Cabelos pretos lisos, um pouco grisalhos nas laterais tendo em vista os 39 anos completados, alto, sorriso fácil, nariz reto, boca desenhada, sobrancelhas e cílios grossos. Os olhos azulados a hipnotizavam desde que Anna e Richard haviam se conhecido em uma festa beneficente no clube ao qual as famílias de ambos eram associadas.

– O que está fazendo aqui, Richard? – Anna perguntou sorrindo, com um ar que misturava surpresa e confusão. Observou o relógio de pulso. – Ainda é cedo, não? Você não tinha uma reunião importante hoje?

Richard sorriu de volta e contornou a mesa para segurar a esposa pela cintura e puxá-la para si. Seus corpos grudaram em um instante.

– Desmarquei. – O sorriso dele se tornou presunçoso. – Vai demorar muito para o jantar. Estava ansioso para te ver, amor. – Fazia somente algumas horas que eles tinham tomado o café da manhã juntos, ainda assim Anna ficou comovida com a ansiedade de Richard. – Proponho que almocemos, e depois quero te dar o seu presente.

Anna apontou para o arranjo.

– Outro? – Às vezes Richard exagerava nas surpresas. Era um romântico incorrigível. – Amei as flores, aliás. São lindas, obrigada. E o bilhete... Você me deixou boba com essas palavras, querido.

Richard não parava de observar o contorno dos lábios da esposa. Os olhos brilhavam de expectativa para as comemorações daquele dia.

– São apenas verdades, meu amor. – Deu um beijo na bochecha dela. – Vamos? Sei que você tem muito serviço hoje, prometo te trazer de volta logo.

– Tudo bem. – Anna não pestanejou e foi pegar sua bolsa. Deixou avisado para a secretária que retornaria em breve e pediu que não repassasse nem mesmo as ligações urgentes. Seu foco estaria completamente no marido.

Richard queria levar Anna para um restaurante à beira-mar, onde pudessem comer vislumbrando as belezas naturais de Lauderdale Beach, porém sabia que aquele encontro não deveria durar muito tempo, caso contrário atrapalharia a esposa.

Optou pelo restaurante Seasons 52, dentro do próprio Galleria, assim não perderiam tempo se deslocando e ainda aproveitariam um ambiente charmoso, que servia uma comida muito saborosa. Anna adorava. Naquele dia, Richard queria fazer tudo o que fosse do agrado dela, sem erros.

Assim que se aconchegaram e fizeram seus pedidos, Richard tocou a mão da esposa sobre a mesa. Passaram alguns segundos se observando e sorrindo um para o outro. Anna queria guardar aquela conversa para a noite, no entanto a ansiedade a fez tocar no assunto. Talvez fosse melhor aproveitar o clima romântico que se estabeleceu entre os dois sem qualquer esforço.

– Eu estava pensando... – Fez uma pausa e limpou a garganta, de repente em dúvida sobre o que dizer. O marido com certeza ficaria feliz. Ela já havia refletido muito a respeito. Não havia motivo para esperarem mais. – Já que esta é uma data especial... – Parou novamente.

Richard fez uma careta engraçada, curioso diante da hesitação de Anna.

– O que houve?

Anna soltou um longo suspiro. Sentiu-se trêmula, mas já estava decidida.

– Estou pronta para interromper o uso do anticoncepcional – disse de uma vez, correndo o risco de soar indelicada. – Acho que está na hora, amor. Nossas empresas vão bem, nosso casamento é maravilhoso... – Richard teve seu fôlego tragado instantaneamente. – Sinto que chegou o momento. Vamos formar uma família... A nossa família! A gente pode até começar hoje à noite... – Anna sorriu com malícia.

Richard ficou embasbacado. Não achava que um dia a esposa tomaria tal decisão e já estava se acostumando com o fato de serem apenas os dois pelo resto da vida. Anna sempre quis focar os estudos e a carreira, e ele respeitava as decisões dela. Seu desejo de ser pai não era maior que o amor e a devoção que sentia pela esposa, portanto jamais colocou esse anseio à frente do relacionamento.

Ele ficou tão emocionado que quase chorou em público. Apertou a mão da esposa e, achando o gesto estúpido, insuficiente demais para expor a alegria que sentia, levantou-se da cadeira e a puxou. Anna Coleman se aconchegou em seus braços, e a emoção que pairou entre o casal arrancou alguns sorrisos de clientes ao redor.

– Acho que nunca estive tão feliz na minha vida – murmurou ele perto do ouvido dela. Anna sorriu, ciente de que seus olhos estavam marejados. – Obrigado, amor. Eu te amo tanto... E é lógico que quero construir uma família ao seu lado. A gente podia começar *agora*, inclusive.

Os dois riram, abobalhados. O abraço se desfez, e Richard se afastou apenas o bastante para olhá-la, ainda de perto. Deixou um terno beijo na testa da esposa. Anna se continha para não soltar as lágrimas, por isso preferiu ficar calada. Retornaram para as cadeiras um pouco envergonhados, mas exalando felicidade pelos poros.

Os planos para o futuro tiveram início antes mesmo de o prato principal ser servido. Anna queria reformar um dos quartos de hóspedes do casarão onde moravam, para que acolhesse a criança que, ela tinha fé, chegaria muito em breve. Richard não se opôs à decisão. Achava que a casa deveria sofrer todas as mudanças necessárias o quanto antes.

Ao final da refeição, a esposa já estava com planos de marcar novos exames ginecológicos a fim de conferir se estava tudo bem para gerar um bebê. Richard ficou incumbido de procurar a melhor empreiteira para a reforma. Eles já tinham algumas opções de nomes para a criança. Anna não via a hora de comprar os itens do enxoval.

No curto caminho de volta à loja de Anna, no qual os dois não conseguiam disfarçar a alegria, Richard a puxou pela mão e fez um desvio no percurso. Ela ficou confusa, porém não hesitou em segui-lo ao longo do shopping.

– Para onde vamos, querido? Preciso retornar ao trabalho, e você também...

– Eu sei, amor. Quero te dar seu presente. Será rápido.

Richard Coleman amava presentear a esposa e não era raro surgir com uma surpresa para ela. No entanto, queria fazer diferente. Os gostos de Anna eram refinados e bastante específicos, e nem sempre ele conseguia agradá-la na totalidade. Ainda que ela nunca exalasse nada oposto à gratidão, a esposa possuía vários itens presenteados por Richard que nunca usou. Claro que o marido havia percebido isso.

Não era o que Richard queria para comemorar uma data importante. Ele desejava que Anna gostasse tanto do presente que o utilizasse todos os dias, e não era pretensioso a ponto de achar que conseguiria acertar sozinho. Foi por isso que teve a ideia de levá-la para escolher o presente ela mesma.

Richard parou diante da joalheria preferida de Anna. Ela não gostava tanto de esbanjar, não como ele, porém vez ou outra se permitia um mimo caro que estampava a marca daquele lugar. Eram joias caríssimas e exclusivas. O marido percebeu quando os olhos da esposa brilharam ao se deparar com a vitrine.

– Escolha o que você quiser, meu amor – disse ele, galante, com um amplo sorriso na direção dela. Anna olhou dele para a vitrine, depois fez o percurso contrário.

– Tem certeza? Aqui é tudo tão caro.

– Ainda bem que eu tenho dinheiro, não é? – Richard piscou um olho. – Fique à vontade. Não quero que pergunte o preço de nada, apenas escolha o que gostar. Algo que represente o nosso amor e que você use todos os dias.

Anna sentiu o rosto corar. Achou a ideia de Richard brilhante e ficou animada para realizar a escolha. Os dois entraram na requintada joalheria, que exalava uma fragrância suave, porém marcante. Uma música clássica ressoava baixo nos alto-falantes do estabelecimento. Um ambiente feito para encantar, mexer com todos os sentidos.

O casal deu alguns passos entre os espelhos adornados, balcões envidraçados e estátuas que compunham uma decoração sofisticada e até meio exagerada. Era uma loja para privilegiados como Richard e Anna Coleman.

Um jovem funcionário bem-trajado com um terno, em que se via o pequeno logotipo da loja estampado no lado esquerdo, aproximou-se dos dois.

– Boa tarde, senhores... – Abriu um amplo sorriso, de quem não podia perder aquela venda de jeito nenhum. – Em que posso ajudá-los? Procuram alguma peça específica?

Richard, como um bom e simpático negociador, estendeu uma mão para o vendedor enquanto lia o nome dele em uma pequena placa abaixo do bordado no terno. Eles se cumprimentaram cordialmente.

– Matthew. Matthew Smith... – repetiu Richard educadamente. – Pois bem, sr. Smith, quero presentear a minha esposa e preciso que a ajude a encontrar a peça perfeita. Afinal, dez anos de casados não é para qualquer um.

Matthew sorriu, concordando com um chacoalhar de cabeça, e olhou para a dama ao lado daquele homem endinheirado. Eram um casal muito bonito, sem dúvida, e pelas roupas e pelos portes, com certeza tinham bastante poder aquisitivo.

– Parabéns! Realmente, é um grande motivo para comemorar.

O funcionário precisava da comissão e estava ansioso para concluir a venda, contudo, assim que repousou o olhar sobre a mulher, sentiu o coração bater mais acelerado. Foi automático, incontrolável. Jurou que nunca tinha visto uma beldade como aquela, e isso não significava qualquer coisa, afinal eles estavam em uma região badalada da Flórida. Havia gente bonita por toda parte.

Ele demorou alguns segundos para se recompor e falar, educadamente:

– Será um prazer ajudá-la, senhora...

– Coleman – disse Anna, erguendo a mão para também cumprimentá-lo. Não queria parecer indelicada, já que Richard às vezes era simpático demais, e ela se sentia na obrigação de acompanhá-lo em momentos como aquele.

Matthew entrou em contato com a maciez e delicadeza dos dedos de Anna por alguns instantes. Foi o suficiente para os batimentos ficarem loucos a ponto de senti-los em suas têmporas. O rapaz de vinte e poucos anos não esperava que seu próprio corpo reagisse daquela maneira diante de uma mulher, menos ainda uma casada e abastada.

O funcionário desviou o rosto para que ninguém percebesse o seu abalo. Enquanto tentava respirar, indicou o balcão mais perto, onde anéis deslumbrantes estavam expostos. Achava que nenhum deles combinava com Anna. Havia reparado as duas joias adornando os dedos dela durante o cumprimento, então logo supôs que a mulher tinha um gosto mais discreto.

– A s-senhora já sabe que tipo de peça deseja? – perguntou, um tanto gaguejante. Estava envergonhado e morrendo de medo de que o marido percebesse sua alteração. Não queria problemas com clientes. Aquele emprego de meio período tinha sido difícil de conquistar. – Temos alguns anéis muito bonitos.

– Na verdade, eu estava pensando em um colar. – Anna passou os dedos por sobre o vidro do balcão. – Afinal, já tenho uma aliança, que pretendo usar todos os dias também. – Olhou para o marido e sorriu, sendo correspondida de imediato.

Seu olhar esverdeado retornou ao atendente, e de novo Anna foi arrebatada por uma sensação esquisita. Ele lhe parecia familiar. Buscou na memória algo que o associasse a alguém, mas não encontrou nada. Tentou não reparar no quanto o rapaz era bonito, mas a beleza dele ficava evidente demais, talvez propositadamente.

Matthew Smith estava ali para encantar as clientes tanto quanto aquelas joias. Fazia parte da vitrine.

– Ótimo. – Matthew engoliu em seco ao reparar o pescoço exposto de Anna. Não ousou se demorar, apenas analisou e se perguntou o que ficaria bom ali, tentando não dar ouvidos aos pensamentos absurdos que logo responderam: *a minha língua*. – Chegaram alguns colares novos hoje mesmo, acredito que a senhora vai adorar. Acompanhe-me, por favor.

O casal seguiu o funcionário até outro balcão. Com os dedos um pouco trêmulos, Matthew abriu o vidro e retirou alguns mostradores. Sua alma de vendedor gritava para que ele convencesse Anna a levar o produto mais caro. Por outro lado, o jovem jamais se perdoaria caso vendesse uma joia que não fosse perfeitamente capaz de adornar aquele adorável pescoço.

Anna não usaria nada espalhafatoso. De alguma maneira, Matthew sabia disso.

Por alguns instantes, ficou preso entre a razão capitalista e a emoção sem cabimento. Sentiu-se um grande imbecil por causa disso. Ele não deveria estar preocupado com o pescoço da senhora Coleman. Na dúvida, resolveu mostrar as duas opções: a cara e a que considerava perfeita.

Anna tocou a primeira peça com admiração visível, mas logo partiu para a segunda, e seus olhos brilharam intensamente. Matthew não deixou de perceber e se envaidecer por ter acertado na mosca.

– Já que é um presente de casamento, acredito que este aqui seja mais apropriado – comentou Anna enquanto circulava o dedo indicador no pequeno pingente de coração vazado. Ficou maravilhada com a beleza do cordão.

– É uma boa escolha, sra. Coleman. Este é feito de ouro dezoito quilates e tem alguns pontos com diamantes. Veja. – Matthew segurou a joia para mostrá-la melhor, e Anna se curvou um pouco para visualizá-la sobre os dedos dele.

De repente, a mulher parou de enxergar a peça e se ocupou em verificar o tamanho daqueles dedos. Eram compridos. Ela nunca havia sentido um interesse tão súbito por dedos. Pensou que talvez devesse reparar melhor os de Richard.

– Discreto, imperecível e atemporal – prosseguiu Matthew. – Vai combinar com qualquer roupa que a senhora usar e durar para sempre. Inclusive, a garantia dele é vitalícia e, diante de qualquer problema, é só vir aqui, que iremos reparar.

– Que ótimo! – A voz grave de Richard ressoou, e foi incrível o quanto Matthew e Anna se assustaram com ela. Por um segundo, parecia que ele tinha deixado de existir. – Vai durar menos que o nosso amor, mas posso comprar outro depois... – Sorriu para a esposa.

Anna o encarou, atônita, porém logo se sentiu envaidecida com o quanto seu marido era conquistador e romântico.

Já Matthew sentiu vontade de vomitar, mas apenas raspou a garganta diante do silêncio que se fez. Os pombinhos pareciam conectados apenas com um mísero olhar. No fundo, o atendente invejou tanta demonstração de afeto e cumplicidade, já que ele não tinha amor, muito menos dinheiro.

– Gostaria de prová-lo, sra. Coleman? – Matthew puxou de vez a peça do mostrador. Queria partir logo para o que interessava. Sentir pena de si mesmo não o levaria a lugar algum.

Anna piscou os olhos na direção de Matthew.

– Ah, sim. Claro.

– Permita-me ajudá-la.

O funcionário abriu o colar e contornou o balcão. Perguntou-se se não seria melhor que o marido fizesse aquilo, mas era protocolo da joalheria que ele ajudasse os clientes na prova das peças, para garantir que nada desse errado durante a colocação e que os produtos não fossem danificados.

Com certa resignação, ele se colocou por trás da cliente. Fez o possível para não sentir o cheiro do perfume dela. Tentou não focar os contornos adoráveis daquele pescoço. Quando Anna juntou os cabelos loiros, colocando-os de lado, Matthew jurou que não repararia nos fios dourados tão alinhados, e que não pensaria de jeito nenhum em puxá-los com força, feito rédeas, enquanto... *Não.*

Ele não podia pensar besteira. A mulher era casada e amava o marido, e ele a amava. Estava nítido nos olhares que trocavam. *Que coisa feia*, julgou-se, *tanta mulher no mundo e você aqui, otário, desejando a dos outros. E, para piorar, uma rica e mais velha.*

Matthew já estava acostumado a depositar colares nos pescoços alheios, mas seus dedos trêmulos não ajudaram no intento, e piorou porque ele não queria encostar na pele de Anna sob nenhuma hipótese. Sentia que sua situação se tornaria periclitante se fizesse isso. Contudo, a demora para conseguir fechar o colar apenas o constrangeu mais.

Ele quase gemeu de desgosto ao perceber que teria que ser mais rápido. Prendeu o fôlego e, redobrando a concentração, não mais evitou sentir a textura da pele daquela mulher. Estava quente e macia.

Automaticamente, teve vontade de circular as mãos naquele pescoço e apertá-lo. Prendeu os lábios para controlar tamanho desejo.

– Uau... Ficou perfeito – comentou Richard, mas ninguém o ouviu direito.

Assim que Matthew se afastou um passo para trás, enfim concluindo o trabalho, percebeu que a pele bronzeada da mulher havia ganhado alguns pequenos gominhos de arrepio. Seus olhos se arregalaram em descrença.

Já Anna se olhava no espelho diante de si, repousado sobre o balcão, analisando não o colar, mas o fato de ter os bicos de seus peitos visivelmente intumescidos sob a blusa de seda. Quis enfiar a cabeça em algum buraco. Não acreditava que tinha se arrepiado inteira sob o toque de um desconhecido.

Seu fôlego estava suspenso, e mal podia conter a vergonha. Também não foi capaz de segurar o ardor entre as pernas, na região abaixo do umbigo, que automaticamente se lubrificou e ela sentiu. O líquido escorreu pela calcinha e Anna ficou ainda mais descrente. Não era possível. Não podia ter ficado tão excitada com um único toque.

Para disfarçar, ergueu as mãos, escondendo os seios, e segurou o pingente. Continuou olhando, assombrada, para o espelho. Percebeu a própria pele corada e as nuances do espanto em sua face. Encarou Richard, buscando algum sinal de que ele havia percebido o que acabara de acontecer, e teve vontade de morrer ao constatar o semblante dele um tanto confuso.

– Ficou lindo, não foi, amor? – perguntou Anna, e forçou um sorriso, na tentativa de encobrir aquela pequena tragédia. – Você gostou?

Richard tornou a sorrir, fato que a esposa agradeceu em silêncio.

– Adorei, mas é você quem tem que gostar.

– Nós temos outras peças, claro, posso mostrar algumas opções de... – comentou Matthew, ainda se recuperando daquele desejo que lhe trouxe o princípio de uma ereção, disfarçada com o retorno para trás do balcão, cujo vidro com os mostradores o rapaz abriu novamente; mas sem enxergar nada diante de seu nariz, agindo só no modo automático.

– Não! – quase gritou Anna. Ela não suportaria experimentar outras peças. Estava envergonhada e de fato havia gostado daquela. Não tinha por que prolongar a situação ridícula, completamente fora de tom. – Eu me apaixonei à primeira vista por este colar. Está perfeito, é ele que quero.

Sentia-se tão culpada por estar com a calcinha molhada que só queria ir embora dali. Ainda que seus seios tivessem se recuperado do choque, manteve os dedos no pingente porque não queria, de modo algum, correr qualquer risco de ser descoberta por Richard. Sabia que o marido ficaria louco e jamais compreenderia. Nem ela estava entendendo as próprias reações... Foi como se seu corpo a tivesse abandonado. Anna se sentia traída por si mesma.

– Então será esse mesmo? – questionou Richard. – Sua escolha foi mais rápida do que eu esperava – disse, e riu sozinho.

Anna estava completamente desesperada para ir embora da joalheria. Matthew ainda tentava controlar a respiração. E a ereção.

– Parabéns, sr. Smith – disse enfim Richard. – Mostrou exatamente a joia que a minha mulher aprovou.

O funcionário sorriu sem graça, constrangido e apavorado.

– Imagina, sr. Coleman. Fico feliz por ter acertado. Podemos fechar o pedido? – Matthew também estava com pressa. Tanto que se esqueceu de informar o preço do colar. – A peça custa...

– Meu rapaz, não seja indelicado – interrompeu Richard. Fingiu estar ofendido, mas o sorriso se manteve. O funcionário quase pulou de susto diante daquela frase. – É um presente, minha esposa não precisa saber o valor. Vamos acertar somente entre nós dois, tudo bem?

– D-desculpe, s-senhor. – Matthew olhou para Anna, que parecia tão assombrada quanto ele. – A senhora quer que eu retire a joia para guardar na caixinha apropriada ou já sairá vestindo-a?

Anna engoliu em seco. Tinha vontade de gritar bem alto só de imaginar os dedos daquele rapaz tocando-a de novo.

– Não pretendo retirá-la nunca mais.

Aquela resposta fez Richard sorrir, envaidecido. Matthew apenas assentiu.

– Como quiser, sra. Coleman. Muito obrigado.

– Eu que agradeço, sr. Smith – balbuciou Anna, enfraquecida.

Richard e Matthew se encaminharam para longe da esposa, a fim de fecharem a compra. Ela precisou de muita paciência para aguardar que o marido passasse o cartão com limite infinito na máquina. O atendente demorou um pouco fazendo um cadastro, depois preparando as embalagens e concluindo a nota e o bilhete da garantia.

Quando Richard enfim retornou, Anna evitou encarar Matthew e se limitou a um gesto com a mão que, para ela, significava *não quero vê-lo nunca mais na minha vida, garoto*. Foi então que se deu conta de que ali era o mesmo shopping em que estava situado o seu escritório.

Talvez em algum momento eles se esbarrassem. Pensar nisso a deixou apavorada.

Ao sair da loja, Richard se curvou para murmurar no ouvido dela:

– Você está com frio, amor? Acho que tenho um casaco no carro.

O clima em Fort Lauderdale estava quente, mas o ar-condicionado do shopping trabalhava a todo vapor, amenizando o calor que fazia lá fora. Era óbvio que Richard não deixara de perceber o arrepio da esposa. No entanto, associou-o ao frio, já que Anna costumava virar um pequenino picolé toda vez que a temperatura abaixava um pouco.

Anna o olhou com descrença.

– N-não... Estou bem.

– Tem certeza? Vi que se arrepiou lá dentro – disse ele, apontando para a entrada da loja.

A esposa encolheu os ombros.

– Foi só uma corrente de ar. Estou bem, não se preocupe. – Anna riu, nervosa, mas logo ficou séria. Começou a andar ao lado do marido. Não quis mais encará-lo. Não pôde. Estava muito envergonhada.

Foi a primeira vez que mentiu para Richard, e se sentia péssima. Em um dia importante como aquele, ela havia estragado tudo. Já não estava tão empolgada, pelo contrário, passou a se sentir não merecedora de tanta felicidade. Não merecedora de Richard. A angústia se instalou na sua garganta e foi difícil engolir os fatos.

Anna não acreditava no que tinha ocorrido, mas a sensação frustrante de umidade em sua calcinha não a deixava se esquecer de que tamanha sordidez havia sido real.

2

Matthew Smith só conseguiu respirar direito quando os Coleman saíram da joalheria. Suas emoções entraram em conflito, e ele se demorou observando o horizonte da vitrine, ainda que precisasse retornar ao serviço. Sentia um misto de alívio, por ter concluído a venda sem problemas, e de confusão, por não ter compreendido o que havia acabado de acontecer.

Ela se arrepiou por minha causa? Isso é normal, certo? Acontece, é involuntário.

– Acorda, Matt! – Uma mão chacoalhou na frente dele, e só então o rapaz saiu do transe. Ouviu algumas risadas e encarou seus colegas de trabalho, Patty e Ben, com uma expressão desgostosa. – Você só pode ter enlouquecido! – Patty estava diante dele, com um sorriso carregado de malícia. – Perdeu a noção do perigo?

Matthew deu de ombros.

– Não sei do que está falando.

Ben riu mais alto, porém logo colocou a mão na boca, contendo-se.

– Da sua cara de bobo, é claro – disse o colega, que vestia um terno igual ao de Matthew e foi se aproximando. Manteve o porte elegante para não ter nenhum problema com a gerência da joalheria. – Ficou caidinho pela cliente, não sei como o marido não percebeu. Eu só estava esperando o momento em que você levaria um belo soco.

Patty balançou a cabeça, em negativa, e perguntou:

– O que deu em você? Quer ser demitido?

– Claro que não, preciso desse emprego. – Matthew ergueu as mãos em rendição. Seu plano era negar até o fim a existência de qualquer clima estabelecido entre a sra. Coleman e ele. Até porque não tinha certeza de que houvesse um. – E não fiz nada além do meu trabalho.

– Sei... – Ben o encarava com sarcasmo.

– Você precisa tomar cuidado, Matt. – Patty parecia a mais preocupada entre os três. – Não devemos nos misturar com os clientes. A nossa realidade é outra.

– Não exagera, provavelmente nunca mais vou ver essas pessoas de novo. – Matt apontou para a saída da loja. Mais uma vez foi agraciado com o alívio, que veio acompanhado, porém, de uma sensação esquisita. Não ousou admitir para si mesmo que, no fundo, queria ver a sra. Coleman outra vez. – Ganhei uma comissão ótima em alguns minutos e fim de história. – Sorriu apenas para disfarçar.

Patty continuava descontente.

– Mas é claro que em algum momento você vai ver essa gente. – Matthew a olhou com puro choque e descrença. – Não acredito que não a reconheceu.

O rapaz ficava cada instante mais apavorado. Patty sabia alguma informação da qual ele não fazia a menor ideia.

– Não... Nunca vi aquela mulher na minha vida.

Eu teria notado, pensou, *com certeza ela não passaria despercebida*.

– Quem é ela? – perguntou Ben, tão perdido quanto Matthew. – Acho que também não os conheço.

– Vocês são muito desatentos. – Patty cruzou os braços na frente do corpo miúdo. Usava um conjunto de saia e blazer tão charmoso quanto as vestes dos rapazes. O logotipo da loja também estava bordado. Mantinha os cabelos escuros presos em um coque perfeito. – Aquela mulher é a própria Anna Coleman.

Matt e Ben se entreolharam.

– *Anna Coleman*? Daquela loja de decoração? – perguntou Matt, enquanto Ben não ficou tão surpreso. A joalheria era acostumada a receber clientes influentes, políticos importantes, famosos de diversas categorias que vinham a trabalho ou a lazer, portanto considerou normal a presença de alguém como Anna.

– Ela mesma. – Patty assentiu com a cabeça.

Já Matthew sentiu vontade de gritar diante daquela descoberta. De fato, não associou a mulher à loja de artigos decorativos que fazia parte do shopping e que levava o mesmo nome. Era um estabelecimento de luxo, que ele nunca havia se dado o trabalho de adentrar, porque com certeza passaria vergonha. Seu salário não comprava sequer um guardanapo assinado pela marca daquela beldade.

Ele sabia que a sra. Coleman tinha dinheiro, porém sua visão limitada e meio machista associou tanto requinte ao bom casamento. Achava que era o sr. Coleman que possuía grande poder aquisitivo, mas se enganou completamente. Ela não era apenas uma socialite que desfrutava da grana do marido. Era uma empresária de sucesso.

– E fique sabendo que neste ano Anna Coleman está na lista de mulheres empreendedoras de mais influência da Flórida – comentou Patty, demonstrando genuína admiração nos olhos brilhantes. – O escritório dela fica aqui porque essa loja do Galleria foi a primeira a ser inaugurada, anos atrás. Vocês não sabiam de nada disso?

– Não fazia ideia. – Ben apertou os lábios com os dedos.

Os colegas olharam para a expressão emudecida de Matthew. Os pensamentos paralisaram em uma informação que ele já sabia, mas que reverberou em seu corpo de um modo muito incômodo: *ela é impossível*. Enfim, Matt soprou todo o ar dos pulmões.

– Não, não sabia quem ela era. Para mim, os dois eram apenas clientes em potencial. – Chacoalhou os ombros, fingindo não se importar. – Assunto encerrado.

Ele virou as costas e se ocupou em organizar novamente as embalagens no armário adequado. Havia câmeras por toda a joalheria, e Matt sabia que dali a pouco o gerente apareceria para reclamar por eles estarem conversando em horário de serviço.

* * *

Talvez Matthew Smith não planejasse de fato se encontrar com Anna Coleman novamente, mas nada o impediu de, naquela tarde, assim que terminou o expediente, fazer uma pesquisa elaborada em seu smartphone.

Aproveitou enquanto seguia de ônibus para Cooper City, onde estudava e morava (em um quartinho), dentro de um alojamento estudantil que dividia com vários estudantes como ele. Era a peregrinação que repetia diariamente, para sobreviver em uma região dominada por turistas, comércios luxuosos, hotéis badalados e um custo de vida altíssimo.

O percurso de uma hora e meia normalmente era realizado com tédio e cansaço, mas não naquele dia. O rosto de Anna Coleman invadiu a tela de seu celular com apenas alguns toques. Ela era mesmo uma empresária de renome, respeitada e admirada. Matthew encontrou toda espécie de informações sobre a mulher de olhos verdes brilhantes, além de dados da empresa e eventos sociais aos quais ela já havia ido.

A marca Anna Coleman tinha acabado de lançar uma nova coleção de artigos decorativos feita com materiais reciclados, o que, de repente, fez Matthew Smith paralisar. Em nenhum momento havia associado a empresa daquela mulher ao que ele próprio fazia, o que era mais do que desatenção, era estupidez.

Matt estava no quinto semestre de Artes Plásticas. Embora gostasse mais das pinturas em tela, achava fascinante o mundo dos artigos decorativos.

– Só pode estar de brincadeira comigo... – murmurou, abalado, enquanto conferia os tantos itens à venda no site da loja. Comprovou que todos valiam uma fortuna.

Ele não sabia até que ponto Anna tinha participação na concepção dos produtos, mas se permitiu cair na ilusão de que ela também era uma artista. Matthew levou quase o caminho inteiro para perceber que era maluquice continuar pesquisando. Não podia achar que o seu mundo era parecido com o de Anna Coleman.

Eles não tinham nada a ver um com o outro.

* * *

Ainda assim, no dia seguinte Matthew Smith andou pelo estacionamento do Galleria com os olhos bem abertos. Adentrou os corredores do shopping e analisou cada rosto que passava por ele, com o coração batendo em expectativa.

Chegou antes do início do expediente e, mesmo que se considerasse um imbecil fazendo aquilo, não resistiu: caminhou até a loja Anna Coleman. Algumas vendedoras organizavam a vitrine para o começo de mais um dia de serviço. O rapaz observou, cada segundo mais ansioso, e se perguntou o que aconteceria se simplesmente entrasse.

– O que você está fazendo?

A voz que soou atrás de Matt o fez pular de susto.

Ele rapidamente se virou e se deparou com Patty. Arregalou os olhos como se visse um fantasma. Aquela situação já estava ficando esquisita além da conta. Ele precisava se controlar, parar de agir daquele jeito.

– N-nada. Só estou... Hum... – Fingiu visualizar a entrada da loja ao lado, mas seu disfarce foi inútil. – Olhando.

– Olhando o quê? Vai comprar um castiçal? Ou talvez um conjunto de pratos? – Patty apontou para a vitrine, onde estava montada uma mesa de jantar, e soltou um risinho de escárnio. – Ela não é para você, Matt. Não acredito que queira mesmo flertar com uma mulher casada, mais velha e rica.

O rapaz se sentiu ridículo. Patty tinha razão, ele devia ter perdido a sanidade, não havia outra explicação para aquele comportamento.

– Não estou flertando com ninguém.

– Pois deveria. – Patty iniciou uma caminhada rumo à joalheria, e foi logo acompanhada por Matthew. – Você precisa focar uma garota possível, da sua idade e do seu nível social, para esquecer Anna Coleman.

– Não preciso esquecer Anna Coleman, ela não significa nada para mim. Apenas fiquei curioso com a loja dela, só isso. – Ele estava disposto a negar até o fim.

– Sei.

Matt não teve certeza se Patty estava falando sobre si mesma quando mencionou uma garota possível. Apesar de ela ser linda, ele nunca havia pensado a respeito, justamente por serem colegas de trabalho. *Onde se ganha o pão não se come a carne*, Matthew achava, e por isso decidiu que ignoraria o assunto.

Estava há alguns meses trabalhando na joalheria, ainda aprendendo e se adaptando. Queria se estabelecer financeiramente. Os gastos com os estudos eram surreais. Matt se esforçava para, um dia, viver do que amava: pintar. Mas, por enquanto, não podia se dar ao luxo de arriscar o emprego, sobretudo por causa de alguma mulher. Foi por isso que tentou, ao longo da semana, esquecer o que houve e focar a própria sobrevivência.

Depois de alguns dias, o rapaz quase não pensava mais em Anna Coleman, nem a procurava nos corredores do Galleria. Havia superado algo que nunca existiu, que não passou de uma ilusão criada, talvez, pela própria carência.

E justamente quando o cheiro dela desapareceu de qualquer uma de suas memórias, Matt o sentiu de novo, pairando dentro da joalheria. A fragrância chegou primeiro do que ela. Assustado, o rapaz ergueu o rosto e acompanhou o exato instante em que Anna Coleman adentrou o recinto, com seus saltos altos trincando no piso encerado.

O mundo pareceu ter congelado ao redor dele. Os olhos verdes dela paralisaram nos seus, e Matthew já não sabia mais o que fazer. Não esperava reencontrá-la com tanta facilidade. Em nenhum dos seus devaneios mais insanos aquela mulher linda e poderosa apareceria de novo na joalheria.

3

Como planejado, Richard Coleman levou a esposa para jantar no restaurante Blue Moon Fish Co., localizado na Intracoastal Waterway, onde era possível comer bons frutos do mar com uma vista privilegiada para a beira-mar de Lauderdale. Iates e lanchas desfilavam a todo momento, trazendo um clima praiano agradável e, ao mesmo tempo, carregado de elegância.

Antes de irem jantar, Anna entregou seu presente para Richard, um kit masculino e de bom gosto que incluía seu uísque preferido, o perfume do qual ele gostava (e que ela percebeu que já estava acabando) e uma pasta de couro que o marido um dia alegou precisar. Ela gostava de presentear com coisas úteis, sempre foi assim.

No entanto, Anna continuava incomodada desde cedo. Não havia esquecido nem por um segundo o que aconteceu na joalheria, de modo que não se animou tanto nem mesmo quando as primeiras entradas chegaram e o vinho foi aberto pelo garçom.

Deu um gole na taça e olhou para Richard pensando se seria adequado informá-lo do que tanto a incomodava. Achou melhor não. Mesmo que os dois tivessem uma cumplicidade absurda, Anna achava que o esposo nunca compreenderia. Ficaria nervoso e paranoico, como ela mesma estava.

Para evitar conflitos, sobretudo em uma data importante, e também porque sabia que não valia a pena alimentar a situação, decidiu que ficaria calada e esqueceria de vez o fato de ter ficado excitada diante do toque de outro homem. Aliás, ele era só um jovem, um garoto bem mais novo. Uma hora aquela sensação de deslocamento passaria, e seu corpo voltaria ao normal.

– Sabe de uma coisa? – perguntou Richard, interrompendo os pensamentos dela. Guiou os olhos azuis pelo pescoço da amada, e logo Anna ficou em alerta. De novo, pensou ter sido descoberta. – É melhor você tirar esse colar.

A mulher quase cuspiu o vinho sobre a mesa. Demorou alguns segundos para se recompor do choque.

– O quê? Por quê, Richard?

O marido abriu um singelo sorriso.

– Se vai usar durante muito tempo, prefiro ser eu a pessoa que o colocou aí. – Apontou para a pele de Anna. – Só agora me dei conta disso. O sr. Smith foi um ótimo vendedor, mas precisamos de um ritual adequado.

Ela piscou os olhos na direção de Richard em uma velocidade maior que o normal. Seus braços haviam ficado moles com o susto. Precisou de alguns segundos para agir com normalidade, ciente de que o marido tinha razão. Era ele quem devia depositar aquele colar ali, já que era uma peça com grande significado.

– É verdade, querido – murmurou ela, e ergueu as mãos para encontrar o fecho.

Não teve dificuldade para retirar a joia, e logo Richard se levantou da cadeira que ocupava, colocando-se por trás de Anna. Ela ficou tensa. Por alguns instantes, perguntou-se se sentiria a mesma coisa que sentiu mais cedo. Fechou os olhos e ofegou, concentrada nas sensações de ter o marido em sua retaguarda.

Anna colocou os cabelos para o lado e esperou. Richard teve toda a delicadeza para passar o cordão por cima da cabeça da esposa. Por fim, seus dedos encostaram na parte de trás da pele dela. Foi com um misto de alívio e surpresa que Anna Coleman sentiu o arrepio se estendendo por todo o corpo.

Ela aguardou que a reação involuntária se transformasse em lubrificação. Conteve um sorriso, porque enfim pôde entender que não havia ficado louca, que aquilo tudo só podia ser sensibilidade na região do pescoço e que aquele vendedor não tinha nada a ver com a história. *Foi uma reação natural*, pensou, *não tem nada de errado comigo*.

Entretanto, o arrepio logo passou e, ao contrário do que imaginava, Anna não se sentiu sexualmente excitada. A calcinha não umedeceu, como naquela tarde. Por outro lado, seu corpo estava retesado e ela achava que não se excitaria, dadas as condições.

Quando o marido retornou para a cadeira, Anna observou os dedos dele. Também eram longos, com as unhas feitas, porque Richard gostava de se cuidar. Ela sabia o quanto as mãos do marido trabalhavam bem para lhe arrancar prazer. Não havia motivo para se preocupar.

Por ela, aquele assunto estava encerrado, mas Richard não deixou de perceber a reação de Anna diante de seu toque. A confusão invadiu seu sistema e ele ficou intrigado com aquilo, tanto que não conseguiu disfarçar uma expressão facial carregada de descontentamento.

Anna, obviamente, percebeu.

– O que houve, querido?

Richard a olhou com atenção. Anna parou de respirar, porque ainda estava nervosa. Ela só queria que acabasse. Nunca imaginou que se sentiria constrangida, ansiosa e desesperada na frente do próprio marido, o homem dos seus sonhos. Não fazia sentido.

– Foi por isso que se arrepiou? – perguntou Richard, direto como costumava ser, sem rodeios. – Na joalheria, quando aquele vendedor tocou em você?

Anna teria vomitado se tivesse dado mais do que duas mordidas no prato de entrada. Não soube o que responder, mas sabia que devia ser rápida e precisa. E também que não adiantaria ser desonesta. Richard não era nenhum imbecil.

– Foi involuntário, querido – disse ela, e deu de ombros. – Minha pele é sensível.

O marido assentiu, mas a expressão não mudou. Anna não soube mais o que dizer, por isso deu mais um gole na taça e pegou o talher para continuar comendo.

– Por que não me contou, quando perguntei se estava com frio? Você disse que tinha sido uma corrente de ar – resmungou o homem, e então segurou a taça, usando-se de certa força, talvez para controlar o ciúme que ameaçava explodir.

Anna não somente tinha se arrepiado com o toque de outro homem, mas também mentido. Se raciocinasse um pouco mais, Richard poderia entender o comportamento da esposa, mas sua mente se manteve enublada pelo ciúme.

– Porque não achei que fosse importante. O sr. Smith é apenas um jovem vendedor, você não precisa sentir ciúmes. – Ela fez o possível para sustentar um tom de voz ameno, porém não teve certeza se suas palavras eram verdadeiras. – Não fique aborrecido por causa de uma besteira, Richard. É nosso aniversário de casamento. Temos muito o que comemorar. – Forçou um sorriso. – Vamos formar uma família em breve. Não está feliz?

O marido soltou um suspiro e, finalmente, sorriu. Claro que estava feliz. Além do mais, confiava na esposa, sabia que ela era uma pessoa justa, prudente e fiel. Se disse que aquilo tinha sido uma besteira, então só restava a Richard acreditar. Nutria uma profunda confiança em Anna e isso não mudaria, menos ainda por causa de um vendedor.

Aos poucos, o jantar voltou a ser agradável. Anna se sentia aliviada por não precisar esconder mais nada de Richard, além de ter comprovado que o seu corpo não estava com defeito. Isso a fez relaxar e curtir o momento, como deveria ser.

Mais tarde, quando o marido tomou posse do corpo dela, Anna se considerou completa de novo. Ainda era a mesma, para o seu alívio. Ele a penetrou forte em seu âmago, iniciando oficialmente as tentativas de aumentar a família, então a mulher sorriu ao ouvi-lo:

– Este é o melhor lugar do mundo.

Era reconfortante estar em casa, sentir-se pertencente. Suas preocupações das últimas horas se dissiparam, e Anna prometeu nunca mais se deixar levar àquele tipo de situação outra vez. Não havia a menor dúvida quanto a Richard e ao relacionamento. A felicidade e o merecimento dela estavam garantidos.

* * *

Na manhã seguinte, Anna Coleman se percebeu inquieta ao realizar o mesmo percurso de sempre na direção de seu escritório. O shopping parecia o mesmo; alguns clientes já circulavam, e o dia prometia ser de boas vendas. A mulher caminhou com o rosto erguido, exalando a confiança que aprendeu a nutrir por si mesma, mas seu olhar curioso perpassava todos os lados, à procura do indefinido.

A inquietação se transformou em angústia, que se ampliou para o nervosismo. Anna demorou a admitir a si mesma que a ideia de que poderia se deparar com o sr. Smith a qualquer instante a importunava. *Talvez eu deva mudar de endereço*, pensou, *já faz um tempo que queria deslocar meu escritório para um espaço maior, esta é a chance*.

Mas Anna não achava justo realizar uma mudança tão drástica por causa de um desconhecido. Deveria, sim, acalmar o coração e seguir a vida normalmente. Logo dispersou os pensamentos estúpidos e, com o passar dos dias, sequer se lembrava mais da existência do sr. Smith.

Até que, em uma fatídica manhã de terça-feira, o improvável aconteceu: o seu precioso e significativo colar simplesmente arrebentou. Anna não estava praticando atividade ou mexendo na corrente, pelo contrário, trabalhava tranquilamente em seu escritório e foi acometida por um ruído trincado.

O ouro de dezoito quilates foi capaz de se partir como num passe de mágica. Ela mal acreditou quando viu a corrente sobre a mesa, e cuidou para que o pingente em formato de coração não caísse no chão.

– Mas que porcaria... – sibilou, irritada. Afinal, aquela joia deveria durar para sempre, como o amor dela e de Richard. Foi o prometido. – Não acredito. Como isso foi acontecer? – Ela avaliou a peça minuciosamente. Não encontrou uma explicação lógica a não ser o fato de ter sido enganada. Aquele colar não podia ser de ouro de verdade.

Anna vasculhou a bolsa à procura do documento que constatava a garantia, mas depois se lembrou de que tudo havia ficado com Richard, inclusive a embalagem. Pensou em ligar para ele e contar o ocorrido, até chegou a pegar o celular, porém desistiu. Refletiu um pouco.

O marido ficaria muito chateado e, pior ainda, seguiria para tirar satisfações com o sr. Smith. Anna sabia que Richard era ciumento, por mais que tentasse esconder. Ele acabaria misturando o fato de a joia ter quebrado com as questões pessoais que o deixaram enciumado, então criaria um problema maior.

Disposta a resolver a questão ela mesma, Anna Coleman deixou o anexo de sua loja, porém não antes de reparar se o vestido cinza tubinho junto aos scarpins estavam apropriados. Alinhou os fios loiros e retocou o batom discreto. Nada exagerado. Não parou para pensar o que aquela atitude significava, já que sempre foi vaidosa e gostava de causar boa impressão.

Caminhou decididamente até a joalheria, porém, antes de alcançar a vitrine, estacou. Soltou um longo e profundo suspiro. Sabia que se depararia com o sr. Smith e teve medo de ser dominada pelas mesmas sensações que a confundiram. Depois de alguns segundos se considerando uma tola, resolveu que usaria a indignação pela peça quebrada para se defender de qualquer constrangimento.

Assim que adentrou a joalheira, seus olhos o encontraram por trás de um dos balcões envidraçados. O sr. Smith ergueu o rosto e paralisou, bem como a própria Anna. Ela se esqueceu do que a tinha levado ali. Já Matthew não lembrava mais o que devia fazer quando uma cliente entrava na loja.

Patty precisou se aproximar do vendedor e dar algumas batidas em seu cotovelo, para que ele acordasse. Matthew se mexeu no susto, raspando a garganta. Recompôs-se, ajeitando o terno, enquanto se aproximava de Anna.

– Sra. Coleman, que prazer revê-la.

Como eles haviam trocado um cumprimento com as mãos na primeira vez que se encontraram, Matthew achou justo repetir o gesto. Mas a mulher ficou paralisada, encarando-o com os olhos verdes assombrados.

Matt ficou tão sem jeito que recolheu a mão erguida. O coração batia acelerado diante dela, era uma força incontrolável, que o rapaz não compreendia.

– Em que posso ajudá-la? – perguntou ele.

Anna estava se recuperando. Não imaginava que sequer precisaria ser tocada por aquele homem para sentir a umidade na calcinha. Bastou vê-lo de novo. E aquilo era um absurdo tão grande que ela quase virou as costas e foi embora. Havia algo de muito familiar naqueles olhos. Aquela feição lhe trazia um tesão incontrolável e, ao mesmo tempo, conforto.

Inexplicável. Completamente descabido. Na dança dos afetos, eram sentimentos antagônicos.

Mas havia uma questão importante a resolver: o colar. Richard notaria a falta da joia. Foi por isso que a mulher, sem nada responder, pegou a peça dentro da bolsa Prada e mostrou a corrente partida para o vendedor.

– Sr. Smith, tem algo errado com este colar – disse, evitando encará-lo. – Eis que eu estava sentada, trabalhando, e ele se partiu sem qualquer motivo. Tem certeza de que é de ouro mesmo?

A surpresa de Matthew foi genuína. Nunca tinha ouvido falar em uma situação parecida. Só havia uma explicação: Anna estava mentindo, e alguma força exterior foi aplicada à corrente. Sua reação foi analisá-la com mais cuidado, dividindo a atenção entre aquele rosto corado e a peça quebrada.

– A... – Começou, mas de fato não sabia o que dizer. – A s-senhora... Hum... – Observou a corrente. – Claro que é de ouro, não vendemos produtos de baixa qualidade, fique tranquila. A senhora trouxe a nota de garantia?

– Ficou com o meu marido. E, sinceramente, estou com a esperança de que ele não saiba dessa tragédia. Tenho certeza de que essa joia foi cara o bastante para que algo assim jamais acontecesse. – Anna fez o possível para usar a chateação a seu favor, mas todo e qualquer sentimento controverso que pôde nutrir com relação ao colar se transformou em pura excitação diante do sr. Smith.

A mulher não acreditava em si mesma.

– Peço perdão pelo transtorno, sra. Coleman. Vou ver o que posso fazer. – Matthew ficou alguns segundos sem saber como conduzir o atendimento. – Hum... Sente-se um pouco, por favor. – Apontou para o lado, onde algumas poltronas elegantes decoravam o ambiente. – Quer uma água? Um café ou chá?

Ela prendeu os lábios, nervosa. Não queria se demorar, mas precisava se recompor.

– Não, estou bem. Obrigada – disse, e se encaminhou em direção às poltronas, escolhendo uma na qual se acomodar.

– Volto em um minuto, sra. Coleman.

Matthew fez uma careta na direção de Patty assim que virou as costas. A colega entendeu que ele precisava de ajuda, por isso se encontraram por trás de um balcão mais distante. As mãos do rapaz tremiam.

– O que está fazendo? – perguntou Patty. – Você sabe que precisa da nota de garantia para realizar o reparo.

O jovem passou uma mão pelos cabelos.

– O cordão se partiu, Patty. Vou realizar a troca.

– Você precisa da nota.

– Ela não tem a nota.

– Pois que volte com ela – disse Patty, enfática.

Matthew olhou para Anna, que se manteve sentada na poltrona com ar de superioridade.

– Ela não quer que o marido saiba de nada.

Patty intensificou a careta.

– Você não tem nada a ver com isso, certo?

– Eu não sei se tenho a ver com isso – soltou Matthew com sinceridade. Richard pode ter percebido algum comportamento incomum da parte dele ou da esposa. Estava apavorado. – Por que está sendo tão intransigente? Já te vi realizando trocas sem a nota. Mal faz uma semana. Tenho todos os dados no sistema.

Patty revirou os olhos e soprou, tentando se acalmar.

– Se uma peça tivesse se soltado, tudo bem, mas é óbvio que, neste caso, foi mau uso.

– Ela alega que não foi.

– Mas é lógico que foi.

– E o que posso fazer? – resmungou o rapaz, impaciente. – O cliente sempre tem razão. Vou conversar com o gerente. Devia ter feito isso antes de ter pedido sua ajuda.

Ele se afastou para os fundos da loja, deixando Patty para trás. A garota continuou descontente, porém se arrependeu de seu comportamento agressivo. Era claro que tinha notado o clima que se estabeleceu entre a sra. Coleman e Matthew. De alguma maneira, isso a revoltou, porque achava qualquer tipo de traição uma coisa abominável. Esperava mais do colega de trabalho e estava decepcionada.

Alguns minutos depois, Matthew retornou com a autorização do reparo ou da devolução do dinheiro, porque não havia mais nenhum exemplar igual ao de Anna na loja. Aquela era uma peça exclusiva.

Ele sabia que Anna nunca aceitaria o dinheiro de volta, então só havia uma opção.

– Tudo certo, sra. Coleman. – Matt abriu um sorriso satisfeito ao encontrá-la de novo. Tentou fingir que seu coração não ameaçava escapar pela garganta. – O reparo foi autorizado pelo gerente. Preciso só que assine alguns papéis.

Anna fez uma careta.

– Reparo? E quanto tempo isso vai demorar? – perguntou ela, levantando-se diante dele.

– Geralmente fica pronto no dia seguinte.

– Impossível, sr. Smith. Preciso desse colar ainda hoje. Meu marido não pode perceber que o retirei.

Anna não queria, sob hipótese alguma, que Richard a encontrasse sem o colar. Tampouco queria confessar sobre o defeito, o que o deixaria possesso. E, agora, também não podia admitir que procurou a joalheria sem a companhia dele.

Matthew Smith conferiu seu relógio de pulso. O turno da manhã não havia começado há muito tempo. Às vezes recebia peças enviadas ao reparo no fim de seu expediente. Se fizessem tudo depressa, poderia dar tempo de realizar a entrega dentro de algumas horas. Estava disposto a tentar.

– A senhora consegue aguardar até o fim do dia?

Anna piscou uma vez, lentamente. Olhou para o lado a fim de não ter que se encantar com o olhar azulado do rapaz, que naquele instante estava vidrado nela. Havia uma intensidade por trás daqueles olhos estranhamente familiares. Uma força que a tirava dos eixos, algo que nunca imaginou que aconteceria. Não achava possível.

– Consigo – sussurrou. – Mas tenho reuniões importantes o dia inteiro. Não terei tempo de buscar. Por favor, peça que alguém realize a entrega diretamente na minha loja.

– Claro, como quiser, sra. Coleman.

A intenção de Matthew era agradar a mulher.

Já a intenção de Anna era não ter que se deparar com ele novamente. *Uma ótima ideia*, pensou ela. Se alguém entregasse o colar reparado em sua loja, a empresária não precisaria se expor de novo a uma situação como aquela.

Só não podia prever que essa resolução levaria o próprio sr. Smith para dentro de seu escritório.

4

Matthew passou o dia ansioso pela entrega do colar, já que não tinha certeza se ficaria pronto a tempo. Pediu prioridade ao fornecedor e não teve o menor sossego nas horas de seu expediente.

Ben e Patty perceberam o nervosismo do colega, mas não se envolveram. Matt não sabia quais seriam as consequências caso a cliente não recebesse a peça, e o que menos queria era se deparar com o sr. Coleman zangado na manhã seguinte.

O rapaz começou a tremer conforme seu horário de serviço se esgotava. Já planejava deixar um recado para as pessoas que ocupariam o próximo turno. No entanto, faltando apenas cinco minutos para que deixasse o trabalho, a loja recebeu a joia de volta, já devidamente reparada.

Matthew fez questão de abrir a embalagem para conferir pessoalmente se o serviço havia sido feito com a maestria necessária. Seu espanto se tornou visível quando ele percebeu que a corrente de ouro não era a mesma de antes; aquela parecia um pouco mais grossa. Um pequeno detalhe, mas que não passou despercebido pelo seu olhar cirúrgico.

– Não é a mesma corrente – murmurou para si mesmo. Uma onda de desespero ameaçou tirá-lo dos eixos. Matt procurou o gerente às pressas, atônito, e foi logo repetindo: – Não é a mesma corrente.

Sr. Jones trabalhava naquela rede de joalheria havia alguns anos e não via a hora de se aposentar, de maneira tal que seu trabalho era realizado com o menor nível de comprometimento possível. As burocracias haviam, enfim, removido todo o seu entusiasmo. Ele dispensou apenas um olhar entediado para Matthew.

– Ah, o pessoal me avisou que não conseguiria reparar a outra sem comprometer a durabilidade da peça. – Matthew sentiu o sangue escapar de seu rosto diante daquelas palavras. – Não temos outro pingente deste tipo, portanto só trocamos a corrente por uma de qualidade superior, sem custos adicionais.

– Mas a cliente precisava ser avisada. – Ele olhou para a peça que segurava nas mãos com ar de derrota. – Claro que ela vai perceber a diferença.

Matthew não tinha certeza disso. Porém, não queria correr riscos.

– Sr. Smith, esta corrente é muito mais cara que a que ela comprou. O ideal é que perceba e que se sinta em vantagem pela quebra da outra peça.

O vendedor não sabia se aquilo funcionaria. Estava preocupado.

– O senhor me autoriza a realizar a entrega pessoalmente? Assim posso explicar o que houve e garantir que a cliente não fique chateada pela mudança.

Sr. Jones conferiu o relógio em uma das paredes da loja. Sua expressão sequer se modificou durante a tarefa.

– O seu expediente já acabou.

– Eu faço questão, sr. Jones.

O gerente chacoalhou os ombros, indicando que não se importava nem um pouco com o fato de o jovem desejar trabalhar por mais alguns minutos.

– Não se esqueça de fazê-la assinar os papéis – disse, apenas.

– Pode deixar comigo. – Matthew ensaiou um sorriso, ainda que estivesse tenso. – Obrigado, sr. Jones.

Talvez, se tivesse raciocinado um pouco mais, Matthew Smith teria notado sozinho que não seria de bom-tom procurar por Anna Coleman em sua loja. O olhar que trocaram pela manhã foi muito intenso e, também, constrangedor. Tinha a certeza de que seu profundo interesse não tinha a menor possibilidade de ser correspondido, mas não pôde deixar de notar o desconcerto da empresária.

Obviamente, associou o rosto corado de Anna à chateação por causa do colar. *É lógico que ela nunca me olharia de outro modo... Sendo eu um mero vendedor, sem grana e privilégios*, pensou, e logo acrescentou: *além do fato de ela ser casada e feliz. Não posso me esquecer dessa parte.*

Matt se sentia estúpido por nutrir tal desejo descabido. Ficava cada vez mais difícil negar a si mesmo. Tentou se justificar, enquanto caminhava até a loja de Anna, alegando que faria aquela gentileza por qualquer cliente, mas não era verdade.

Os horários dele estavam bem apertados. Precisava pegar o primeiro ônibus que surgisse, do contrário chegaria atrasado na aula do período da noite. A rotina de trabalho e estudo era extremamente cansativa, ele nunca ficaria um segundo a mais na joalheria sem que fosse uma questão de vida ou morte.

– Mas estou aqui, fazendo isso... – disse baixo, enquanto passava pelas vitrines. – Por uma empresária meio esnobe. Como sou imbecil.

O rapaz paralisou na frente da loja de artigos decorativos. Soltou um suspiro e olhou para o lado, talvez na esperança de encontrar Patty. Ela certamente lhe avisaria que aquilo tudo era loucura. Porém, também percebeu que talvez estivesse exagerando. Agiria com profissionalismo, faria Anna assinar os papéis e pronto, assunto resolvido.

Hesitante, ele enfim adentrou a loja. Era um ambiente cheiroso e de muito bom gosto, sem dúvida. A energia inspirava requinte. Sua atenção foi assaltada diversas vezes, conforme reparava melhor em uma peça ou outra. Não pôde deixar de notar que havia alguns quadros à venda, adornados com molduras excepcionais, e precisou conter a vontade de se aproximar deles para olhar de perto.

Percebeu que seria impossível entrar ali sem ficar encantado e desejar possuir algum artigo. Mas nenhum combinaria com o pequeno quarto onde ele morava. Matthew quase não tinha móveis. Havia manchas de tinta por toda parte, porque ele produzia suas telas lá dentro mesmo. Era seu único reduto no mundo.

Uma vendedora logo se aproximou.

– Boa tarde, o senhor deseja alguma ajuda?

Ele piscou para a mulher que trajava o uniforme da loja.

– Sim, por favor. Estou com uma entrega para Anna Coleman. – Matt ergueu a embalagem em que carregava a caixinha com o colar. – É da joalheria. Ela está aguardando esta encomenda.

– Ah, sim. Acompanhe-me. – Abriu um sorriso ameno, que Matt correspondeu.

A vendedora foi em direção aos interiores da loja. Alcançou o corredor com uma placa com a palavra "administração" grafada em letras cursivas douradas. Matt a seguiu em silêncio, apenas saboreando o gosto amargo que tomava conta de seu paladar, além das batidas frenéticas de seu coração. *Acalme-se, é só a porcaria de uma entrega*, pensou, *nada de mais*.

A mulher abriu uma porta de vidro e conversou com alguém rapidamente. Matt enlouqueceu com a ideia de ser Anna. Entretanto, quando a vendedora abriu passagem para que o rapaz entrasse, ele percebeu que estava em uma espécie de antessala, como uma pequena recepção. Uma desconhecida vestida com um terninho trabalhava sentada atrás de uma mesa.

A vendedora deixou-os a sós.

– Pois não? – disse a moça de terninho, abrindo um sorriso amistoso.

Matt voltou a erguer a embalagem. Supôs que a mulher fosse a secretária de Anna, o que faria todo sentido.

– Tenho uma encomenda para a sra. Coleman. É da joalheria.

– Está certo. O senhor pode deixar aqui na mesa.

A funcionária apontou para o tampo de madeira. Não demonstrou muito interesse com o que Matt fora fazer ali. Deveria estar acostumada a receber coisas para a Sra. Coleman o tempo todo.

– Bom... – hesitou ele, e então raspou a garganta antes de prosseguir: – Preciso da assinatura dela. – Retirou o papel dobrado dentro do bolso de seu terno. – E também preciso explicar sobre algumas especificações da peça reparada. É urgente. – Matt sabia que não daria certo caso Anna percebesse a diferença sem sequer ter sido avisada.

A funcionária também parou para refletir. Enfim, apontou para um sofá azul-marinho disposto no canto da sala.

– Por favor, aguarde um momento. Vou verificar se a sra. Coleman pode recebê-lo. Qual é o seu nome?

– Smith. Matthew Smith.

Matt sentiu todas as terminações nervosas congelarem com a iminência de ver Anna outra vez, por isso se sentou antes que começasse a tontear. Seu olhar encontrou mais um quadro por trás da mesa da funcionária e ali permaneceu, porque observar a arte sempre o acalmava. A mulher pegou o telefone, apertou um botão e murmurou tão baixo que o rapaz não conseguiu ouvir nada, ainda que a sala fosse pequena.

* * *

Anna Coleman estava aflita com o conserto do colar. Pensou inúmeras vezes em contar ao marido o que tinha acontecido, mas achava que ele ficaria paranoico caso soubesse que a esposa foi à joalheria sozinha. Arrependeu-se pela escolha que fez mais cedo. Deveria ter contado a Richard e deixado que o marido resolvesse, ainda que ela só precisasse andar alguns corredores para chegar até lá.

Quando o telefone fixo de seu escritório tocou naquele fim de tarde, imaginava que poderia ser algum aviso referente à entrega da encomenda, mas jamais cogitou que Chloe, sua secretária há alguns anos, murmurasse aquele conjunto de palavras:

– Sra. Coleman, o sr. Matthew Smith, da joalheria, está aqui com a encomenda.

Se Anna já não estivesse sentada, com certeza precisaria. Além de receber a notícia de que o rapaz estava tão próximo, ainda teve acesso ao primeiro nome dele assim, de repente. A reação de seu corpo não foi satisfatória para ela mesma.

Então ele está aqui?, refletiu com pesar, *meu Deus do céu... O que foi que eu fiz?*

– P-peça para que d-deixe a joia com v-você, Chloe – Anna queria ter dito aquilo com firmeza, mas gaguejou perigosamente. Seus dedos tremiam pelo assombro.

– Ele disse que precisa da sua assinatura.

Anna engoliu em seco.

– Então traga o papel para mim, por favor. Eu assino, e você resolve o restante.

Chloe Merman não gostava de insistir, porque conhecia Anna de longa data e sabia que a chefe não gostava de ser contrariada. Olhou para o sr. Smith, que se mantinha vidrado no horizonte por trás dela, soltou um suspiro imperceptível e prosseguiu:

– Sr. Smith alega que precisa dar explicações urgentes sobre a joia que a senhora encomendou. Peço para que volte depois?

Anna Coleman se percebeu sem saída. Precisava da joia antes do fim do dia. Compreendia que era bobagem postergar a situação, já que o próprio vendedor fez a gentileza de entregá-la no prazo. Por outro lado, tudo de que menos necessitava era da presença do sr. Smith em seu escritório. Ela sabia que seu corpo a trairia de novo, e que não conseguiria lidar com isso. Era demais para Anna, porém não havia o que fazer além de encarar.

– Não, tudo bem. Peça para que o sr. Smith entre, por favor.

Richard não podia saber daquilo, Anna teve certeza. A lista de coisas das quais seu marido não podia saber só aumentava, o que lhe trazia um tremendo desconforto. Ela ainda cogitou sair do escritório e receber Matthew na recepção, porém temeu que Chloe, sempre tão esperta, percebesse alguma coisa. Seria uma tragédia ainda pior.

A secretária desligou o telefone, levantou-se da cadeira e encarou o rapaz.

– A sra. Coleman o aguarda, sr. Smith – disse, e sorriu amistosamente.

Matt sequer conseguiu corresponder, de tão nervoso que estava.

Quando Chloe abriu a porta e o ambiente se abriu em um escritório amplo, com duas janelas grandes que davam para o pátio do shopping, Matt teve certeza de que entraria em colapso. A atmosfera era agradável e tinha um cheiro adocicado que combinava baunilha e lavanda. A decoração inspiradora era feminina na medida certa, com tons de bege e lilás.

Matthew não sabia direito o que focar, porque sentia a presença de Anna Coleman sentada por trás de uma enorme mesa de carvalho, e tinha medo de ser arrebatado por um tesão fora de controle. Ele soprou o ar de seus pulmões com cuidado, esperou que Chloe fechasse a porta e só então encarou Anna.

Seus temores se tornaram reais. Deparar-se com aqueles olhos o enchia de um instinto animalesco. Nunca na vida Matt quis tanto enroscar seus lábios, e seu corpo todo, nos de alguém. Por um instante, imaginou que louco seria se ele apenas diminuísse a distância que o separava de Anna e a puxasse em seus braços.

Matt teve a certeza de que a foderia ali mesmo, sobre a mesa de carvalho.

Os pensamentos de Anna não estavam tão longe daquele absurdo. Mas, enquanto o rapaz mantinha a expressão amena, quase como se não estivesse pensando em besteira, a dela seguia o caminho do completo pavor.

A face avermelhada não pôde ser disfarçada, e ela se odiava por isso. Se Anna soubesse que o rosto de Matt também estava acalorado, mas que a pele dele não deixava transparecer, talvez se sentisse um pouco melhor por não ser a única pessoa abalada do recinto.

O sr. Smith apertou a embalagem com a joia. Aquele olhar trocado durava tempo demais. Ele já tinha contado uns quatro longos segundos.

– Presumo que a joia tenha sido reparada com sucesso, sr. Smith. – Anna foi a primeira a se recompor. Ou ao menos a tentar. Não ousou se levantar da poltrona, apenas acenou para uma cadeira do outro lado da mesa.

Matt se sentou rapidamente, porque já não sabia o que fazer para conter a ereção.

– Sim, sra. Coleman, aqui está.

O rapaz entregou a embalagem. Pensou se seria prudente dar o aviso antes de a mulher abrir a caixinha, mas a curiosidade de saber se ela descobriria sozinha falou mais alto do que qualquer profissionalismo.

Ele apenas esperou.

Anna Coleman estava tão nervosa que, quando abriu a caixa, suspirou aliviada ao encontrar sua joia em boas condições. Os dedos ainda tremelicavam, e ela não teria visto diferença nem se a corrente de ouro tivesse a espessura daquelas comuns aos cantores de *hip-hop*.

– Obrigada, sr. Smith. Onde devo assinar? – perguntou sem olhá-lo, depositando a caixa aberta sobre a mesa. Concentrou-se em pegar uma caneta de seu porta-lápis mais caro que o salário de Matthew.

O rapaz ficou um pouco decepcionado com a falta de atenção de Anna, embora não pudesse julgá-la naquele momento, já que a sua concentração também falhava.

– Antes de assinar, sra. Coleman... – Ele abriu o papel, hesitante, e o colocou sobre a mesa. – Devo avisar que a corrente de ouro foi trocada por uma de qualidade superior.

Anna o olhou com espanto, em seguida verificou a peça com mais cuidado. Fez uma careta. O coração ameaçou escapulir pela garganta, porque enfim a mulher percebeu a discreta distinção na corrente da joia.

– É... diferente da outra?

Richard saberia. Dar-se conta disso fez o almoço de Anna dançar dentro de seu estômago. Seu marido era extremamente detalhista e perspicaz, não deixava nada passar despercebido. Se havia alguma distinção, ele notaria sem esforço.

– Um pouco. Alguns milímetros mais espessa, quase imperceptível.

O sr. Smith aguardava a reação de Anna com bastante assombro. Mas a mulher continuou em silêncio, analisando o colar.

– Infelizmente não conseguiram reparar a outra sem comprometer a peça – retomou ele e, ainda que estivesse sem graça, complementou com um pequeno sorriso: – A joalheria fez a troca por uma melhor como cortesia. A senhora quer provar?

Aquela pergunta fez Anna Coleman piscar os olhos e desvirtuar a atenção para o rosto másculo de Matthew. Ela não fazia ideia de como um rapaz podia ser tão sexy. Ele deveria ter seus vinte e poucos anos. Não estava no auge da maturidade. Ainda assim, o desenho daquela face lhe despertava sensações inimagináveis.

– P-provar? – repetiu Anna, chocada.

– Sim... Se preferir, posso colocar na senhora e...

– Não! – gritou a mulher, e daquela vez não teve a mínima intenção de disfarçar o constrangimento. Pensar nas mãos daquele homem a tocando novamente lhe trazia o pior dos desconfortos.

Matt entreabriu a boca, assustado. Ele se sentiria melhor se a sugestão que fizera não envolvesse qualquer emoção íntima, se fosse apenas uma questão profissional. Receber aquela negativa o incomodou profundamente, em vários sentidos.

– Não será necessário, sr. Smith. – Anna amansou o tom de voz, porque percebeu que o rapaz ficou chocado e que seu grito havia reverberado dentro do escritório. Temeu que Chloe aparecesse com um segurança a tiracolo. – Eu mesma coloco.

A empresária pegou a joia sem pensar muito bem. Rapidamente, trouxe o fecho do cordão para a frente e se demorou para conseguir o resultado esperado. Os dedos ainda tremiam. Anna praguejava internamente, enquanto Matthew acompanhava a cena se sentindo um ser humano desprezível.

Ele quase se aproveitou de uma cliente. Porque era exatamente o que faria, quando suas mãos, *sem querer*, se encostassem à pele de Anna. Matt sentiria a maciez, a quentura, e certamente sorriria de deleite caso a mulher se arrepiasse de novo. Loucuras seriam elaboradas em sua mente perversa. O rapaz concluiu que o seu caráter talvez não fosse tão bom quanto imaginava.

Era de se esperar, refletiu, *que em algum momento eu demonstrasse um desvio de caráter. Pulando de orfanato em orfanato, sem afeto genuíno... Uma criança mal-amada facilmente se torna um adulto inescrupuloso.*

Anna conseguiu fechar o colar, enfim. Porém, Matt ainda pensava no crescimento difícil que teve. O abandono seria sempre uma ferida aberta em sua história. Ainda assim, ele se recusava a aceitar que a ausência familiar era uma explicação plausível para o fato de desejar tanto uma mulher como Anna Coleman.

A empresária pegou um espelho de mão dentro da primeira gaveta de sua mesa e observou a joia adornando o pescoço. O constrangimento aumentou ao perceber que o pingente em formato de coração havia ficado do lado avesso.

– Acho que coloquei ao contrário...

Matt não ofereceu ajuda de novo. Ainda estava reflexivo, e de repente só teve vontade de ir embora. Aguardou que Anna retirasse a joia e colocasse outra vez, de maneira demorada, visivelmente nervosa, a um passo da desistência.

O rapaz se distraiu quando encontrou outro quadro na parede lateral, em uma das faces do escritório de Anna. Deixou seu olhar perdido nas cores usadas pelo artista que ele não reconheceu.

Com os olhos azuis de Matt apontados para outra direção, Anna conseguiu fechar o colar com mais agilidade. Reparou-se no espelho e conteve um grunhido. Richard notaria.

Ela não sabia o que fazer. Devolver a joia não era opção. Exigir uma corrente igual a outra poderia lhe custar um tempo que Anna não tinha. Contar a verdade talvez fosse o mais prudente. Seu marido não era um monstro, não lhe causaria nenhum mal. No máximo, ficaria aborrecido por alguns dias. Aquele medo era infundado. Uma hora Richard se acalmaria, certo?

Certo, Anna tentava buscar a razão, *certo*.

Quando ela virou para se livrar de vez da presença do sr. Smith, percebeu que ele observava atentamente um de seus quadros. Estava compenetrado, com o olhar tão perdido que chamou a atenção dela. Anna guiou os próprios olhos para a obra de arte de um artista local que ela adorava. Tratava-se de um senhor que vendia sua arte, humildemente, na orla de Lauderdale.

Uma boa moldura transformou a tela em uma preciosidade exclusiva.

– O senhor gosta de arte? – perguntou Anna, mas logo se arrependeu. Não queria saber nada a respeito de Matthew Smith. Seu desejo era unicamente que ele se retirasse daquele escritório o mais cedo possível.

Matt pareceu ter acordado de um transe. Endireitou o tronco corpulento e voltou a atenção para Anna. Percebeu que ela já usava o colar, daquela vez do jeito certo. Aos olhos dele, nunca um pescoço esteve tão bonito.

– Na verdade, sou um mero estudante de Artes Plásticas que às vezes tenta dar umas pinceladas. – Deu de ombros. Ficou envergonhado por ter confessado algo que para ele era tão íntimo. – Então, sim, gosto de arte.

Anna não poderia estar mais surpresa.

– Você pinta?

O sr. Smith continuou intimidado.

– Sim... Tento. – A modéstia dele era genuína. Não se achava excelente, mas suas habilidades com o pincel eram bem maiores que a repentina timidez. – Aliás, a sua loja é de muito bom gosto, sra. Coleman. Vi que comercializa alguns quadros... De quem é este? – Apontou para a parede.

– De um total desconhecido. Gosto de ajudar artistas locais. Tenho contrato com alguns deles, os meus favoritos. Adquirimos algumas obras exclusivas e revendemos.

Anna também não tinha certeza se deveria entrar naquele assunto com o sr. Smith. Podia falar sobre arte durante longas horas, porque adorava, mas ter esse tipo de conversa com Matthew lhe parecia um passo maior do que o que suas pernas poderiam dar.

– Mesmo?

Matt tentou conter a empolgação. Anna fez o possível para não notar o brilho que se acendeu nos olhos azuis do rapaz. A empresária notou que, talvez, ele precisasse de uma oportunidade para mostrar seu trabalho. Mas ela não podia ir tão longe, de modo algum. Por outro lado, não precisava ser mal-educada.

– Sim...

O sr. Smith continuou olhando para Anna, refletindo se seria adequado perguntar se ela tinha interesse em ver um pouco de seu trabalho. Já a mulher teve dúvidas se o mandava embora ou se perguntava sobre uma possível amostra de suas obras.

– A senhora gostaria de ver o meu portfólio?

– O senhor teria um portfólio?

Falaram juntos.

Os dois abriram um sorriso discreto, com as faces envergonhadas. O coração de Matt talvez tenha errado o mesmo número de batidas que o de Anna, o que não tornou a situação nem um pouco mais fácil.

Anna Coleman se arrependeu da pergunta.

Matthew Smith quase gritava de empolgação.

– Infelizmente não estou com ele hoje. Não trouxe para o serviço. – *Maldito dia em que deixei meu material em casa*, Matt se lamentou. – Mas posso trazê-lo para a senhora amanhã e...

Anna já sabia onde tudo aquilo levaria, por isso se adiantou, erguendo-se de sua cadeira executiva. Enquanto pegava e assinava o papel que o rapaz tinha deixado sobre a mesa, comentou, despretensiosa:

– Não sei se estarei disponível amanhã, sr. Smith, mas pode deixar o portfólio com a minha secretária. Vejo assim que puder. – Concluiu a assinatura e lhe devolveu o papel. – Obrigada por ter trazido a joia a tempo.

Matt se encolheu um pouco, ciente de que aquilo tinha sido um corte estratégico. Anna só estava sendo educada, era evidente. Ele se sentiu estúpido mais uma vez.

– Ah, sim. Imagina. Tudo bem, sra. Coleman.

A pretensão de Anna, de fato, era ignorar o portfólio. Talvez pedir para Chloe devolver alguns dias depois, junto a um bilhete educado informando que as obras eram boas, mas que no momento a loja não tinha interesse em comercializá-las. Uma ótima maneira de se livrar de um possível futuro acordo profissional e de todas as emoções loucas que a presença daquele homem lhe causava.

Ela era casada. Feliz. Realizada. Não precisava cavar problemas onde só havia coisas boas. Formaria uma família perfeita, completa, em breve. Não seria arruinada por um vendedor metido a artista, um jovem inexperiente que mal tinha começado a vida adulta. Nem por qualquer outra pessoa da face da Terra. Porque seu coração já era de Richard e não podia ousar bater por outro alguém.

5

A culpa que Anna Coleman sentia era tão extremosa que arrancava cada um de seus pensamentos racionais. Ela sentia que algo importante dentro de si havia se partido, e tinha medo de nunca mais conseguir colar os pedacinhos que a faziam, antes, considerar-se uma mulher completa, íntegra, decente.

Naquela noite, antes de Richard chegar do trabalho, Anna olhou-se no espelho do banheiro da suíte e teve vergonha de si. Visualizou-se como uma mancha obscura que transpassava o que outrora era apenas felicidade; uma sombra que havia se apossado de sua vida e que só crescia. Ela não sabia o que fazer para dissipá-la, mas havia uma arma poderosa que usaria a seu favor: a verdade.

Só assim voltaria a se considerar digna.

Anna retirou o colar cuidadosamente. Estava disposta a contar tudo o que aconteceu ao marido, óbvio, sem mencionar o desejo maluco que invadiu seu corpo. Aquela parte ela nunca seria capaz de admitir. Seria sempre o seu segredo mais íntimo. Sequer conseguia ver o próprio reflexo e pensar nas emoções que sentira mais cedo, porque lhe era insuportável.

A mulher vestiu uma camisola vermelha de seda e esperou por Richard. Sabia como seduzi-lo. Na verdade, nunca fez muito esforço para isso. Ele era um homem insaciável, que sempre estava disposto a dar prazer, e Anna estava simplesmente louca por um alívio. Seu ventre pulsava frenético, exigindo um orgasmo, e ainda que o tesão tivesse sido despertado por outra pessoa, sabia que apenas seu marido podia aplacá-lo.

– Querida?

Anna ouviu a voz de Richard adentrar o quarto, e diferentemente da alegria que sempre sentia em reencontrá-lo, sentiu o que pareceu ser seu coração congelar.

Tanta culpa a devastava. Anna precisava se livrar dela o quanto antes. Foi por isso que saiu do banheiro e, sorrindo, encontrou-se com Richard na suíte. O homem a analisou da cabeça aos pés, já sabendo que aquela camisola havia sido colocada com a única intenção de provocá-lo. Ele ficou muito satisfeito com isso.

– Você tomou banho? – murmurou Richard, aproximando-se de Anna como se fosse um animal feroz e ela não passasse de uma presa indefesa.

– Não. – Anna balançou a cabeça devagar, enfatizando a negativa. – Estou do jeito que você gosta.

Richard abriu um sorriso maravilhado. A ereção já pulsava latente dentro de sua calça social. Apesar de estar exausto por causa da jornada de trabalho, jamais colocaria qualquer outra coisa como prioridade. Naquele instante, só existia Anna e uma necessidade insana de se enterrar dentro dela.

Quando finalmente a alcançou, Richard a puxou pela cintura e se curvou para cheirar, profundamente, o pescoço da mulher. Era fissurado na mistura do perfume que a mulher usava com o seu cheiro natural. Anna fechou os olhos, deixando-se levar, e sorriu um pouco ao constatar um arrepio atravessando sua pele.

Nem tudo estava perdido. Havia esperança.

– Mas, antes, querido... – Anna se desvencilhou devagar, com muita cautela. Encarou o par de olhos abrasados pelo tesão. Hesitou um pouco. – Quero que você ponha novamente este colar.

Ela abriu a mão que empunhava a joia. Richard fez uma expressão confusa. Analisou a peça e, de imediato, percebeu que algo estava diferente.

– O que houve com ele?

Anna tentou manter a voz e a expressão firmes. Não podia vacilar. Queria dar adeus a todas as suas preocupações com relação àquele dia esquisito.

– Quebrou. Tive que solicitar uma troca. Eles me deram uma corrente de melhor qualidade. Agora, sim, vai durar para sempre. – Abriu um sorriso que, lá no fundo, não soube se era genuíno ou forçado. Anna tinha certeza de que amava Richard. Mas nutria dúvidas a respeito de sua própria integridade.

Na opinião dela, ao menos até aquele momento, uma mulher de bom caráter jamais se deixaria excitar por outro homem. No entanto, Anna começava a se interrogar. Será que se tratava de uma reação natural? Será que era tudo uma questão de corpo, de instinto? Não sabia responder. Não tinha certeza de sua própria bondade, o que a fazia questionar se era correto que Richard continuasse a amando com tanta dedicação. Ainda que nunca tivesse encostado um só dedo no sr. Smith, sentia-se uma traidora.

– Quebrou? – O marido soltou um resmungo. Pegou a corrente na mão da mulher e avaliou-a com minúcia. – Você foi à joalheria?

Richard, com toda sua sagacidade, não demorou mais do que alguns segundos para constatar que Anna havia se encontrado novamente com o vendedor que, ela mesma confessara, havia provocado um arrepio em sua pele. Foi difícil tragar o profundo ciúme que trouxe um gosto acre à boca dele.

– Precisei ir, amor. – Anna não conseguia se livrar da sensação de ser uma fingida, ainda que fosse sincera com Richard. – Mas tudo foi resolvido depressa. Agora só preciso que você o coloque em mim de novo.

O marido achou que a joia tinha ficado mais bonita com aquela corrente nova, porém o ciúme o cegou o bastante para que não admitisse.

– Deixou que aquele homem te tocasse? – praguejou, direto ao ponto, com o timbre irritado que a esposa já esperava.

– Claro que não. Só realizamos a troca da peça. – Ela deu um passo para trás. Anna queria dizer que tanto ciúme era infundado, que Richard jamais deveria se sentir ameaçado por um jovem vendedor como o sr. Smith, contudo seria demais para ela caso se sentisse mais dissimulada do que já se sentia. – Não me olhe assim, Richard. Quer transformar este presente em algo desagradável? Porque, se for isso, prefiro não o usar mais.

Anna não conseguia responder se ela mesma já havia estragado o presente. Era mais fácil atribuir tanta responsabilidade às reações do marido. Perceber certa falta de confiança por parte dele a desagradou, mesmo que soubesse que, na prática, não merecia tamanha confiança. A complexidade daqueles sentimentos a deixava transtornada.

A mulher só queria que o inferno acabasse.

– Claro que não, amor. – Richard, enfim, abaixou a guarda. Soltou um suspiro resignado. – Não quero ninguém te tocando além de mim. Apenas isso. – Ele abriu o colar, e Anna se virou de costas. Não pôde mais vê-lo. Fechou os olhos com força, sentindo-se terrível. – Você é minha. Somente minha. Eu te amo tanto... – sussurrou perto do ouvido dela.

Anna suspirou ao sentir outro arrepio se espalhando.

– Sim, meu amor. Apenas sua. Para sempre – balbuciou ela. Reafirmar aquilo fez com que Anna se sentisse um pouco melhor.

Richard Coleman fechou o colar devagar, propositadamente. Resvalou os dedos no pescoço de Anna e se deleitou ao ver o quanto a esposa arrepiava fácil. Sentiu-se mal por ter agido com grosseria, e ainda mais estúpido por ter nutrido ciúmes de um ninguém. O sr. Smith jamais seria páreo para um homem como ele. Não havia motivo para se preocupar, prova disso foi ouvir um gemido baixo escapando dos lábios da esposa.

– Você está com tesão, não é? – perguntou aos sussurros, esfregando as mãos ao longo da barriga de Anna, até alcançar o baixo ventre. Ela estava sem calcinha por baixo do tecido fino. Richard sorriu. – Colocou essa camisola só para eu tirar.

A esposa respondeu chacoalhando a cabeça afirmativamente.

Richard encontrou a fenda umedecida de Anna e agitou os dedos com uma delicadeza precisa. O clitóris inchado vibrou com o toque. Ela se contorceu e gemeu mais alto, enquanto empinava a retaguarda em busca daquilo que tanto queria.

O homem esfregou sua ereção firme na bunda dela. Trouxe os dedos melados à própria boca e, maravilhado, provou o sabor forte de Anna. O marido sempre foi fissurado pelo cheiro natural dela, como um animal no cio que fareja a fêmea.

Anna achava aquilo selvagem, sexy. Gostava de se sentir caçada. O desejo que Richard sentia por ela sempre elevava a sua autoestima. Sentia-se mulher em todos os sentidos da palavra.

– Deliciosa. Toda minha... – assoprou o homem. Arrastou o tecido da camisola ao longo do corpo de Anna, removendo-o de uma vez. – Vem que eu vou te chupar inteirinha, até te sentir gozar na minha língua. Depois vou foder você.

Naquela noite, como em todas as outras, Anna Coleman se entregou totalmente ao marido. Porém, aconteceu o que ela jamais previra: cada gesto de Richard foi recebido com empolgação pelo seu corpo, mas, na sua mente, as carícias, os ofegos, os gemidos e toda a entrega se transformaram em outra coisa. Algo sujo e igualmente injusto, do qual ela não conseguiu se livrar, ainda que tentasse.

A sombra obscura continuava presente, rondeando feito um mau presságio. Os pensamentos dela se direcionaram ao sr. Smith e assim se mantiveram. Quando atingiu um orgasmo, foi nele em quem pensou. Seus devaneios alcançaram o limite de imaginá-lo fodendo, chupando, lambendo, tocando, gozando.

Nem mesmo a frase repetida pelo marido em todas as noites a ajudou a focar Richard. Quando o sexo terminou, Anna ficou com a nítida sensação de ter transado com Matthew Smith, e não com Richard Coleman.

Chegar a essa conclusão tirou o sono de Anna. Ela se xingou mentalmente, repetidas vezes, enquanto revirava na cama à espera de algum tipo de paz para conseguir adormecer. Não obteve nada além da angústia. Durante a madrugada, desistiu de tentar dormir e deixou a suíte levando o smartphone consigo. Não queria que Richard acordasse por causa de sua movimentação.

Anna deixou o corpo afundar no sofá da ampla sala. Soltou um suspiro profundo, enfraquecida. Enxugou algumas lágrimas, depois se sentiu uma boba por estar chorando sozinha, em silêncio, no escuro. Pegou o celular na tentativa de se distrair. A empresária não tinha muito tempo para redes sociais, mas, de vez em quando, gostava de olhar o que acontecia no Instagram.

Foi então que encontrou uma nova solicitação de seguidor em seu perfil pessoal. Anna ficou chocada ao se deparar com o nome dele: Matthew Smith. Em vez de excluí-lo de imediato, como a sua razão gritou, outra voz dentro dela se sobressaiu, estridente, e a mulher clicou na foto do rapaz. Diferentemente do dela, o perfil do sr. Smith era público, qualquer um poderia ver as suas postagens.

Foi com enorme curiosidade que Anna Coleman analisou cada fotografia do jovem. A maioria era de partes de telas pintadas pela metade, pincéis melados de tinta, obras de arte que ele encontrava pelas ruas. Vez ou outra, alguma *selfie* dele em frente ao espelho. A mulher paralisou ao encontrar uma imagem de Matt com o tronco exposto, na beira da praia, segurando uma prancha de surfe. Seus olhos brilhantes, tão fixos na câmera, foram capazes de remover o fôlego de Anna.

– Ah, meu Deus – disse, ofegando.

Sem suportar o súbito interesse em analisar cada partícula da pele exposta do sr. Smith, a empresária deixou o celular sobre o sofá e encarou o teto da sala, repleto de luzes embutidas que, àquela hora, estavam apagadas.

Por que ele me adicionou?, pensou ela, confusa. *Sr. Smith, ficou maluco? Como encontrou o meu perfil?* As perguntas só se acumulavam na cabeça de Anna. *Talvez ele queira dizer algo importante... Será?*

Tão logo Anna teve aquele pensamento, riu de si mesma, nervosa. Percebia que tentava justificar uma possível aceitação de sua parte. Queria um motivo para, em vez de excluir o rapaz, dar boas-vindas à sua intimidade. Era um absurdo tremendo.

Ele só está interessado no meu patrocínio, refletiu melhor. Anna decidiu ignorar a solicitação de Matthew. Não o adicionou ou removeu, apenas deixou o convite ali, intocado, porque se viu incapaz de tomar uma decisão naquele momento de pura fragilidade. Com muita sorte, o jovem a ignoraria também.

Mas ela foi inocente ao achar que isso aconteceria porque, na manhã seguinte, assim que chegou para mais um dia de trabalho, foi recebida por Chloe e uma notícia:

– Bom dia, sra. Coleman. – A prestativa funcionária se levantou de sua cadeira e lhe entregou o que parecia uma espécie de álbum com a capa preta. – O sr. Smith deixou esta encomenda aqui hoje cedinho. Disse que era para a senhora.

– Bom dia. Obrigada, Chloe.

Anna tentou disfarçar o rosto afogueado. Agiu rápido: pegou a encomenda, já ciente de que se tratava do portfólio do sr. Smith, e se trancou em seu escritório antes que a funcionária percebesse aquele completo constrangimento. Esqueceu-se até de perguntar se havia alguma reunião ou compromisso marcado para o dia.

Assim que fechou a porta atrás de si, Anna sussurrou:

– Isso precisa acabar!

Como se pegasse em fogo, depositou o portfólio de Matt sobre a mesa. Fez alguns planos mentalmente. Primeiro, excluiria a solicitação na rede social, encerrando qualquer possibilidade de contato com o jovem. Segundo, esperaria alguns dias e pediria para Chloe devolver o material com uma resposta educada, sem sequer se dar o trabalho de avaliar as obras. Terceiro, pararia de pensar nele de uma vez por todas, principalmente quando estivesse transando com Richard.

Anna sabia o que precisava ser feito. Esse planejamento era totalmente lógico. Se o seguisse, em pouco tempo se livraria das recentes anormalidades em sua rotina. Tudo voltaria a ser como antes. Mas a curiosidade era uma coisa engraçada de tão trágica: surgia de dentro do espírito e se espalhava feito uma doença, e parecia que só deixaria de incomodar quando fosse definitivamente aplacada.

Foi por isso que Anna Coleman cometeu um grande erro: abriu o portfólio.

6

Richard Coleman se considerava um homem pragmático, desde os negócios até seus relacionamentos pessoais. Ele era sempre o primeiro a saber quando um planejamento saía dos trilhos, e não demorava a iniciar a contenção de danos. Com a sua esposa não era diferente. O empresário logo concluiu que algo estava errado em seu casamento, a começar com aquele maldito arrepio.

Nos dias que se sucederam, Anna parecia mais amável do que o comum. Transava com mais afinco, gritava mais alto de prazer e gozava mais vezes. Em uma noite, ainda que não gostasse de se aventurar na cozinha, deixando o serviço apenas para as funcionárias da casa, a mulher preparou um jantar romântico à luz de velas. Estava incomumente carinhosa, quase como se sentisse culpa. O marido não deixou de pensar que, talvez, tudo aquilo tivesse a ver com o colar.

Richard sabia que as declarações e os gestos emocionados eram coisas dele. Anna nunca chegou a ser fria, mas sempre foi contida. Seu amor estava visível nos pequenos detalhes, jamais vinha acompanhado de exageros. A esposa parecia dosar tudo em sua vida, para que nada soasse inapropriado, e fazia o mesmo com os sentimentos; era delicada e forte na medida certa.

Diferentemente da esposa, Richard era um homem sociável, possuía contatos em vários ramos empresariais e acumulava colegas, parceiros e amigos por onde quer que passasse. Enxergava cada evento como uma oportunidade de estreitar laços, e assim mantinha uma vasta rede de apoio. Foi desse modo que conheceu o neurocientista Oliver Hans há quinze anos, que veio a se tornar um de seus melhores amigos.

Eles gostavam de conversar sobre toda sorte de assunto, inclusive, era um dos poucos para quem Richard se abria intimamente. Por isso, quando o dr. Hans o convidou para tomar um café naquela manhã de quarta-feira, o homem viu uma chance de espairecer, já que não parava de refletir a respeito do comportamento modificado de Anna. Não saber o que havia de errado o enervava.

Talvez Oliver pudesse ajudá-lo a iluminar seus pensamentos, porque era a primeira vez que Richard não fazia a menor ideia do que estava acontecendo e o que poderia fazer para que tudo voltasse a ser como antes. Seu instinto apurado compreendia que não adiantava conquistar Anna Coleman com galanteios, fodas brutas e presentes caros. Ele já oferecia isso. Até já tinha entrado em contato com a empreiteira que reformaria o quarto para o bebê. Richard não encontrava nenhuma falha em seu papel como marido.

Mas então o que está faltando?, pensava ele, enquanto circulava por entre as mesas da cafeteria onde havia marcado com Oliver. Não estranhou o contato do amigo porque vez ou outra se encontravam para colocar o assunto em dia, seja para um *espresso* ou um uísque. Ambos frequentavam a casa um do outro com certa constância.

– Meu bom amigo Richard. – Dr. Hans se ergueu da cadeira que ocupava para saudar o amigo. Trocaram um abraço afetuoso, com batidas tímidas nas costas ao final.

Oliver tinha cinquenta anos e cabelos grisalhos curtos. Os óculos redondos de armação preta eram sua marca registrada, bem como a barba cheia, bem-aparada. Possuía um olhar castanho inteligente, que aspirava toda a sua polidez e rigorosidade científica.

Anna o considerava excêntrico, porém educado o suficiente para agradá-la. Já Richard o achava especialmente cômico.

– Oliver, que bom te ver, cara! Como estão as coisas?

– Tudo bem, tudo bem... Como vai você? E Anna?

Richard se intimidou com a ideia de contar o que estava acontecendo, ao menos naquele primeiro momento. Sentiu-se envergonhado e pensou que talvez fosse melhor ficar quieto. Compartilhar seus problemas seria o mesmo que os admitir.

– Está tudo bem conosco.

Os dois se sentaram frente a frente. Dr. Hans havia escolhido uma mesa que ficava no lado exterior do estabelecimento, coberta por uma armação que lembrava um guarda-sol tamanho família. O clima ensolarado de Fort Lauderdale contribuiu para o pedido de Richard: um café gelado. Oliver se contentou com um *espresso* forte.

– Fiquei surpreso com este encontro no meio da semana. Esperava uma partida de golfe no sábado. – Richard se adiantou, sorrindo um pouco. Gostava de jogar com o velho amigo no clube que frequentavam. – Fez alguma descoberta?

Dr. Hans abriu um sorriso amistoso.

– Na verdade, fiz. Preciso te fazer uma proposta, por isso achei que calharia bem um encontro como este. Só não esperava que você fosse escolher um café gelado. – Oliver fez uma careta e Richard soltou uma risada espontânea. – Acho que a vida está fácil demais para você, Coleman. Só faltava ter pedido aquelas espumas doces em cima.

– Chantilly?

Hans intensificou a careta.

– Devo me preocupar?

– Claro que não. – Richard decidiu, definitivamente, não falar nada a respeito de seus possíveis problemas com Anna. Até porque havia uma grande chance de eles só existirem em sua cabeça. – Mas me conte: o que descobriu? Qual é a proposta?

Não era raro o dr. Oliver Hans conversar sobre alguns de seus trabalhos acadêmicos com Richard, um homem suficientemente inteligente para compreender as temáticas da neurociência, ainda que sem tantos detalhes e nomenclaturas. Oliver, como Richard, gostava de se gabar, e os dois trocavam elogios constantemente, como modo de garantir que seus egos se mantivessem inflados.

– Devo ter mencionado um novo estudo na área comportamental no nosso último encontro. Acontece que é uma pesquisa de extremo sigilo, portanto não te dei muitos detalhes. – No mesmo instante, o garçom trouxe os pedidos. Hans parou de falar imediatamente. Richard esperou que fossem servidos e riu quando o rosto do amigo franziu diante da sua bebida. Oliver retomou a conversa em um tom mais ameno: – Antes de prosseguirmos com esta conversa, devo reiterar que o assunto é de extrema confidencialidade.

– Uh, isso ficou mais interessante.

Dr. Hans revirou os olhos, fingindo impaciência, porém logo em seguida sorriu.

– Não se preocupe, Oliver. – Richard apertou o ombro largo do amigo. – Não converso sobre seu trabalho com ninguém. Fique tranquilo.

Não era uma completa verdade. Às vezes Richard mencionava uma coisa ou outra para Anna, mas nada que pudesse comprometer Oliver ou suas pesquisas.

– Pois bem. – Dr. Hans guiou o rosto para os arredores da cafeteria. Não havia outros clientes sentados por perto, o que garantiria o sigilo. – Serei direto. Estamos desenvolvendo um fármaco que, ouso dizer, é a resposta para toda a realização humana. – O cientista não conteve um sorriso vaidoso. Richard deixou a testa enrugar, confuso. – Imagina só a felicidade encapsulada. – Gesticulou um grande círculo com ambas as mãos. – Nossos patrocinadores estão animados com os resultados que estamos entregando. São grandes indústrias farmacêuticas, muito dinheiro envolvido.

– Espera aí um minuto... Felicidade encapsulada? – Coleman piscou os olhos algumas vezes. – Mais um produto para emagrecimento ou algo assim?

Dr. Hans soltou uma risada desdenhosa.

– Não. Vai muito além disso. Imagine um medicamento capaz de trazer todas as sensações de felicidade inimagináveis.

Richard continuou sem entender.

– Isso já não existe? Chamamos de antidepressivos, dr. Hans.

Richard adorava debochar do trabalho do cientista, apenas porque sabia que o abalava. Embora se tratasse apenas de brincadeiras, às vezes se sentia enciumado: achava as pesquisas de Oliver impressionantes. Porém, lhe faltavam estudos e tempo para adentrar na área. Era melhor continuar jogando com o time que estava ganhando. Vender carros importados poderia não ser tão empolgante quanto as descobertas de mecanismos cerebrais, mas era o que garantia a Richard Coleman um patrimônio de milhões de dólares. Já o dr. Hans, ainda que fosse bem-sucedido, não chegava a tanto.

– Fomos além disso. – Oliver deu um gole em seu *espresso*. Estava quente e forte, como ele gostava. – Estou falando de desejo, de prazer sexual. De sexo no sentido mais amplo.

Richard continuou com o desdém:

– Um novo tipo de Viagra?

Daquela vez ambos riram.

– Muito além. Passamos os últimos dois anos mapeando todo o funcionamento corporal e psicológico durante um orgasmo. Analisamos as variações bioquímicas e sociais. Nunca foi realizada uma pesquisa tão complexa sobre o assunto. A equipe é gigante, Coleman. Médicos, biomédicos, neurocientistas, psiquiatras, psicólogos e até engenheiros. A tecnologia investida é de arrepiar.

Richard não deixou de se lembrar do arrepio de Anna. A lembrança o desagradou, por isso se ajustou na cadeira e cruzou os braços na frente do corpo. Aguardou que o amigo continuasse a explicação, que ficava mais interessante a cada segundo.

– Criamos um protótipo que mapeia e avalia bioquimicamente cada estímulo durante o ato sexual. Nanotecnologia. – Dr. Hans levou a ponta do dedo indicador à veia do pulso. – Os programas que os engenheiros especializados desenvolveram estão nos dando respostas contundentes.

Richard estava empolgado. Adorava falar de sexo tanto quanto o próprio sexo.

– Um protótipo? Que tipo de protótipo?

– É um nanochip, Coleman. Inserido no tecido epitelial, ele é capaz de trazer todas as respostas corporais. Sabemos onde está acontecendo o estímulo, que tipo de hormônio está sendo liberado, qual modo e intensidade com que o corpo responde... Podemos classificar níveis de orgasmo de acordo com a região afetada durante um ato sexual. Podemos prever até uma possível gravidez, quantidade de espermatozoides liberados, as regiões do cérebro mais trabalhadas...

– Uau... – Richard assobiou. Era a reação que Oliver esperava vinda do amigo. – Que puta pesquisa, cara!

– É um estudo complexo e com milhares de possibilidades. Vai revolucionar o prazer humano. O foco são os medicamentos, óbvio, por conta dos investidores, mas muito será retirado dessa pesquisa. É o fim dos mistérios do sexo. – Dr. Hans não conteve a empolgação ao anunciar aquela frase. – O fim da complexidade dos desejos. Transar será como um cálculo matemático exato.

Richard Coleman alisava os dedos em seu queixo másculo. Para ele, sexo não era um mistério, talvez porque havia encontrado em Anna uma parceira excepcional. Ambos já sabiam a melhor maneira de dar e receber prazer. Funcionavam como uma máquina, em que as engrenagens trabalhavam com perfeição. Já tinham o *modus operandi* garantido do prazer.

No entanto, refletindo enquanto observava o rosto iluminado de Oliver, percebeu que aquele estudo era mesmo transformador. Havia infinitas possibilidades a serem retiradas da pesquisa. Richard sempre achou que as pessoas se esforçavam pouco na hora do sexo, sobretudo os homens, haja vista a grande quantidade de reclamações que partiam das mulheres. Diferentemente do empresário, os caras não se interessavam em estudar os pormenores do prazer feminino. Achavam que era simplesmente meter e ponto-final.

Richard acreditava que as pessoas ficavam insatisfeitas porque eram leigas, imaturas e acomodadas. Não se importavam com seus parceiros ou parceiras. Havia gente que nem sabia onde estava o clitóris. Que não chupava bem ou não sabia foder. Sexo também requeria estudo, prática e cuidado. Atenção e dedicação.

Richard se esforçava a cada ato, nunca fazia de modo automático, porque não via sentido nisso. Transar era a coisa que mais gostava de fazer, e tinha que ser com Anna. Precisava ser com ela para lhe trazer a máxima sensação de prazer possível. Nunca passou por sua cabeça traí-la, arranjar outro alguém. Era completo e realizado com sua esposa. Satisfeito no sentido amplo da palavra.

Um tipo de felicidade que ele já possuía e não havia sido encapsulada, usando os termos do dr. Hans.

– Realmente é um estudo muito interessante... – murmurou Richard. Sentia uma espécie de frio na barriga e não sabia explicar o motivo. Talvez fosse empolgação. – Mas estou curioso... Não sei se entendi aonde você quer chegar, doutor. Qual é a proposta?

Dr. Hans sabia que, naquele momento, teria que ser bastante cauteloso.

– Até agora nossos estudos foram realizados com uma amostragem muito pequena. Voluntários, pessoal da pesquisa, estudantes... Mas a coisa toda precisa evoluir, pois estamos criando um aplicativo avançado. Precisamos urgentemente de uma amostragem de qualidade, e pensei em você.

– Em mim?

– Exatamente. Não é você o viciado em sexo? – Oliver riu sozinho. Richard fez uma expressão ofendida, mas não se sentiu assim de verdade. – Precisamos de pessoas como você, Coleman. Casadas e felizes. Sexo rotineiro e altamente satisfatório. Saúde em dia. Não temos como encapsular a felicidade só com uma amostragem cheia de gente infeliz e carente. Queremos entender como é a dinâmica dos casais realizados.

Richard passou um minuto completo avaliando os olhos castanhos de Oliver. Ele parecia seguro do que estava dizendo, muito objetivo, como sempre. O empresário ficou aliviado por nem ter começado a contar a respeito de seus problemas.

São bobagens alimentadas por um ciúme infundado, definiu ele, e prometeu não pensar no assunto. Suas inseguranças não podiam comprometer um casamento perfeito.

– Do que exatamente você precisa, Oliver?

Dr. Hans tomou mais um gole do café, antes de assumir:

– Queremos que você e Anna ingressem no nosso estudo.

Richard assentiu. Fingiu tranquilidade, porém seu coração batia acelerado diante da ideia de servir como uma espécie de cobaia naquela pesquisa.

– De que modo? Não quero incomodar a minha esposa... Principalmente agora. Decidimos aumentar a família. – Ele sorriu, envaidecido.

Oliver era solteiro e gostaria de permanecer assim pelo resto de seus dias. Estava muito bem casado com a ciência. Entretanto, quando o amigo deixava a sua felicidade tão evidente, considerava normal sentir uma pontada de inveja. Às vezes, sentia a necessidade de amar e ser amado. Depois pensava que tudo não passava de um conjunto de estímulos e hormônios liberados no momento certo. Simples assim.

O amor não passava de respostas biológicas. Para Hans, uma ilusão facilmente modificada por um remédio, por exemplo. Os copos de uísque que ele tomava vez ou outra lhe serviam muito bem para aplacar certas ansiedades.

Oliver ficou feliz com a notícia dada por Richard, porém de uma maneira meramente científica. Ele até se esqueceu de que deveria parabenizar o amigo ou demonstrar contentamento de um modo socialmente aceito.

– Na minha opinião, não existiria momento mais propício, então. O auge da felicidade de um casal, não? – disse o doutor, e Richard apenas concordou com a cabeça. – Pois bem, não faria diferença na vida de vocês, na verdade. Só precisamos que preencham uma papelada e respondam a uns formulários, depois aplicaremos o nanochip, que permanecerá com vocês durante alguns meses. Imperceptível. – Hans foi bastante enfático. – Vamos recolher todos os dados sem que se preocupem com nada. Talvez uma entrevista rápida de vez em quando, conforme surgir alguma variação nos resultados. Podemos inclusive ajudar no processo de fecundação. Seria muito proveitoso.

Richard não sabia se negava de prontidão. Achava que Anna não aceitaria aqueles termos, também não tinha certeza de que realmente não os incomodaria. Talvez o fato de estarem sendo estudados mudasse tudo. O marido não queria comprometer o relacionamento. Mas uma ideia lhe ocorreu: talvez aquele estudo trouxesse as respostas de que ele precisava. Queria conhecer melhor o funcionamento de Anna.

– Vocês dão informações assim... rapidamente? Saberiam o momento exato da fecundação?

Hans demonstrou o orgulho que sentia com um amplo sorriso.

– Mas é claro, trata-se de um monitoramento completo em tempo real. Sabemos de absolutamente tudo, inclusive os melhores dias e horários para a fecundação. Essas informações são confidenciais, por enquanto, mas posso dar um jeito. – Piscou um olho em cumplicidade. – Sou o chefe de toda a equipe. Eu que lido com os materiais recolhidos; logo, posso ajudar em primeira mão.

A proposta era muito interessante. Richard achava que, com aquela justificativa, Anna aceitaria. Afinal, qual casal que pretende ter filhos tem a oportunidade de ser monitorado naquele nível de qualidade? Nenhum, nem mesmo os que pagam fortunas em clínicas de fecundação.

Foi naquele instante que o empresário percebeu que a pesquisa do dr. Hans era realmente inovadora e poderia render frutos em várias áreas. Faria girar muito, mas muito dinheiro. Não era à toa que estava sendo bem patrocinada.

Oliver percebeu que Richard havia ficado reflexivo. Não queria perder a chance de angariar voluntários de qualidade, por isso ativou o seu modo mais convincente:

– Pense como uma maneira de trazer ainda mais satisfação para o seu casamento, Coleman. – Dr. Hans sabia o quanto Anna era prioridade para Richard. Estava muito apaixonado, coisa que o cientista jamais entendeu. Mas gostaria. Seria um prazer estudar aquele casal e responder às tantas perguntas que já se fez, desde que os conheceu. – Além de aumentar as chances de fecundação. Certamente terão um bebê antes do fim do ano, e ainda ajudarão a desenvolver uma tecnologia que vai mudar tudo.

Era um desafio para a ciência, e para o dr. Hans, entender como um casal poderia permanecer apaixonado após dez anos de relacionamento. Dopamina? Ocitocina? Que tipo de neurotransmissores ou hormônios estariam envolvidos nessa improvável equação? O estudo daria todas essas respostas com a exatidão necessária.

Aos poucos, Richard assentiu, ainda muito pensativo.

– Você mencionou um remédio. Não entendi direito qual é o objetivo dele. Felicidade encapsulada? O que seria isso?

Oliver não conseguia pensar no assunto sem abrir um sorriso de satisfação genuína. Ele não via a hora de ter seu nome vinculado àquelas descobertas. Sabia que poderia ser o divisor de águas em sua carreira. Seria ainda mais respeitado e premiado. Isso sem contar com o dinheiro, que para ele era o que menos importava. O que o dr. Oliver Hans queria era extremo prestígio.

– Imagine só ir a uma farmácia, comprar um medicamento que garantirá todas as boas sensações possíveis, sem efeitos colaterais ou risco de vícios. Vai além da virilidade, porque estamos mapeando todas as respostas sociais. – Oliver ficou satisfeito com o olhar espantado de Richard. – É a qualidade do sexo, a garantia de orgasmos, de níveis hormonais perfeitamente encaixados. A ativação do cérebro ideal para garantir dopamina, serotonina e endorfinas. Esse fármaco já está sendo desenvolvido. Estou falando, Coleman, é coisa grande. – Seu tom de voz se tornou mais baixo: – Tem pessoal do MIT, de Yale, de Harvard trabalhando nisso. E eu coordeno tudo.

– Presumo que esse estudo ainda vá levar alguns anos.

Oliver prendeu os lábios. O tempo estava contra ele. Sentia o relógio correndo rápido demais. Cada segundo importava.

– Sim, de fato. Essa não é nem a metade de um longo percurso. Ainda estamos testando e qualificando as tecnologias, por isso precisamos de você e de Anna.

Novamente, Richard concordou com a cabeça. Estava convencido a participar, principalmente para garantir o aumento da família o quanto antes. Seria o maior argumento para convencer Anna.

– Preciso conversar com a minha esposa.

– Naturalmente.

– Não sei se ela vai concordar em expor a nossa intimidade dessa maneira – disse Richard, dando de ombros.

Ele realmente não sabia como Anna reagiria à notícia. Ela era uma caixinha de surpresas. Não raro concordava com absurdos e discordava do óbvio. Característica que agradava o marido, porque nenhum dia era igual ao anterior. Não havia previsibilidade. Era, como ele mesmo dizia, complicada e, ao mesmo tempo, perfeita. Era tudo o que ele queria.

– Não se preocupem, são informações para fins completamente científicos. Todos os dados são confidenciais, e poucos têm acesso. – Oliver continuou tentando convencer o amigo. – Como falei, vocês sequer perceberão que estão sendo monitorados.

– Pois bem. – Richard soprou o ar dos pulmões. – Conversarei com Anna e te ligo informando a resposta.

– Espero que seja positiva! – Dr. Hans ergueu a xícara de *espresso*, e Richard aproximou seu copo, selando o assunto com um pequeno brinde.

Os amigos ainda conversaram sobre a possível partida de golfe a ser realizada no sábado. Richard contou a respeito da comemoração de dez anos de casamento, do aumento da família e das pretensões do casal de reformar um quarto, então Oliver teve a chance de parabenizá-lo, como ditava o figurino. Nenhuma questão conflituosa foi mencionada pelo empresário, que decidiu ignorar todos os alarmes.

Ambos deixaram a cafeteria carregados de expectativas. Dr. Hans queria uma amostragem de qualidade, estava sedento por descobertas. Já Richard, no fundo, não desejava apenas chances maiores de fecundação. Oliver havia mencionado um aplicativo de mapeamento. Com aquela tecnologia avançada, seria possível compreender o funcionamento do corpo de Anna.

Implicitamente, o marido ainda queria saber por que a esposa havia se arrepiado sob o toque de outro homem. Talvez jamais encontrasse a paz enquanto não obtivesse respostas. Seria um arrepio isolado, involuntário, ou aquele toque havia despertado e umedecido as suas partes mais íntimas?

7

Seis dias antes

Anna Coleman estava pronta para se deparar com algumas telas de cores maldefinidas, talvez um tipo de arte moderna que não entendesse, rabiscos aleatórios frutos da abstração de um artista sem muito talento. Não que duvidasse da capacidade do sr. Smith, até porque não o conhecia, mas esperava um trabalho leigo e imaturo de quem tinha pouca idade e, consequentemente, pouca experiência.

A mulher se enganou completamente. Foi arrebatada pela surpresa quando, ao abrir o portfólio, imagens fantásticas de obras realistas saltaram na sua frente. Rostos, paisagens, cotidianos, detalhes de objetos e partes de corpos, tudo pintado com exuberância e personalidade.

A primeira reação de Anna foi arquejar de espanto. Em seguida, procurou sua poltrona, a fim de se acomodar para verificar cada obra com cautela. Ela se perguntou como poderia o sr. Smith ainda não ser um artista reconhecido, porque poucas vezes se deparou com um trabalho como aquele. Nunca viu nada parecido na Flórida. Ela sabia que qualquer uma daquelas telas valeria uma fortuna, se estivesse na moldura adequada e fosse distribuída pela empresa certa.

Além de uma entusiasta no mundo das artes, Anna Coleman era ambiciosa. Precisou dessa qualidade para construir o seu império e tornar a sua marca uma referência quando o assunto eram artigos decorativos. Seus produtos eram exibidos na casa de famosos, gente influente de toda qualidade, pessoas que podiam pagar por exclusividade, luxo, modernidade e status.

Sendo assim, não achou incomum nutrir uma vontade repentina de se comunicar com Matthew. Tinha previsões financeiras imediatas de muitas cifras para o trabalho do rapaz. E atribuiu todo o interesse meramente a esse fator, ela não poderia perder aquela chance, do contrário alguém o descobriria como artista. Corria esse risco a cada segundo. Bastava que alguém com um olhar mais apurado visualizasse o portfólio.

– Esse garoto é espetacular... – murmurou para si mesma.

Folheou a pasta que continha fotografias muito bem impressas de cada trabalho. Ao lado das imagens, nome e ano da obra, além de uma descrição rápida do material utilizado.

– Muito cuidadoso. Deveria estar exposto nas melhores galerias do mundo... Não é possível!

Houve alguns instantes em que Anna achou que estava maluca. Duvidou de seu senso crítico. Talvez considerasse o trabalho do sr. Smith diferenciado porque não conseguia olhá-lo sem sentir um desejo proibido.

De repente, foi invadida por muita pressa. Precisava checar suas impressões, e ninguém melhor do que a sua consultora de arte para dizer se ela tinha razão ou não.

Anna ligou para Chloe, que atendeu ao primeiro toque:

– Preciso da srta. Kate aqui na minha sala. É urgente – solicitou, com a voz firme. Chloe não fez perguntas, embora tivesse estranhado o pedido.

– Sim, sra. Coleman, irei chamá-la.

* * *

Kate Holt trabalhava em uma sala ampla naquele mesmo corredor, onde também se estabeleciam mais duas funcionárias que se dedicavam à criação de novas campanhas. A equipe escolhia a dedo os produtos comercializados pela loja Anna Coleman. Holt, na opinião de Anna, era a mais competente e talentosa. Possuía um olhar excepcional e sabia exatamente quais produtos fariam mais sucesso na empresa.

Quando a funcionária de quase trinta anos adentrou a sala de sua chefe, encontrou-a com o olhar espantado.

– Algum problema, sra. Coleman?

Anna se levantou sobre os saltos.

– Preciso que veja isso e me diga o que acha. Com sinceridade.

Entregou-lhe a pasta preta, que Kate pegou imediatamente.

– Certo. – A curiosidade da srta. Holt fez com que ela abrisse o portfólio sem mais perguntas. – Uau! – disse, ofegando, talvez com a mesma empolgação inicial de Anna.

Kate também precisou se sentar, mesmo que a chefe não a tivesse convidado. Virou algumas páginas com visível estupefação.

– Quem é a artista? Meu Deus, isso é incrível, sra. Coleman. Um verdadeiro tesouro. Vamos trabalhar com ela?

Kate ergueu a cabeça para a empresária, com os olhos brilhando de expectativa. Anna sentiu o coração bater mais forte. Quase faltou fôlego para questionar:

– O que achou?

– Impressionante. Já estou ansiosa para conhecê-la... Sra. Coleman, essas telas vão ficar perfeitas com a nova coleção. E não só com ela. Imagina as possibilidades de um trabalho como este? – disse Kate, soltando um riso emocionado de verdade, o que contagiou Anna.

No entanto, em vez de se sentir contente, a empresária ficava mais desesperada.

– Ela aceita encomendas? A senhora já fechou algum contrato? – perguntou a funcionária.

Anna precisou soltar um longo suspiro. Seria difícil conter a alegria de Kate. Nada estava definido. Inclusive, havia prometido a si mesma que nunca mais se depararia com Matthew. Aquela situação toda era uma grande novidade, que sequer fazia sentido.

– Ainda não. Só te chamei aqui para conferir a sua opinião... Não sabia se realmente valeria a pena fechar um contrato com o artista.

– É um homem? – Kate ergueu o rosto de novo, porque voltara a ficar vidrada em uma das telas, que exibia a figura de uma bailarina. O jogo de cores e os pontos de luz estavam inacreditáveis de tão lindos. – Que sensibilidade.

Anna paralisou com o comentário. Pensar no sr. Smith como um homem tão sensível mexeu com seus nervos.

– Acho que a senhora não deve pensar duas vezes. E, se for para escolher apenas algumas, por favor, inclua esta bailarina. Perfeita. Ele está fazendo alguma exposição? Quero vê-las ao vivo, assim posso selecionar minhas favoritas.

– O artista é totalmente desconhecido, Kate. Um estudante.

A funcionária entreabriu a boca, tamanho o espanto.

– Não acredito!

Anna assentiu devagar. Seu corpo inteiro estava agitado e confuso. A empolgação se misturava com a angústia de uma maneira que ela mal podia compreender.

– Acha que seria de bom-tom incluir obras de um pintor desconhecido no nosso catálogo? – perguntou Anna sem rodeios, ainda que temesse a resposta.

– Não seria a primeira vez, sra. Coleman. – Kate deu de ombros. – Com o nosso prestígio, é só uma questão de tempo, e o artista terá seu nome em toda parte. Além disso, seremos os pioneiros. A senhora devia conversar com o departamento jurídico. Nesse caso, talvez um contrato exclusivo seja a melhor opção.

Anna concordou com a cabeça, protelando devagar porque, se fizesse rápido, certamente ficaria tonta e correria o risco de desmaiar. Eram informações demais. Kate ainda teceu alguns comentários a respeito das obras, mas foi difícil que Anna prestasse atenção. Sua mente se manteve em Richard.

Ele nunca vai permitir uma parceria entre mim e o sr. Smith.

Embora Richard nunca tivesse oferecido qualquer opinião contraditória a respeito do trabalho de Anna, a esposa sabia que o marido implicaria, que ficaria desconfiado. Aquele não era o momento para tomar atitudes que abalariam o seu casamento. Ela sentia que não possuía forças para lutar aquela guerra, sobretudo porque mal podia olhar nos olhos de Matthew sem elaborar as mais insanas loucuras. Sua mente divagava, e seu corpo respondia de imediato.

Era evidente que não daria certo.

– Muito bem, Kate. – Anna se levantou novamente, dando a conversa por encerrada. – Vou avaliar melhor a situação. Obrigada.

– Ficarei feliz em acompanhar a senhora, caso decida conferir as obras pessoalmente. – Abriu um enorme sorriso. – Será um prazer escolher as melhores.

– Sim, não se preocupe. Se esse contrato acontecer, tudo passará pelas suas mãos.

A srta. Holt saiu da sala de Anna Coleman com um sorriso aberto e a expectativa nas alturas. Já Anna voltou a se encolher. Visualizou o portfólio aberto sobre a mesa como se ele fosse um bicho peçonhento prestes a atacar. Tinha uma decisão muito importante para tomar: arriscar a harmonia de seu casamento e fechar um contrato vantajoso ou deixar uma oportunidade valiosa passar.

Richard era prioridade para Anna. Sempre foi. Entretanto, não cabia na mente dela perder um acordo profissional por causa do ciúme do marido. *Nunca fui uma mulher passiva, que faz tudo do jeito que o esposo quer*, refletiu. Mas a quem estava querendo enganar? O ciúme de Richard não era infundado. Ele só não sabia disso.

E nunca saberá.

Anna fechou a pasta com certa força, provocando um alto ruído, em seguida pegou o celular e fez a primeira coisa que prometeu a si mesma que não faria: aceitou a solicitação de amizade do sr. Smith.

* * *

A joalheria estava vazia àquela hora da manhã. Matthew já tinha soltado dois ou três bocejos disfarçados. Estava tudo limpo e organizado, logo não havia o que fazer além de esperar possíveis clientes adentrarem a loja. A espera era a pior parte do serviço, na opinião dele. Ficaria mais satisfeito se passasse as infindáveis horas de expediente fazendo alguma coisa útil.

Ele viu Ben mexendo no celular, no lado oposto, de um jeito meio escondido, porque o sr. Jones não permitia que ninguém se distraísse. Matthew olhou para todos os lados antes de usar um dos balcões como escudo. Sacou o próprio celular do bolso, a fim de fazer o tempo passar mais rápido, e a única notificação existente o tirou dos eixos. Matt bambeou, porque não imaginava que um dia aquilo fosse acontecer.

Anna Coleman aceitara a sua solicitação de amizade.

– Ela me aceitou! – exclamou, mais alto do que o apropriado.

Ergueu a cabeça e notou que Ben sequer o ouviu. Já Patty o encarava com curiosidade. A colega limpava alguns anéis mesmo sem a menor necessidade, só para ter o que fazer.

– O quê?

– Nada.

Matt prendeu os lábios e se esgueirou. O celular continuava escondido atrás do balcão e assim permaneceu. Ele esperou que Patty voltasse a se distrair para olhar novamente a tela do aparelho.

Era inacreditável que Anna tivesse lhe dado a mínima abertura. Desde que havia deixado o portfólio em sua loja, Matthew estava nervoso, ansioso por uma opinião, uma crítica, qualquer coisa vinda daquela mulher. Seria muito importante para ele, ainda que não desse em nada. Só queria que Anna opinasse.

O rapaz aproveitou a oportunidade para visualizar as fotos da empresária na rede social. Era um perfil discreto, não havia muita coisa, mas a cada imagem de Anna em situações diferentes Matthew soltava um suspiro. Paralisou no sorriso dela, de dentes perfeitos, brancos e alinhados. Havia sensualidade e delicadeza naquela mulher, algo que deixava Matt encantado feito um adolescente.

Matthew Smith viu quando Anna começou a escrever uma mensagem e esperou pacientemente, com o coração doendo de tão rápido que batia, porém ela desistiu. Instantes depois, ela tentou de novo. Matt quase gritou com a tela. Esperou e esperou, mas o aviso de que Anna estava digitando alguma coisa voltou a se apagar.

Passaram-se alguns minutos e nada. Anna mudou de ideia. Foi então que Matt, tomado por uma súbita coragem, resolveu ele mesmo acabar com aquilo. Digitou um "oi" e apagou. Depois, um "olá, tudo bem?". Desistiu. O rapaz percebeu que, de fato, não era tão simples assim iniciar uma conversa sem soar imbecil ou pretensioso.

Talvez Anna estivesse com a mesma dúvida.

Anna Coleman: *Oi, sr. Smith. Tudo bem?*

A mensagem despontou na tela de repente, e Matt deu um pequeno pulo de susto. Parecia que ela tinha, enfim, se decidido. O rapaz precisou se controlar para não falar alto de novo. Deixou alguns palavrões e exclamações empolgadas dentro da própria mente, um lugar seguro e privativo.

Depois de dois minutos, percebeu que devia responder alguma coisa, e não continuar apenas surtando em silêncio.

Matthew Smith: *Oi, sra. Coleman. Que prazer.*

Tão logo digitou, Matt se arrependeu da escolha de palavras. Ele tinha ficado duro na frente dela em seu último encontro. Era muita cara de pau mencionar a palavra "prazer", porque, para ele, era genuíno, de verdade mesmo. Tesão puro e completo.

Anna Coleman: *Vi seu portfólio. A minha consultora de artes adorou. Podemos conversar?*

Matt mordeu a parte interna das bochechas para não soltar um grito. Muitas dúvidas se apossaram de sua cabeça. Ele não sabia se havia sido Anna ou a consultora que avaliara suas obras. Ela não expôs uma opinião pessoal. Seria de propósito?

Matthew Smith: *Sim, com certeza... Estou no trabalho agora, mas respondo sempre que conseguir.*

Anna Coleman: *Não por aqui. Pessoalmente.*

Matt precisou recuperar o fôlego, antes de digitar:

Matthew Smith: *Claro. A senhora gostaria que eu passasse em seu escritório após o expediente?*

A resposta demorou a surgir. Anna enroscou todas as engrenagens de seu cérebro buscando uma alternativa que não a expusesse tanto, mas Matt jamais saberia disso. Ele não fazia ideia do quanto os dedos da mulher estavam tremendo. Não tinha ciência do calor que invadia o seu corpo diante da ideia de um novo encontro.

Anna Coleman: *Não, prefiro que seja em outro local. Às 19h, no Canyon Southwest Cafe.*

Anna não sabia que Matthew frequentava suas aulas todas as noites, e o rapaz decidiu que não seria estúpido a ponto de adiar uma conversa com Anna Coleman. As aulas que se explodissem. Ele faltaria sem o menor peso na consciência.

A escolha de Anna não havia sido em vão; sabia que as chances de encontrar Richard por acaso seriam mínimas, porque ele não gostava muito do estabelecimento, embora ela adorasse. Seu objetivo ao marcar um encontro era ter uma conversa sem testemunhas com o sr. Smith, para alinhar interesses, e só então decidir se fecharia um acordo. Ela precisava sondar as possibilidades. Inclusive, queria conhecer as peças ao vivo. Claro que, depois da decisão, caso fosse positiva, contaria para Richard.

Mas não naquele primeiro momento.

Matthew Smith: *Está marcado, sra. Coleman. Até lá.*

As preocupações do rapaz se acumularam após a confirmação do encontro. Seria prudente que Matt refletisse sobre a natureza da conversa, mas ele, na verdade, estava muito mais apreensivo com a própria aparência. Não havia trazido roupas apropriadas. Quando deixava o serviço, vestia-se de modo simples para pegar o ônibus. Teve medo de envergonhar Anna e começou a se desesperar em silêncio.

– O que deu em você? – Patty foi a primeira a perceber e perguntar.

Matthew não queria envolver a colega naquela história. Já sabia a opinião dela. Mas explodiria se não desabafasse suas preocupações.

– Surgiu uma oportunidade profissional... Uma reunião... para hoje. – Escolheu bem as palavras, para não comprometer ninguém. – E eu não trouxe roupas adequadas. Não sei o que fazer, teria que estar bem vestido. É importante.

– Por que não usa seu uniforme? É só tirar o terno e a gravata, ninguém vai saber que é o traje de uma joalheria, e você ainda vai ficar bem social.

No desespero, Matthew não havia pensado nisso. Abriu um sorriso para a colega e, sem conter a empolgação, abraçou-a. Percebeu que tinha exagerado e se afastou devagar. Viu Patty sorrindo com o rosto meio corado, o que lhe trouxe certa tranquilidade.

– Obrigado, acho que vai funcionar.

– O que seria de você sem mim? – brincou ela, piscando um olho. Em seguida, voltou à seriedade: – Pretende mudar de emprego?

– Não... É uma oportunidade com a arte. Talvez venda alguma tela.

– Ah, sim.

Patty precisou se afastar para atender um cliente que acabava de entrar na joalheria. Agradeceu por não precisar responder nada consistente, porque a verdade era que Patty achava que o colega só estava perdendo tempo e dinheiro estudando arte. Ele deveria se preocupar em sobreviver e escolher uma área mais prática, que garantisse um emprego fixo. Era a mentalidade de quem havia tido os sonhos removidos pela sociedade.

* * *

Anna nunca esteve tão nervosa para conversar com um possível parceiro de negócios. Passou em casa rapidamente, ciente de que Richard demoraria a chegar do trabalho, tomou um banho, refez a maquiagem e escolheu um vestido vermelho elegante.

Saiu de casa pensando se não havia exagerado. Ela usaria uma peça sensual para frequentar uma reunião de negócios? Teve certeza de que não, e essa certeza apenas a angustiou. Ainda cogitou retornar para trocar de roupa. Não o fez. Foi do jeito que estava.

Assim que adentrou o Canyon Southwest Cafe, com alguns minutos de atraso, encontrou Matt a aguardando no bar. Os dedos dele tamborilavam o tampo da mesa, em visível nervosismo. Uma perna chacoalhava sobre o apoio da banqueta. O ambiente era muito mais casual do que os estabelecimentos que Anna costumava frequentar. Havia um ar moderno e aconchegante, ainda que o espaço não fosse tão amplo.

Ela se aproximou devagar. A cada passo o coração acelerava. Os saltos charmosos triscando o piso chamaram a atenção de Matthew, que logo a encontrou. Aquele olhar esverdeado e fatal. Os lábios pintados de vermelho, os cabelos loiros soltos, volumosos. O cheiro dela invadiu o ambiente sem pedir licença. Matt foi nocauteado pelo súbito tesão, um desejo poderoso que parecia aumentar a cada encontro.

Anna prendeu a respiração e, por longos instantes, o mundo ao redor pareceu se mover em câmera lenta. Seus olhos se mantiveram nos azuis de Matt, tão brilhantes e enérgicos. Pela primeira vez, não buscou compreensão.

Aquele rapaz lhe causava sensações inapropriadas e, pelo visto, assim seria o tempo todo. Ela precisaria aprender a lidar com aquilo e, por esse motivo, ergueu o queixo e concluiu os últimos passos que faltavam para se aproximar de vez.

– Sr. Smith – saudou, delicada. Abriu um sorriso ameno.

– Sra. Coleman. – Matt piscava os olhos mais do que o normal. Manteve-se sério por puro desespero. Teria se levantado e a cumprimentado, se uma incômoda ereção não estivesse despontando em sua calça social. – Que bom revê-la.

Anna olhou ao redor. Tentava esconder o constrangimento atrás da elegância.

– Vamos escolher uma mesa?

– Sim, claro.

Mas Matthew continuou sem se levantar. Soltou um suspiro audível e, mentalmente, clamou por algum socorro vindo dos céus.

– O senhor está bem?

Anna percebeu que ele parecia à beira de um colapso.

– Um pouco nervoso, confesso – disse ele, e riu.

Ela fez o mesmo, apenas para amenizar o clima. Mas acompanhar o riso de Anna não ajudou Matt a espantar o tesão, muito pelo contrário. Piorou a situação.

– Não se preocupe, trago apenas notícias boas. Vamos?

Matthew se percebeu sem saída. Precisava lutar para não passar vergonha na frente de tantas pessoas e, sobretudo, daquela mulher maravilhosa.

– A senhora me acompanharia em um drink antes do jantar?

Anna fez uma expressão confusa. Matt forçou um sorriso casual. Houve alguns segundos de um silêncio sufocante, até que a empresária cedeu e se sentou na cadeira de perna alta ao lado de Matthew, em frente ao bar. Não estava nos planos dela ingerir nada alcóolico, porém não achou a ideia tão ruim, embora fosse um pouco esquisita.

Será que o sr. Smith vai flertar?, perguntou-se. *Teria essa capacidade?*

– Aceito uma taça de vinho tinto – disse ela, enfim.

Se fosse em outras condições, talvez na companhia de Richard, proporia que abrissem uma garrafa. Mas Anna Coleman não chegaria a esse nível de ousadia naquela noite.

O rapaz não fazia ideia se teria que pagar a conta, ou ao menos a sua parte, ainda assim decidiu acompanhar a sra. Coleman e também pediu uma taça de vinho. Calculou se seu cartão de crédito cobriria a dívida e temeu uma conclusão negativa. Já Anna não pensou em dinheiro por sequer um milésimo de segundo.

Eles foram servidos prontamente pelo barman, enquanto passavam por minutos silenciosos, em que ambos tinham milhares de pensamentos conflituosos com os quais lidar. Nenhum dos dois prestou atenção na música ambiente que ressoava nos alto-falantes. Nem mesmo nas conversas dos outros clientes ou no que os garçons faziam. Só existia a presença estarrecedora um do outro. Estavam conscientes.

Não ousaram fazer um brinde. Deram o primeiro gole ao mesmo tempo, embora Anna tivesse muito mais habilidade com a taça e com o próprio vinho, já que mexeu um pouco o líquido para oxigenar e intensificar seu sabor. A mulher sentiu que talvez tivesse feito a escolha errada. Vinho sempre a deixava mais solta e excitada.

Ela não sabia se podia sentir mais tesão do que aquilo sem ser descoberta. Algo lhe dizia que a noite seria muito longa, se deixasse. Precisava ser mais objetiva. Por outro lado, Matt rezava para que o vinho que pretendia tomar coubesse no seu bolso.

Diferente do seu pau, que já tomava boa parte do tecido de maneira escandalosa.

8

Matthew e Anna passaram alguns minutos sem saber o que fazer. Fingiram distração com suas taças de vinho. Ambos compreendiam que deveriam entrar em algum assunto, qualquer que fosse ele, para o clima não permanecer tão sufocante, mas nenhum dos dois encontrava o foco necessário para pensar com objetividade.

O rapaz tentava expulsar a ereção constrangedora. O cheiro de Anna tão próximo não facilitava. Não fazia qualquer esforço e ainda assim elaborava os mais obscenos pensamentos. Imaginava que louco seria se fossem ao banheiro juntos, se a beijasse com desespero e arrancasse o vestido dela. Matt tinha certeza de que comeria aquela mulher linda em qualquer lugar, de qualquer maneira, porque o tesão era tanto que ele mal raciocinava.

O cheiro que sentia era da respiração de Anna. O ar que exalava de suas narinas disparava jorros de dopamina no cérebro de Matthew. Tesão puro. Desejo. Vontade de sugar a sua língua ali, naquele instante.

– Eu deixaria a conversa sobre negócios para o jantar. – Anna finalmente reagiu, virando-se um pouco para encarar Matthew. O rapaz estava estático sobre a cadeira, o que a divertiu intimamente. Parecia um robô. – Mas não estava nos meus planos beber, então serei direta, sr. Smith. Gostei muito do seu portfólio.

Foi a vez de Matt suspender a respiração. Sentiu o rosto esquentar e cada partícula de seu corpo estremecer diante da notícia. Olhou para o rosto de Anna com uma forte admiração, como se ela fosse uma deusa. A sua salvação, talvez. O rapaz ficou sem palavras, e como não conseguiu reagir, limitou-se a tomar outro gole do vinho.

Anna percebeu seu desconcerto. Estranhou o fato de o sr. Smith não parecer envaidecido, como achou que aconteceria. Talvez fosse modesto ou não se considerasse um bom artista, o que não fazia o menor sentido para ela. A fim de não prolongar o silêncio, acrescentou:

– A minha consultora de arte ficou empolgada. Quer conhecer as obras ao vivo.

Matthew quase cuspiu o vinho. Mas fez o possível para engolir a bebida. Largou a taça de lado e continuou visualizando a figura imponente de Anna, sentada tão charmosa naquela cadeira, dominando o ambiente como uma caçadora implacável. A vontade de agarrar a mulher se tornou insustentável para Matt. Doía em todas as terminações nervosas.

Só que ele tinha outro problema para resolver. Todas as suas telas estavam enfileiradas no canto de seu minúsculo quarto. Não havia onde as exibir. Não podia convidar Anna Coleman ou qualquer pessoa de sua equipe para um alojamento estudantil. Logo, Matt pensou em um de seus professores e na possibilidade de reservar uma sala dentro da universidade. Talvez ele o ajudasse a conseguir.

– Elas estão expostas em algum lugar? – questionou Anna, porque o rapaz continuava em silêncio, reflexivo e bastante intimidado, o que a mulher não deixou de notar.

Matt negou com a cabeça.

– Não, sra. Coleman. Posso tentar reservar uma sala onde estudo. Ou posso levar as telas para a senhora, onde desejar.

Anna achou aquilo estranho.

– O senhor tem transporte adequado para elas?

Matt deu de ombros.

– Posso dar um jeito.

Anna usou o vinho para ganhar tempo, pois precisava refletir sobre aquilo. Pelo que entendeu, Matthew simplesmente não sabia o que fazer, o que era inacreditável, já que seu trabalho era excelente. Ele não devia tratar suas obras com aquele nível de amadorismo.

– Não vou arriscar comprometer a integridade das obras pelas quais tenho interesse, sr. Smith. – Anna soou objetiva. – Onde elas estão neste exato momento?

– No meu quarto – respondeu Matt, tão rápido que não percebeu o quanto soaria inadequado. Ele mal acreditava que tinha conseguido o interesse de alguém como Anna Coleman em sua arte. Era tudo novo e impressionante demais.

Anna abriu um pouco os olhos e arquejou, o rosto ficou instantaneamente quase da cor de seu vestido. *Ele está flertando?*, a dúvida a corroeu.

Matt ficou ainda mais desconcertado, por isso raspou a garganta e se corrigiu:

– É onde eu as produzo, sra. Coleman. A maioria delas não saiu de lá. Desculpe ter sido indelicado, juro que não foi um convite. – Aquelas palavras deixaram a face de Anna ainda mais vermelha. – Seria muita grosseria de minha parte.

– Não, tudo bem, eu tinha entendido.

Devo estar ficando louca, refletiu Anna. *Ele me vê apenas como uma possível patrocinadora, e eu aqui, pensando insanidades.*

Os dois se olharam em silêncio. Matt foi o primeiro a desviar o rosto, mas não ousou se aproximar da taça, para não correr, de novo, o risco de engasgar. A ereção finalmente havia ido embora por causa do nervosismo.

– Já participou de alguma exposição, sr. Smith?

Matt voltou a olhá-la. Anna continuava demonstrando muito interesse em seu trabalho. Ele não sabia que, por dentro, a mulher tentava desesperadamente manter o assunto e ignorar as reações de seu próprio corpo. Seu ventre a traía outra vez.

– Algumas mostras na universidade, apenas.

– E ninguém reparou no seu talento? – soltou Anna, sem querer. Culpou o vinho pela indiscrição. Matthew não podia se sentir mais envergonhado. – Desculpe, mas é que acho incrível que suas obras não estejam expostas.

– Sra. Coleman, eu preciso ser sincero. – Matt se ajustou na cadeira. O coração de Anna quase parou, ao menos foi essa a sensação, porque ela logo imaginou que ele falaria de outro assunto. Aquele em que não estava preparada para entrar. – Comecei a estudar tarde e não tenho muitos recursos. Não uso as melhores tintas ou os melhores pincéis, e até a qualidade das telas deixa a desejar. A universidade não custeia mais do que os materiais das aulas, que são insuficientes e não posso levar para casa.

Embora frustrado, Matthew se sentia melhor por dizer a verdade. A empresária assentia, disfarçando o constrangimento por ter pensado errado do rapaz. *O problema está na minha mente*, ponderou, *todas as questões complicadas vêm do meu corpo.*

– Preparei esse portfólio não faz mais do que dois meses e nunca tive coragem de entregar a ninguém. Portanto, não sei se estou qualificado para... – Matt fez uma pausa e ofegou. – Bom, a verdade é que não posso vender esse material de baixa qualidade para a sua loja tão refinada. Seus clientes vão perceber e reclamar, com toda razão, e meu nome será jogado na lama antes mesmo de existir.

Anna estava surpresa. As palavras foram sugadas de sua mente, e ela continuou observando Matthew durante longos instantes. Não podia afirmar que tinha ficado ofendida. Se raciocinasse melhor, julgaria Matt por fazê-la perder seu precioso tempo, mas não foi assim que se sentiu. Pelo contrário. Agradou-se com a sinceridade dele.

– Então, por que me mostrou o seu portfólio? – A voz de Anna se manteve firme, mas não a ponto de demonstrar irritação. – Se está despreparado, por que fez questão de me apresentar às suas obras?

Matt não sabia responder à pergunta sem se comprometer.

– Eu não sei... A gente estava falando sobre arte e... Achei a tela de seu escritório incrível. – Suspirou. Tentou manter a franqueza, apesar de tudo. – Fiquei curioso para saber o que acharia do meu trabalho. Me desculpe.

Anna continuou empertigada.

– Se não pretendia vender as suas obras, por que aceitou o convite para este encon... *esta reunião*? – A mulher apontou para a taça de vinho já quase finalizada. Ficou desconcertada por quase ter cometido uma gafe. – Podia ter avisado pelo Instagram.

Matthew a encarou por tempo suficiente para que Anna voltasse a pensar em coisas mirabolantes. Analisando racionalmente, a empresária não havia percebido qualquer sinal diferenciado por parte do rapaz.

Matt havia sido profissional o tempo todo. Já ele tinha apenas um arrepio, que achava que não significava nada.

Contudo, só eles podiam sentir a energia intensa que ali pairava. O percurso seguia além da lógica e de qualquer olhar demorado. Era uma certeza silenciosa que os dois tentavam negar a si mesmos, porque buscavam a razão acima daquele poder dominante. Intimamente, Anna e Matthew sabiam que alguma coisa diferente estava acontecendo.

– Desculpe por fazê-la perder o seu tempo, sra. Coleman – respondeu Matt, após segundos comprometedores. A voz quase não saiu, de tão baixa. – A senhora disse que queria conversar comigo pessoalmente e eu vim, é claro. Jamais recusaria qualquer convite.

Anna prendeu a respiração de novo, porque parecia que, enfim, havia recebido um sinal, ainda que não tão evidente assim. O coração batia forte nas têmporas diante do olhar azulado de Matthew, que se mostrava sinceramente arrependido.

– Dê o seu preço – definiu Anna Coleman.

As insanidades de Matthew fizeram seus pensamentos percorrerem outros caminhos que não eram os profissionais. Sua expressão foi de assombro porque, de repente, achou que a sra. Coleman queria pagar por *outra coisa*. Sua mente, naquele momento, não estava encontrando a objetividade.

Anna não perdeu tempo se questionando se agia por impulso. Mesmo que as pinturas não valessem tanto, ainda as queria, nem que fosse para avaliar o trabalho de Matthew de perto. Kate com certeza daria uma opinião inteligente.

– Quero todas as telas. Faça seu preço, sr. Smith. Transferirei o valor pela manhã e arranjarei uma maneira de buscá-las com segurança. – Anna esvaziou a taça, enquanto o rapaz quase entrava em parafuso. – Onde o senhor mora?

Matthew piscou os olhos, espantado tanto com a proposta quanto com a pergunta.

– C-Cooper City.

Anna fez uma careta. Não imaginava que o sr. Smith morava fora de Fort Lauderdale, embora fizesse sentido. Muitos estudantes ocupavam cidades vizinhas, onde o custo de vida era notavelmente menor.

– Muito bem. Esta semana peço para que alguém vá buscar. Claro, se o senhor quiser vender. – Anna percebeu que Matt tinha ficado calado, o que podia significar que ela estava forçando a barra. Sequer havia perguntado se ele desejava, de fato, comercializar as telas. – Desculpe, acho que exagerei. – Abriu um sorriso constrangido.

Na verdade, Matthew estava encantado com a mulher.

– A senhora é implacável nos negócios – disse ele, e riu. Anna riu também, embora continuasse constrangida.

Matt reparou no cordão de ouro emoldurando o pescoço da mulher. Seu olhar permaneceu ali por alguns segundos, e Anna reagiu tocando no pingente.

– Está tudo bem com este? – perguntou ele, acenando para a peça brilhante.

Anna assentiu, e seu rosto voltou a esquentar. O olhar azulado do rapaz se manteve fixo nos contornos de sua pele.

– Sim, tudo bem.

Matt quis perguntar se Richard Coleman havia notado a diferença entre as correntes, porém jamais ousaria ir tão longe. Não mencionaria o marido de Anna nem sob tortura. Engoliu a pergunta junto ao último gole de vinho, então o barman ressurgiu perguntando se o casal gostaria que as taças fossem enchidas de novo.

A empresária hesitou.

– Acho que... – Olhou para Matt, que ergueu os ombros como se, para ele, tanto fizesse. Sua hesitação foi uma questão apenas financeira. – Sim, mais uma, por favor.

Anna era apaixonada por vinhos, mas, naquele momento, perguntou-se se aquela paixão havia sido o único motivo para continuar bebendo. Questionou-se se havia um lado dela que queria perder as estribeiras. Que desejava parar de pensar. Refletiu se culparia o vinho ou a si mesma pelas escolhas. Toda a gama de pensamentos conflitantes a deixou em silêncio enquanto eles eram servidos novamente.

O sr. Smith ergueu a taça e sorriu um pouco, antes de entorná-la de leve. Anna sentiu que entraria em combustão. Todo o funcionamento de seu corpo piscava em alerta, avisava dos perigos. O coração batia enlouquecido. Uma voz gritava para que ela fosse embora dali e nunca mais olhasse para trás. Aquele era o momento de partir.

Mas havia outras coisas com as quais lidar. O sentimento de torpor, a adrenalina, o fato de estar se sentindo viva, o tesão que fazia seu baixo ventre pulsar, o calor que tomava seu corpo e aquela coisa nunca antes sentida. Ela não permanecia sentada em frente ao bar por causa da qualidade do vinho, mas pelas emoções que o perigo, o proibido despertavam nela.

Dopamina. Naquele instante, seu corpo estava inundado pela molécula do prazer.

– A verdade é que não faço ideia do preço, sra. Coleman – Matthew voltou ao assunto, porque se deu conta de que fugiu dele sem querer e de que Anna parecia incomodada. – Prefiro que faça uma oferta. Ficarei feliz em aceitar, sem dúvida.

– Pois bem.

Anna retirou uma caneta da bolsa. Sempre quis fazer aquilo, porque via nos filmes, mas nunca teve a chance. Calculou a quantidade de telas do portfólio e ofereceu mil dólares por cada uma, mesmo ciente de que poderiam valer menos aos olhos de Matthew. O montante foi escrito em um guardanapo.

Anna o arrastou até Matt alcançá-lo. Ele achou aquilo tudo muito hilário e chegou a rir com suavidade, mas seu sorriso foi embora assim que se deparou com o valor da proposta. Em seus 23 anos, Matthew Smith nunca tinha visto tanto dinheiro na vida. Ele ofegou, descrente, sem disfarçar o choque.

– S-senhora C-Coleman... Isso é... – engoliu em seco.

Matt sentiu vergonha de dizer que aquilo era muito dinheiro porque, pelo visto, para Anna, não passava de troco. Encarou a mulher, que o avaliava com uma intensidade que ele considerou sensual.

– O que me diz?

– Eu digo que não fazia ideia de que a senhora tinha gostado tanto das telas.

Anna riu.

– Você se tem em baixa conta, sr. Smith. Claro que farei uma avaliação com o meu pessoal, mas aquelas cores que usou... Aqueles traços...

– Os olhos dela brilharam ao se recordar especificamente da bailarina mencionada por Kate. – Há muita ousadia e personalidade. Um olhar diferenciado. Não acho que estou pagando muito, e só estou fazendo isso porque o senhor está despreparado. Poderia cobrar muito mais. E, se quer um conselho, deveria se preparar para uma carreira de sucesso.

Matt assentiu devagar, um tanto intimidado. Sabia que Anna tinha razão, ele era só um artista que não valorizava o próprio trabalho. Quando não estava trabalhando, passava a maior parte do tempo fechado em seu mundo, produzindo para si mesmo. Não possuía muitos contatos, não se promovia e no fundo até sentia vergonha em mostrar os resultados para as pessoas. Todos os dias pensava em desistir de pintar. Suas obras eram muito pessoais, íntimas. Talvez por isso o desejo de mostrá-las a Anna. Matt sentiu necessidade de se aproximar dela de algum jeito.

– Eu fico muito lisonjeado e... confesso... surpreso com o seu interesse. Achava que te mostrar o portfólio não daria em nada.

Anna deu um gole na taça e ousou perguntar:

– Não foi para isso que me adicionou no Instagram? Para ver se daria em alguma coisa? – Sorriu. – Para que eu me lembrasse de avaliar seu trabalho?

Matt paralisou diante dela. Piscou devagar e murmurou:

– Na verdade, não.

– Não? Por qual motivo, então?

Ele não conseguiu manter o olhar curioso de Anna. Desviou o rosto e riu de si mesmo, considerando-se um grande idiota. Quase flertou com a mulher casada que tinha lhe feito uma proposta irrecusável. Matt percebeu que precisava ser mais esperto e se controlar, do contrário colocaria tudo a perder.

– Fiquei curioso com a senhora. Minha colega mencionou o seu trabalho. Eu... Eu não sabia quem a senhora era até aquele dia na joalheria.

Anna ficou surpresa. Achou que o sr. Smith soubesse desde o princípio, afinal seu escritório estava no shopping fazia alguns anos.

– Então me adicionou para xeretar? – perguntou ela, e riu.

A empresária sentia que aquela segunda taça de vinho não tinha sido uma boa ideia. Era evidente que estava mais aberta.

Matt devolveu o riso e não negou nada.

– Sou muito curioso mesmo. Mas, de qualquer modo, não imaginava que a senhora me adicionaria de volta.

Anna riu com Matthew, mas no fundo se sentiu perturbada. Nem ela imaginava aquilo. Não deveria dar o mínimo espaço, mas ali estavam os dois sentados em frente a um bar, saboreando um bom vinho e conversando sobre negócios. Parecia surreal, na cabeça dela.

– Bom, foi um modo de entrar em contato após ver o seu portfólio.

– Sim, eu entendo. E fico muito feliz.

Eles trocaram um olhar demorado até Anna perceber que já tinha feito tudo o que precisava naquele encontro. Elaborou uma proposta, Matthew aceitou e, pronto, não havia mais por que levar a reunião adiante. Era só o rapaz informar o número da conta bancária e o endereço para que Anna fizesse uma coleta.

– Por que artigos decorativos? – perguntou Matt, de repente, antes que a mulher encontrasse um jeito de ir embora sem parecer indelicada.

Ele notou que, se quisesse a companhia dela por mais tempo, teria que mantê-la distraída. Naquele instante, não importava que ela fosse impossível. Ele só queria a chance de admirá-la por inteiro. Não se cansava disso.

– Não é uma história tão interessante. Fui estagiária na empresa de construção civil da minha família. Eles queriam que eu fosse engenheira. – Anna riu, balançando a cabeça em negativa. – Quase surtaram quando me interessei por Arquitetura, só que descobri que ainda não era o que eu queria. Depois de decepcioná-los de diversas maneiras, eu me encontrei no mundo do design de interiores e quis fazer disso a minha profissão. Uma coisa foi levando a outra... Quando percebi, já estava revendendo produtos de artistas famosos e criando uma marca só minha.

Matt não podia ficar mais encantado. Ao contrário de Anna, achava aquela história interessante.

– Uau... Com todo o respeito, mas a senhora é tão jovem. – O elogio fez Anna se envaidecer. Sentia-se uma coroa perto de Matt, embora tivesse soprado apenas 32 velinhas. – Não imagino como conseguiu chegar longe tão rápido.

– Muito trabalho e apoio familiar, com certeza. – Anna pensou em mencionar Richard, mas achou melhor não. Seu marido a ajudou de diversas maneiras a atingir aquele nível de sucesso, bem como ela o tinha ajudado. Eram uma ótima equipe. – Mas e o senhor? A sua família o apoia?

Matt mudou a expressão admirada para uma exausta.

– Eu não tenho família – murmurou.

– Não?

Anna ficou espantada. Não esperava por uma resposta como aquela.

– Não... Sou órfão.

Eles se mantiveram calados por alguns segundos.

– Sinto muito. – Anna chacoalhou sobre a banqueta e raspou a garganta. Arrependeu-se de ter feito a pergunta.

– Não se preocupe. Ao menos não tenho ninguém para se decepcionar comigo.

– Não acho que decepcionaria, sr. Smith. Sem dúvida os deixaria orgulhosos.

Trocaram um sorriso cúmplice, capaz de deixar ambos os corações aquecidos. Matt não fazia ideia de que Anna era uma pessoa agradável. Achou que não passasse de uma riquinha esnobe, mas pelo visto se enganou. E nunca se sentiu tão bem por isso.

– Sei que temos que manter o respeito e o profissionalismo, mas a senhora pode me chamar de Matthew. Ou apenas Matt.

– Tudo bem. Matthew. – Anna sorriu, mas foi para disfarçar o desconforto. O nome dele saiu dos lábios dela como se fosse mel. Foi estranho escutar a si mesma.

Além de todas as esquisitices, não queria que Matthew a tratasse pelo primeiro nome. Pensou se seria de bom-tom devolver a cortesia, mas continuou calada e, de novo, usou o vinho para desviar o foco.

Já Matt se concentrou em conter outra ereção.

– O que vai fazer com o dinheiro? – perguntou Anna, primeiro porque ficou curiosa e segundo porque não sabia mais o que dizer. Qualquer coisa seria melhor que o silêncio.

– Não pensei nisso... – Matt estava meio desnorteado com aquela compra. Para ele, ainda parecia irreal. Achava que a qualquer momento acordaria e descobriria que tudo havia sido um sonho. – Fui pego de surpresa. Mas com certeza investir em materiais melhores. – Anna sorriu diante da resposta. Era o que ela intimamente esperava. – Para estar mais preparado na próxima vez que eu tiver sorte.

– Quero ser a primeira pessoa para quem vai mostrar o novo portfólio – disse Anna em um impulso louco. – Assim você não vai precisar contar com a sorte.

Matthew sentiu o coração errar algumas batidas.

– Certo. Com certeza, Anna.

Embora a empresária não tivesse falado nada a respeito da maneira como Matt a trataria a partir de então, ele mesmo tomou a iniciativa de afastar as formalidades. A mulher paralisou em choque. Os alarmes internos apitaram mais alto, de modo ensurdecedor, e foi impossível não os escutar.

Foi então que decidiu que precisava dar um basta.

Anna terminou sua taça em um grande gole e, quando a colocou de volta sobre o balcão, encarou Matt. Ele a observava quase sem conseguir controlar o desejo. Infelizmente, Anna estava ocupada demais disfarçando o dela própria, por isso não foi capaz de notar que era correspondida na mesma desesperadora medida.

Ela olhou para a tela do celular, que repousava ao lado da taça. Conferiu o horário e fingiu ter recebido uma mensagem. Pediu licença num murmúrio, pegou o aparelho e mexeu um pouco. Richard provavelmente ainda estava no trabalho, visto que não telefonou nem deixou qualquer aviso.

– Sr. Smith... Matthew... – Ergueu o rosto para olhá-lo outra vez. O rapaz se esforçou para mirar os olhos dela, não os contornos maravilhosos entre o pingente e o decote do vestido vermelho. – Desculpe, mas preciso ir agora. Creio que já temos um acordo, certo? – Anna esticou as pernas até encontrar apoio para se erguer da banqueta.

Foi a primeira vez que Matt se sentiu seguro para levantar da cadeira desde que Anna Coleman adentrou o recinto.

– Ah, sim, claro, claro.

A altura de Matthew foi colocada diante de Anna, e ela não soube o que fazer. O corpo paralisou. Eles se olharam, envergonhados.

– Eu queria... – começou Matt.

– Tenho que... – interrompeu Anna, sem querer, mas logo parou e gesticulou para que o rapaz continuasse.

– Fale, por favor, Anna.

– Tenho que pagar a conta, já que fui eu quem o convidou – murmurou ela e, delicadamente, retirou o cartão de crédito de dentro da bolsa. Acenou para o garçom, que logo veio com o total do consumo. Anna quitou a dívida rapidamente, e só depois se voltou ao sr. Smith. – Mas o que você ia dizer?

Matthew ficou envergonhado durante o tempo todo, refletindo se seria prudente se oferecer para pagar a conta. No entanto, temeu que fizesse uma cena para no fim apenas passar vergonha na frente de Anna. Ele não fazia ideia de quanto custava a taça de vinho e tinham consumido quatro. A mulher não o deixou verificar o papel.

– Eu queria agradecer pela oportunidade. Muito, muito obrigado, Anna. – Matt tentou conter a emoção o quanto pôde. Só conseguiu por causa do constrangimento. No fundo, ele tinha ficado emocionado com o que havia acontecido.

Reconhecimento, altas quantias de dinheiro pelo seu trabalho e uma intensa hora na companhia de Anna Coleman. O dia não poderia ficar melhor.

– Fizemos negócio, Matthew. Não precisa agradecer.

– Mas eu me sinto muito grato. De verdade. Se precisar de qualquer coisa, eu me coloco à disposição. E ficarei feliz em mostrar meus novos trabalhos. – Suas palavras tiveram um tom de despedida que o desagradou.

Anna se limitou a sorrir. Não ousou dizer nada, para não se comprometer mais. Ela deveria ficar feliz por ter se livrado da situação sem maiores problemas, e também porque Matt parecia se despedir dela. Mas não foi o que sentiu. A mulher ficou tão incomodada quanto o rapaz, ainda que tudo fosse loucura.

– Eu a acompanho até a saída. – Matt acenou para o lado.

Os dois seguiram na direção do estacionamento, onde alguns carros estavam enfileirados, inclusive o de Anna. Porém, o dela estava um pouco mais distante da entrada do estabelecimento. Matt colocou as mãos nos bolsos com o único intuito de não tocar naquela mulher. Pareceu uma tarefa difícil demais de ser realizada.

Ele não ficou surpreso quando Anna parou na frente de um Porsche azul-marinho. Havia feito pesquisas suficientes para saber que Richard Coleman tinha uma loja de carros importados.

– Onde está o seu… – começou a perguntar Anna, e só depois se deu conta de que talvez Matthew não tivesse um carro. Ela limpou a garganta depois da curta pausa, só então completou: – Como você vai para casa?

– Ah, eu… – Ele olhou para os dois lados. Estava um pouco perdido naquela região, mas tinha descido em uma parada de ônibus ali perto e pretendia usá-la de novo. – Vou pegar um transporte.

– Para Cooper City? A esta hora?

Não estava tão tarde assim, ao menos não para Matt, que só chegava ao seu quartinho após a última aula da noite. Mas Anna sentiu compaixão da expressão dele, parecia que não sabia onde estava e que fazia o possível para não deixar transparecer. E era verdade.

– Quer que eu te deixe em algum lugar?

Matt olhou rapidamente para o carro reluzente de Anna. Ainda que achasse que não precisava daquela ajuda, nunca recusaria a chance de passar um tempo a mais com ela, sobretudo dentro de um Porsche.

– Na Avenida Las Olas está bom, se não for um incômodo, claro. De lá consigo me achar.

– Imagina, não é incômodo, fica no caminho. Vamos!

Anna não teve tempo de se arrepender. Quando percebeu que ficar sozinha no seu carro com Matthew Smith era um absurdo sem precedentes, já era tarde demais para voltar atrás. Assim que se acomodou no banco do motorista, incrivelmente confortável, viu Matt deslumbrado com o interior do veículo. O fato de estar tudo meio escuro e silencioso a fez sentir vergonha por ter sugerido uma carona.

De repente, Matt virou o rosto para olhá-la e encontrou Anna o encarando com intensidade. Ela não soube dizer o que aconteceu. Não conseguiu desviar o rosto da figura daquele homem, ajustar o cinto de segurança ou ligar o carro. Não podia se mexer. Apenas continuou analisando o olhar dele através da penumbra do estacionamento.

Aquela troca de olhares foi tão prolongada que Matt enfim se deu conta. Seu desejo era correspondido. A informação o golpeou como um martelo poderoso, tanto que ficou desnorteado de imediato. Ele entendeu que Anna Coleman não o encararia por tantos segundos, não sem nutrir outras intenções. A certeza que o dominou explodiu em uma onda de desejo e loucura. Não pôde se conter. Aquela pequena confirmação, sem exigência de qualquer palavra, foi o suficiente para que tomasse uma atitude.

Não pensou nas consequências. Não ponderou os fatos. Toda a razão se esvaiu com as duas esmeraldas de Anna brilhando intensamente, como se exigisse algo que nenhum dos dois imaginava. Não foi premeditado, embora no fundo eles soubessem. Sempre souberam, desde o primeiro olhar, desde o primeiro, singelo e único toque. Desde o arrepio.

Era um absurdo, com certeza. Ainda assim, em apenas um segundo, Matthew Smith se curvou e puxou os fios loiros de Anna para si, encurtando a distância entre seus rostos. Os dois ofegaram antes de se conectarem de verdade.

O beijo veio rápido, sem hesitações, e as línguas não pestanejaram antes de bailarem como se fossem velhas conhecidas.

9

Anna Coleman sentia algo como o espírito se desprendendo do corpo. Ambos se tornaram duas entidades distintas, com anseios diferentes, e passou a ser uma tarefa impossível definir qual seria ouvido. Seus lábios hesitavam por um segundo racional, para logo depois sucumbirem àquela loucura e voltarem a sugar os lábios cheios de Matthew.

O estranhamento de ter outra boca sobre a sua, após tantos anos beijando uma só pessoa, deixava-a constrangida e sedenta na mesma medida. Não havia sequer uma terminação nervosa que não estivesse em polvorosa. O ar faltava em seus pulmões, e tanta ausência se transformava em pequenos ofegos sob o toque preciso de Matthew.

Ela não se decidia onde colocar as mãos. Sabia que o lugar certo para mantê-las era bem longe daquele homem, o mais distante possível, mas nem essa ínfima consciência foi capaz de evitar que o puxasse pelos cabelos, depois agarrasse seu rosto bem modelado, em seguida se enroscasse em seu pescoço, puxando-o, exigindo-o para si.

Era torturante conviver com a ideia de que aquilo que fazia era extremamente errado, um nível de traição que a deixava tonta. Anna se sentia uma grande vagabunda enquanto sua calcinha umedecia por causa da língua de Matt dentro de sua boca, tão dolorosamente saborosa. Ainda assim, não encontrou forças ou caráter suficiente para abandoná-la. Prosseguiu com veemência, guiada pela insanidade, por aquela energia perigosa que a levava pelos caminhos da barbaridade.

Seu tesão foi às alturas de um jeito que a surpreendeu. Não imaginava que qualquer outro beijo fosse encaixar melhor do que o de Richard, que já considerava perfeito. Esse pequeno raio de pensamento a fez derrubar uma lágrima, enquanto prosseguia com aquele beijo proibido, obsceno e excitante. Mas nada a fez recuar.

As mãos de Matt estavam muito mais decididas do que as dela. O homem a agarrava com certa brutalidade, uma selvageria comum àqueles que têm pressa, que estão se deixando cair em um precipício. As palmas seguiam um percurso mais afoito; apertavam a cintura da mulher, escorriam para as nádegas sem pedir licença, paravam em qualquer carne mais volumosa que encontravam pelo caminho.

– Como eu queria fazer isso... – confessou Matthew, o tesão já o fazendo delirar. Seus lábios se moveram, preguiçosos, sobre os de Anna. – Quis fazer desde que te vi. Quase morri tentando controlar essa vontade. – Apertou ambas as mãos ao redor da cintura dela. Puxou-a tão precisamente que a mulher teve que deixar o banco do motorista para se colocar por sobre o seu corpo, no banco do carona.

As pernas de Anna se abriram ao redor do quadril de Matt, o que a deixou mais vulnerável, excitada e chocada.

– Matthew... – ofegou Anna, surpresa com aquele conjunto de palavras. Não imaginava que o sr. Smith fosse admitir assim, diretamente, sem floreios.

As mãos do rapaz adentraram o tecido do vestido, ficando em contato direto com a pele da mulher. Ele a apertou com uma fome espantosa, e se Matt tivesse se demorado mais, teria deixado as marcas de seus dedos.

Anna soltou um suspiro audível, que se assemelhou a um gemido. Os olhos dele se colocaram fixos nos dela, ainda marejados. Ambos estavam ofegantes, com as testas grudadas e o tesão insuportável pairando sobre suas almas.

– Eu quero te foder toda, Anna – continuou admitindo Matthew, com a voz agravada, meio rouca de desejo. Uma mão mais ousada subiu o suficiente para encontrar a calcinha dela. Não hesitou antes de se enfiar por dentro do tecido e conferir uma boceta completamente lubrificada. Os dois gemeram em uníssono. – Ah... Tão quente e molhada... Eu sei que você também quer.

– Matthew... – repetiu Anna, daquela vez de maneira desesperada.

Ela buscava qualquer coisa dentro de si que a fizesse se afastar de vez, mas não conseguia. Os pensamentos estavam nublados. A guerra que travava entre a consciência e o tesão a deixava paralisada, entregue a uma derrota fácil. O homem continuou massageando seu clitóris em movimentos circulares, e ela passou a rebolar, ensandecida, levada pelas sensações deliciosas. Anna nunca se sentiu daquele jeito, como se não tivesse escolha, como se não existissem outros caminhos. A boceta ficava cada vez mais aquecida e ensopada, pronta para ir até o fim.

Matt usou a outra mão para agarrar os cabelos de Anna, obrigando-a a erguer a cabeça. Afundou-se no pescoço da mulher. Beijou cada contorno e lambeu aquela maldita corrente como se deixasse um recado ultrajante.

Ele não se sentia exatamente bem com o fato de Anna ser casada. Certamente não nutria os mesmos sentimentos de contrariedade que tiravam a mulher dos eixos, porém também se colocava em uma posição de baixo caráter, julgava a si mesmo diante de suas atitudes descaradas. Matt não era de fazer esse tipo de coisa, nunca foi. Sabia que estava incorreto, só não conseguia se livrar daquela necessidade que ia muito além da dicotomia entre o certo e o errado.

Um dedo dele escorreu dentro de Anna, que gemeu mais alto e estremeceu.

– Ah, que gostosa... – sussurrou Matt, raspando seu rosto no de Anna até finalizar em mais um beijo marcante, capaz de arrancar os fôlegos.

Anna Coleman não sabia se rebolava, quicava ou empurrava o dedo do homem. Sentia-se invadida, e essa sensação trazia constrangimento, culpa, desespero e uma vontade absurda de simplesmente gozar. Suas mãos apertaram os ombros de Matt com força. Em vez de se afastar, seu corpo involuntariamente se enterrou até aquele dedo estar inteiro dentro dela.

– Ah, Matthew – soprou, quase sem respirar.

– Se chamar meu nome outra vez, juro que tiro esse dedo e enterro meu pau em você aqui mesmo. É isso o que você quer?

Anna prendeu os lábios, estremecendo, contorcendo-se com o estímulo tanto em seu centro quanto no pescoço, já que o hálito de Matt tão próximo a atiçava.

– Responda, sra. Coleman – disse ele, e riu um pouco, surpreso com seu teor de safadeza. – Quer meu pau todo enterrado nessa boceta quente?

Anna não ousou dizer nada. Para ela, seria demais admitir aquela loucura, tornar real algo que na sua cabeça não se encaixava, embora para o seu corpo fizesse todo o sentido. Em vez de se comunicar com palavras, calou a boca de Matthew com mais um beijo intenso. Sugou os lábios dele enquanto rebolava e fervia, apertava o tronco grande e, ela sentiu, com alguns músculos bem definidos.

Matt entendeu o gesto como uma ótima resposta. Com posse, apertou uma nádega da mulher, enquanto a outra mão continuou arrebatando forte para dentro de Anna. Sentia a umidade molhando a sua palma e tragando o seu juízo. Ainda estava surpreso com os acontecimentos daquela noite, nada o preparara para estar aos amassos com aquela mulher, no carro importado dela.

Anna estava tão chocada que não sabia o que considerava mais incrível: a pegada brusca, decidida de Matt, os dedos do rapaz a fodendo em uma cadência perfeita, o seu corpo reagindo de uma maneira totalmente diferenciada ou o fato de ainda não ter dado um basta naquilo. Não era com a penetração que ela costumava gozar, então estar à beira de um orgasmo com aquele homem a deixava ainda mais espantada.

A única resposta para que reagisse desse jeito tão distinto ao que estava acostumada era a presença de um novo ingrediente, um item que jamais experimentara e que pensava que nunca provaria: o proibido. Anna não acreditava que estivesse gostando de seguir um caminho errado. Não era de seu feitio, não condizia com nada do que acreditava até aquele momento da vida.

Talvez por isso, ainda que estivesse à beira do clímax, Anna não conseguiu se deixar derramar. Era tudo muito estranho. Parecia que era outra pessoa ali, entregue aos braços de um homem praticamente desconhecido, e ao mesmo tempo não podia negar que aquela que rebolava com tanta vontade era ela mesma, em sua versão mais crua e despudorada.

As suas mãos agiram sozinhas na direção da calça de Matthew. O volume roçava entre suas pernas e a curiosidade a atingiu; Anna precisava conferir o tamanho e a textura. Encontrou seu objeto de desejo, ainda que o movimento tivesse obrigado o homem a afastar o dedo que tanto lhe dera prazer.

Matt arquejou diante do toque de Anna por sobre a calça social que fazia parte do uniforme da joalheria. Ele estava sedento, latejante, ensandecido para se enterrar profundamente nas carnes da mulher. Parecia impossível, porém Matt sentiu que endureceu ainda mais com a decisão repentina de Anna. Até aquele instante, ainda achava que ela sairia correndo antes de concluir o que haviam iniciado.

– Anna... – Foi a vez dele de implorar aos murmúrios. – Anna...

A mulher ousou mais. Desceu o zíper da calça entre ofegos e gemidos, em seguida usou uma mão para explorar o membro de Matt. Ele já estava muito melado, duro feito uma rocha, vibrando mais do que nunca com aquele estímulo.

As comparações foram inevitáveis. Anna não conseguiu controlar o estranhamento. O pênis de Matthew parecia menor, porém mais grosso do que o de Richard, o que a fez, imediatamente, pensar no marido e no quanto estava agindo como uma cretina. A onda de culpa e arrependimento veio com toda a força.

Enfim, Anna deu um pulo de susto sobre o colo de Matt e gritou:

– Não!

O rapaz se assustou com aquela reação brusca. Ficou paralisado enquanto a mulher se contorcia, tentando se desvencilhar daquela pegada apertada, sem sucesso. Matt ainda a segurava e não podia deixar que ela se afastasse assim.

– Anna – disse ele, prendendo-a com uma mão e, com a outra, buscando o queixo da mulher. Obrigou-a a olhá-lo. Aqueles olhos verdes estavam mais marejados do que antes. – Eu fiz algo de errado?

A pergunta soou irônica para Anna, mas era genuína. Matthew não compreendia por que ela tinha surtado ao agarrar o seu pau. Achou que a tivesse ofendido de alguma maneira. Até então ela pareceu ter aproveitado tudo.

Anna agitou a cabeça, negando, e soltou um riso sem graça.

– Claro que fez, sr. Smith. Mas nada tão errado quanto o que eu fiz. Por favor, solte-me agora.

Matt ainda a analisou por alguns instantes, até que afrouxou a pegada e ajudou-a a retornar para o banco do motorista. Ambas as respirações se mantiveram ofegantes. Anna arrumou o vestido amassado, já quase todo dobrado na sua cintura. Sentia-se tão constrangida que o rosto queimava. Estava destruída e queria muito chorar, mas as lágrimas permaneceram não derramadas conforme seu fôlego retornava.

– Você está bem? – perguntou Matt.

Ele guardou o pênis de volta na calça, pois havia ficado quase todo exposto, trazendo-lhe certa timidez após o afastamento de Anna. Ainda estava duro, apesar de tudo, o que tornou a tarefa mais complicada.

A mulher continuou em silêncio. Olhava para o estacionamento ao redor e não podia acreditar no que tinha acontecido.

– Anna?

– É óbvio que não estou bem! – disse ela, em um tom elevado. – Foi uma péssima ideia... – Balançou a cabeça em negativa, desesperada. – Por favor, sr. Smith, saia do meu carro. Não posso te dar uma carona nem vê-lo outra vez.

– Não faz assim.

Matt tentou tocar no braço dela, mas Anna se afastou abruptamente. Não permitiu que se aproximasse.

– Saia, por favor. Isso nunca deveria ter acontecido. Finja que nunca aconteceu.

– Eu não...

– Saia. – Anna soou ríspida, a fim de cortar o mal pela raiz.

Matthew não tinha o que fazer além de respeitar o desejo da empresária. Deu de ombros, notando que seu membro já havia murchado e ele podia descer do veículo sem se comprometer. Ficou um tanto perdido enquanto tentava achar a maçaneta interna. Aqueles segundos foram cruciais para que encontrasse as palavras. Resolveu que não iria embora sem dizer a verdade.

– Não me importo se você não quiser mais comprar as minhas telas. Não foi por isso que te beijei. – Anna abriu bem os olhos na direção dele. Matt estava sério. – Não quero nada além de você, Anna. Nunca quis tanto uma pessoa e mal te conheço. Então, quando descobrir que não é feliz com o seu marido, pode me procurar.

Ele fez menção de que iria embora, mas Anna o puxou pelo braço.

– Você está enganado. Eu amo o meu marido. Sou muito feliz e realizada.

A expressão de Matthew Smith não pôde ser indiferente. Ele sentiu vontade de vomitar, porque seu estômago não suportou aquelas palavras, e seu coração, menos ainda. Batia forte pela adrenalina. O rapaz também sentiu um gosto amargo na boca, que ele poderia jurar que era o intragável sabor do ciúme.

– É você quem está se enganando.

Anna riu com desdém, balançando a cabeça novamente. Largou o braço de Matt.

– Você mesmo disse que não me conhece, e é verdade. Não sabe de nada sobre a minha vida. Como ousa supor uma coisa dessas?

– Tem razão, não sei de nada e com certeza não estou à sua altura. – Matt ergueu o dedo melado com o gosto de Anna e, na frente dela, em um gesto completamente indecoroso, lambeu-o. Provou daquele líquido e teve certeza de que não descansaria enquanto não bebesse da fonte. – Mas isso aqui foi real. E delicioso. Não negue, Anna. – Envergonhada e pasma, ela ainda chacoalhava a cabeça. – Eu quero mais e, quando você quiser, sabe onde me encontrar.

Matthew não esperou que Anna recuperasse a capacidade de falar. Deixou o veículo porque sabia que não adiantaria insistir; a mulher estava muito assombrada para mudar de ideia. Sequer sabia o que sentir ou pensar. Enquanto caminhava pelo estacionamento, não acreditava em si mesmo. Tudo só se tornava mais crível quando se dava conta do gosto de Anna em sua língua.

Dobrou uma esquina e só então ergueu a mão para cheirar os dedos melados. Aquele odor agradável, tão característico e forte, acompanhou-o durante todo o caminho de volta para casa. Anna prometia ficar impregnada nele por um bom tempo.

* * *

A empresária aguardou alguns minutos para se recompor, só então ligou o carro e dirigiu distraidamente até a mansão que dividia com

Richard. Os dedos tremiam sobre o volante. Parecia que havia sucumbido a uma espécie de pesadelo erótico. Sentia-se suja, ingrata, traidora, asquerosa. O turbilhão de maus sentimentos a fez cair no choro ao longo do percurso, e só parou quando estacionou na garagem. Precisava estar inteira, porque o carro de Richard já estava por ali. Ele tinha chegado primeiro.

Anna soltou alguns suspiros antes de adentrar a ampla sala de estar, onde seu marido a aguardava empunhando um copo de uísque. Olhava pela janela que dava para o quintal imenso, cheio de luxos, mas se virou para trás ao perceber a aproximação da esposa.

– Chegou tarde, querida. Achei que já estivesse por aqui.

Richard encurtou a distância entre eles e a beijou nos lábios. Anna pensou em recuar, mas soaria muito esquisito. O marido ficaria desconfiado, e ela não estava pronta para contar a verdade. Precisava refletir muito antes de agir. No entanto, a escolha de permanecer ali e receber o beijo fez com que se sentisse ainda mais imunda.

O cheiro de Matthew estava grudado em sua pele, e seu maior medo era que Richard o sentisse. Mas o marido se manteve alheio ao que estava acontecendo. Aprofundou o beijo, fazendo com que Anna entendesse suas intenções. Apesar de estar absolutamente excitada, com a calcinha muito úmida pelo que aconteceu no carro, ela entendia que nunca seria capaz de fazer uma coisa daquelas. Era muita sujeira.

Foi por isso que a mulher o segurou pelo rosto, afastando-o um pouco de si. Pretendia disfarçar o quanto pudesse, porém sua expressão se modificou ao sentir um odor mais forte: a mão ainda guardava o cheiro do membro de Matt, e ela o sentiu de perto, combinado ao rosto másculo de Richard. A mistura não fazia o menor sentido, o que levou asco e tontura a Anna.

Enfim, ela deu alguns passos para trás.

– O que houve, amor? – perguntou Richard, fazendo uma careta e sem entender.

Anna sabia que não adiantaria negar sexo naquela noite. Primeiro porque ela precisava, desesperadamente, transar. Aliviar aquele tesão absurdo. Segundo porque Richard a conhecia o bastante para saber que ela não faria uma coisa dessas nem pelo cansaço ou por nada no mundo. Anna amava sexo tanto quanto ele.

– Nada, eu... Só estou me sentindo meio fedida e com fome. Vou tomar um banho, depois a gente janta e... Você sabe. – Sorriu um pouco.

– Sim, mas eu sei que você sabe que gosto de te chupar sem banho – disse Richard, voltando a abraçá-la.

O puro medo de ser descoberta atingiu Anna. Ainda mais quando o marido foi capaz de perceber um detalhe:

– Andou bebendo vinho? – perguntou ele, enrugando a testa.

– Ah, sim. Tomei uma taça agora há pouco, em uma reunião com novos artistas. – Contar mais uma mentira para acobertar sua traição fez o coração de Anna sangrar. Ela sentia uma dor profunda, como se fosse uma ferida física. Não conseguia lidar, só tinha vontade de arrancar o peito, de tão angustiada. – Mas não comi nada. Você me espera para jantar?

As funcionárias da casa certamente haviam preparado alguma coisa.

– Claro, amor, já estava te esperando.

Ela sorriu, deixou um beijo curto na bochecha de Richard e subiu para tomar um banho. Usou a quantidade dobrada de sabonete líquido. Escovou os dentes pelo menos três vezes. E, ainda assim, não se livrou da sensação de estar podre. Anna chegou à conclusão de que a imundície vinha de dentro, e não podia fazer nada para limpar a sua barra, porque estava completamente errada e jamais seria perdoada.

Era o fim de seus sonhos, dos planos... Da família que mal começara a formar. Dar-se conta disso fez Anna chorar copiosamente.

Ela deixou que a água do chuveiro se misturasse às lágrimas, talvez na tentativa de lavar a alma, de desfazer o que não deveria ter feito. De voltar no tempo e ganhar uma chance para acertar. Mas era tarde. Uma flecha disparada não voltava à aljava.

Não teve jeito: ainda naquela noite, Anna se entregou ao marido e gozou tantas vezes quanto possível. Fazia tempo que não ficava tão disposta. Foi um sexo diferente do das outras noites, não pôde negar. Richard terminou cansado, sorrindo de satisfação, em pleno deleite por ter visto Anna muito empolgada, faceira.

Ela poderia achar que tudo voltaria aos eixos com o tempo, se a cada transa com Richard, ao longo daqueles dias, não tivesse pensado no corpo, no gosto e no membro de Matthew Smith. Evidentemente, tentou disfarçar fazendo agrados ao marido, porque sentia que, de alguma maneira, precisava recompensá-lo.

Entretanto, no fundo, Anna sabia que nada compensaria uma traição daquele nível, porque Richard confiava nela cegamente. Eles sempre foram fiéis, confidentes e companheiros. A culpa a moveu dia após dia. O arrependimento a destroçou tanto que não se considerava mais merecedora de habitar a própria pele.

Anna caiu em um poço de amargura, solidão e tristeza, o qual sequer pôde admitir ao próprio marido, a pessoa que sempre esteve ao seu lado.

Pela primeira vez na vida, fingiu felicidade.

10

Richard Coleman sabia que alguma coisa estava acontecendo com o humor da esposa. Fazer perguntas à Anna não adiantava, ela sempre tinha a mesma resposta na ponta da língua: "não é nada, amor, só estou um pouco cansada".

O empresário não ficava convencido. Nenhuma TPM havia deixado a mulher daquele jeito antes. Embora tivesse prometido que não daria ouvidos às dúvidas, elas cresciam gradativamente, como um monstro terrível alimentado a cada resposta evasiva de Anna.

Um sentimento amargo se alastrava no sistema de Richard. Na noite em que se encontrara com o dr. Hans, preparou-se para uma conversa com a esposa. Estava disposto a ser objetivo e direto, a fim de convencê-la a participar do experimento porque via muitas vantagens. No entanto, encontrar Anna deitada no sofá, com os cabelos assanhados e os olhos vermelhos, deixou-o paralisado. Ela andara chorando.

Preocupado, Richard largou sua pasta executiva em uma mesa de apoio e se ajoelhou diante do sofá. Anna pulou de susto, sentando-se depressa enquanto passava as mãos pelos olhos muito inchados. Não esperava que o marido chegasse cedo.

– O que houve?

O questionamento de Richard soou agravado. Ele tocou o braço de Anna e sentiu que a mulher se retraiu. Foi a primeira vez que teve certeza de que ela não queria ser tocada por ele de modo algum. Aquilo assombrou-o tanto que ele permaneceu quieto, com os olhos bem abertos na direção dela.

– Anna, o que está acontecendo? Por que está chorando?

Ela balançou a cabeça em negativa, como vinha repetindo nos últimos dias.

– Nada...

– Não me venha com essa resposta! – Richard bem que tentou se controlar, mas a voz saiu alterada pela revolta. Sua paciência ficava cada vez mais escassa. – Você está estranha faz um tempo. Vai me dizer o que está acontecendo?

Anna piscou na direção do marido. Um turbilhão de pensamentos contraditórios a deixou em um estado de torpor momentâneo. A verdade se manteve presa na ponta da língua, distribuindo um gosto intragável. A garganta e o estômago estavam contraídos, o que lhe causava dor física. A cabeça latejava de vergonha e o coração já não sabia mais o modo certo de bater.

Ela pensou em toda a sua vida, como se estivesse no momento do Juízo Final. Sua história passou diante de seus olhos: desde quando conhecera Richard, começaram a namorar, noivaram e até se casarem. Tantos anos. Tantos planos. Anna Coleman experimentou uma felicidade e uma realização que poucos conheciam. Ela teve tudo, absolutamente tudo, com Richard. E ainda tinha.

Anna sabia que a coisa certa seria contar a verdade. Mas era essa verdade que destruiria a sua existência, que a arruinaria para sempre, que arrancaria de seu peito toda a vontade de prosseguir, o entusiasmo de ser exatamente quem ela era. Ou ao menos achava que fosse. Não queria ser a Anna traidora, a mulher ingrata que se deixou levar por um momento de desejo. Não queria ser a mau-caráter que colocara tudo a perder.

A mulher se acovardou. Ao mesmo tempo, justificou a ausência de coragem como uma maneira de dar a si mesma uma segunda chance, já que dificilmente Richard faria isso. Ele não a perdoaria. Os dois sucumbiriam a um fim trágico.

Naquele pequeno instante, Anna chegou à conclusão de que deveria salvar seu casamento, a sua história, a futura família que viria. Por ela, por Richard, pelos filhos que chegariam em breve. Aquele segredo sujo teria que ser guardado para sempre.

– Estou com medo de marcar os exames e descobrir que não posso engravidar – soltou Anna, porque sabia que precisava dar uma resposta aceitável. E, embora a fonte de seus problemas fosse outra, aquele assunto também a perturbava. Já havia pensado nisso e de fato nutria receios. – Temo não poder te dar a família que tanto desejamos.

A reação de Richard foi puxar Anna para si em um abraço aconchegante. A mulher deixou algumas lágrimas escaparem e, embora fosse por um motivo diferente do exposto, aproveitou a chance para chorar por tudo o que a importunava. Os últimos dias, de profunda tristeza, culpa e solidão, cobravam o seu preço.

– Ah, meu amor... Não precisa ter medo. – Richard esvaziou os pulmões em um suspiro de alívio. Enfim tinha uma explicação coerente. – Você devia ter me dito antes. Posso te acompanhar para fazer os exames e tenho certeza de que está tudo certo.

Anna assentiu devagar.

– Desculpa... Me perdoa, Richard – choramingou ela enquanto derrubava mais lágrimas. Envolveu os braços ao redor do pescoço do marido e continuou aos prantos, tomada pelo mais intenso arrependimento. – Me perdoa, por favor!

O pedido de desculpas de Anna foi exagerado o suficiente para que aquele monstro dentro de Richard ressurgisse. A razão do empresário tentou manter a ordem, justificando tal comportamento como sendo razoável, porém seu sistema o alertava. Dizia que Anna nunca se desesperaria tanto por algo do que não tivesse certeza, afinal era uma mulher racional, segura e ponderada. Além do mais, a esposa já teria lhe contado seus receios, porque era sempre muito aberta diante de qualquer perturbação.

Ele a conhecia como a palma da mão.

Se pedia perdão de modo tão angustiante, alguma coisa ela tinha feito. Algo que Richard não sabia. Enquanto a abraçava, sua expressão permaneceu séria, confusa e um tanto revoltada. Perceber certa nuance de mentira na fala de Anna o enfurecia. A batalha que travou internamente o tirou dos eixos. Teve vontade de gritar com a esposa, de soltar mais questionamentos e de exigir a verdade. No entanto, decidiu ficar calado.

Já a guerra que Anna travava só a fazia chorar com mais força, aumentando, assim, a desconfiança de Richard.

Os dois se tornaram uma bomba que ameaçava explodir a qualquer momento, porém, ali naquele instante, tudo o que fizeram foi trocar um abraço apertado.

* * *

Horas mais tarde, depois de transarem de um jeito um tanto morno, Richard Coleman não conseguiu dormir. Observava Anna adormecida ao seu lado e tentava analisar cada comportamento, cada palavra dita nos últimos dias. Lembrou-se de como ela pareceu esquisita na noite em que chegou exalando cheiro de vinho.

O homem entendeu que precisava saber o que estava acontecendo, do contrário enlouqueceria. As ideias que invadiram a sua mente não foram nada prudentes. Ainda assim, Richard se levantou da cama e andou pelos corredores da mansão até alcançar o escritório que quase nunca utilizava.

Ligou para seu amigo Oliver Hans já sabendo que o doutor era o tipo de pessoa que mal dormia. Sendo assim, o atenderia a qualquer hora da noite. E, como previsto, a chamada se completou após alguns toques:

– Richard?

A voz soou firme. Oliver de fato não estava dormindo. Havia ficado até mais tarde no laboratório, tamanha a obsessão pela pesquisa.

– Você mencionou um aplicativo que rastreia todas as informações corporais. – Richard foi direto ao ponto, sem saudações ou preliminares. – Topamos participar do experimento, mas preciso desse app instalado no meu celular, porque quero estar a par dos resultados. Nada mais justo, não acha?

Oliver ponderou, um tanto contrariado. Sequer se ofendeu pela falta de introdução ao assunto. Ele também era um homem prático.

– Não posso oferecer os resultados; não agora, Richard. O aplicativo ainda está em fase de testes, não é 100% confiável. As informações são extremamente confidenciais.

Richard não tinha chegado tão longe na sua vida e na carreira aceitando um "não" como resposta. Era um negociador nato e percorria os caminhos de seu próprio instinto, por mais que muitas vezes não fossem tão sensatos.

– Sem o aplicativo no meu celular, não vamos participar da sua pesquisa, Oliver. – Houve alguns segundos de silêncio. – Sei que é apenas um protótipo, mas seja flexível. Teremos um nanochip dentro do nosso corpo, afinal. É bastante invasivo.

Do outro lado da linha, o cientista aprumou os óculos sobre o nariz. Sua curiosidade em conhecer a dinâmica do casal falou mais alto. Conseguir uma autorização para o uso do aplicativo em outro dispositivo seria fácil. Só precisava contar com a discrição máxima do amigo, o que ele tinha certeza de que obteria.

– Vou enviar a papelada por e-mail, além de um acordo de confidencialidade. – Contudo, dr. Hans não era imbecil a ponto de confiar que Richard ficaria em silêncio sem fazer um contrato antes. A pesquisa era valiosa demais para que contasse apenas com a amizade. – Preciso que vocês dois assinem e então marcamos um dia para a aplicação do nanochip.

– Que tipo de papelada?

Por aquela Richard não esperava. Achava que seria um processo mais simples. Percebeu que estava raciocinando como um leigo.

– São documentos de praxe, obrigatórios a qualquer procedimento dessa categoria, autorizando a participação na pesquisa e a aceitação dos termos. Tudo dentro dos conformes, Coleman. Para garantir a veracidade do estudo.

Claro que Richard não diria ao cientista que Anna não sabia de nada sobre o experimento. E o seu monstro interno praticamente exigia que ele não contasse nada à esposa, porque senão jamais descobriria a verdade. Nada foi capaz de remover da sua cabeça que Anna estava escondendo algo importante.

O empresário não se sentia bem ao mentir ou omitir, mas também não esperava que fosse nutrir certa sensação de poder. Uma adrenalina inexplicável. Dar voz às suas sombras era uma experiência, no mínimo, interessante. Notou que não se arrependeria de uma atitude drástica como aquela, porque era isso ou continuar desconfiado para sempre.

É uma alternativa inteligente, pensou ele. *Se Anna não esconde nada, então tudo ficará resolvido e não voltarei a tocar no assunto. Mas, se esconde, eu saberei o que é.*

Richard precisava arranjar uma maneira de aplicar um dispositivo em Anna sem que ela soubesse, além de manter Oliver Hans em silêncio quanto a isso. Sabia que o amigo jamais concordaria em obter uma amostra sem consentimento. Ele possuía muita rigidez científica, uma ética insuperável.

– Tudo bem, vamos assinar. – O coração de Richard se acelerou diante da contradição de sentimentos. Havia muita raiva, sobretudo por ser obrigado a fazer aquilo, mas também satisfação. Sentiu-se errado e justificado, tudo ao mesmo tempo. – Para quando podemos marcar a aplicação?

– Se recebermos a papelada o quanto antes, organizo tudo para a sexta-feira pela manhã, se puderem. Realizaremos uma gama de exames antes da aplicação e, devo informar, Richard, vai levar algumas horas.

– Que tipo de exames?

– Coleta de sangue, aferição de pressão, tomografia, enfim, exames de todas as categorias. Um check-up total em você e em Anna. Necessitamos de respostas precisas.

– Exames ginecológicos em Anna? – perguntou Richard com uma intenção que só ficou nítida para ele mesmo, já que Oliver compreendeu de outro modo.

– Sim, evidente. Mas não se preocupe, temos uma médica para isso. Faremos também exames urológicos em você.

– Ótimo – disse Richard, e sorriu, satisfeito. Imaginava que o processo fosse demorar mais tempo.

Na verdade, dr. Hans estava preparado. Naquela semana já tinha selecionado algumas amostras e havia iniciado o processo de aplicação do nanochip, e até então corria muito bem. Sua equipe estava estudando os primeiros resultados com afinco. Sr. Campbell, o diretor da área de tecnologia, estava contente com a execução do programa.

– Só mais uma coisa, Oliver... – disse Richard, em um tom mais baixo, olhando para a saída do escritório. Não podia ser ouvido por ninguém, do contrário colocaria tudo a perder. A adrenalina ganhou uma carga alta que o deixou mais empolgado. – Não converse com Anna sobre o assunto. Ela está um pouco intimidada. Fará os exames e participará do processo, mas deseja se envolver o mínimo possível e, claro, não quer que nada mude em nosso convívio social com você. Todos os detalhes terão que ser tratados diretamente comigo, combinado?

Dr. Hans considerou a solicitação coerente e de nada desconfiou.

– Claro, claro. Combinado. Fique despreocupado, Coleman.

– Aguardo a papelada pela manhã.

– Enviarei agora mesmo. Boa noite, amigo.

– Boa noite!

Richard se sentou na sua poltrona executiva e esperou pelos documentos porque sabia que Oliver os mandaria de imediato. Foi o que aconteceu. Em menos de dois minutos, uma mensagem nova surgiu em sua caixa de entrada. Ele conectou o aparelho celular à moderna impressora e imprimiu toda a papelada exigida por Hans.

Eram muitas páginas. Havia uma explicação detalhada sobre o estudo logo na introdução, os tipos de exames a serem realizados e as possíveis informações que seriam obtidas de quem estivesse usando o nanochip.

A cada palavra lida, Richard sorria. Aquele protótipo era incrível. Conseguia identificar e nivelar o tesão, a lubrificação, os hormônios, o orgasmo, e até reconhecia penetração e existência de espermatozoides.

Um dispositivo perfeito para as intenções do empresário.

Ele deixou uma rubrica em cada página e assinou a última com a maior satisfação do mundo. De repente, sentiu-se nervoso. E se Anna descobrisse? E se ficasse chateada com aquilo? Richard parou para refletir sobre as consequências de seus atos.

A mente um tanto conturbada concluiu que quem estava errada naquela história era ela. Anna estava mentindo ou, no mínimo, omitindo. Não podia reclamar dele por causa de uma desconfiança aceitável. Além do mais, Richard justificava aquela escolha como uma maneira de fazer todos os exames de modo rápido, seguro e eficaz. Os dois verificariam, juntos, se havia algo de errado e teriam ajuda para acelerar a concepção.

Anna Coleman não precisava saber. E nunca saberia.

– Vai dar certo – murmurou Richard para si mesmo, no silêncio do escritório.

Guardou os documentos em uma pasta e voltou para a cama a fim de dormir. Plantou um beijo casto no topo da cabeça de Anna. Ele a amava demais, e nenhuma desconfiança anuviara esse sentimento avassalador. Mesmo assim, não soube por que, só então encontrou paz para adormecer ao lado dela, sem que os pensamentos o importunassem.

* * *

Na manhã seguinte, Richard sabia que precisava agir rápido. Anna era uma pessoa difícil quando acordava, não gostava de papo até tomar um banho e o seu café da manhã reforçado. Ficava meio emburrada, silenciosa, e ele sempre respeitou isso nela. A mulher não funcionava direito na primeira hora após abrir os olhos.

O momento propício para confundi-la.

Richard a abordou bem cedo, de maneira calculada, antes mesmo de Anna alcançar o banheiro para o primeiro xixi do dia.

– Amor, tenho umas coisas aqui para você assinar com urgência. – Richard colocou a papelada sobre a mesa elegante dentro da suíte. Depositou uma caneta em cima, para que Anna tivesse o mínimo trabalho possível. – Rubrique todas as páginas e assine a última, por favor. Coisa rápida.

– Querido, você sabe que não consigo pensar quando acordo... – bocejou Anna, amarrando o robe branco de cetim, muito elegante. Aproximou-se devagar e fez uma careta ao perceber a quantidade de papéis sobrepostos. – Não estou com cabeça para ler tudo isso, amor. Faço mais tarde.

– É uma autorização que consegui com Oliver. – A verdade naquilo tudo fez Richard se sentir melhor. Não houve qualquer tipo de remorso. – Vamos realizar um check-up completo no laboratório parceiro dele nesta sexta, se você puder. Tudo da melhor qualidade e gratuito. Faremos isso juntos, amor, mas preciso que assine logo.

Richard a puxou pela cintura e deixou um beijo na bochecha da esposa.

– Você... – Anna paralisou por alguns instantes. Olhou para o marido, surpresa, mas logo abriu um sorriso ameno. Richard era um homem de ouro. Um solucionador de problemas dos melhores, porque possuía muita sensibilidade combinada à astúcia. Mais uma vez, ela se sentiu culpada, porém tentou se afastar das contrariedades para dar conta de conviver consigo mesma. – Sexta-feira? Acho que posso... Não tenho certeza. Vou verificar a minha agenda com a Chloe.

– E me avise, querida. Assim posso combinar com Oliver.

– Tudo bem.

Convencida, Anna se esgueirou e assinou a papelada sem ler quase nada. Richard se sentiu nervoso, mas não de um jeito ruim. Adrenalina. Ela ainda percorria o seu sangue. O perigo que os rondava o entusiasmava de um modo jamais sentido. Já a esposa estava tão sonolenta que só conseguiu capturar o nome de alguns exames da imensa lista.

– Nossa! São tantos procedimentos...

– É bem completo. Vamos levar a manhã toda, mas valerá a pena. Nunca conseguiríamos marcar essa gama de exames de modo tão rápido e simples. Oliver está nos fazendo um grande favor.

– Imagino. E você tem razão, amor, agradeça a ele pela gentileza.

– Sem dúvida.

Anna continuou rabiscando e, por fim, assinou a última folha, percebendo que o marido já havia deixado a sua assinatura. Colocou a caneta sobre a papelada e se virou para Richard. Sentiu-se grata por ter um homem como ele. Prometeu a si mesma que nunca mais faria nada que o magoasse ou que comprometesse a felicidade deles.

Ela precisava se dar uma chance, ainda que fosse tão difícil.

– Obrigada, querido – murmurou.

Anna colocou os braços ao redor do pescoço de Richard e o puxou para si. Sentiu vontade de chorar, mas temeu que ele desconfiasse. Já bastava a cena desesperada que fez na noite anterior. Sentia-se destroçada e tão envergonhada quanto jamais se sentira na vida.

– Tudo por nós, amor. Tudo por nós... – respondeu Richard, com um timbre manso, acolhedor.

Ele alisou os cabelos de Anna, sentiu o cheiro dela e percebeu que aquela era a grande justificativa para os seus atos: amor. Muito, muito amor. Desmedido e incomparável. Ele estava disposto a ir até o fim pelo que sentia por Anna.

Richard recolheu os papéis assinados e seguiu para o escritório a fim de enviar uma cópia escaneada para o dr. Hans. Fez tudo tão depressa que se surpreendeu, assim como o próprio cientista, que já estava acordado e respondeu o e-mail perguntando se poderia deixar a aplicação marcada para a sexta-feira mesmo.

O marido estava ansioso por aquele momento. Passou a manhã toda apreensivo, curioso com os resultados que obteria com facilidade, perguntando-se como reagiria diante das mais insanas informações que poderia receber. Ele esperava pelo melhor, evidentemente, mas não dispensava pensamentos horripilantes. Ficava incomodado com cada um deles e ainda mais disposto a prosseguir com o que às vezes considerava uma loucura.

* * *

Assim que recebera a confirmação de Anna, Richard agendou a aplicação com Oliver. Na sexta-feira, a mulher sequer desconfiou do experimento. A clínica escolhida era moderna, sofisticada, com vários profissionais treinados. Um lugar que foi terceirizado para realizar toda a parte clínica do estudo. Ninguém conversou com Anna sobre a pesquisa, como foi solicitado pelo dr. Hans, a pedido de Richard.

Anna entrou e saiu de cada exame sem estar ciente de absolutamente nada e, quando o nanochip foi aplicado em um pedacinho de pele localizado na parte interna de sua coxa, a empresária achou que se tratava de alguma injeção necessária após certos exames mais elaborados. Também não fez perguntas porque estava apreensiva.

Na saída da clínica, encontrou-se com Richard, que havia sido separado dela para a realização de exames especificamente masculinos.

– Você está bem, amor? – perguntou o homem. Estava nervoso por outro motivo. Queria sondar o quanto a esposa sabia sobre a natureza dos exames.

– Sim, querido... Deu tudo certo, apesar de demorado. E você?

– Tudo bem – disse, abrindo um sorriso. Analisou os contornos da expressão de Anna e não encontrou qualquer contrariedade. Era um ótimo sinal. Ela continuava alheia. – Vai voltar para o shopping?

– Sim, tenho algumas coisas para resolver.

– Não é melhor ficar de repouso?

– Você vai ficar? – perguntou Anna, e fez uma careta engraçada.

Richard riu.

– Não, de fato também tenho algumas coisas para verificar em pelo menos duas concessionárias. Tem certeza de que está tudo bem? – questionou Richard novamente, porque não queria que sobrassem dúvidas quanto à ignorância da esposa.

– Sim, meu amor. – Anna deixou um selinho nos seus lábios. Apesar de nervosa com os resultados dos exames, não era nada grave. Estava, sim, sentindo-se culpada, cheia de remorso, mas aquilo nenhum procedimento resolveria, e ela sabia perfeitamente. – Está tudo bem. Oliver informou quando receberemos os resultados?

– Vou falar com ele, mas deve ser em breve. – Richard segurou a esposa pela cintura. – Enquanto isso, hoje à noite tentaremos de novo fabricar o nosso bebê.

Anna riu, embora continuasse apreensiva. Falar sobre uma possível criança a enervava. Transar com o esposo a estava deixando louca, porque não conseguia parar de pensar em Matthew Smith a cada orgasmo. Era doloroso demais se deparar com a própria sujeira, dia após dia, porque Anna sentia que não havia parado de trair Richard.

Ela não sabia mais o que fazer. Apenas entendia que precisava seguir em frente, do contrário sucumbiria à infelicidade. Talvez apenas o tempo a ajudasse a superar.

11

Anna Coleman chegou ao seu escritório na metade da tarde, após a realização dos exames. Sentia certo desconforto no local onde havia tomado a injeção, mas nada que a incomodasse de verdade. Havia uma pequena mancha avermelhada, que ela achava que sumiria em breve. De qualquer modo, precisava trabalhar para manter a mente ocupada. Era o que vinha fazendo desde a última vez que vira o sr. Smith, dias atrás.

A decisão de bloquear o rapaz no Instagram foi acertada. Anna cortou qualquer possível relação com Matthew, incluindo a compra das telas, porque sabia que dar algum tipo de espaço seria prosseguir com a traição. Ela só queria esquecer, perdoar a si mesma, fingir que nada aconteceu e seguir em frente. Desejava retomar a felicidade e a satisfação com as quais sempre foi agraciada desde que conheceu Richard.

Nenhum moleque a removeria do foco, ainda que mantê-lo fosse uma tarefa árdua para ela.

Chloe Merman atualizava tabelas de conferência em seu notebook e viu quando a chefe atravessou a antessala, quase se esquecendo de saudá-la. A secretária percebeu a mudança de comportamento na chefe, só não fazia ideia do motivo. Achava que podia ser exaustão, já que Anna vinha dobrando a carga horária de trabalho.

– Sra. Coleman, Kate enviou o material selecionado para a mostra de design no Broward County Convention Center. Está na sua mesa, aguardando a avaliação da senhora.

Anna parou no meio do caminho e piscou algumas vezes.

– Mas o material já não estava fechado?

– Ela informou que precisou fazer algumas alterações.

A empresária não escondeu a insatisfação.

– A mostra é no próximo fim de semana. Temos que estar preparadas o quanto antes, não imagino por que a srta. Holt faria qualquer mudança de última hora.

Chloe deu de ombros.

– Bom, a senhora terá que falar com ela. Quer que eu a chame?

Anna bufou.

– Não, primeiro verei quais foram as mudanças. Espero que não tenha sido nada muito grande, do contrário vamos nos apertar.

A srta. Merman apenas assentiu. Não sabia de nada além do que Kate havia informado. Anna adentrou o escritório já percebendo a pasta azul-marinho sobre a mesa de trabalho. Sentou-se à cadeira e retirou da pasta as fotografias tiradas pela sua equipe de produção, em parceria com as consultoras de arte e demais designers. Todos trabalharam arduamente para aquela mostra.

Assim que visualizou a primeira fotografia, que exibia o design completo de uma sala de jantar muito bem decorada, Anna soube onde estava a mudança. Todos os objetos pareciam iguais, na exata posição de antes, exceto pela existência de uma nova pintura em uma das paredes. Era a bailarina de Matthew Smith.

O coração de Anna ameaçou sair pela garganta.

– Não é possível... – arquejou, chocada com o que via. – Como?

Folheou as fotografias seguintes. A marca Anna Coleman foi escolhida como uma das principais empresas de artigos decorativos da mostra, que aconteceria no maior complexo de eventos de Fort Lauderdale, então eles precisavam exibir o que possuíam de melhor.

A surpresa de Anna se intensificou ao constatar que cada uma das composições havia sido integrada às telas do sr. Smith, formando ambientes sofisticados, refinados e muito criativos. Parecia que as cores outrora utilizadas pela equipe de Anna Coleman conversavam ainda mais, ficaram extremamente melhores em relação às propostas de antes. A empresária teve que reconhecer isso. No entanto, seu coração ainda batia forte, e ela não sabia como reagir. Não conseguia entender o que tinha acontecido.

Anna não havia comprado aquelas telas. Afastou-se completamente de Matthew e desistiu do acordo sem nenhum aviso. Ele deveria estar ciente do motivo e não entrou em contato até então. Sendo assim, como Kate Holt poderia tê-las conseguido? Por que as utilizou no material da mostra? Não fazia sentido.

A chefe pegou o telefone e discou o número da secretária. Foi logo informando:

– Chloe, por favor, chame a srta. Holt com urgência.

– Sim, sra. Coleman.

Kate Holt surgiu na sala de Anna em poucos minutos. Não parecia nervosa ou intimidada, pelo contrário, estava muito contente com o resultado de seu trabalho e não imaginava que a chefe estaria com a expressão asseverada de quando a viu.

– O que significa isso, Kate? – Anna empurrou a pasta até o outro lado da mesa. Tentou manter a calma, porém soou grosseira.

A consultora de artes se sentou, ainda sem nada entender, abriu a pasta e continuou alheia ao que acontecia. Por que Anna Coleman ficaria chateada com um material tão bem produzido? Era uma das melhores combinações que já tinha feito na sua carreira.

– A senhora não gostou de alguma coisa?

Anna a encarava em fúria.

– Por que essas telas estão no material? Onde as arranjou? Eu não autorizei o uso delas e... Não entendo como vieram parar dentro da minha empresa.

Kate arregalou os olhos, completamente surpresa. Por aquela ela não esperava.

– Sra. Coleman, essas telas estavam disponíveis no galpão de materiais, nós as recebemos na segunda-feira. Achei que a senhora as tivesse comprado, como informou que faria na nossa última conversa.

Anna se ergueu da cadeira. Estava em polvorosa, fora de si. Teve vontade de gritar bem alto, mas jamais perderia a compostura sem saber exatamente o que tinha acontecido. Sentiu-se traída, como se todas as pessoas ao seu redor não fossem confiáveis e estivessem conspirando contra ela, o que era inadmissível.

– Isso não é possível. Eu não as comprei. Quem as trouxe? Como?

Kate ficou tão chocada quanto Anna.

– Acho que precisamos conferir com o pessoal da logística. Mas eu juro, sra. Coleman, acreditei que estivesse tudo certo e fiquei tão feliz com as combinações que...

– Eu quero ver essas telas. Ao vivo. – Anna manteve a expressão fria.

– Ainda estão no galpão. – Kate engoliu em seco. Nunca tinha visto a chefe tão alterada daquela maneira e não conseguia entender o motivo. – Posso acompanhá-la.

Anna Coleman não disse mais nada, apenas pegou a pasta e caminhou ao lado da srta. Holt pelas instalações da loja. Havia um galpão especial para armazenamento de materiais exclusivos. Foi para lá que Kate a levou. Por um bom tempo, só se pôde ouvir o ruído dos saltos altos das duas mulheres, nada além disso.

Kate abriu a porta do galpão, ligou as lâmpadas e deu alguns passos até parar diante de caixas de papelão justapostas de maneira calculada. Abriu uma embalagem, retirando dela a primeira tela: a famosa bailarina.

Anna suspendeu a respiração. Não ousou tocar na peça.

– Nós recebemos as molduras ontem pela manhã – explicou a srta. Holt, com o timbre intimidado de quem achava que havia feito besteira. Temeu perder a confiança de Anna. – Assim que vi essas telas, fiz a encomenda sob medida.

A pintura estava realmente diferente das fotografias no portfólio do sr. Smith. A moldura refinada atribuía à imagem muito mais charme, parecia que as cores ficavam mais vivas, espetaculares. Sem ela, talvez a tela não valesse muita coisa, mas Anna sabia que aquela moldura custava uma fortuna. O quadro completo poderia ser comercializado por um valor altíssimo sem que ninguém questionasse a qualidade das tintas.

– Quero ver as demais. São quantas? – continuou Anna, fingindo firmeza, uma seriedade que não acontecia de verdade em seu íntimo. As pernas bambeavam de nervosismo, e sua vontade de gritar apenas aumentava.

– São seis, no total. – Kate abriu as embalagens uma a uma. Todas as telas já estavam com as suas devidas molduras, de cores e formatos condizentes com os designs que foram elaborados para a mostra. Por fim, a funcionária soltou: – São lindas. Eu não sei o que aconteceu, sra. Coleman, mas... Temos que incluir essas pinturas, ficaram perfeitas. Não podemos dar um jeito? A senhora teve algum problema com o artista?

Anna não queria admitir qualquer questão negativa com o artista, porque isso chamaria a atenção de Kate e, por consequência, dos demais funcionários. Temeu que chegasse aos ouvidos de Richard. Por isso, respirou fundo. Ainda que fosse difícil explicar de que maneira as telas do sr. Smith haviam aparecido do nada, tentou refletir. Decidiu-se por uma resposta que não era exatamente mentira:

– Ele ainda não assinou o contrato, Kate. Não temos nada garantido.

A srta. Holt ficou confusa.

– Não entendo. Tive acesso aos registros dessas telas com o pessoal da logística, posso inclusive enviar uma cópia para o seu e-mail. – Olhou para a chefe com o cenho franzido. – Talvez a senhora deva conversar com o artista. Se estão aqui é porque, no mínimo, ele liberou o envio.

Anna assentiu devagar. Ela sabia que aquela era a melhor maneira de encontrar respostas, porém queria evitar ao máximo tomar essa medida. Ainda pensou na possibilidade de Kate realizar o contato direto com Matthew. Quase solicitou para que o fizesse. No último segundo, resolveu que ela mesma deveria tirar a história a limpo. Quanto menos pessoas envolvidas, melhor.

– Envie os registros agora mesmo, Kate. Vou resolver essa questão com o artista.

– Refaço o material da mostra?

A funcionária estava realmente preocupada em ter que desfazer um de seus melhores trabalhos.

– Não agora. Espere uma resposta minha, mas esteja preparada para tudo.

– Está certo, sra. Coleman.

Anna virou as costas e andou de volta para a sua sala com a cabeça erguida, ainda que se sentisse amuada, ameaçada feito uma presa fácil, quase sem defesas. Odiava se sentir daquele modo. Matthew não havia deixado outra opção além de um contato, o que a fez ficar apreensiva e indignada.

Talvez ele tivesse feito de propósito. Talvez fosse um aviso, uma mensagem. Uma maneira de fazer com que Anna não o esquecesse. Uma ideia tola, claro, porque a mulher não foi capaz de esquecer o que aconteceu dentro de seu carro nem por um segundo. Toda a sua paz vinha sendo tragada, e ela achava que não sairia da situação sem graves consequências.

Foi fácil encontrar o telefone do sr. Smith; em seu portfólio havia várias formas de contato. A mulher pensou em mandar um e-mail ou desbloqueá-lo no Instagram, mas não seria uma atitude apropriada e levaria tempo demais. Um tempo que ela não possuía.

Anna digitou os números a contragosto, preparando-se para ouvir a voz de Matthew outra vez. Não soube se suportaria. Temeu por si mesma, pelo próprio corpo que teimava em agir sozinho, aquém de sua racionalidade.

A ligação chamou e chamou, mas nada aconteceu. Anna tentou outras três vezes, porém Matthew não atendia. Desesperada, a empresária visualizou o relógio de pulso, constatando que havia uma grande chance de o rapaz estar trabalhando e, por isso, não estar perto do celular. Mas ela não queria nem podia esperar pela sua boa vontade em atendê-la. Ao menos foi a justificativa que deu a si mesma.

Aquela resposta não tão coerente foi o bastante para que tomasse a decisão de ir até a joalheria. Não levou nada além da pasta azul-marinho, com o resultado do que seria exibido na mostra. Não raciocinou direito, não mediu consequências e não ligou para o fato de estar se expondo. Apenas caminhou elegantemente pelo percurso dentro do shopping que a levava ao trabalho de Matthew. Encontrou-o como imaginava: atendendo um cliente pomposo que escolhia um dentre dezenas de relógios caríssimos.

Assim que ergueu os olhos e se deparou com Anna, Matt paralisou. Achou que estivesse diante de uma miragem. O cliente continuou tecendo comentários sobre a durabilidade do relógio que gostaria de comprar, mas o jovem não foi capaz de ouvir. Seu mundo ruiu e, nele, só existia Anna, com sua aura iluminada e curvas perfeitas, além de olhos claros espertos e hipnotizantes.

Ele havia sentido profundamente cada fibra de saudade dela.

– Boa tarde, sra. Coleman! – Patty se aproximou com um sorriso forçado, já que era a única vendedora livre naquele momento. – Posso ajudá-la?

Anna estreitou os olhos por ter sido identificada pela funcionária. Imaginou se o sr. Smith teria contado alguma coisa para a colega de trabalho e se sentiu desconfortável. O nervosismo não permitiu que refletisse melhor e concluísse que ela era uma mulher conhecida pela sua grande influência na Flórida.

– Boa tarde. Gostaria de ser atendida por aquele rapaz. – Acenou com a cabeça na direção de Matthew. – Pois foi ele quem me atendeu da vez anterior que vim aqui.

Patty não ficou nem um pouco satisfeita, porém não deixou transparecer. Não fazia ideia de que Matthew ainda tinha alguma coisa a ver com Anna Coleman. A moça continuou com o sorriso aberto. Estava acostumada a sempre parecer agradável.

– Claro, sra. Coleman. Ele está terminando de atender um cliente. – Patty andou até as poltronas de espera e apontou uma a Anna. – Aguarde um momento, por favor. A senhora gostaria de uma água, um chá, um café?

Anna também não estava satisfeita. Queria passar o mínimo possível de tempo dentro daquela joalheria. Arrependeu-se de ter tomado a decisão drástica de procurar pessoalmente o sr. Smith, mas era tarde para voltar atrás e só lhe restava aguardar, por isso se sentou e cruzou as pernas.

– Uma água, por favor.

– Trago em um instante.

Enquanto Patty desaparecia para o interior da loja, Anna evitou olhar na direção em que Matthew Smith se encontrava. Sua água chegou em menos de um minuto, o que fez com que ela se distraísse. Ao menos tinha algo em que se concentrar enquanto o rapaz fazia o possível para atender o cliente na velocidade mais rápida possível.

Matthew estava curioso para saber o que Anna queria com ele, apesar de já imaginar qual seria o teor da conversa. Só não esperava que ela fosse procurá-lo na joalheria. Enfim conseguiu vender o relógio, embora admitisse a si mesmo que não fez um negócio tão bom quanto poderia. Livrou-se de um cliente que tinha o potencial de levar mais produtos, ou ao menos de escolher o mais caro.

Não se importou. Somente conseguiu respirar de novo quando se colocou diante de Anna Coleman. Ela ergueu os olhos verdes para encará-lo e então o seu mundo voltou a girar em câmera lenta. Tudo se tornou desimportante.

– Sra. Coleman – murmurou, e abriu um sorriso de lado, bem suave.

O desejo ardente ainda estava ali, forte como nunca. Intenso e profundo, constante. Não conseguia ver Anna sem nutrir uma vontade perturbadora de beijá-la e tomar seu corpo de todas as formas. Ela o remetia ao sexo, à selvageria, fazia com que viesse à tona seu lado mais devasso. Matthew sequer entendia como isso era possível, mas Anna Coleman conseguia arrancar dele todo o juízo apenas com um olhar.

A mulher não se sentia diferente. Lubrificava enquanto encarava os olhos azuis de Matthew. O canal vaginal latejava como se implorasse. Tudo que pensava era obsceno demais até para a própria mente suportar. Ela se ergueu da poltrona, mas se arrependeu porque sentiu de verdade a umidade escorrer pela calcinha. Ignorou tanto quanto pôde.

– O que as suas telas estão fazendo na minha loja? – Foi direta.

Matthew enrugou a testa, confuso.

– A senhora não leu o bilhete?

– Bilhete? Que bilhete? – ofegou Anna, descrente.

– Enviei as telas com um envelope, sra. Coleman, que deveria ter sido entregue à senhora.

Ela balançou a cabeça em negativa.

– Não recebi nada. E não brinque comigo, sr. Smith, eu...

– Anna, não estou brincando com você – disse Matthew, aproximando-se um pouco mais e falando em tom baixo, para que nenhum colega de trabalho o escutasse. Percebeu que a empresária estava possessa. – Sinto muito que não tenha recebido o bilhete, porque nele havia um pedido sincero de desculpas.

Anna teve vontade de gritar com Matthew, mas ficou embasbacada demais para reagir. Apenas prosseguiu chacoalhando a cabeça. Estava tudo tão errado que sequer sabia como começar a reclamar.

– Esperava que recebesse as telas como sinal de minha boa-fé – continuou Matthew, mantendo a voz mais terna. – Queria que me perdoasse por ter sido... hum... *indelicado* no nosso último encontro.

A decisão de Matthew de presentear Anna com algumas de suas telas foi tomada durante o fim de semana. Ele não esperava, de verdade, nada em troca. Só ficaria feliz em ter seu trabalho nas mãos de alguém como ela, além de que precisava se desculpar por tudo. Ele se sentiu um crápula, depois de raciocinar melhor sobre suas ações. Considerou-se sujo e covarde, e não quis que Anna tivesse essa impressão dele, ainda que ela nunca mais quisesse vê-lo de novo.

A empresária não soube o que responder. A garganta havia se fechado de apreensão. O coração, embora esquentado pelas palavras educadas de Matthew, batia desenfreado, sem controle. Ela criou forças apenas para entregar a pasta ao rapaz, que a pegou sem entender do que se tratava, mas não hesitou em abri-la.

Matthew ficou absolutamente chocado. Nunca teve uma visão ampla de seu trabalho dentro de um ambiente bem decorado. Jamais imaginou que pudesse ficar daquele jeito, tão perfeito, tão bem colocado, com um jogo de cores maravilhoso e uma sofisticação inigualável. Seu fôlego era tragado a cada página que virava. Perdeu a fala. Não soube o que responder diante daquele trabalho tão bem executado.

– A minha consultora de artes utilizou o material que magicamente apareceu no meu galpão e fez isso – disse Anna, em tom de desdém, percebendo que Matt havia ficado muito, mas muito abalado com o que viu. – Essas combinações estarão na mostra de design de interiores que vai acontecer no Broward County Convention Center. Uma das principais exposições de design da Flórida.

Matthew Smith ficou com o rosto vermelho porque não conseguia respirar. Os olhos claros não podiam ficar mais abertos do que já estavam.

– Anna... – arquejou ele. – Eu...

– Se a sua intenção era vender as telas, parabéns, sr. Smith. – Anna prendeu os lábios, desgostosa, antes de continuar: – Quando sair de seu serviço, passe na loja para pegar o seu cheque e assinar o contrato. Porque suas telas serão comercializadas pela minha marca durante a mostra.

Matthew criou forças para negar.

– Anna, essas telas foram um presente. Não quero nada em troca. Não quero seu dinheiro, eu juro. Esperava que as aceitasse como pedido de desculpas.

– *Desculpas*... – murmurou Anna, assentindo lentamente. Enquanto um lado dela se sentia bem, o outro estava morrendo de raiva. – Se quer tanto se desculpar, posso supor que esteja arrependido?

O sr. Smith piscou na direção da mulher. Deu de ombros, mas não deixou de encará-la.

– Não.

Anna quase desmaiou ali mesmo, no meio da joalheria.

– Então não aceito as suas desculpas.

– Não estou arrependido do que fiz, mas da maneira que fiz. E do que eu disse depois.

– Matthew, aceite a porcaria do cheque e suma da minha vida. Por favor.

Ela deu um passo para trás, mas uma energia poderosa a fez desistir de virar as costas e ir embora. Em vez disso, continuou analisando a expressão petrificada de Matthew. Ele parecia imerso na mesma quantidade de emoções em que ela estava. Não eram poucas, e todas confusas, inconsistentes.

– E você? Está arrependida?

A pergunta foi feita por Matt em um sopro de voz, quase inaudível.

– O que você acha? É *claro* que estou.

– Faria de novo?

Anna prendeu os punhos. Teve vontade de socar o rosto perfeito de Matthew, porém buscou controle. Sentia-se ofendida no máximo nível. Seu choque foi tanto que se esqueceu de responder, porque pensar na resposta a adoecia e revoltava. Ela nunca, jamais faria de novo algo que a tinha destroçado durante dias. Era óbvio que escolheria não ter que penar pela profunda culpa.

Mas aquela hesitação fez Matt entender o contrário.

– Pego o cheque e assino o contrato se me responder com sinceridade, Anna. Por favor, é tudo o que peço. Seja honesta consigo mesma. Faria de novo?

Anna Coleman sentiu os olhos marejarem na direção dos lábios de Matthew. Ficou notavelmente vacilante e se odiou por isso.

– Mas é claro que não – mentiu.

Foi a primeira vez que Anna entrou em contato com aquela verdade: ela seria capaz de fazer outra vez, se Matthew avançasse para beijá-la. Porque seu autocontrole estava por um fio. Porque aquele desejo proibido se estendia para além de suas capacidades. Era inexplicável, insustentável e absurdo.

Matthew reconheceu a mentira de imediato. A expressão da mulher foi nítida como as mais cristalinas das águas, não houve mistério. Ele não objetou, no entanto. Acompanhou quando Anna, enfim, virou-se e saiu da joalheria a passos rápidos, quase como se fugisse dele. Da verdade.

O rapaz decidiu que faria o que Anna queria: receberia o dinheiro e assinaria a papelada necessária. Mas também resolveu que não sumiria da vida dela. Matt não era capaz de fazer isso e, embora se sentisse um tanto cínico e muito errado, jamais desistiria de alguém que lhe despertava tanto desejo e que, não restava dúvida, desejava-o na mesma insana medida.

Matthew Smith estava disposto a assumir os riscos e lutar por Anna Coleman, apesar de todas as diferenças que os distanciavam: a idade, a classe social e um casamento que ele tinha certeza de que havia falido.

12

O bilhete de Matthew Smith foi localizado, afinal. Havia caído no piso do galpão, como um pedaço de lixo sem importância, permanecendo esquecido até aquele momento. Quem o encontrou foi a própria Kate Holt, que ainda estava intrigada e temerosa pela proximidade da mostra.

O envelope branco, pequeno o suficiente para passar despercebido, foi colocado sobre a mesa de Anna Coleman. A primeira coisa que a empresária viu quando retornou ao seu escritório. Ela queria ter forças para rasgar o maldito papel e jogá-lo fora antes de se comprometer mais, porém sua curiosidade nunca a permitiria ignorar uma mensagem de Matt.

Anna abriu o envelope, leu o recado e precisou se sentar, porque as pernas ainda estavam tão trêmulas quanto podiam.

Anna,
Perdoe-me por ter sido deselegante.
Eu não tinha o direito de te magoar com aquelas palavras.
Por favor, aceite essas telas como um presente.
É o que tenho de mais precioso, e agora são suas.
– M.S.

Anna não soube responder com objetividade o que o bilhete significava. Parecia que Matthew Smith realmente estava comprometido em obter seu perdão, ainda que não passasse de um desconhecido e não devesse nada a ela. Havia sido um gesto bacana, mas a mulher também achou exagerado, porque teve a sensação de que o rapaz estava caindo em uma espécie de ilusão.

O seu medo com relação a ele se intensificou, de modo que achou melhor deixar o contrato e o cheque com Chloe Merman. Sendo assim, não precisaria vê-lo outra vez.

Anna ficou apreensiva até ser informada pela secretária de que Matthew havia feito o que era necessário e ido embora. Só então a empresária voltou a respirar de novo.

* * *

Richard estava empolgado para, segundo as suas palavras, fabricar um bebê. Sabia que era a primeira vez que o sexo do casal seria monitorado pelos pesquisadores e estava ansioso para receber os primeiros resultados. Preparou-se para uma excelente performance. Queria fazer Anna gozar várias vezes. Havia combinado com Oliver de jogar golfe no dia seguinte e, na mesma ocasião, finalmente instalar o aplicativo em seu celular.

Apesar de Anna ter chegado à casa um pouco retraída, com aquele mesmo comportamento que trazia desconfiança ao marido, ele não se deixou abater. Agarrou-a antes que ela entrasse para o banho e a chupou até arrancar da esposa um gozo audível, intenso, capaz de fazer os membros da mulher tremelicarem. Richard não fazia ideia de que aquele orgasmo não havia sido dedicado a ele.

Anna imaginava Matthew Smith entre as suas pernas. Seus pensamentos foram totalmente involuntários, e por mais que ela tentasse se manter no presente, nos beijos e nas carícias de Richard, a mente perturbada o transformava no funcionário da joalheria. O choque e o pavor se misturaram ao tesão, e a explosão foi garantida. Anna nunca tinha gozado tantas vezes com aquela mesma facilidade.

Quando Richard enfim enterrou-se dentro dela, balbuciou a frase de sempre:

– Este é o melhor lugar do mundo...

Anna se lembrou do tempo em que amava ouvir tais palavras do marido. Daquela vez, não foi o que aconteceu. Sentiu-se péssima, uma covarde, uma mentirosa. Se Anna não gostasse tanto de sexo, teria desejado empurrar Richard e dizer que não queria mais. Só que o seu corpo ainda o exigia. Mesmo estando errada e se sentindo suja, a vagina latejava e recebia o pau enorme de Richard dentro de si.

Ela gemia até quase gritar. Talvez na intenção de não tornar o momento tão insuportável para si mesma, a cabeça voltou a rarear e a imagem de Matthew ressurgiu absoluta. Anna não precisou estimular o clitóris, irrompeu em um êxtase que a guiou para bem longe dali. Uma das raras vezes em que gozou com penetração.

– Que delícia... – ofegou Richard, bruto, e por um instante trouxe Anna de volta para o presente. Continuou arremetendo de maneira intensa, provocando um ruído excitante pelo choque entre os sexos. – Goza gostoso no meu pau!

Anna quase gritou o nome dele. Só não o fez porque teve medo de confundir as palavras em um instante tão enlouquecedor. Em vez disso, prendeu os lábios e respirou forte enquanto os últimos resquícios de orgasmo deixavam o seu corpo.

Richard durou o quanto pôde, porque Anna o apertava, vibrava, latejava e gritava alto, completamente entregue. Ela ainda gozou mais duas vezes, com a ajuda de seus dedos massageando o clitóris. O homem ficou feliz por oferecer tanto prazer à esposa, mas, por outro lado, isso tornou muito mais difícil não gozar.

Quando percebeu que não aguentaria mais, deixou-se esporrar dentro da mulher. Ofegou e apertou as carnes dela, entregando tudo de si. Deixou-a recheada com o seu sêmen e por isso sorriu, satisfeito. Pensou nos cientistas e no quanto eles deveriam estar com inveja.

– Eu te amo tanto – disse Richard, em um ápice de ternura, ainda enterrado dentro da esposa.

Olhando-a no fundo dos olhos, porém, o que Richard enxergou foi totalmente diferente daquilo que estava acostumado a ver. Dez anos se passaram, e o homem nunca havia encontrado nada como aquilo na expressão de Anna. Ela ficou reticente. Hesitou de um jeito confuso antes de murmurar:

– Eu também.

Richard engoliu em seco. Precisou de muito esforço para não perguntar, aos berros, que porra estava acontecendo com ela. Ele prendeu os dedos das duas mãos nos lençóis ao redor da esposa, contendo a raiva e, ao mesmo tempo, sem conseguir forças para sair dali. Sequer teve coragem de continuar olhando-a, então permaneceu sobre ela. Depositou a cabeça em seu peito e esperou que a calma se achegasse.

Estava furioso. Se pudesse, encontraria com o dr. Hans naquele mesmo segundo, porque precisava entender o corpo de Anna. Richard possuía a certeza de que ela havia gozado muitas vezes. Não tinha como fingir aquilo. Mas, de alguma maneira, ele soube que a mulher não o queria de verdade, do contrário não teria ficado tão desconcertada.

Percebendo que a raiva só fazia crescer, o empresário se levantou em silêncio e caminhou até o banheiro. Abriu o chuveiro e se colocou embaixo da água fria. Aguardou que aquela porcaria toda fosse embora, mas permanecia fixa em seu sistema, desestabilizando tudo o que ele tinha construído para manter a autoestima elevada, a autoconfiança, a sensação de ser amado, a felicidade e a satisfação. Considerou-se um fodido.

Fazia muito tempo que Richard não se sentia tão miserável.

O sabor da humilhação não o deixou raciocinar com lucidez. Quando retornou, Anna já tinha pegado no sono, mas ele não foi capaz de adormecer nem por um instante.

* * *

Richard aguardou a manhã seguinte com grande ansiedade, como se a conversa com Oliver fosse sua grande salvação. Aprontou-se cedo e chegou ao clube de golfe uma hora antes do combinado.

Para a sua sorte, dr. Hans havia decidido fazer o desjejum no restaurante do clube, antes da partida de golfe. Estava calmo bebericando uma xícara de chá quando Richard se aproximou da mesa já puxando uma cadeira e se sentando à sua frente.

Oliver sorriu de maneira agradável.

– Tinha algum bicho peçonhento no seu colchão? Acordou cedo, Coleman. – Dr. Hans riu, apoiando a xícara sobre a mesa e pegando um garfo para saborear seus ovos mexidos com bacon.

– Olha só quem fala: a pessoa que nunca dorme. Estou começando a achar que você é um zumbi, meu caro amigo. – Richard também riu, mas foi apenas o modo que encontrara de esconder toda a ira.

Ele precisava aprender a lidar com aquilo. Do contrário, sentia que poderia cometer uma loucura da qual se arrependeria para sempre.

– Aceita um chá antes de eu te detonar, como sempre? – brincou Oliver.

– Não, não. Preferia um copo daquele velho uísque, mas ainda está cedo.

Dr. Hans percebeu o tom desagradado do amigo, por isso enrugou a testa e perguntou:

– Algum problema?

Richard balançou a cabeça em negativa. Jamais confessaria para Oliver qualquer questão que tinha com Anna. Tiraria as próprias conclusões durante o estudo. E, se dependesse de seu fôlego, comeria Anna todas as noites, como sempre, e a faria gozar ao máximo, até quanto lhe fosse permitido.

– Nenhum. – Richard retirou seu aparelho celular do bolso da calça cáqui apropriada para o esporte. – Mas quero que você cumpra com o prometido e instale aquele aplicativo.

Oliver sorriu.

– Para que a pressa? Vocês foram muito bem no primeiro dia. – Dr. Hans sabia bem que o comentário era inapropriado, mas não quis perder a chance de brincar com o amigo. Precisaria se controlar muito para não misturar as coisas.

– Sério? – O empresário não deixou de se sentir vangloriado. Até sorriu de satisfação. A noite anterior havia sido muito boa no quesito sexo, sem dúvida. Seria perfeita se Anna não estivesse tão esquisita.

– Veja você mesmo.

Oliver Hans já tinha se conformado com a ideia de compartilhar os resultados, por isso não perdeu tempo considerando sua atitude reprovável. Pegou o celular de última geração que estava repousado sobre a mesa, abriu o aplicativo inovador, que prometia revolucionar várias áreas da saúde, selecionou os dados do casal e mostrou a Richard sem hesitações.

– Criamos um sistema que analisa e classifica os níveis de tesão. Ainda é básico, por enquanto a escala vai até dez. – Richard observava os números com curiosidade, embora não estivesse compreendendo nada. Hans continuou: – Ontem vocês dois atingiram o nível nove. Veja. – Oliver apontou para a tela onde o número se sobressaía. – É o primeiro casal a conseguir essa proeza até agora.

Richard sorriu de orelha a orelha.

– Ao menos agora posso provar que nosso sexo é perfeito – gabou-se ele, e o dr. Hans também sorriu, nutrindo certa inveja, era verdade, porém sem se deixar abalar. – Acredita em mim quando digo que sou um homem plenamente satisfeito com meu casamento?

Eles já tiveram várias conversas sobre isso ao longo dos anos. Oliver custava a crer que o amigo sequer pensava na remota ideia de olhar para outras mulheres. Achava improvável, porque o corpo humano possuía mecanismos instintivos que buscavam a procriação, estruturas que muitas vezes iam além da racionalidade.

Mas, pelo visto, Richard falava sério. Era cedo para afirmar com certeza, no entanto.

– Vamos ver. O primeiro dia é sempre o melhor. – Oliver deu mais um gole em seu chá, em seguida arrumou os óculos no nariz, gesto que costumava fazer quase sem perceber. – O pessoal se compromete a fazer bem feito, se é que me entende. – Os dois riram com suavidade. – Como Anna está diante da aplicação do nanochip?

Richard vacilou. Percebeu que precisaria continuar mentindo para o amigo e, pela primeira vez, perguntou-se quais seriam as consequências. Estava em risco não só o casamento, mas também a amizade. Dr. Hans ficaria possesso, Richard sabia.

– Está bem. Anna não quer pensar muito nisso, por esse motivo pedi para que não conversasse com ela a respeito.

– Não se preocupe. Esses dados estão sendo analisados por uma equipe restrita.

– E por mim. – Richard voltou a oferecer o seu aparelho celular. – Vamos, doutor, não mude de assunto. Quero o aplicativo instalado.

Dr. Hans soltou um suspiro e, por fim, pegou o celular de Richard. Enviou o link do arquivo com o aplicativo via e-mail, para que fosse possível realizar uma instalação, já que a aplicação não estava disponível nas lojas de apps. O processo levou alguns minutos. Oliver precisou usar a senha pessoal para ingressar no programa, ciente de que teria que inventar alguma explicação para o sr. Campbell.

O cientista tomou o cuidado de deixar disponíveis apenas as informações do casal, e de nenhum outro. Richard não teria acesso aos dados dos demais participantes. Seria muito antiético, dr. Hans jamais faria isso.

– Pronto. Está feito. Lembre-se de nosso acordo de confidencialidade.

Richard sorriu ao pegar o celular de volta.

– Claro. Fique despreocupado, Oliver.

O empresário mexeu um pouco no aplicativo, que lhe pareceu bem intuitivo, até que uma informação surgiu, e ele não soube como traduzi-la. O número oito piscava ao lado do nome de Anna Coleman, além do horário: 17:46. Era a tarde do dia anterior. Richard não sabia o que representava e, portanto, fez uma careta.

– O que significam esse número e essas horas? – perguntou, mostrando a tela ao amigo.

Oliver mastigava seu desjejum, mas parou para avaliar a informação. Engoliu a comida e, um tanto intimidado, disse em tom sério:

– É um acontecimento normal. Às vezes nós nos excitamos ao longo do dia. Vai perceber alguns picos de tesão tanto em você quanto em Anna.

Mas Richard já estava possesso de novo. Anna estava trabalhando naquele horário. Por que sentiu tesão? Estaria se recordando dele? Pensando em sexo em pleno fim de tarde? Por mais que Oliver tivesse dito que era comum, e que o seu lado racional concordasse plenamente, mais uma pulga foi instalada atrás de sua orelha.

– Esse número é alto? Ela sentiu tesão nível oito.

Dr. Hans deu de ombros.

– É bastante elevado. Durante o ato sexual, a maioria dos casais consegue atingir um sete. Anna recebeu um oito sem sequer estar transando.

Richard teve vontade de perguntar de que modo Oliver sabia que Anna não estava transando, mas isso seria a mesma coisa que admitir uma traição, já que ele, como marido, deveria ser o primeiro a saber dessa informação. Ficou calado, emburrado, encarando a tela e segurando o celular com força. Mais um pouco e talvez o aparelho se partisse em pedaços.

Evidentemente, Oliver notou.

– Isso prova que a sua mulher é realmente disposta – disse o médico, e deu alguns tapas no ombro de Richard, rindo para amenizar o clima. – Meus parabéns. Deve ser por isso que vocês se dão tão bem na cama.

O elogio do dr. Hans foi capaz de fazer Richard pensar no tesão de Anna por outra perspectiva, uma mais otimista. Abriu um sorriso envaidecido. Continuou mexendo no aplicativo enquanto Oliver comia, e então aprendeu sobre as outras informações fundamentais. O sistema mostrava os horários dos orgasmos de Anna. Foi capaz, também, de identificar sua atividade de penetração e seus espermatozoides.

Era um app completo. O empresário ficou embasbacado com a precisão dos resultados. Estava prestes a fazer aquele comentário com Oliver quando o nome de Anna ressurgiu na tela, indicando o número sete. A hora era a atual. Richard pulou de susto, porque não esperava por isso.

Sua esposa estava excitada naquele exato momento.

O homem não conseguiu raciocinar. Seus pensamentos foram guiados para os piores cenários possíveis, tanto que sequer mostrou o que acontecia a Oliver ou se explicou. Simplesmente pediu licença, ergueu-se da cadeira e se afastou, iniciando uma chamada de vídeo com Anna. Ele não queria deixar espaço para qualquer dúvida, precisava ver o que a mulher estava fazendo para que ficasse excitada daquela maneira.

Mas Anna não atendia. Richard bufou, indignado. Prendeu os dedos nos cabelos e puxou, rosnando baixo em plena fúria. Sua esposa foi deixada adormecida. Achava que ela só acordaria tarde, como fazia todos os sábados. Por que estava excitada? Com quem estava? O que fazia?

O aplicativo voltou a dar uma nova informação: o tesão de Anna Coleman havia subido para o nível oito. Richard grunhiu. Tentou ligar outra vez, porém não obteve qualquer resposta.

– Maldição! – praguejou o homem.

Estava disposto a deixar o clube imediatamente, sem sequer dar uma explicação para Oliver, quando Anna enfim atendeu à chamada de vídeo. Richard se manteve contrariado. Ela estava na cama, com os cabelos espalhados no travesseiro, e o rosto se mantinha avermelhado. A expressão era de quem tinha sido pega no flagra.

– Richard? O que houve?

– Onde você está? – resmungou ele, muito furioso.

A expressão de Anna mudou para a de confusão.

– Estou em casa. – Ela se levantou da cama, permitindo que Richard observasse parte da suíte do casal. – O que aconteceu, Richard? Algum acidente? Você está bem?

Anna começava a se desesperar. Esqueceu-se até de que estava em plena masturbação. Havia acordado pensando não no sexo louco com Richard, mas no olhar azulado de Matthew Smith. No beijo dele. Nos dedos em sua vagina. No cheiro que emanava da pele morena. Ela tinha se rendido ao tesão que os pensamentos provocavam.

– Está tudo certo, eu... – recuou Richard, porque percebeu que Anna estava sozinha e em casa. Nada estava acontecendo. Ao menos nada do que ele tinha imaginado e pelo que tinha quase enlouquecido. – Desculpe. Fiquei preocupado. Você está vermelha, amor.

Anna gaguejou, desconcertada.

– É, eu... Hum...

– Estava dormindo? – perguntou Richard, na intenção de saber se Anna seria capaz de mentir. Ele sabia muito bem que ela não poderia estar dormindo, a menos que estivesse sonhando, e seu sonho fosse extremamente erótico. Tão erótico a ponto de atingir o nível oito.

– Não, já tinha acordado. – Anna sorriu, meio sem jeito.

– Então por que está vermelha como se fizesse exercício? – insistiu ele.

Richard queria soar grosseiro, exigente, mas se controlou. Seu timbre saiu ameno, cheio de ternura e cuidado. Tudo forçado.

A mulher olhou para o lado por alguns instantes. Perdeu-se no horizonte da suíte. Voltou a encarar a tela. Sabia que o esposo ficaria ciente caso mentisse. Anna nunca foi uma boa mentirosa. Por isso que os últimos dias estavam sendo insustentáveis para ela.

– Você me pegou, querido, eu... – Fez uma pequena pausa e sussurrou, bem baixinho: – Estava me tocando.

Richard sorriu, porque a sua mulher tinha dito a verdade. Era um ótimo sinal. Talvez todas as desconfianças, todos os maus pensamentos não passassem de caraminholas criadas por sua mente ciumenta. Ele precisava relaxar mais e voltar a confiar em Anna. Sentiu-se mal por ter imaginado coisas ruins a respeito da amada.

– Estou indo aí agora. Quero resolver a sua situação.

Anna soltou um riso nervoso.

– Não, querido, não se preocupe. Jogue seu golfe, Oliver deve estar te aguardando. Vou me organizar para trabalhar hoje, preciso deixar tudo pronto para a mostra de design. Mais tarde nos encontramos.

Não era mentira que Anna Coleman precisaria trabalhar naquele sábado, no entanto somente a ideia de estar nos braços de Richard de novo, pensando em Matthew, deixava-a espantada. Ela não sabia o que fazer para não passar por isso outra vez. Cada noite estava sendo torturante.

– Tem certeza, amor? Largo tudo para te satisfazer.

A mulher não poderia se sentir mais culpada. Teve vontade de cair no choro, mas só o faria quando Richard desligasse.

– Sim, querido. Estou atrasada, inclusive. Bom jogo!

– Até mais tarde.

– Até mais tarde.

Richard encerrou a ligação prometendo a si mesmo que não deixaria aquele aplicativo remover o seu juízo. Teria que usá-lo com inteligência, do contrário só o atrapalharia, em vez de o ajudar. Prometeu também que tentaria estar por perto toda vez que o corpo de Anna indicasse algum nível de tesão, ainda que significasse ter que largar o serviço no meio do dia.

Do outro lado da cidade, Anna jogava o celular sobre o colchão e soltava um grito carregado de angústia, aproveitando que não tinha ninguém na mansão. Chorou e esperneou de um jeito ensandecido, implorando aos céus para que arrancassem aquela dor de dentro de seu peito. Queria voltar a ser uma mulher respeitável, segura e fiel.

Desejava nunca mais hesitar antes de dizer que amava Richard. Precisava esquecer tudo o que tivesse a ver com Matthew Smith.

13

O Broward County Convention Center era o principal centro de conferências à beira-mar dos Estados Unidos. Tratava-se de um grande complexo com salões de exposições de variados tamanhos, auditórios, anfiteatros e restaurantes em uma estrutura moderna, aconchegante e preparada para receber um vasto público.

A mostra de design de interiores era uma ótima oportunidade para empresas como a de Anna Coleman, que tinha seus produtos diariamente recomendados em projetos de arquitetos, designers e demais profissionais da área de decoração. Havia outras empresas e lojas envolvidas no evento, por isso a ideia era se destacar pelo requinte, pela qualidade das peças e pela apresentação excelente.

Anna havia passado a semana inteira focada em trabalhar com a equipe para finalizar os materiais a serem exibidos, organizar o estoque de peças que ficariam disponíveis para venda, separar o material de marketing, brindes e demais detalhes que tornariam a sua participação na mostra inesquecível para os consumidores.

Quando Anna decidiu que nunca mais pensaria em Matthew, passou a ignorar as reflexões que surgiam a respeito do rapaz, combatendo-as de imediato. Aproveitou-se da preocupação com os resultados da mostra para fugir o máximo que pôde.

Por isso, ao longo da semana, o seu tesão teve uma baixa significativa. Ficou tão ocupada em seu trabalho que não percebeu a mudança de comportamento de Richard, que começou a desconfiar depois de, na quarta-feira, durante o rotineiro sexo do casal, Anna ter recebido apenas um quatro, segundo o aplicativo da equipe do dr. Hans. Foi a primeira vez que Anna não se concentrou e fingiu alguns orgasmos, só para que a transa acabasse logo. Ela não queria arriscar imaginar Matt a atiçando.

A aplicação confirmou as suspeitas de Richard: sua mulher parecia determinada a não sentir prazer. O homem ficou desesperado. Tornou-se mais afetivo e prestativo, porque achava que a esposa estivesse insatisfeita com algo. Nem quando os resultados dos exames chegaram, constatando que estava tudo dentro dos conformes com a saúde do casal, Anna mudou de postura. Portanto, o medo da mulher a respeito de não poder gerar uma criança se tornou infundado, já que, ainda assim, ela continuava esquisita aos olhos de Richard.

Na manhã da sexta-feira seguinte, enquanto Anna acordava cedo para iniciar os últimos preparativos para o primeiro dia de exposição, que teria sua abertura naquela noite por meio de um evento apenas para convidados, Richard recebeu a notícia de que uma das filiais de sua rede de concessionárias teve um problema contábil sério, que exigia a sua atenção imediata.

– Querida... – Ele se ajustou na cama, empunhando o celular. Havia acordado com aquela notícia desagradável. – Tenho que resolver uma situação em Detroit. É urgente. Os contadores precisam da minha presença.

Anna parou no meio da suíte. Ainda estava desorientada pelo sono, mas precisava despertar o quanto antes. O dia seria longo: precisava arranjar tempo para fazer o cabelo, as unhas e uma maquiagem decente. O evento de abertura era ótimo para estreitar laços e fazer novos contatos profissionais. Precisava estar deslumbrante.

– Hoje? – Ela fez uma careta. – Mas hoje é a abertura da mostra.

Richard soltou um longo suspiro. Apesar de suas viagens a trabalho serem costumeiras, nunca gostou de deixar Anna sozinha. Aquela não era a semana ideal para se afastar, ele sabia disso.

– Vou tentar retornar a tempo. Prometo. – Ergueu-se da cama e se aproximou da esposa. Deu-lhe um abraço apertado, que foi retribuído. Ainda assim, Richard não se sentiu aliviado.

– Querido, nós dois sabemos que não vai dar tempo. São três horas só de voo. – Anna se afastou devagar. – Não se preocupe, está tudo bem.

– Não queria te deixar em uma noite importante... – disse Richard, segurando o rosto da esposa.

Anna sorriu com suavidade. Sabia que ele estava sendo sincero. Mas, profundamente, a mulher comemorava por ter ganhado ao menos um dia sem precisar mentir.

– Eu sei, amor... Mas volte só quando puder. Resolva suas coisas, pois sei que não viajaria se não fosse necessário.

Anna fez menção de se afastar de vez, porém Richard a segurou pela mão.

– Me desculpe, amor. – O rosto dele exalava contrariedade.

– Não precisa se desculpar. – Anna forçou um sorriso. Queria que o esposo estivesse presente no evento, mas, por outro lado, não desejava que ele visse as telas de Matthew expostas. E também precisava de uma folga no sexo, caso contrário enlouqueceria. – Boa viagem. Não se esqueça de me ligar quando chegar.

– Está bem... Bom evento, querida.

Eles trocaram um beijo que Anna considerou morno. Não estava tão envolvida.

Já Richard continuava indignado com a situação. Pensou até em desligar o aplicativo, para não se desconcentrar durante a viagem, porém não se viu capaz de fazer isso. Aquela era a chance de saber como Anna se comportaria quando ele não estivesse por perto. Seria um momento decisivo, e ele esperava que o tesão da mulher prosseguisse baixo.

* * *

Quando Matthew chegou ao seu quartinho em uma noite qualquer daquela semana, ficou espantado ao encontrar um envelope timbrado com o logotipo da loja Anna Coleman. O coração palpitou, e o rapaz mal pôde respirar enquanto o abria, imaginando que tipo de bilhete poderia existir ali dentro.

Esperou por um pedido de desculpas, uma nova proposta profissional, um convite para outro encontro, qualquer coisa que fizesse com que ele a encontrasse de novo, já que, desde que assinara o contrato, não havia recebido qualquer notícia vinda da empresária.

O conteúdo do envelope o fez sorrir. Não era nada do que Matt imaginava, mas não deixava de ser uma oportunidade: um ingresso exclusivo para a noite de abertura da mostra de design de interiores. O rapaz sabia que tinha o dedo de Anna naquele envelope. Talvez ela tivesse pegado as suas informações no contrato para fazer o envio.

Uma excelente notícia. Ele ainda tinha chance. Anna o queria presente.

Matthew usou uma parte do dinheiro da compra das telas para arranjar um terno que não o fizesse passar vergonha. Anna jamais prestaria atenção nele se estivesse malvestido em um evento como aquele. Não ousou pedir o dia de folga, mas conversou com o sr. Jones para sair um pouco mais cedo, assim teria tempo para se arrumar com calma e chegar ao enorme centro de convenções em um horário adequado.

O salão principal era majestoso, como todo o complexo do Broward. Matthew jurou que nunca tinha visto um lugar como aquele. Os expositores estavam bem divididos, e a impressão era de que haviam colocado vários interiores de casas luxuosas um ao lado do outro, para que as pessoas decidissem qual era o mais charmoso.

Havia todos os tipos possíveis de cômodos, com decorações que traziam sentimentos diferentes conforme cores, texturas e materiais utilizados. Alguns eram modernos, outros remetiam ao estilo *vintage*. Uma riqueza cultural de impressionar qualquer pessoa.

Matthew caminhou pelos corredores com muita admiração. A curiosidade o fez parar em alguns expositores, para conferir melhor os detalhes. Como artista, a mostra era um prato-cheio: viu muitas pinturas emolduradas (e se demorou avaliando-as), procurou informações sobre os artistas de que mais gostara e chegou até a se esquecer do que realmente havia ido fazer ali, de tão interessado.

Sequer percebeu quando alcançou a parte da mostra reservada para a loja Anna Coleman. Adentrou porque se interessou pelas cores usadas em um quarto masculino. Foi com muita surpresa que se deparou com uma de suas telas: mãos segurando um punhado de areia do mar. Matt gostava muito daquela. Pintou-a com uma dedicação redobrada, porque retratar mãos era difícil; acertar nas cores também.

A tela remetia ao que Fort Lauderdale tinha de melhor: as praias. Mas ele queria mostrar um lado que quase ninguém percebia; não o mar em si, mas as luzes refletidas pela areia durante o verão. Ele achava fantástico.

Seu fôlego foi tragado e, instantaneamente, os olhos muito azuis marejaram de emoção. Nunca imaginou ter seu trabalho exposto tão cedo, e de uma maneira ao mesmo tempo tão sofisticada e cheia de alma.

– Aceita champanhe? – perguntou um garçom que se aproximara.

Ele piscou os olhos, só então se dando conta de que a área de Anna Coleman era uma das mais visitadas, talvez porque eles estavam servindo um serviço de buffet completo, com direito, também, a champanhe. Muita elegância.

– Claro. Obrigado.

Matthew estava tão atônito que quase cambaleou enquanto cruzava os ambientes. Visualizou suas telas uma a uma. Em todas, seus olhos se encheram de lágrimas, tamanha a emoção. Ele não acreditava que estava fazendo parte daquilo. Quando viu uma funcionária colocando um adesivo vermelho na moldura de uma das telas, ficou curioso e se aproximou para perguntar:

– O que significa o adesivo?

Kate Holt, muito bem vestida com um conjunto de terninho e sandálias douradas altíssimas, sorriu para o rapaz. Estava trabalhando arduamente desde cedo. Acompanhava cada venda com entusiasmo e fazia questão de estar presente, mesmo sem oficialmente desempenhar a função de vendedora.

– Ah, o quadro acaba de ser vendido. O senhor se interessou por algum?

Matthew não sabia se sorria ou se chorava. O coração batia forte, e ele sentia nas têmporas. Por alguns instantes, não foi capaz de ouvir nada. O som da exposição desapareceu. Achou que iria desmaiar.

Kate ainda sorria para ele. A mulher tinha notado a beleza do jovem e, como estava solteira, ficou bastante interessada. Até aprumou melhor os cabelos castanhos e se agradeceu por ter acabado de retocar o batom.

– Na verdade, eu sou o artista – disse Matthew, após ter criado forças para responder.

Kate arregalou os olhos.

– Mesmo? O senhor é Matthew Smith?

Ele apenas assentiu. Não fazia ideia de que seria reconhecido pelo nome. Algo daquele tipo nunca havia acontecido com ele.

– Sim… Sou eu.

– Mas que prazer!

Kate se controlou para não pular no pescoço do rapaz que considerou simplesmente lindo. A sua empolgação aumentou. Apesar de não desejar se relacionar com clientes, sabia que o caso de Matthew havia sido bem pontual e, se alguma coisa rolasse entre eles, não teria problemas.

– Sou Kate Holt, consultora de artes de Anna Coleman. É um prazer informar que fui eu que fiz as composições com as suas telas. Aliás, peço desculpas pelo engano de nossa logística no recebimento do seu material.

Matthew visualizou a mão de Kate erguida para um cumprimento. Ainda estava enxergando tudo em câmera lenta, mas a apertou com educação. A mulher sorria de orelha a orelha enquanto o rosto dele esquentava.

– Imagina… – Ele coçou o cabelo depois do cumprimento. – Agradeço por ter incluído as telas. Eu não esperava por isso. – Deu de ombros.

– É a sua primeira mostra?

– Sim…

– Seu trabalho é espetacular. Fiquei apaixonada. – Os olhos de Kate brilhavam. Ela sentia que não tinha se apaixonado apenas pela arte de Matthew, mas por ele todo. Um pensamento sentimental exagerado, obviamente. – Meus parabéns! Seus quadros estão sendo bem elogiados. Já vendemos quase todos.

– Q-quase… todos?

– Sim. A sra. Coleman pediu pessoalmente para que eu reservasse a bailarina, por isso não a vendemos. Mas devo dizer que a procura está enorme.

Matthew Smith não soube o que dizer. Estava estarrecido demais para falar.

– Mas que bom que veio, sr. Smith – disse Kate.

– Recebi um convite…

Kate soltou um riso por causa da timidez do rapaz. Parecia que ele não sabia como se comportar em um evento como aquele. Achou isso muito engraçado.

– Naturalmente. Todos os nossos artistas receberam – disse ela, piscando um olho.

A srta. Holt queria passar mais tempo conversando com o artista, porém uma vendedora surgiu e pediu a sua atenção envolvendo alguma coisa no caixa.

– Com licença, sr. Smith. – A consultora sorriu e, de propósito, tocou o ombro de Matthew. – Aproveite a noite.

– Obrigado.

O rapaz ergueu a taça de champanhe que estava segurando. Após a saída de Kate, ficou bons instantes sem saber o que fazer ou para onde ir. Lembrou-se de que ainda não tinha visto o paradeiro da tela com a bailarina e ficou curioso para conferir, por isso deu um passo para o lado, na direção de onde ainda não havia circulado.

Foi quando seus olhos cruzaram com os de Anna Coleman em pessoa, alguns metros adiante.

A empresária o encarava como se as pessoas ao seu redor nada significassem, embora se tratasse de profissionais renomados, artistas conhecidos e demais empreendedores da área. Anna viu, de longe, a conversa entre Kate e Matthew. Seu interior negava o quanto podia, mas a verdade foi que se sentiu enciumada, sobretudo ao perceber que sua funcionária flertou com ele.

O ar dentro do Broward se tornou escasso para os dois. Os corações agitados impediam que as respirações se normalizassem. Não conseguiram disfarçar ou virar os rostos, continuaram se encarando fixamente, como se uma energia poderosa os obrigasse a manter aquele contato silencioso.

Matthew reparava cm toda a perfeição da mulher. Estava deslumbrante dentro de um vestido cinza-escuro, muito elegante, de mangas compridas e corte moderno. Os cabelos loiros bem estruturados em um penteado elaborado combinavam com os longos brincos. Por experiência, o rapaz sabia que eram de diamantes legítimos.

Foi muito difícil conter a ereção. Matt fez esforço para controlar o impulso de caminhar até Anna e a tomar em seus braços na frente de todo mundo. Seu olhar se tornou faminto, ele pôde sentir, conforme acompanhava a expressão de Anna se modificar para o puro tesão, porque ela entreabriu os lábios e mordeu o inferior, como se tentasse conter seus desejos tanto quanto Matthew.

* * *

Anna Coleman percebeu que seu comportamento era completamente inapropriado. Não fazia ideia de que Matthew estaria presente na mostra, ainda que fizesse sentido, porque os responsáveis pelos convites possuíam a lista com os nomes dos artistas. Agradeceu por Richard não poder ter comparecido, e então decidiu dar um basta.

– Com licença, pessoal – pediu delicadamente para as pessoas à sua volta, sorrindo de maneira forçada.

Não deu mais explicações. Caminhou para bem longe dali, porque precisava tomar um ar, restabelecer o controle do próprio corpo e descobrir como sobreviveria a uma noite inteira sabendo que Matthew Smith estava por perto.

Após andar com elegância até a área reservada aos expositores, percebeu passos atrás de si. Olhou para trás e se deu conta de que Matt a seguia.

Anna se desesperou. Apertou o passo entre alguns corredores pouco movimentados àquela hora, até alcançar os sanitários mais afastados, que ela nem sabia direito que ficavam por ali. Atravessou a porta do feminino. Achou que se tratava de um banheiro com várias cabines, mas, embora tivesse bastante espaço, era individual.

Respirando ofegante, equilibrou as mãos no batente da pia e se olhou no espelho. Apesar de estar aparentemente impecável, perfeita aos olhos de todos, considerou-se um monstro horrível.

Quase não acreditou quando a porta se abriu ao lado dela e Matthew Smith adentrou o espaço que, de repente, tornou-se muito pequeno. Anna deu passos para trás até a sua retaguarda encostar na parede. Olhou assustada para o homem que, sem pedir licença ou esperar objeções, girou a chave atrás de si. E não parou de encará-la.

– Matthew. – A voz de Anna soou descontrolada.

– Anna. – A dele exalou um tesão absurdo.

Ele avançou na direção dela. Anna negaria a si mesma por muito tempo, porém de fato deu um passo trêmulo para frente e abriu os braços para recebê-lo em toda a sua fúria. Foi com selvageria que Matthew tomou os seus lábios, sem se importar com absolutamente nada. A mulher talvez devesse, mas não conseguiu raciocinar ou julgar suas atitudes naquele instante. Enfiou a língua na boca de Matthew com ansiedade.

Matt a queria tanto que chegava a doer em seu sistema. Sua língua fez os movimentos certos para arrancar de Anna gemidos, ofegos e um calor que se espalhou por todo o corpo da mulher, deixando-a tão excitada que quase não se sustentava em pé.

O volume grosso na calça de Matt fez Anna arquejar e se esfregar nele, tonta de desejo. Não acreditou em si mesma quando pulou, abrindo as pernas ao redor daquele tronco grande.

As mãos dele a agarraram com veemência, uma pegada crua, e a equilibraram com facilidade.

O beijo prosseguiu intenso, com duas línguas ávidas trabalhando uma na outra e dando curtas pausas apenas para buscar um pouco de ar, que ficava cada segundo mais insuficiente.

Anna rebolou em cima de Matt, exigindo algo que jamais poderia ter. Ainda assim, implorava.

O homem amassou o tecido caro do vestido de Anna até abrir espaço para as carnes da mulher. Apertou aquelas nádegas com força e gemeu, ensandecido.

– Eu vou te comer toda, Anna – sussurrou, rouco, e a empurrou de volta para a parede mais próxima. – Só saio daqui quando te fizer minha.

Anna não sabia se ficava chocada ou satisfeita com aquela sentença. Não ousou responder.

E Matthew não esperou nenhuma palavra. Voltou a beijá-la enquanto se decidia por onde começar. Percebeu que precisava sentir o gosto da mulher de novo, porque havia sonhado com aquele momento ao longo dos dias. Achava que nunca iria acontecer. Tinha que aproveitar a chance.

Matt afastou Anna apenas para girá-la e a empurrar de novo para a parede. Ela soltou um arquejo de susto e tesão. Ficou abrasada e acanhada ao mesmo tempo quando o homem se curvou atrás de si. Ele a puxou para que ela se empinasse e enfiou o rosto entre suas nádegas sem pestanejar. Usou lábios e língua para oferecer o primeiro e longo estímulo.

Anna gemeu, vibrou e se contorceu.

– Matthew – exigiu, espantada.

Anna nunca imaginara que se veria naquela situação outra vez, porém não encontrou forças para fazer nada além de se deixar levar. Ela se tornou apenas sensações. Loucas, absurdas, indecentes. Sensações que iniciavam ora em seu clitóris, ora no ânus, e se espalhavam por todo o corpo. As pernas tremiam perigosamente. Os braços tentavam se equilibrar na parede. O vestido preso em sua cintura e a calcinha quase cedendo do tanto que Matt a esticara para os lados a deixou ainda mais disposta.

Era obsceno, proibido e sujo, mas Anna continuava gemendo alto. Seu corpo prosseguia trabalhando a pleno vapor para fazê-la gozar como nunca. Aconteceu poucos minutos depois, quando Matt resolveu focar o clitóris inchado, que recebia a sua língua em movimentos cadentes e pulsava forte. Anna não avisou, não teve coragem de ouvir a própria voz, apenas se derramou na boca de Matt.

Ele bebeu cada gota do gozo dela, maravilhado com aquele sabor, com a facilidade com que Anna atingiu o êxtase, com a ideia de finalmente ir até o fim. Precisava de um alívio. Não suportava um segundo a mais fora do corpo daquela mulher.

– Deliciosa – murmurou ele. – Agora, quero que goze no meu pau.

Matt se colocou de pé.

Anna continuou paralisada, com o rosto apoiado na parede, ao lado das mãos espalmadas. Não ousou se mexer. Seus nervos ainda sentiam as consequências do orgasmo poderoso.

A pressa fez com que ele apenas abrisse o cinto, desabotoasse a calça e abaixasse o zíper.

Anna esperou com o coração batendo acelerado. A antecipação fez com que marejasse, de tão forte que a sentiu. Não pensou em desistir. Qualquer ideia de estar em outro lugar além de nos braços de Matt lhe pareceu insustentável. Ela fechou os olhos quando sentiu o membro firme ser perpassado entre suas nádegas.

Matt ofegou, louco, e usou uma mão para ajudar no movimento de vai e vem. Desceu mais o pênis e o esfregou na boceta completamente ensopada da mulher. Compartilharam as lubrificações.

Por longos instantes, só se pôde ouvir a respiração pesada dos dois.

– Matthew – implorou Anna. Não aguentava mais esperar.

– Calma... Você vai ser minha. – A resposta foi quase um rosnado. – É um fato, Anna. Vou te dar tudo, tudo o que me fez sentir desde que te vi.

Enfim, Matthew a penetrou em um tranco. A boceta de Anna estava tão ensopada que o membro rijo abriu o caminho de uma só vez, escorrendo até o talo.

Os dois gemeram ao mesmo tempo.

Ela tremeu perigosamente, ciente de que aquele pau tinha encontrado o ponto exato para fazê-la gozar de novo. Foi inexplicável e assustador.

O encaixe foi tão perfeito que, quando Matt retrocedeu e a invadiu de novo, Anna sentiu o clímax se achegar.

Mais uma metida com violência e a mulher gritou escandalosamente, sem conter a fibra profunda de um orgasmo insano, apenas com penetração. Aquele homem conseguiu, com poucas arremetidas, tornar-se único.

– Ah... Anna!

Matt percebeu que a mulher gozava e lamentou o fato de não conseguir se prolongar, nem se quisesse muito. Ela era perfeita demais. A boceta latejava, prendendo seu pau com força.

– Gostosa! Eu não aguento, vou esporrar em você.

Aquela informação fez Anna congelar, porque se deu conta de que nenhum dos dois havia se lembrado de usar um preservativo.

– Não... Matt... Não, não goze dentro... Por favor.

Seu desespero ficou evidenciado, embora entrecortado, porque o homem não tinha parado de arremeter. Retrocedia e se enfiava na maior velocidade, com as duas mãos presas na cintura de Anna. Ele parou um pouco para respirar e grudou os lábios no ouvido dela.

– Tudo bem. Já sei onde vou gozar. – Fez uma pausa e meteu firme. Anna gemeu. – Na sua boca.

Matthew agarrou os seios dela por cima do vestido, dando-lhe apoio para continuar fodendo. O barulho dos choques entre os sexos se tornou audível, e misturado aos gemidos, uma sinfonia muito bem harmonizada para ambas as audições.

Anna não acreditou quando seu corpo tremeu de novo, preparado para mais uma dose de prazer. Matt gritou, tentando se segurar para esperar pela mulher, porque também sentiu que ela viria com força. A boceta o prendeu e o grito se transformou em um rosnado, então Anna começou a gozar.

Foi a gota d'água para Matt. Ele não conseguiu suportar um só segundo.

Ciente de que deveria se afastar, deu um passo para trás e puxou Anna pelos cabelos. Fez com que se ajoelhasse diante dele e, no próximo segundo, um jato quente de sêmen melou o rosto da mulher. Anna o abocanhou na intenção de tomar os próximos jatos. Matt gemia, com a mente nas nuvens e o corpo em ebulição, enquanto esporrava na boca de Anna e ela o engolia avidamente.

Ele quase não acreditava onde estava. Como estava. E com quem estava. Era inacreditável. Tão improvável que o fim de seu clímax foi tomado por um riso fora de hora. Encarou o rosto melado de Anna, seu cabelo desfeito, o rosto exalando assombro depois que tudo acabou. Foi então que entendeu que ela não lidaria bem com a finalização.

Quando o tesão passasse.

O rapaz a ajudou a se levantar, ciente do que viria. Não seria fácil. Anna continuou com os olhos arregalados. Suada. Melada. Com o vestido torto. Boa parte do trabalho do salão de beleza fora desfeito.

O silêncio foi cúmplice deles durante um minuto completo, até que Matthew o rompeu:

– Não me olhe assim, Anna. Nós dois queríamos isso.

– Saia, por favor.

A mulher quase não conseguiu falar.

– Vai fingir que nada aconteceu? Que não tem nada acontecendo?

Ela negou com a cabeça, apavorada.

– Não tem nada acontecendo.

Matt prendeu os lábios de tanta frustração.

– Serei paciente – murmurou. – Eu amei ter você. Não me arrependo, e já quero mais, porém vou te dar espaço.

– Saia, Matthew, por favor. Não fale essas coisas. Tudo isso é um erro.

Anna decidiu que não choraria na frente dele, embora fosse a sua vontade. Precisava ser forte para encarar as consequências de sua sujeira. Estava sendo muito difícil. Tão logo acabou, ela se deparou com o quanto aquilo era errado. O autojulgamento a golpeou com força. Mal conseguia ficar de pé.

– Como quiser, Anna. Chame de erro. – Matt deu de ombros, encaminhando-se para a porta. Percebeu que não adiantaria se prolongar no recinto. Anna o rechaçaria. – Eu chamo de melhor coisa que já me aconteceu.

Ele foi embora sem esperar resposta. Então, Anna voltou a se olhar no espelho. Sentia o gosto do sêmen de Matt na boca. Não conseguiu encarar a própria imagem. O completo desespero fez suas pernas bambearem, e ela se deixou cair de joelhos no chão, aos prantos.

14

Em algum momento, Anna Coleman percebeu que não podia chorar dentro daquele banheiro para sempre. As pessoas deviam estar perguntando por ela. Seria tolice perder a chance de se destacar na mostra. Havia marcado algumas entrevistas e conversado com muita gente influente, disposta a fazer novas parcerias. Seu tempo era precioso demais para ser gasto afundado na completa desolação.

Foi difícil se recompor. O gozo de Matthew havia melado parte de seu rosto e a maquiagem bem-feita estava borrada, de modo que ela teve que passar água e remover tudo. Não deu para salvar o penteado. Anna soltou os cabelos e não teve ideia do que fazer para ficar apresentável de novo.

Tirou da bolsa de mão o pó, o rímel e um batom que sempre levava consigo, insuficientes para refazer o trabalho elaborado da maquiadora. Teriam que servir ao menos para não a deixar de cara limpa. Outro ponto crucial foi o vestido. Mesmo colocado no lugar certo, ficou amassado de um jeito constrangedor. Não sabia se perceberiam o que andou fazendo e não queria arriscar, por isso passou as mãos pelo tecido repetidas vezes, como uma alucinada.

O gesto fez com que voltasse a chorar de desespero. E o pranto manchou a singela maquiagem que tinha acabado de fazer. Angustiada, resolveu deixar isso por último. A calcinha estava fora do lugar e muito molhada. Decidiu que não passaria a noite sentindo o centro úmido; jogou a peça no lixo. Fez um coque baixo usando os vários grampos do penteado anterior e conseguiu alguma dignidade para seus fios loiros. Não tinha jeito, Anna queria encontrar uma maneira de continuar naquele evento.

Após refazer a maquiagem pela segunda vez, saiu do banheiro com o rosto erguido, na tentativa frustrada de permanecer na pose de empresária bem-sucedida. Temeu se deparar com Matthew Smith outra vez. Não sabia onde enfiaria a cara.

– A senhora está bem?

Foi Kate quem a encontrou no caminho de volta para a área da loja Anna Coleman. A funcionária fez uma expressão confusa. Analisou-a da cabeça aos pés.

Anna soltou um longo suspiro. Claro que as pessoas perceberiam o seu estado. Tanto esforço para se recompor foi em vão; ela jamais seria capaz de permanecer no evento. Os olhos marejaram diante da conclusão.

– Acho que foi algo que comi. – Anna teve que inventar uma mentira. – Passei muito mal e acabei... – Suspirou. Fez uma pausa por temer cair no choro na frente de Kate. – Enfim, estou horrível agora.

A consultora de artes olhou para a chefe com mais atenção. Não achou a imagem dela tão ruim assim, afinal Anna era naturalmente linda, mas as pessoas que já a haviam encontrado antes com certeza notariam a diferença, o que poderia não ser bom. E se soubessem que a dona da loja havia passado mal com alguma comida, culpariam o serviço de buffet contratado pela empresa.

– Sra. Coleman, acho melhor que vá para casa. Não se preocupe com as coisas, está tudo sob controle.

– Não posso ir agora, Kate – quase choramingou Anna.

– Mas a senhora não está bem e já fez uma ótima participação no evento. Fique tranquila, Chloe e eu vamos manter a ordem. Descanse, é melhor.

– Tem certeza?

A vontade de Anna realmente era de ir embora. Em seu íntimo, sentia-se aliviada com a sugestão de Kate. A ideia de não ter que encarar o olhar julgador das pessoas era muito atraente.

– Sim. Se houver qualquer problema, eu ligo para a senhora. Mas não vou ligar, porque está tudo dando certo.

Kate abriu um amplo sorriso. Estava animada com o sucesso do evento de abertura e também por causa do consumo de três taças de champanhe.

– Tudo bem, então. – Anna forçou um sorriso. – Obrigada, querida.

– Imagina. Melhoras!

De propósito, Anna Coleman seguiu pelo corredor por trás da área de exposição, a fim de passar despercebida. Entre a parte posterior de um cômodo e outro montados com seus melhores produtos, encontrou Matthew de pé, observando a pintura da bailarina no meio de uma sala charmosa.

O mesmo quadro belíssimo que ela tinha reservado porque não o imaginava na casa de nenhum consumidor. Ainda não sabia o que faria com ele. Seu desejo era utilizá-lo no escritório, mas não faria isso. Negava-se a ter que se recordar daquele homem. Talvez apenas o deixasse embrulhado no galpão.

Matthew percebeu a pequena movimentação entre as paredes de mentira. Franziu o cenho e encontrou o olhar brilhante de Anna. Diferentemente dela, o rapaz estava se sentindo fisicamente ótimo, embora muito preocupado.

A empresária não se demorou, porque sabia que não podia dar conta de reencontrar o sr. Smith, por isso apenas seguiu a caminho do estacionamento a passos largos.

* * *

Quando chegou à mansão, carregada de uma culpa que prometia afundá-la de vez naquela lama em que havia se enfiado, Anna conferiu o seu celular e arregalou os olhos, apavorada, ao visualizar as 57 chamadas não atendidas de Richard. Logo pensou que uma tragédia tinha acontecido. Outra.

Abriu as mensagens deixadas por ele e as leu com desespero.

Richard: *Anna? Onde você está?*
Richard: *Como estão as coisas?*
Richard: *Anna, você está bem?*
Richard: *Já está no evento?*

Richard: *Por favor, me ligue o quanto antes.*
Richard: *Anna????*
Richard: *????*
Richard: *Cadê você, Anna?????*
Richard: *Anna, me ligue, por favor!*
Richard: *ANNA!!!*
Richard: *Porra, Anna, me ligue!*
Richard: *???*

A mulher telefonou algumas vezes ao marido, porém o celular dele estava desligado. Deixou algumas mensagens de voz na caixa-postal, perguntando se estava tudo bem e pedindo para que ele retornasse a ligação, no mesmo tom angustiado que o homem havia utilizado.

Seu pavor se ampliou tanto que Anna só conseguiu chorar. Parecia que Richard sabia o que ela havia feito, ainda que de modo algum isso fosse possível de ser descoberto. E se alguma coisa tivesse acontecido com ele, Anna jamais se perdoaria.

Na verdade, ela sentia que não se perdoaria nunca, de qualquer modo.

* * *

Uma hora antes, Richard já estava no hotel em Detroit, após um dia exaustivo resolvendo os problemas daquela filial. Queria retornar à Flórida o mais rápido possível, no entanto descobriu que seria obrigado a ficar na cidade por mais tempo, ao menos até segunda-feira. Foi enquanto se servia de uma dose de uísque que a notificação chegou ao seu aparelho celular.

Ele o empunhou achando que se tratava de alguma questão relacionada a trabalho, por isso se assustou assim que leu a barra de alertas: *Anna Coleman, 21:43, 9.*

Richard fez uma expressão tão estarrecida que seu rosto ardeu. Os dedos tremeram tanto que foi com muita dificuldade que tentou abrir o aplicativo, para colher mais informações. Como era possível que Anna estivesse com aquele nível tão alto de tesão?

O que raios Anna está fazendo a esta hora?, pensou.

O empresário já tinha aprendido a mexer no sistema da equipe do dr. Hans. Clicou no nome da esposa e aguardou as informações surgirem na tela, com o coração batendo às pressas, a ponto de remover o seu fôlego. Richard se sentou em uma das poltronas dispostas em sua suíte executiva. Sentia que desmaiaria caso não se acomodasse.

A situação piorou com o novo dado que surgira. Duas palavras piscando na coloração verde foram capazes de detonar todos os nervos de Richard de uma só vez: *atividade sexual*. Anna estava transando.

Por alguns instantes, o homem nada conseguiu enxergar. Sua vista escureceu, e os dedos amoleceram até quase derrubarem o aparelho no piso encerado.

– Não é possível... – sussurrou, com a voz desafinada.

Depois de um minuto de pura tensão, Richard se lembrou de que Anna poderia estar se masturbando. Embora ela devesse, àquela hora, estar na mostra de design, não dispensou a possibilidade. Deu a ela o benefício da dúvida, que logo foi rompido por mais uma informação na tela. O aplicativo rastreou atividade de penetração na vagina de Anna.

O nível de tesão dela aumentou para 9,5. Em seguida, o mapeamento apontou um orgasmo da categoria penetração. Sem indicativo de estímulo no clitóris.

Richard prendeu o celular entre os dedos com tanta força que o objeto estalou. Soltou um rosnado gutural e decidiu que ligaria para a esposa. Precisava conferir o que estava acontecendo. Entretanto, suas chamadas não obtiveram qualquer resposta.

Conforme escutava o ruído característico da ligação sendo feita, e recebia de volta a completa ausência de Anna, sua raiva ficava maior.

– Filha da puta! – gritou Richard, feroz.

O monstro dentro de si entrou em combustão. Fervia de ódio, uma indignação que nunca havia experimentado antes. Deixou as primeiras mensagens de texto para Anna. Ela estava off-line.

– Atende essa merda, porra!

Richard sabia que tinha que simular que não estava ciente de nada, do contrário a esposa desconfiaria da presença do nanochip. Fingiu que só queria ter notícias dela, porém suas mensagens foram ficando cada vez mais desesperadas.

Não conseguia parar de ligar. O assombro o fez tontear, mas, ainda assim, continuava telefonando.

– MALDIÇÃO! – berrou outra vez, usando todo o poder de sua ira. Gotas de saliva foram jogadas no ar.

A mensagem gravada da caixa-postal de Anna acrescentava mais lenha ao fogo que borbulhava dentro de si.

Richard entornou o copo de uísque em um só gole. Encheu-o novamente.

O tesão de Anna se manteve em 9,5, e ele não sabia mais o que fazer, porque a mulher tinha passado a semana toda abaixo da média, mesmo com todos os seus esforços para mudar esse panorama.

Cogitou pegar o primeiro avião. Tentou pensar em outras possibilidades, como a presença de um consolo de borracha. Mas Richard sabia que Anna não tinha um. Apenas vibradores clitorianos. *Será que ela havia comprado um pênis de mentira?*, perguntou-se. *Por qual motivo precisaria de um, tendo o meu a seu dispor?*

Quando a confiança começou a trincar, o empresário sentiu profundamente. Foi como se seu espírito ruísse junto. Ele se negava a deixar que o estilhaçasse de vez.

Foram alguns minutos de uma dor absurda em seu âmago, até que o celular voltou a apitar indicando novo orgasmo. Anna gozara de novo.

– Porra! – vociferou Richard.

Não podia ficar sem fazer nada.

Ergueu-se da poltrona em um solavanco e socou algumas paredes do hotel. Os dedos arderam, mas ele não se importou. Pegou o copo de uísque em cima de uma mesinha de apoio e o atirou para o lado. O copo, sim, estilhaçou-se em instantes.

Richard sentiu que poderia matar alguém. Imaginou-se contornando o pescoço da própria esposa com ambas as mãos e se assustou com a ideia. Foi bizarro demais pensar naquele cenário. Precisava se acalmar, do contrário cometeria uma loucura.

Uma de suas tantas ligações foi interrompida pela próxima notificação recebida no aplicativo: *Presença de sêmen rastreado. Local: boca*. Ainda estava descrita a contagem aproximada de espermatozoides, a qual o homem não conseguiu analisar.

Seus sentidos, todos eles, embaralharam-se.

– FILHA DA PUTA! CARALHO!

Richard perdeu qualquer senso de racionalidade naquele momento. O corpo perdeu o equilíbrio, de modo que o homem saiu quebrando tudo na suíte: abajur, chaleira elétrica, micro-ondas, os objetos de decorativos. Pegou para si a garrafa de uísque e a consumiu pelo gargalo. Deu tantos goles quanto seu estômago suportou.

Ele não acreditava. Não podia ser verdade que Anna o estivesse traindo. A confiança, que Richard considerava inabalável, finalmente se transformou em milhões de pedaços. O homem tinha certeza de que nunca mais conseguiria recuperá-la. Sentiu-se o pior dos seres que habitavam a Terra. Nunca foi tão humilhado na vida.

As lágrimas se misturavam ao gosto amadeirado do uísque e, por muito tempo, ele apenas existiu em um universo paralelo. Um mundo maluco em que a mulher da sua vida estava com outro homem.

A dor era insuportável. Richard teve uma vontade absurda de morrer, porém isso não se sobressaiu ao desejo de matar com requintes de crueldade. Uma força destruidora se apossava de seu corpo conforme o amor genuíno era manchado.

Tudo o que viveu com Anna. Todas as memórias. Cada coisa boa. Tudo destruído dentro dele, uma a uma, e Richard pranteava, desconsolado, inconformado. A felicidade ia embora acompanhada da autoestima. Em pouquíssimo tempo, o empresário se tornou apenas ódio. Foi esse sentimento que lhe trouxe alguma frieza.

Richard entendeu que precisava responder às suas tantas perguntas.

Com quem Anna estava?

Há quanto tempo isso acontecia?

Por que ela o traía?

O que estava faltando no relacionamento deles?

Havia alguma explicação lógica para isso?

Ela era apenas uma safada?

O que, de fato, levou-a a trair?

Por que o traía ao mesmo tempo que dizia que queria um filho?

Por quê?

Por quê?

O último questionamento foi repetido diversas vezes em sua mente perturbada. Mas ele não podia prosseguir com aquela vontade de enfiar um objeto pontiagudo no coração de Anna, só para que ela sentisse o mesmo que ele estava sentindo naquele momento. Tinha que ser mais inteligente. Racional.

Richard compreendia a necessidade de manter-se firme caso quisesse respostas de verdade. Sempre foi uma pessoa objetiva, prática e eficiente.

Tomou mais alguns goles do uísque e se sentou no chão, jogado feito um animal abandonado. Parecia imerso em um pesadelo. Buscava soluções coerentes, se é que existia alguma, mas as emoções se enroscavam e lhe dispersavam o raciocínio.

Respirando alto, desistiu da última chamada que faria para Anna e buscou o número de Oliver. O doutor atendeu em poucos toques.

– Coleman. Que surpresa.

Dr. Hans estava no meio de seus poucos períodos de descanso. Não tinha conferido ainda as informações do aplicativo, mas Richard sabia que o amigo descobriria tudo. Afinal, enquanto Anna gozava e recebia sêmen na boca, o tesão dele próprio se mantinha nulo.

Oliver entenderia que Anna Coleman havia transado com alguém que não era o amigo. Richard precisava de uma solução. Urgente.

– Amigo, acho que deu algum problema – disse Richard, mantendo a voz serena, quase como se não estivesse em plena revolta. Tão fora de si como nunca. – Machuquei minha perna treinando mais cedo... E acho que meu chip não está no local correto. – Engoliu em seco e sorriu. Não imaginava que fosse capaz de ter uma ideia tão boa em pouco tempo. Ela apenas surgiu do nada.

Oliver Hans não podia saber sobre Anna. Seria muito humilhante. Constrangedor. Richard nunca se recuperaria daquele vexame, caso fosse vazado, ainda que para um bando de pesquisadores que ficariam de boca fechada. Mas o melhor amigo saberia. E ele nunca mais seria o mesmo depois disso.

Não pode acontecer, pensou, *sem chance*.

– Como assim?

Do outro lado da linha, Oliver piscou e ficou meio confuso. O doutor se ergueu para conferir o sistema em seu notebook. Estava exausto, mas queria ser o primeiro a identificar qualquer problema na pesquisa.

– Está sentindo alguma coisa?

Richard olhou para o ponto onde o nanochip havia sido aplicado. Ainda estava avermelhado, mas muito pouco. A mancha de Anna tinha sumido mais depressa do que a dele. Foi então que o homem entendeu que precisaria manter a sua versão.

– Sim, uma dor na perna, onde foi aplicado. Tem algo errado, Oliver.

Richard se levantou do chão e procurou pelo que queria. Sempre levava consigo um chaveiro com um canivete embutido, acoplado às chaves de casa. Aquilo precisava servir. Abriu-o e encarou a ponta metálica. Respirou fundo.

Oliver adentrou o escritório dentro de sua casa.

– Teria como você vir ao laboratório amanhã, Coleman? Como está essa dor? Se for muito forte, podemos tentar um atendimento emergencial.

Richard quase soltou a informação de que estava em Detroit. Conteve-se no último segundo. Caso mencionasse a viagem, nada faria sentido para Oliver. O amigo sabia que Anna tinha um evento importante naquela noite. Precisava manter uma versão coerente, do contrário colocaria tudo a perder.

– Não está tão forte, posso esperar até amanhã. Apenas acho que, agora há pouco, quando transei com a minha esposa... Saiu do lugar de vez. – Richard voltou a se sentar na poltrona. Pensou que, talvez, devesse fazer aquilo no banheiro. Não queria sujar os móveis do hotel. – Envie o endereço do laboratório, por favor.

– Sim, sim. Vou verificar os danos pelo sistema. Amanhã nos encontramos. Às nove da manhã está bom?

– Está ótimo.

Richard não sabia se conseguiria um voo de volta para a Flórida durante a madrugada, mas era exatamente o que tentaria fazer. Daria um jeito de estar no laboratório do dr. Hans pela manhã.

Assim que a ligação foi encerrada, o homem se levantou, tirou todas as roupas e entrou no banheiro. Abriu o boxe, ligou o chuveiro e se sentou no piso. Deixou que a água quente o molhasse por alguns minutos. Tentou sentir algum tipo de relaxamento, mas foi agraciado apenas pela mais profunda angústia. E pelo ódio, que continuava vívido, mais latente a cada segundo, dominando a sua alma e comandando as atitudes.

Foi o ódio que lhe trouxe forças para enfiar o canivete na perna. Um corte um tanto superficial, nada profundo, o suficiente para deslocar o nanochip. Richard soltou um urro de dor física e emocional.

Não sabia como explicaria a ferida para o dr. Hans, mas daria um jeito. Para tudo havia uma solução, Richard sabia. Contaria com sua expertise e seguiria até o fim. Obteria as suas respostas.

E, apenas quando as tivesse, decidiria o que fazer com Anna.

15

Richard desembarcou na Flórida em torno das cinco horas da manhã. Apesar de ter pagado uma quantia considerável para reparar os danos feitos no quarto do hotel, sabia que nunca mais seria bem-vindo. Sequer se importou. Achava que a sua ira era válida e usou o dinheiro para conseguir o que queria: encontrar o dr. Hans a tempo.

Não sentia a perna latejar de dor porque estava anestesiado pela grande quantidade de uísque que consumira ao longo da madrugada. Suas roupas fediam a álcool. Os cabelos estavam desgrenhados, e a barba ficou por fazer. Seu coração apertou diante da ideia de voltar para casa e se deparar com a face desconcertada de Anna.

Ele sabia que não aceitaria mentiras. Tinha pavor dos mais cruéis pensamentos que invadiam a sua mente sem pedir licença. Temeu as próprias vontades, pois o seu monstro interior exigia liberdade. Richard ainda amava Anna com todo o coração, não queria machucá-la. O mais deplorável seria chegar perto da mulher e saber que alguém havia possuído aquele corpo. Outro homem ejaculara naquela boca.

Queria tanto compreender a essência da traição que a sua necessidade de colocar Anna contra a parede precisava ser controlada. Porque ele não sabia do que era capaz. Constatar isso o apavorou, pois todas as suas células sempre foram programadas para proteger Anna de toda e qualquer situação. Aquele ódio apenas crescia. Durante o voo, só pensava em vingança, morte e sofrimento. O empresário possuía uma única certeza: tinha que colocar a cabeça no lugar o quanto antes.

Por isso, decidiu se hospedar em um hotel em Fort Lauderdale, ao menos por enquanto. Não se colocaria na frente da esposa sem ter certeza de que estava totalmente controlado. Ainda tinha que resolver a questão do nanochip com o dr. Hans. Anna continuaria achando que o marido estava em Detroit a trabalho.

Richard havia ficado fora do ar durante as horas de voo, portanto só recebeu as mensagens de Anna quando desembarcou. Teve vontade de jogar o aparelho celular no chão, com toda a força, e esmagá-lo com os pés. Não conseguiu ler qualquer palavra sem vinculá-la ao fingimento. Duvidou da preocupação genuína da esposa com seu bem-estar. Duvidou de tudo e todos; dela, de si mesmo.

Sentiu que sua vida era uma grande e maldita mentira.

Deixou uma mensagem de voz longa o suficiente para que Anna não fizesse mais perguntas. Culpou o excesso de trabalho e a preocupação por estar longe dela durante a mostra. Tentou deixá-la despreocupada, embora o seu desejo fosse de sumir só para saber se a esposa se incomodaria ou se ficaria aliviada.

O homem usou o pouco tempo no hotel para tomar um banho, refazer o curativo na perna, curar-se da bebedeira e se recompor para o encontro com Oliver em seu laboratório especializado, anexo a um prédio do campus da Universidade de Fort Lauderdale.

O cientista estava visivelmente ansioso quando se encontraram em uma das recepções do edifício.

– Coleman. – Trocaram um cumprimento com as mãos. – Tudo bem? Como está a dor?

Richard deu de ombros. Havia tido bastante tempo para pensar numa justificativa.

– Piorou durante a madrugada. Coçou tanto que acabei machucando a região de verdade.

Oliver fez uma careta assombrada.

– Abriu um corte que sangrou bastante. Tive que fazer um curativo – explicou o empresário.

– Céus, Richard. Por que não me ligou?

– Não achei necessário te acordar, se tínhamos este encontro marcado hoje.

Dr. Hans revirou os olhos e bufou, indignado.

– Nunca mais faça uma coisa dessas, por favor, Coleman. Isso é muito sério. Temos um contrato que exige atendimento imediato em caso de emergência – disse Oliver, enquanto Richard fingia certo arrependimento na expressão. – O seu corpo deve ter rejeitado o nanochip. Precisamos removê-lo e refazer alguns exames. Venha comigo.

Dr. Hans havia acionado sua equipe médica, mas decidiu que faria os procedimentos necessários ele mesmo. Quando deitou Richard em uma maca, dentro de sua sala de atendimentos, e visualizou o que tinha por baixo do curativo, levou um susto. Não esperava por uma ferida daquele tamanho e profundidade.

– Mas o que raios você fez aqui, amigo? – balbuciou o doutor. Ficou estarrecido. – Vou ter que aplicar anestesia para remover o nanochip agora mesmo!

Richard continuou mantendo a sua versão a todo custo.

– Devo ter batido na quina pontiaguda de algum móvel. A noite foi quente. Sabe como é, né? Dia importante para Anna. Tínhamos que comemorar.

– Eu vi. Nossos pesquisadores ficaram pasmos com o 9,5 que ela atingiu ontem. Nunca ninguém havia alcançado esse feito. Infelizmente, não conseguimos identificar atividade sua, por motivos óbvios. – Oliver apontou para a ferida.

Aquela era exatamente a informação que Richard queria ouvir, mas veio acompanhada de um marco que a esposa alcançara com outro homem. Ele prendeu os punhos, tentando conter a revolta.

– Seu dispositivo deve ter dado algum problema, e agora estou bem preocupado – disse Oliver.

Dr. Hans não percebeu a inconsistência de fatos que viera de Richard. Na noite anterior, ele mencionara um machucado treinando. Depois, um móvel pontiagudo. A história estava mal explicada, porém a preocupação sincera do cientista impediu um raciocínio mais aprofundado.

– Relaxa, Oliver. – Richard tentou diminuir a tensão no olhar do médico. – Estou tranquilo. Vamos resolver.

– Mas é claro que vamos resolver. Prepare-se, vou aplicar a anestesia local. Pode ser que você fique um pouco tonto e sonolento.

– Tudo bem.

Dr. Oliver Hans fez todos os procedimentos necessários para uma emergência como aquela. Removeu o nanochip sem qualquer dificuldade e precisou realizar uma pequena sutura no corte. Não entendia como aquilo podia ter acontecido. A ferida parecia ter sido feita por uma faca, mas ele não era um legista e confiava na palavra de Richard. Sendo assim, não desconfiou de nada diferente da versão que o amigo tinha contado.

Por fim, fez um curativo e percebeu que Richard havia caído em um sono profundo. Deixou que dormisse, assim descansaria, e seu corpo se regeneraria mais rápido. Enquanto isso, sentou-se à mesa, dentro da sala, e iniciou o processo de análise do nanochip removido. Ele parecia em boas condições, mas o fato de ter sido deslocado atrapalhou que continuasse trabalhando com eficiência.

Ao menos foi nisso que o cientista acreditou.

A sua equipe fez uma coleta rápida e o enviou para o pessoal responsável pela engenharia. Eles é que avaliariam os danos internos e descobririam se o protótipo havia sido completamente perdido. Embora o dr. Hans esperasse alguma perda significativa no meio da pesquisa, não estava satisfeito. A peça era extremamente cara.

Richard Coleman ficou inerte durante uma hora completa. Aproveitou os efeitos na anestesia para finalmente conseguir dormir, já que aquela noite em claro cobrava o seu preço. Quando enfim abriu os olhos, deparou-se com o teto branquíssimo da sala de atendimento do dr. Hans. Piscou, percebendo que ainda estava sem calças. Sentou-se devagar, meio tonto, e viu o amigo adiante, em frente ao notebook.

Oliver se levantou de imediato.

– Como está se sentindo?

– Com sono. Mas bem. Quanto tempo dormi? – disse Richard, e bocejou.

– Uma hora, somente.

Oliver se aproximou para verificar se o amigo precisaria de ajuda para se erguer.

– Deu tudo certo?

– Com a remoção do nanochip, sim. Precisei te dar dois pontos na perna. Vou passar a receita de um antibiótico, que você terá que consumir durante cinco dias, além de uma pomada para passar na ferida.

Richard percebeu que o amigo estava sério demais. Parecia muito insatisfeito, até mesmo emburrado. Temeu que tivesse descoberto a sua mentira.

– Aconteceu alguma coisa, Oliver?

Dr. Hans soltou um suspiro angustiado. Coçou a cabeça e endireitou os óculos no nariz. A última hora havia sido de um longo trabalho para descobrir o que fazer com a amostra daquele casal. Havia apenas uma conclusão:

– Amigo, infelizmente vamos ter que remover vocês da pesquisa.

– O quê? Como assim? – perguntou Richard com a voz grave, quase se descontrolando de vez.

Não podia permitir aquilo. Precisava continuar monitorando cada passo de Anna, se quisesse saber a verdade. Além de que não saberia como explicar à esposa que ela teria que ir ao laboratório do dr. Hans retirar um objeto colocado dentro de sua pele sem seu consentimento. Era evidente que Anna descobriria. Na verdade, estava surpreso por ela ainda não saber de nada.

Era tudo muito arriscado.

– O seu corpo rejeitou o nanochip. – Oliver tentou se manter firme, mas a verdade era que estava muito chateado. O estudo sofreria uma grande perda. – Não faz sentido monitorarmos Anna sem conseguirmos os seus resultados. Essa amostragem foi criada para ser realizada sempre em pares. A experiência social de vocês dois é um ponto fundamental para a análise das reações corporais.

– Posso colocar o nanochip novamente, Oliver – insistiu Richard. – O meu corpo não o rejeitou, fui descuidado e machuquei a perna. Se não houvesse influência externa, ele ainda estaria no mesmo local.

Aquela justificativa fez sentido para o dr. Hans. Ele refletiu, cruzando os braços na frente do corpo enquanto encarava Richard. Suas opiniões ficaram divididas. Ao mesmo tempo que não desejava perder aquela amostra, não queria que o amigo corresse qualquer perigo. Uma possível infecção traria problemas graves.

O empresário percebeu a hesitação de Oliver.

– Veja bem, doutor, posso ficar esses cinco dias tomando a medicação e depois avaliamos o quadro para a reaplicação do nanochip. Eu quero fazer isso. – Usou um timbre decidido. Aproveitou a chance para explicar, também, o nível de tesão baixo de Anna: – Minha esposa ainda está desconcertada com essa pesquisa. Será complicado remover o chip dela para depois colocar de novo. Acho que ela não aceitaria. Nesta semana, percebi que ela teve uma baixa, com certeza por causa da timidez em ser monitorada. Mas uma hora Anna vai esquecer e relaxar. Por isso sugiro que você fique com as amostras dela enquanto eu me recupero. Posso até colocar na outra perna ou em um local diferente, com menos riscos de lesão. Você sabe, eu malho todos os dias...

Richard falou tudo tão rápido, quase sem pausas e misturando as versões, que foi difícil para Oliver acompanhar. O doutor continuou muito pensativo, mas já assentia positivamente com a cabeça. Talvez a pesquisa não precisasse sofrer nenhum tipo de dano. Só precisavam ter paciência.

Enfim, dr. Hans tomou uma decisão.

– Preciso conversar com a minha equipe, mas, se seus exames forem bons, podemos tentar desse jeito. – Abriu um sorriso. – Fico feliz que esteja empenhado com o estudo. É de grande ajuda. Obrigado. – Deu alguns tapas no ombro do amigo.

Richard aquiesceu. O seu cérebro, embora comprometido pela anestesia e pela exaustão, trabalhava a todo vapor. Ideias iam e vinham o tempo todo. Ele estava disposto a tudo, por isso decidiu colocar em ação o plano pensado durante o voo.

– Não agradeça, Oliver. Vejo a importância do que estão fazendo por aqui. – O empresário olhou para todos os lados da sala. – Inclusive, quero conhecer a equipe, os processos e, principalmente, o sistema.

Dr. Hans franziu o cenho.

– Coleman, não posso permitir que a equipe o conheça pessoalmente. E nem que saiba como acontecem as coisas aqui. Você faz parte da amostragem. Qualquer informação a mais pode comprometer os resultados.

Richard já sabia que o amigo não cederia. Era uma pessoa muito ética.

– E se eu me apresentar como patrocinador? Aposto como seria bem-vindo.

– Patrocínios são sempre bem-vindos, mas não posso fazer isso.

Richard se levantou da maca, vestido apenas com uma camisa e a cueca, mas não sentiu o menor constrangimento. Segurou o braço de Oliver.

– Não será uma mentira. Eu quero ser um patrocinador. De verdade.

Dr. Hans ficou empertigado. Não imaginava que Richard fosse demonstrar tanto interesse. Ao menos não a ponto de investir dinheiro nisso. Refletiu por alguns instantes, analisando a expressão ansiosa do amigo. Se não estivesse tão preocupado com os rumos da pesquisa, Oliver teria percebido o quanto Richard parecia estranho.

– São poucas as pessoas que têm acesso aos nomes e às informações pessoais da amostra. Para o restante, usamos codinomes. – Soprou o ar dos pulmões. – Posso te apresentar ao diretor de tecnologia, o sr. Campbell. Ele te mostrará como o sistema funciona. Mas não vou te colocar em contato com as pessoas que analisam os resultados.

Richard ponderou. Talvez aquilo fosse o suficiente. O sistema era a essência da pesquisa. Queria entender como Anna funcionava e se seria possível receber mais informações por meio do aplicativo.

Pensar nela o fez sentir um enjoo repentino. Teve que engolir o nó que se formou na garganta. O homem sempre achou que sabia tudo sobre a esposa. Uma porcaria de programa fez o serviço melhor do que ele. Queria muito conhecer o responsável por aquilo.

Sentiu-se tão humilhado que o ódio apenas avançou. Subia a níveis desagradáveis, nunca experimentados por Richard.

– Ótimo. Gostaria de ser apresentado a esse sr. Campbell.

Oliver concordou com a cabeça.

– Mas, antes, vista uma calça, Coleman. – Richard riu e se vestiu de prontidão. – Só uma dúvida... – Dr. Hans engoliu em seco. – Falou sério sobre o patrocínio?

– Mas é claro. Você sabe que sou um homem de negócios. – Sorriu.

De quanto dinheiro estamos falando? – perguntou Oliver com certo constrangimento. – Sr. Campbell vai te tratar tão bem quanto for o valor.

Richard piscou diante da frase. O amigo era incorruptível, mas esse cara da tecnologia poderia não ser. Novas ideias surgiram como enxurradas. O empresário refletiu tanto em tão pouco tempo que demorou alguns instantes para responder:

– Depende da boa vontade dele.

– Essa pesquisa é muito cara, meu amigo.

– Vamos ver, Oliver. Vamos ver. – Foi a vez de Richard dar alguns tapas no ombro do cientista.

Os dois seguiram por alguns corredores até alcançarem o elevador do prédio. Subiram os andares até o Centro de Tecnologia. Muitos estudos aconteciam naquele andar. Em uma daquelas salas se estabelecia o império de Harvey Campbell, doutor em Gestão de Projetos em Bioengenharia. Era o mestre das máquinas. Seus programas auxiliavam as áreas médica e biológica há mais de uma década.

Era um homem ambicioso, em seus 45 anos, com um porte alto e esguio, além de óculos grossos. A barba escura e encorpada compensava a ausência de cabelos no topo da cabeça. Um ser humano interessante, na opinião de Richard, que imaginava um velho barrigudo como diretor. Mas eles estavam falando sobre tecnologia avançada. Era um campo relativamente novo, que ainda tinha tudo a entregar para a sociedade. O desenvolvimento só estava começando.

– Sr. Campbell... – Dr. Hans se adiantou ao abrir a porta da imensa sala, onde vários pesquisadores se dispunham, cada qual em suas máquinas de última geração.

O diretor se ergueu para encará-lo. Estava curvado por trás de um dos desenvolvedores, resolvendo problemas com determinada parte do código.

– Dr. Hans! Que prazer tê-lo no departamento. – Campbell cumprimentou o colega com um aperto de mão.

– Tem um minuto? Queria te apresentar ao nosso novo patrocinador, Richard Coleman. Ele gostaria de saber um pouco sobre o funcionamento do sistema.

Sr. Campbell olhou para Richard com uma mistura de divertimento e confusão. Não esperava que houvesse mais patrocinadores na pesquisa, mas até que era coerente. Conforme os relatórios saíam e os pesquisadores atualizavam arquivos e várias etapas de estudo, mais pessoas se interessavam pelo que estavam fazendo.

Até o fim da confecção do medicamento, muitas outras vertentes seriam atingidas e, consequentemente, mais dinheiro seria investido pelos grandes empresários. Ninguém gostaria de perder uma chance como aquela de sair na frente.

– Sr. Coleman, é um prazer. Creio que seja melhor conversarmos em minha sala – comentou Harvey enquanto também o cumprimentava.

– Sim, naturalmente – assentiu Richard.

Os três homens caminharam em silêncio até a enorme sala pessoal do sr. Campbell, localizada no fim daquele mesmo corredor. Possuía uma vista impressionante para a cidade. Richard não deixou de perceber que era um lugar muito superior à sala de atendimentos de Oliver.

– Sentem-se, fiquem à vontade. – Sr. Campbell apontou para a mesa de reuniões no canto esquerdo da sala. Os três se acomodaram ao redor dela. – O senhor representa alguma empresa? Precisamos verificar com nossos advogados se há algum conflito de interesses. Essa parte é bem burocrática. O pessoal da universidade e os outros patrocinadores precisam concordar.

– Certamente não haverá conflitos – adiantou-se Richard. – Sou CEO de uma rede de concessionárias. O meu interesse aqui é totalmente pessoal, e o meu patrocínio nada mais será do que uma doação de boa-fé.

Sr. Campbell abriu um sorriso. Gostava de ricões que só queriam gastar. Era o tipo de gente que sempre gostava de ter por perto, porque conseguira muita coisa assim. A sua ambição era muito mais elevada que a do dr. Hans. Seu objetivo na área era ajudar pessoas, claro, mas a maior meta era aumentar o seu patrimônio. Fazer nome. Quem sabe, ganhar o Nobel. Não se sentia nem um pouco egoísta por isso.

– Meu amigo aqui apenas tem interesse em conhecer o sistema. É um entusiasta. – Dr. Hans sorriu para Richard.

Harvey Campbell era menos ingênuo que Oliver Hans. Enrugou a testa, começando a achar a conversa bem esquisita. Era esperto o bastante para proteger o seu patrimônio intelectual. Ainda que tudo já estivesse patenteado, não queria nenhum abutre roubando suas ideias e espalhando-as por aí.

– Sinto muito, sr. Coleman, mas não vamos compartilhar o código. – A voz saiu firme, engrossada pela ameaça de ter seu trabalho desvalorizado. – Nem mesmo os patrocinadores têm acesso.

– Não se preocupe, eu não entendo nada sobre isso. Só queria aprender um pouco mais como funciona o aplicativo.

– O nanochip removido era dele, Harvey – comentou Oliver. Pensou em não dar aquela informação, mas confiava no colega de equipe. E o diretor tinha acesso a todos os nomes, então em algum momento faria as associações.

– Ah, sim... – Sr. Campbell arregalou os olhos de surpresa. – Então foi você quem nos deu um susto hoje. – Soltou um riso suave. – Por falar nisso, não encontramos nenhum dano no nanochip. Está pronto para ser reutilizado.

Oliver soltou um profundo suspiro de alívio.

– Ainda bem! É a melhor notícia do dia.

– Sem dúvida. Mas não entendi direito o que você quer, sr. Coleman – disse Harvey, retomando o assunto anterior. Estava ansioso pelo dinheiro, no entanto manteve-se desconfiado e na defensiva. – Doação em troca de informação? Não creio que seja prudente ou ético de nossa parte.

Richard olhou para Oliver e entendeu que não deveria mencionar o fato de ter o aplicativo instalado em seu celular pessoal. Também teve dúvidas se Harvey Campbell de fato possuía um preço. Achou melhor recuar.

– Não, não... A doação será feita de todo modo, não se preocupe. Como bem mencionou o meu amigo Oliver, sou apenas um entusiasta. Queria saber que tipo de informações o nanochip consegue capturar e até onde pode ir. – Richard usou o seu tom mais profissional, porém amigável. Era assim que fechava seus negócios. Não queria parecer nem prepotente nem desleixado. – Não preciso do código nem que me mostre nada técnico. Só que me explique mesmo. Como vê, não sou da área. Eu não teria como replicar e tenho um contrato de confidencialidade já assinado com vocês.

Sr. Campbell olhou para Oliver, que confirmou com a cabeça. Aquela menção ao contrato feita por Richard foi uma boa argumentação, porque tranquilizou o doutor de tecnologia. Havia uma coisa da qual Harvey gostava mais do que de dinheiro: falar sobre seu novo projeto. Infelizmente, não podia espalhar as informações por aí. Era sempre cauteloso.

Ter a oportunidade de conversar sobre os seus feitos com alguém que não era um funcionário puxa-saco, e que certamente o encheria de perguntas e elogios, era maravilhoso. A animação do homem se tornou visível para Richard.

Harvey olhou para o relógio de pulso.

– Com o nanochip em bom funcionamento, estou mais tranquilo e a equipe segue dentro da normalidade. Tenho vinte minutos agora, e o senhor?

– Será um prazer conversarmos. – Richard ficou muito satisfeito.

Oliver Hans se levantou da cadeira. Para ele, não interessava fazer parte do diálogo. Sabia que Harvey passaria a maior parte do tempo se gabando. Considerava-o confiável, porém nem um pouco humilde.

– Senhores, vou deixá-los conversando. Minha equipe precisa de direcionamento após a confirmação de funcionalidade do chip. – Olhou para Richard. – Vamos avaliar o seu caso. Por favor, fale comigo antes de ir embora, Coleman. Estarei na minha sala.

– Sim, meu amigo, não se preocupe.

Dr. Hans ter se retirado foi um grande trunfo para Richard Coleman, que não esperava por aquilo. Mais ideias mirabolantes foram se amontoando. Ele não estava bem, em seu juízo perfeito, no entanto os raciocínios continuavam emergindo. Se o empresário conseguisse usar a prudência de antes, teria se resguardado. Pensar em Anna e manter seu monstro preso era tarefa complicada.

Foi por isso que, logo quando Oliver saiu, o homem olhou para o sr. Campbell com seriedade.

– Eu não o conheço, certamente, e o senhor não me conhece, porém sou um homem que vai direto ao ponto. – Harvey fez uma careta surpresa. Richard prosseguiu: – A minha mulher está me traindo.

Sr. Campbell arregalou os olhos. Richard se sentiu humilhado. O ódio cresceu mais, além do que o corpo suportava. Não imaginava que fosse dizer em voz alta. Fazer aquilo fez o monstro urrar, ansioso. Precisou apertar os punhos para não socar alguma coisa. O desejo de vingança vibrava forte em seu âmago.

Ele prosseguiu, com a voz cada vez mais grave:

– Oliver é meu melhor amigo e não quero que saiba. Seria constrangedor: ele mantém contato com ela, somos do mesmo círculo social...

Vou dizer o que quero do senhor, sr. Campbell: a maior quantidade de informações possível sobre a minha esposa.

– Sr. Coleman, eu... – Harvey continuava surpreso. Analisava a expressão raivosa e a face corada do homem e podia entender aquelas atitudes. Não o julgou por um lado negativo. Se fosse com ele, talvez fizesse o mesmo. – Como disse, não posso...

– Todo mundo tem um preço, sr. Campbell. Estou disposto a fazer uma doação muito generosa diretamente para o senhor. Proteja seu código, seus relatórios e seu sistema, mas *preciso* de informações.

Harvey ficou em silêncio. Avaliava Richard com estarrecimento, mas, ao mesmo tempo, um lado dele ficou muito interessado.

– Não seria melhor contratar um detetive?

Richard Coleman já tinha pensado nisso. No entanto, para ele não interessava como Anna o traía ou com quem, mas o porquê. Queria a verdade que só o corpo dela, em toda sua essência, poderia responder. Ainda assim, não descartava o detetive. Uma hora talvez fizesse isso. Só não se sentia pronto.

Precisava se controlar.

– Sempre achei que soubesse como a minha mulher funcionava sexualmente. Sempre achei que a satisfazia. Eu quero estudá-la. Entende o meu ponto? – Harvey assentiu. Os olhos de Richard marejaram. Fez o possível para não cair no choro feito uma criança indefesa. Seria ainda mais humilhante. – Pior do que ser traído é saber que não fui o bastante. Que podia ter feito diferente. Do jeito que ela realmente gosta. Anna nunca vai me dizer a verdade com palavras, eu tenho certeza. Não preciso de conversinhas. Preciso da ciência, e o senhor pode me oferecer isso.

Sobre a mesa, o sr. Campbell apertou os dedos uns contra os outros. O impacto inicial estava passando.

– O senhor por acaso está falando de Anna Mary Coleman? – Só então o diretor conseguiu fazer a associação com os sobrenomes.

– Exatamente.

Harvey guardou para si a informação de que a mulher havia ficado conhecida em sua equipe por ter sido a única a atingir 9,5 no nível de tesão. Ninguém sabia o nome verdadeiro dela além dele e do dr. Hans, obviamente. Ficou conhecida como "Debbie, a mulher fogosa" entre os programadores. Debbie era o seu codinome.

– Ofereço US$ 100 mil – prosseguiu Richard. – Não para a pesquisa. Para o senhor. Em espécie, talvez. Bom, você escolhe a melhor maneira de receber o dinheiro e de me manter informado.

Sr. Campbell não conteve o sorriso. Era muito dinheiro por informações que ele poderia compartilhar sem qualquer ônus.

Foi observando a expressão satisfeita de Harvey que Richard soube que daria certo. Ele teria as informações de que precisava.

– E que fique entre nós. – Richard ergueu a mão para buscar um cumprimento.

Harvey Campbell sequer hesitou. Fecharam o acordo em poucos minutos.

16

Depois de passar horas sem qualquer notícia de Richard, andando pela casa aos prantos, incapaz de encontrar alguma maneira de se conformar com a atrocidade que havia cometido, Anna Coleman consumiu uma dosagem maior de remédios para conseguir dormir. Caiu em um sono desmaiado durante um bom tempo.

Acordou no início da tarde de sábado, desnorteada. Seu corpo jogado na cama ainda guardava os resquícios do sexo com Matthew. Pôde sentir o cheiro dele e o espaço prazeroso que ocupara em seu centro.

A mulher tinha ficado tão mentalmente desorganizada que se esqueceu de tomar um banho, por isso correu para o chuveiro na tentativa de se livrar das lembranças, atitude vã. Sr. Smith havia se instalado em seu sistema, e não havia nada que ela pudesse fazer para tirá-lo.

Anna retomou o choro engasgado pelo remorso. Seu maior desejo era voltar no tempo e nunca ter pisado naquela joalheria. Seria muito mais feliz sem ter caído em uma situação da qual não fazia ideia de como sairia. O desespero fez com que tomasse mais remédios. Esqueceu-se de Richard. Não pegou o celular em nenhum momento.

O novo desmaio durou até o fim da noite, quando o toque do aparelho a despertou repentinamente. Era uma ligação de Richard. Anna passou alguns instantes olhando para a tela, pensando se não seria melhor ignorar. Mas a preocupação também emergiu. Ainda não sabia o que havia acontecido com ele e precisava de forças para encará-lo.

– Richard? – soprou, com a voz enfraquecida. Raspou a garganta e engoliu o choro. Ele não podia desconfiar do estado deplorável em que ela estava. – Está tudo bem?

– Fiquei me perguntando quando você me ligaria. – O homem bem que tentava fingir que não estava tomado pelo ódio; além de tudo, estava sendo ignorado durante o dia inteiro. – Eu que pergunto se você está bem. Não viu as minhas mensagens?

Anna congelou. Teve vontade de gritar toda a verdade para o marido. No entanto, não faria aquilo sem saber exatamente o que estava acontecendo.

– Dormi o dia inteiro, foram os remédios. A noite de ontem foi muito cansativa. O que está havendo, Richard? Algum problema grave?

Do outro lado da linha, hospedado de frente para o mar de Fort Lauderdale, Richard conteve o grito. Apertou os punhos com bastante força. Perceber cada fibra de mentira e fingimento da esposa o adoeceu. *Há quanto tempo ela mente desse jeito?*, perguntou-se.

– Estou bem. – Ele se deu o direito de retribuir a mentira. – Só queria saber como estava. Fiquei preocupado.

Richard forçou tanto a voz que Anna percebeu.

– Parece aborrecido.

O homem segurou os lábios. Soprou forte e sentou à beira da cama.

– Problemas por aqui. Talvez fique em Detroit por mais tempo do que esperava.

Anna sabia que um dos fatores que tirava o marido dos eixos era o trabalho. Ele odiava quando algo saía dos planos. Sendo assim, não estranhou que Richard estivesse azedo e com a voz esquisita.

Lágrimas escorreram dos olhos verdes da mulher. Sentia-se uma miserável. O esposo precisava de seu apoio, e ela havia retribuído com uma traição imperdoável. A felicidade de ambos estava comprometida para sempre. Anna sabia.

– Leve o tempo que for necessário. Não se preocupe.

– Como foi a mostra?

Richard mudou de assunto. Queria saber até onde ia a capacidade da esposa em mentir na maior cara dura.

– Foi boa. Estava tudo muito bonito – disse Anna, sem conseguir dar mais detalhes.

– Fechou algum contrato novo?

– Muitas promessas em vista – balbuciou ela. Lógico que não mencionaria o novo artista. Nem nada que tivesse a ver com Matthew. Ela própria não conseguia pensar nele sem chorar. – Vai ser uma ótima exposição. Kate está animada.

– Ótimo.

Anna pensou em questionar a seriedade do marido, porém desistiu. Ela mesma estava esquisita, precisava admitir. Já era muita sorte ele não ter perguntado nada sobre o seu timbre. Richard costumava saber quando Anna estava triste.

Ela se sentiu sozinha de novo. Não poder contar com ele a destroçava. Tê-lo traído a martirizava. Pensou que, talvez, antes de Richard voltar, ela deveria decretar o fim. Fazer as malas e ir embora. Era uma ideia razoável. O esposo sofreria, mas caso soubesse daquela traição, seria ainda pior. Jamais confiaria em alguém de novo. Anna o conhecia e compreendia que o havia aniquilado. Não era justo que Richard sofresse.

– Tem ideia de quando você vai voltar? – perguntou.

Richard se ofendeu muito com o questionamento. Imaginou que Anna gostaria de saber a informação apenas para fazer planos de continuar traindo-o. Será que ela recebia o amante em sua própria casa? As dúvidas o corroíam, mas ainda não era o momento de saber aquele tipo de fato.

– Não sei, querida. Alguns dias, talvez. Eu aviso.

– Tudo bem.

Evidentemente, o homem havia reparado o timbre fraco de Anna. Foi por isso que, na tentativa de receber alguma verdade, qualquer que fosse, voltou a perguntar:

– Tem certeza de que você está bem?

Estou, sim. – Ele quase grunhiu de ódio. – E você?

– Também estou. – Não teve qualquer remorso em continuar mentindo.

A ligação foi desfeita com uma despedida morna. Richard atirou o celular na cama, deitou-se e segurou um travesseiro sobre o rosto para abafar o grito cheio de raiva. Já Anna voltou a prantear. O coração estava em frangalhos. A mente, descompensada.

O sofrimento se tornou tão maciço que Anna tomou mais remédios. Não queria existir. Achou que talvez fosse melhor não existir mesmo. Richard nunca saberia e não precisaria sofrer por uma traição. Considerou que um luto o magoaria menos. Daria a ele mais chances de seguir em frente.

Ela passou o domingo em um estado letárgico. Caminhava pela mansão revivendo memórias do casamento. Folheou álbuns de fotografia. Pensou em cada objeto dentro de seu lar, onde o havia conseguido, quem os presentou, como foi parar ali. A tristeza se assomou à culpa, e Anna mal conseguia reagir. Não comeu nada. Só dormiu por causa dos remédios e respondeu às escassas mensagens de Richard sem qualquer empolgação.

Anna se deixou afundar no abismo.

* * *

Quando a aurora da segunda-feira despontou na suíte de Anna, a empresária decidiu que precisava tomar as rédeas da própria vida. Ela não era mulher de se entregar. Não se via desabando sem uma luta. No momento, a única coisa que podia controlar era o seu trabalho, portanto usaria esse caminho para não cair na melancolia.

Precisava reagir. Com o tempo as ideias se assentariam. Ela tinha fé de que descobriria o que fazer com o seu casamento, da maneira mais limpa e inteligente possível. Ainda que precisasse dizer a verdade e sofrer as consequências.

Anna pensava seriamente nisso quando chegou ao seu escritório naquela manhã. Usava muita maquiagem para esconder as olheiras que deixavam o rosto com aspecto cadavérico. Foi bem vestida, com seu porte elegante de sempre, ainda que o peso do mundo estivesse sobre as costas.

A primeira pessoa que viu foi Kate Holt, que já a aguardava na recepção e se ergueu do sofá quando viu a chefe.

– Sra. Coleman! – Kate sorria de empolgação, mas parou ao ver o semblante cansado de Anna. Só então se lembrou de que ela tinha passado mal. – A senhora está bem? Não melhorou?

Anna se sentiu pior por ter se esforçado e mesmo assim estar com uma aparência esquisita, tão facilmente percebida pela funcionária.

– Estou medicada – limitou-se a responder. – Mas, me diga, qual é o motivo de tanta animação?

Anna olhou para Chloe, sentada atrás de sua mesa. A secretária ergueu os ombros, também sorridente.

– Não paramos de receber pedidos desde sexta-feira. Não quis incomodá-la antes, mas precisamos nos mover. Vendemos todos os quadros do Matthew Smith.

Anna não esperava, de jeito algum, ter de falar naquele homem, mas percebeu que tinha sido muito tola ao acreditar nisso. Claro que alguém o mencionaria. Ela viu quando os primeiros quadros foram vendidos bem na sua frente.

– E a bailarina? – perguntou, assustada com a ideia de tê-la perdido.

– Não, menos ela. – Os olhos de Kate ainda brilhavam, e Anna se sentiu, de novo, enciumada. Lembrou-se de quando sua funcionária conversava com o rapaz e de como não gostou do que vira. – Ficará exposta até o fim da mostra, como a senhora solicitou.

Anna não conseguiu dizer nada. Apenas concordou com a cabeça. Pensou que, talvez, fosse melhor vender aquele quadro. Não queria nada de Matthew. Por outro lado, sabia que Kate seria a primeira a comprá-lo. Foi horrível se dar conta de que ela não queria que isso acontecesse. Sendo assim, continuou calada.

– Ainda dá tempo de comprarmos as outras telas dele, sra. Coleman. – Kate voltou a sorrir. – O nosso lucro foi imenso, e pode aumentar. Inclusive, recomendo um contrato de exclusividade. Já estou cheia de ideias. Podemos realizar encomendas para...

– Não – interrompeu Anna.

A srta. Holt ficou tão surpresa com aquela rejeição imediata que arregalou os olhos. Até Chloe ergueu a cabeça para conferir o que estava acontecendo. Anna sentia o rosto esquentar de vergonha.

Por alguns instantes, ninguém soube o que dizer, por isso Kate soltou uma pergunta que soou meio retórica:

– Não?

– Não. Já vendemos todos e pronto. São exclusivos. Não vamos fechar com o sr. Smith.

– Mas, Sra. Coleman... Por quê? Algum problema?

Anna engoliu em seco. Tinha que inventar uma boa desculpa, do contrário ambas as funcionárias desconfiariam. Pensou e pensou, mas nada que faria sentido lhe veio à cabeça, até que algo surgiu.

– Porque vi como conversaram, Kate. Se pretende sair com o artista, prefiro não colocar a empresa no meio do relacionamento.

A funcionária ficou tão embasbacada que a boca entreabriu. Seu rosto foi tomado pela palidez. Quase cuspiu o coração boca afora.

– N-nã-o... N-não é nada disso, sra. Coleman. Não t-tenho nada com o sr. Smith... – gaguejou, tentando se explicar.

Kate não imaginava que algo assim aconteceria. Não sabia onde enfiar a cara, de tão envergonhada.

– Tem certeza?

Anna soube assim que proferiu as palavras que aquela era, infelizmente, uma pergunta pessoal, não profissional. Odiou-se por isso. Odiou-se ainda mais por ter deixado a funcionária constrangida e nutrir aquele ciúme completamente infundado. Odiou-se por tudo.

– Mas é claro. Não tenho nada com ele, sra. Coleman. Óbvio que notei como o sr. Smith é bonito, mas não há e jamais haverá qualquer envolvimento entre nós.

Kate não era boba. Preferia perder a chance de sair com um homem a perder uma oportunidade profissional. Ninguém tinha o poder de mexer com a qualidade de seu trabalho, menos ainda um desconhecido. Ela sabia que não valeria a pena.

Anna Coleman ficou sem saída. Não tinha mais o que inventar para não fechar um contrato com Matthew. Precisava de um tempo. Aquele encontro logo cedo, quando ela ainda estava péssima, não seria decisivo.

– Vou pensar, avaliar os números... Enfim. Preciso de um café, Chloe, pode trazer?

– Sim, sra. Coleman. – A secretária se levantou de prontidão.

– Não podemos perder a chance. De repente ele pode ser contratado por outra empresa, sra. Coleman – insistiu Kate.

– Certo. Vou entrar em contato. Vamos resolver.

Anna disse qualquer coisa para tirar a consultora de artes de perto. Adentrou o escritório e, ao fechar a porta, soltou um suspiro. As lágrimas vieram aos olhos. Ela já estava cansada de chorar. Parecia que nunca teria fim. Não fazia ideia de como seu corpo ainda conseguia. Sentia-se exausta. Morrendo por dentro, aos poucos, de um modo totalmente doloroso.

Não fez nada a respeito da conversa com Kate Holt. Não analisou números, não cogitou um contrato e menos ainda tentou fazer contato com Matthew. Em vez disso, trabalhou em outros projetos para se distrair. Uma hora toda aquela história sumiria. Sua funcionária esqueceria as telas, e a vida seguiria nos eixos.

Porém, perto do horário de almoço, o celular de Anna tocou, e o seu corpo inteiro paralisou ao ouvir aquela voz:

– Anna Coleman.

Era ele. Aquele timbre delicioso para seus ouvidos se tornou inesquecível. Ela sempre o reconheceria. De prontidão, seu corpo agiu sozinho. O desejo de sempre veio à tona de maneira devastadora. Arrancou tudo de Anna, inclusive outra lágrima.

– Matthew – sussurrou, em seguida soltou um ofego. Ficou estarrecida demais para manter qualquer firmeza.

O rapaz logo sentiu que a mulher não estava bem.

– Você está chorando?

Anna continuou calada. Enxugou as lágrimas com as costas das mãos. Não ousou responder, mas fungou, e então Matt soube.

– Onde você está? – perguntou ele, preocupado de verdade. Havia aproveitado o horário de descanso para realizar aquela ligação. Não possuía o número pessoal de Anna, mas Kate havia ligado para ele mais cedo e repassado. Fez o rapaz prometer que nunca diria onde o havia conseguido. – Preciso te ver. Anna, não chora, por favor.

– Eu te pedi para sumir – choramingou ela.

O coração de Matthew apertou de modo tal que foi difícil murmurar:

– Eu sei, mas não consigo... Não *quero* ficar longe. Não é minha intenção te fazer sofrer, Anna, muito pelo contrário. Eu me preocupo contigo. – Ela ficou calada, o que o fez prosseguir: – Vamos nos encontrar.

Preciso te dar um abraço, não gosto de te imaginar chorando sozinha. Por favor...

– Não... Não.

– Além do mais, eu preciso te contar uma coisa.

– Que coisa?

– Pessoalmente. Por favor.

– Não, Matthew. Não.

– Do que você tem medo? – O rapaz usou um tom mais sério. – De descobrir que eu estava certo? Anna, a vida é sua. Você pode fazer novas escolhas. Pode fazer o que quiser. Se eu significo alguma coisa para você, então... – Matthew parou de falar, mas não de se mover.

Aquela força que ele sentia quando pensava em Anna agia sem escrúpulos. Foi isso que o moveu a andar pelos corredores do shopping em direção à loja, onde achava que a mulher estaria.

– Não seja tolo. Foi apenas sexo. Você não me conhece.

– Não foi só sexo. Não foi. Você sabe disso. Nós dois sabemos. – A convicção de Matthew era inabalável. – E posso não te conhecer agora, mas eu quero.

– Esse é o seu problema, Matthew. Entenda que *eu não quero*.

O rapaz parou na frente da loja. Não entrou. Continuou com o celular sobre o ouvido, amparado por uma mão trêmula. O coração pulsava dolorosamente.

– Por quê? Vai continuar repetindo que ama o seu marido? Que não se sentiu mexida? Que foi só uma transa, um momento? – A mulher se calou. Seu silêncio deu ainda mais coragem ao sr. Smith. – Não é o que sinto. Pode não fazer sentido para qualquer pessoa, mas não é o que eu sinto, Anna.

– Pare com isso. – Ela arquejou forte. O rosto já estava completamente tomado pelas lágrimas. Anna tremia da cabeça aos pés. – Eu não aguento mais – confessou, abalada, caindo de vez no choro. – Suma, por favor. Suma.

Anna não desligou, apenas deixou seu corpo afundar na cadeira e não teve energia para continuar aquela conversa. O aparelho caiu sobre a mesa com a mão, que ficou inerte. Tentou não chorar alto a ponto de Chloe ouvir do lado de fora. Foi tarefa difícil.

Em menos de um minuto, ouviu o telefone fixo da sua mesa tocando. Achou que havia sido descoberta pela secretária e já estava pensando em uma desculpa quando Chloe simplesmente informou:

– Sra. Coleman? Sr. Smith está aqui. Informou a respeito de uma reunião, mas... Não tem nada anotado na agenda da senhora. Peço para que entre?

Anna congelou.

– Sra. Coleman?

– S-sim.

Em poucos segundos, Matthew abriu a porta e adentrou o escritório com os olhos confiantes, muito azuis, apontados para ela. Anna percebeu quando o rapaz se compadeceu da aparência da mulher. Sentiu-se pior. Porém, estava tão chocada com aquela presença repentina que sequer se moveu. Até parou de chorar, embora o rosto prosseguisse encharcado e, ela sentia, inchado.

– Eu vou sumir da sua vida, Anna, se olhar nos meus olhos e disser que foi só sexo – iniciou Matthew com convicção.

Ele se aproximou da mesa da empresária. Ela continuou sentada, imóvel, muito espantada.

– Garanta para mim que não tem nenhuma dúvida – continuou o rapaz. – Diga que não significo nada para você. Vou sumir se estiver bem, pronta para seguir em frente sem remorso. Juro que não te procuro mais, se for honesta.

Matt bem que queria ser mais controlado, porém os olhos marejaram ao ver a situação dela. Anna estava péssima. Ser o culpado por isso o revoltava. Matthew entendeu que se preocupava de verdade, que queria o bem-estar de Anna acima de tudo. Inclusive e sobretudo dos desejos dele.

– Eu não posso dizer isso – murmurou Anna.

Matthew Smith passou um bom tempo encarando-a. Aquela troca economizou um punhado de palavras que nenhum dos dois entenderia. Que não eram mais necessárias. Aquela ausência, na verdade, não era sentida como um vazio. Muito pelo contrário. Nunca uma falta foi tão preenchida. Era presença de silêncio e de quietude. Presença de cumplicidade, ainda que velada, ainda que não compreendida. Tornou-se tudo para os dois naqueles ínfimos segundos que mais pareceram um longo suspiro.

O mergulho veio em seguida. Matthew contornou a mesa com pressa e puxou Anna Coleman pelos braços. Ela se ergueu sem hesitações. O homem pensou em abraçá-la, apenas isso, porque era o pedido mais gritante que seus nervos emitiam. No entanto, foi agraciado não só com um abraço, mas também com um beijo.

Foi Anna quem o puxou para si. Ela quem contornou o pescoço dele com os braços e pulou, sentando-se sobre a mesa. A mulher o beijava entre lágrimas e gemidos exigentes, e ele seria muito estúpido se negasse. A vontade de tê-la estava ali, latente. Era uma chama que nunca fora apagada desde que se viram.

Matthew também temia nunca conseguir aplacá-la. Como Anna, tinha medo de jamais parar. De se tornar dependente. De cair fundo naquele abismo que, para ele, era escuro e apavorante. Mas os dois prosseguiram mesmo com medo. Errados, assombrados, loucos. Porque nenhuma força era mais poderosa do que o tesão que os consumia.

17

Matthew mal se continha enquanto Anna mergulhava as mãos afoitas por dentro do terno da joalheria. O beijo ardente arrancava seu fôlego. Seus dedos prendiam as carnes da mulher por cima do tecido da saia de alfaiataria e da blusa social. O centro dela pulsava, clamando por um alívio.

O rapaz esfregava a ereção na quentura de Anna, que passou a segurá-la por cima da calça de Matthew. Ele soltou um gemido fraco e aproveitou a chance para conferir a umidade daquela boceta que tanto lhe despertara saudade. Levou um dedo à vagina de Anna e a atiçou por cima da calcinha, provocando-a a ponto de fazê-la gemer também. A mulher começou a rebolar e se contorcer de ansiedade.

Ambos queriam ter forças para não sentir o que sentiam, sobretudo a empresária. Ela ainda se assustava com o fato de se sentir suja e viva ao mesmo tempo. Eram paradoxos que pareciam não se encaixar, mas, quando se via nos braços de Matthew, tudo fazia sentido. A mulher não encontrava qualquer capacidade de se afastar dali.

O rapaz levou o dedo melado à própria boca. Provou o gosto de Anna como se fosse seu doce favorito. Queria-a tanto que o desejo ardia em sua pele. Espalhava-se pelas terminações nervosas, e o corpo inteiro latejava de necessidade.

Matthew achava que teve pouco de Anna, da última vez que se encontraram. Embora tivessem transado, e tivesse sido delicioso, foi um momento rápido, louco, em que nenhum dos dois sequer tirou a roupa.

Ele queria ver Anna completamente nua. Precisava aproveitar o corpo daquela mulher. Beijar, cheirar, tocar.

Desejava tê-la de maneira confortável.

Do modo como estavam, parecia que ainda se encontravam naquele banheiro. Matthew achava que Anna se arrependeria e o expulsaria no fim. Acreditava que mais uma vez ela não conseguiria lidar com aquilo quando o tesão passasse. O rapaz não queria que aquela mulher, que havia se tornado tão importante para ele de uma hora para outra, fosse tomada pelo arrependimento. Que agisse sem pensar e depois sofresse. Não era justo.

Foi pensando no melhor para Anna que Matthew Smith parou o beijo. Agarrou o lindo rosto daquela mulher com as duas mãos e a encarou de perto. As respirações ofegantes se misturaram. Ele não conseguiu falar nada porque a imagem dela ainda era impressionante demais para que agisse com normalidade. Não parava de se sentir admirado e envolvido, e de desejar, de querer, de necessitar. Era uma emoção assustadora.

Anna parecia tão absorta quanto Matt. Olhava-o quase sem piscar, tonta de desejo. Por um segundo, esqueceu-se do quanto estava mal. Do quanto aquilo tudo a continuaria machucando ao longo dos dias.

– Anna, eu te quero muito... – murmurou ele, rouco de tesão. – Mas preciso tirar suas roupas devagar. Beijar seu corpo com calma e... – Suspirou. – Eu não queria que fosse assim, como se não tivéssemos escolha.

Anna entendeu o que Matthew tentava dizer, mas tinha certeza de que nunca faria aquilo de caso pensado. Se raciocinasse de verdade, sua única atitude aceitável seria recuar. E, naquele instante, seu corpo não podia fazer isso. Então ficou em silêncio, dividida pela razão e pela emoção como se não fosse uma pessoa inteira, mas partes antagônicas que jamais entrariam em um acordo.

O silêncio de Anna fez Matt prosseguir:

– Não quero que se arrependa no fim e me mande embora de novo.

Ela sentiu o poder daquelas palavras com muita força. Percebeu o quanto Matthew havia se ofendido na sexta-feira. Por mais que fosse um erro, Anna não tinha o direito de tratá-lo daquela maneira.

– Desculpe. Nunca quis te magoar – sussurrou. Matt teve esperanças de que Anna o aceitasse de verdade. Durou apenas alguns instantes, pois logo as expectativas se esvaíram: – Mas isso não pode continuar acontecendo.

Matthew enrijeceu e pensou em dar um passo para trás, a fim de se resguardar. O cheiro dela o impediu, além de um olhar desolado que significava o quanto Anna sofria. Matthew continuou ali porque sabia que ela precisava. Em vez de se afastar, apenas a abraçou. E como se confirmasse todas as suas suspeitas, a mulher desabou em um choro incontido.

– Fala comigo... – murmurou Matt, nutrindo um misto de piedade e preocupação. – Eu não sei o que você está pensando.

– Não quero ser uma traidora! – choramingou Anna, mais alto. Apertou os dedos no pescoço dele e continuou soluçando. – Não sei o que você fez comigo, mas não posso lidar com isso agora, Matthew. Por favor, entenda. Estou destroçada pelo que fizemos!

Ele a agarrou com mais veemência.

– Eu sei. Posso entender. E está tudo bem, é um sinal de que você tem caráter.

Anna se afastou para tentar se recompor, porém manteve o corpo grande de Matt em seu centro. Enxugou as lágrimas com a ajuda dos polegares dele. A verdade era que discordava do rapaz. Seu sofrimento não era sinal de caráter, e sim de fraqueza.

– O que você ia me dizer, que precisava ser pessoalmente? – questionou ela.

Matthew Smith se afastou só mais um pouquinho. Ainda se manteve próximo, com as mãos presas na cintura de Anna. Suspirou, porque precisaria mudar de assunto e não queria. Por outro lado, talvez até fosse melhor. Entendeu que a mulher ainda estava confusa, que não sabia o que fazer e demoraria a aceitar qualquer coisa que fosse.

– Algumas pessoas estão me procurando. Empresas, ateliês, clientes... Parece que meus quadros estão fazendo sucesso na mostra.

O sr. Smith ainda não havia pensado direito nas oportunidades que chegaram de um dia para o outro. Não conseguia absorver nada, porque foi tudo muito rápido. Estava carregado de um turbilhão de emoções que o deixava empolgado e aterrorizado na mesma medida. Ele não se sentia pronto para ser cogitado como artista.

Anna assentiu com calma, em seguida abriu um sorriso.

– Avisei que suas telas eram boas.

Matthew acariciou o rosto dela.

– E só assim eu acreditei um pouco.

Os dois riram com suavidade.

– Fechou algum contrato? – Anna fez uma careta.

Não sabia se ficava feliz por ele ou nervosa diante de uma escolha profissional que precisava ser feita com urgência. Perderia um grande talento, se vacilasse. Mas também ainda não sabia se poderia lidar com Matthew Smith.

– Não. Foi por isso que te liguei. Quero dizer, não só por isso... Eu queria ouvir a sua voz. – Ele continuou acariciando-a, e Anna não soube o que sentir diante daquelas palavras. – Bom, resolvi não assinar nenhum contrato sem falar contigo antes. Afinal, foi você quem me deu a oportunidade de estar lá. Eu devo tudo a você.

Matt tomou a iniciativa de deixar um beijo na ponta do nariz de Anna.

A empresária ficou ainda mais confusa. Enquanto tudo se tratasse de desejo e sexo, enquanto fosse selvagem e instintivo, no fundo ela compreenderia, embora estivesse negando a si mesma. Mas, naquele instante, a confusão completa a desnorteou. Porque parecia que aquele homem também era carinhoso, que estava disposto a dar afeto.

Anna Coleman já possuía afeto. Na verdade, antes de o conhecer, ela tinha tudo. Era completa. Deparar-se com uma falta que sequer sabia do que era a descompensou. Se possuía todas as coisas, o que queria com Matthew? Qual era o sentido daquilo tudo? Por que não deixava de se sentir daquele jeito, como se flutuasse?

Não foi falta de sexo bom e prazeroso. Nem falta de zelo. De cuidado. De atenção. Não foi falta de amor, de afeto, de declarações, de romantismo. Não foi nada. Então, por quê? Por que traiu o seu marido? Anna não conseguia responder.

Enfim, ela se afastou de vez. Desceu da mesa de trabalho e se sentou na cadeira. Apontou para a poltrona do outro lado, então Matt percebeu que, para falar de negócios, Anna Coleman precisava de espaço. Ele se sentou e continuou observando-a.

– Kate quer as suas outras telas e sugeriu um contrato de exclusividade entre você e a nossa marca. – Anna pegou uma caneta e olhou para os papéis diante de si. Um gesto apenas para não ter que encarar os olhos brilhantes de Matt. – É possível que ela faça encomendas. Está disposto a ter seu nome vinculado à empresa? Dessa forma, nós nos responsabilizaremos pela qualidade do material. Tudo deverá ser aprovado pela minha equipe. É um trabalho pesado, Matthew. Teremos solicitações o tempo inteiro e prazos a cumprir. Nenhum de nossos artistas exclusivos fica parado. Não sei se dará conta de pintar, estudar e trabalhar na joalheria. É um grande passo.

Matthew Smith não conseguiu acreditar na proposta, nem respirar ou se mexer. Ele sinceramente achava que seria dispensado. Que Anna nunca mais aceitaria ter qualquer vínculo com ele.

A empresária também achava isso, até aquele momento. Tomou a decisão por instinto. Algo dentro dela exigiu que trouxesse Matthew para a marca.

– Quer que eu trabalhe para você? – murmurou, embasbacado.

Anna mirou os olhos dele, depois voltou a desviar o rosto.

– A minha consultora de artes quer, e eu confio muito na Kate. Você tratará diretamente com ela. – Deu de ombros. A próxima frase saiu entre seus lábios sem qualquer filtro: – E espero que seja um vínculo apenas profissional.

Matt estranhou tanto o tom quanto as palavras de Anna.

– Mas é claro que sim. Quero dizer, acho que não entendi... Está falando de nós dois?

Anna soprou.

– Também.

– Você está sugerindo que a sua consultora e eu poderíamos... Anna, eu nunca faria uma coisa dessas. De onde veio isso?

– Da maneira como conversaram na mostra – argumentou Anna, ainda com o rosto abaixado.

– Não tenho interesse em qualquer mulher que não seja você.

Anna ficou em silêncio. Apesar de não ser certo querer ouvir aquilo, era exatamente o que desejava. Considerou-se uma pessoa ainda mais ordinária. Egoísta. Não tinha direito algum sobre aquele rapaz, nem o contrário. Anna não achava que algo que já era muito errado poderia se tornar pior.

– Está com ciúmes? – perguntou Matthew, sorrindo.

Apesar de ser preocupante, ele não deixou de se envaidecer.

– Esqueça o que falei – murmurou Anna, ignorando a questão do rapaz. – Não importa. Não é da minha conta. E, sim, estou deixando claro que não tratarei nada com você depois da assinatura do contrato.

– E se eu não assinasse, o que mudaria?

Anna suspirou.

– Nada, você só seria estúpido. Em nenhum cenário eu acharia isso certo, Matthew. Não vou ficar contigo.

Ela o encarou e viu o momento exato em que a tristeza removeu o brilho de seus olhos. Anna se compadeceu.

– Desculpa. Por tudo – disse, por fim.

Matthew balançou a cabeça em negativa.

– Não precisa se desculpar. Entendo o quanto deve estar sendo difícil para você e só quero que fique bem, Anna.

– Vou tentar. E então, aceita o acordo?

– Terei que pedir demissão na joalheria.

– Provavelmente.

Matthew Smith ficou muito nervoso. A ideia de trabalhar para a marca de Anna Coleman era emocionante, e ele diria sim sem pensar duas vezes. Assinaria o contrato de olhos fechados. Mas não podia arriscar tanto, sobretudo porque tinha certeza de que nenhum dos dois se manteria longe por muito tempo. Precisava de certas garantias para sobreviver. Se perdesse tudo, teria que ir para a rua. Não havia familiares a quem recorrer. Já tinha passado fome e frio e não queria que acontecesse de novo.

– Não me importo com quanto vai me pagar, Anna, só preciso saber se vou sobreviver durante um tempo. Um ano, dois... Assim fico mais tranquilo. Não foi fácil conseguir o emprego na joalheria.

– Nossos contratos não são inferiores a cinco anos, Matthew. É por isso que você tem que ter certeza do que quer. Darei um tempo para que pense e...

– Não preciso pensar mais. Vamos fechar o acordo.

Ele também tinha medo de que Anna desistisse no meio do caminho.

– Tem certeza?

Matthew assentiu.

– Isso é muito mais do que sonhei para mim.

O rapaz abriu um sorriso que Anna considerou maravilhoso. Ela teve sérias vontades de beijá-lo, mas precisou se controlar.

– Não vou perder a oportunidade – completou ele. – Como você disse, eu seria estúpido.

– Ótimo. A equipe jurídica vai enviar uma cópia por e-mail ainda hoje. Kate e meus funcionários cuidarão do restante.

Anna se levantou da cadeira executiva. Matthew a acompanhou. Ela esticou a mão, e eles se cumprimentaram enquanto os olhares se mantiveram um no outro.

– Seja bem-vindo, Matthew Smith.

– Obrigado, Anna Coleman.

O aperto de mão durou mais tempo do que o normal. Por fim, o rapaz acariciou os dedos de Anna.

Ela fechou os olhos. Como deixar de sentir o que se sente? Não fazia ideia. Já tinha entendido que negar tanto desejo não era o caminho, se cada fibra de seu ser o queria dentro de si.

O jeito, talvez, fosse se conformar com o fato de que nem sempre podia ter o que desejava. Havia muita coisa em jogo. Anna precisava criar prioridades e respeitá-las. A sua prioridade sempre seria Richard.

– Posso fazer uma pergunta? – disse Matthew, finalmente abaixando a mão. Anna assentiu, com medo do que o rapaz questionaria, e ele prosseguiu: – O que vai fazer com a bailarina?

A empresária não perdeu tempo perguntando de que maneira Matt soube que ela manteria o quadro para si. Em vez disso, questionou:

– Alguma sugestão?

Matthew olhou para a parede por trás de Anna. Parecia que aquele espaço fora deixado ali porque ela sabia que seria ocupado pela bailarina. Combinaria perfeitamente com a cor da parede e com todo o restante do escritório. Daria ao mesmo tempo um ar feminino e forte, do jeitinho que Matt sempre soube que Anna era.

– Foi o que pensei. – Ela sorriu. – Mas ainda não sei.

Eles se olharam por alguns instantes. Matt não queria ir embora porque sabia que dificilmente veria Anna Coleman outra vez. Ao menos não do jeito que desejava. Os semblantes ganharam expressões de despedida. Nenhum dos dois ficou satisfeito, por isso o clima que se fez foi de tristeza.

– Um último beijo – pediu Matt, em um sussurro.

Seria capaz de implorar, mas não foi necessário.

Anna ficou tão angustiada que não soube medir o que doeria mais: continuar traindo Richard ou se despedir de Matthew Smith sem um beijo. Na dúvida, contornou a mesa e puxou o rapaz novamente para si. Achou melhor se arrepender disso do que de perder a oportunidade. A língua dele em sua boca foi capaz de reacender o seu tesão e de arrancar mais gemidos.

Matt entendeu que não havia nada a perder. Anna não suportaria prosseguir com o que tinha, e aquela era a sua última chance. Quando o beijo findasse, teria que decretar o adeus.

A ausência de expectativas para um encontro futuro fez o homem empurrar o corpo de Anna de volta para a mesa. Ele não queria daquele jeito apressado, mas se era a única opção, preferia isso a nada.

Anna se deixou levar porque havia desistido de lutar contra si mesma. Deixou os arrependimentos para depois. Sabia que viriam. Mas, enquanto Matt a beijasse, decidiu que aproveitaria.

Não precisaram dizer nada para saberem que iriam até o fim. As mãos trabalharam avidamente para arrancar as roupas. Anna desabotoou a camisa de Matt por baixo do terno, enquanto ele erguia a saia dela. Não achando o bastante, ele tirou a blusa social fina que a mulher vestia. Os seios de Anna surgiram, emoldurados pelo sutiã.

Matt ofegou e os agarrou, enquanto espalhava beijos na boca, no pescoço e descendo pelo colo de Anna.

A mulher removeu o cinto da calça dele. Segurou a ereção, fazendo esforço para puxá-la para fora. Em algum momento o zíper desceu, e ela agarrou o seu objeto de desejo; o membro teso e naturalmente lubrificado de Matt.

Foi a primeira vez que Anna Coleman não se assustou diante do que fazia. Parecia que havia, enfim, acolhido o seu lado mais sombrio. Não que tivesse deixado de considerar aquilo errado, mas entendeu que não era perfeita.

Matthew não quis esperar que a mulher se arrependesse ou desistisse. Foi com urgência que encontrou as laterais da calcinha de Anna e removeu a peça. Jogou-a sobre a mesa. Queria saborear o gosto dela direto da fonte, mas teve medo de tudo acabar sem que tivesse a chance de penetrá-la. Foi por isso que se endireitou, obrigando as pernas dela a se abrirem ao redor de seu tronco. Mirou o pau em sua entrada.

Quando Matthew meteu profundamente, os dois gemeram.

– Anna.

Ele retrocedeu uma vez e se enfiou com força. Gemeu.

Anna engasgou o gemido, já trêmula. Talvez fosse a inclinação de seu corpo sobre a mesa que melhorasse o encaixe, fazendo o membro tocar o ponto mais específico dentro dela, mas Anna continuou se perguntando como era possível que um pau coubesse tão perfeitamente em suas carnes.

– Matthew... – Anna fechou os olhos e implorou: – Fode.

Os dois se tornaram apenas sensações. À flor da pele. As mãos tocaram em partes impensáveis, as bocas procuraram uma pela outra o tempo inteiro. Em algum instante perdido no tempo, Matt removeu o sutiã de Anna e abocanhou um seio. Chupou-o com gana, arrancando mais gemidos da mulher. Em seguida, concentrou-se no outro. Não acreditava no quanto ela era toda deliciosa, perfeita. Tudo em Anna o enlouquecia.

– Eu vou gozar... – avisou Anna, antes de explodir em mais um orgasmo apenas com penetração. Inacreditavelmente rápido.

Seu corpo convulsionou tanto que se esgueirou para trás. Matt ajudou a apoiar sua coluna sobre o tampo da mesa. Algumas canetas se espalharam e caíram no chão.

Ele continuou fodendo rápido, sem pausas, uma cadência que deixava Anna sempre aquecida. Sempre disposta e ansiosa por mais. Cada arremetida cavava dentro dela um espaço que Matthew fazia questão de ocupar.

– Gostosa... – resmungou Matt. – Que linda gozando no meu pau. Você é perfeita, Anna. Que boceta deliciosa!

A mulher respondeu com mais gemidos. Prendeu os dedos no tórax firme dele. Exigia que não parasse. O ritmo intenso fez a mesa chacoalhar, e só não provocou barulho por causa da presença de um tapete pomposo embaixo do móvel. No entanto, os objetos sobre o tampo chacoalhavam no ritmo dos choques entre os sexos.

Anna o recebia com muita lubrificação. Sentiu a necessidade de estimular o clitóris e, por isso, levou uma mão para baixo.

– Fode, Matthew – continuou exigindo ela.

– Argh... Anna!

Ele acelerou o movimento, mesmo não sabendo como isso era possível. Só queria satisfazê-la. Soltou um riso quando a mulher voltou a se contorcer, e a boceta apertou ao redor de seu pau. Expulsou-o. Soube que ela gozara de novo.

– Porra, Anna... Desse jeito não duro nada. E eu quero ficar aqui para sempre.

– Matthew! – sussurrou Anna, e sentiu algo diferente acontecendo em seu íntimo.

O orgasmo já devia ter ido embora, mas, em vez de diminuir, outra onda poderosa se achegou, somando-se à primeira. As pernas de Anna tremeram tanto que Matt precisou apoiá-las nos ombros.

– Eu... ainda... Ahhh! – Anna prendeu os braços ao redor dele.

Trouxe-o para tão perto que as arremetidas ficaram mais selvagens, cruas.

O abraço apertado não permitiu que Matthew tivesse como avisar, nem mesmo chance de se afastar ou qualquer vontade de fazer diferente do que fez; seu pau pulsou dentro de Anna e esporrou forte sem qualquer esforço. Não aguentou nem mais um segundo com aquela mulher gozando sem parar. Preencheu-a com seu sêmen enquanto gemia, ofegava, e Anna ainda tentava segurar a intensidade do orgasmo louco.

Os corpos penderam sobre a mesa, entorpecidos. Matt procurou a boca dela e a beijou com mais suavidade. Afastou-se calmamente.

– Anna... Desculpa. Eu gozei dentro de você.

Ela havia percebido. Não poderia culpá-lo. Anna o havia prendido, o deixado sem saída em um momento de puro deleite. Ainda assim, o fato de ter recebido o sêmen de Matthew a detonou. Teria que, necessariamente, tomar uma pílula do dia seguinte. Mas, para isso, precisaria confirmar se já não estava grávida de Richard, afinal vinham transando sem proteção.

Aquela bagunça a fez marejar. Não queria se sentir assim, mas a culpa era dela. Anna se considerou um depósito de esperma. Uma prostituta. Algo da espécie. Sentiu-se tão mal que empurrou um pouco o corpo de Matt. Ele se colocou de pé e a ajudou a se sentar sobre a mesa. Evitou olhá-lo.

– Desculpa – repetiu Matt.

– Tudo bem. – A voz de Anna saiu fraca.

O homem pensou em perguntar sobre o que ela faria para evitar uma concepção, mas decidiu ficar calado. Matt poderia ter pegado a porcaria de um preservativo. Além do mais, Anna não era nenhuma criança, sabia se cuidar. Também teve certeza de que entrar no assunto a faria rechaçá-lo mais rápido. Era melhor ficar calado.

Porém, ele temeu até mesmo o silêncio. Não podia ser bom o fato de a empresária sequer conseguir olhá-lo nos olhos após um sexo tão intenso.

– Se precisar de mim, Anna, estarei contigo – falou com toda sinceridade. O timbre saiu doce, carinhoso, e veio acompanhado de uma carícia no rosto dela. – Não sofra. Por favor. Você é incrível e merece ser feliz.

– Sou apenas uma traidora – rebateu Anna em um murmúrio.

– Nunca te enxerguei assim.

– O meu marido com certeza não teria a mesma opinião – disse, soando ríspida.

– Você só está confusa, perdida. Vai se achar. Sei que vai. E seja qual for a sua escolha, irei respeitar.

– Não há o que escolher, Matthew. Já decretei o meu destino.

O rapaz não soube se ela estava falando sobre manter o bom casamento ou sobre um possível divórcio. Temeu fazer perguntas. Anna parecia desolada, e estava mesmo. Deu-se conta de que ele não fazia bem a ela, por mais que quisesse. Compreender isso o deixou triste.

Resignado, Matthew achou melhor ajudá-la a se vestir. Não a deixaria descabelada, melada e com as roupas tortas dentro do escritório. Nunca mais repetiria o que fez no banheiro da mostra de design, ainda que tivesse sido expulso. Em seguida, ajustou as próprias roupas, até que ambos retornaram à decência.

– Eu espero fazer parte dele – disse Matt só então. – Do seu destino. Se não, seja feliz. – Deixou outro beijo na ponta do nariz dela. – Até logo, Anna.

Matthew não teve coragem de dizer adeus. Até porque, no fundo, sentia que não era. Todos os seus instintos diziam que Anna ainda ficaria na sua vida por um bom tempo, de uma maneira ou de outra. Aquela força que os impulsionava na direção um do outro não podia estar enganada.

Como um equívoco teria tanto poder?

18

Harvey Campbell não era tonto para se envolver com Richard Coleman sem saber exatamente o que fazer a fim de não ser descoberto e ainda conseguir aquilo que o empresário desejava. Fez muitas pesquisas a respeito do desconhecido milionário. Avaliou a papelada assinada por ele e por Anna Coleman, além do tal contrato de confidencialidade.

Aparentemente, estava tudo dentro dos eixos. O fato de ser um grande amigo do dr. Oliver Hans, alguém que Harvey considerava confiável, ajudou para que tomasse a decisão de embarcar naquele navio guiado pela falta de ética. Recebeu o dinheiro em uma conta fora do país, sem rastreios.

Richard foi rápido nos procedimentos, por isso, no domingo mesmo, pegou na recepção do hotel uma pasta com todas as informações mapeadas pelo nanochip de Anna.

Richard Coleman descobriu que o aplicativo não mencionava a localização, mas o sistema, sim. A esposa esteve na mostra de design. Foi lá que transou com alguém. Aquela informação o fez grunhir e parar suas análises a fim de conseguir respirar. A pessoa com quem ela o traía provavelmente era vinculada ao trabalho.

O homem entrou no sistema da empresa de Anna em seu próprio notebook. Ambos compartilhavam senhas e programas, nunca esconderam nada um do outro. Baixou o relatório de funcionários e os analisou um a um. Havia homens cadastrados de todo tipo, desde o carregador de caminhões aos contadores e advogados. Tinha de ser algum deles.

Richard não conseguiu adivinhar qual, pois cada um parecia muito abaixo da média.

Nenhum chegava perto dele no quesito beleza, prestígio ou qualquer outro fator. Na verdade, Richard não fazia ideia de qual era esse maldito quesito que fizera Anna traí-lo. Voltou a analisar a papelada oferecida pelo sr. Campbell. Havia até mesmo as medidas aproximadas do membro que havia penetrado sua esposa.

Não parecia um pênis tão grande quanto o de Richard. Seu pau sempre fora motivo de orgulho. Gabava-se com frequência, e Anna costumava repetir elogios. Ainda assim, o homem deu um jeito de medi-lo de novo, em tamanho e espessura. Constatou que, de fato, o seu era maior, apesar de um pouco, muito pouco, mais fino que o do amante. Richard se revoltou. Descartou o tamanho do "documento" como o fator para a traição.

Mas que porra Anna viu nesse sujeito?, perguntou-se. *Ele tem mais dinheiro?*

Richard pensou muito até chegar à conclusão de que Anna Coleman não o trairia por grana. Primeiro porque ele era abastado, havia herdado uma fortuna da família e ainda era dono de uma rede de concessionárias de veículos importados. Seus rendimentos líquidos eram de milhões de dólares anualmente.

Segundo porque a esposa também era cheia de dinheiro. A empresa dela havia arrecadado praticamente o mesmo valor que a dele no ano anterior. Se calcular que ela precisou vender mais produtos do que ele vendeu carros para atingir tal receita, era de se constatar que Anna havia feito muito mais vendas. Mais prestígio. Mais sucesso.

O homem, imerso no poder de toda a sua ira, imaginou que só poderia ser uma questão de desempenho. Apesar de se achar muito bom no sexo, alguma coisa ficou em falta para Anna nesse quesito. Ele queria saber exatamente o quê.

Depois de analisar cada informação detalhada da mulher, começou a pesquisar sobre tudo o que tinha a ver com o assunto. Encontrou muitas pesquisas na área e gente que dava palestras e cursos ao redor do mundo. Passou o dia lendo artigos, anotando informações, até chegar à conclusão de que precisava de algo mais específico.

Teve uma ideia e ligou para o sr. Campbell. Mesmo durante o seu dia de folga, o bioengenheiro o atendeu prontamente.

– Sr. Coleman, recebeu os papéis?

– Sim, recebi e já os avaliei do começo ao fim.

– Encontrou o que queria?

Richard franziu os lábios. Estava tão possesso quanto antes. Não imaginava que tanto estudo ainda o deixaria ignorante. Sentia que andava em círculos.

– Preciso de mais.

– Essas são todas as informações atualizadas, sr. Coleman. – Harvey abriu o aplicativo e procurou pelo código referente à Anna Coleman. O status continuava inalterado. – Não houve nenhuma mudança no dia de hoje. O tesão de sua mulher continua bem baixo, inclusive. Pelo conjunto de informações hormonais e da atividade lenta dos neurotransmissores, ouso dizer que está deprimida.

Richard arregalou os olhos.

– Deprimida?

Percebeu que não havia estudado os níveis hormonais como deveria. Aquelas informações passaram despercebidas porque ele não era um médico. Não passava de um leigo. Sentiu-se incapaz de traduzir as informações que recebera e se considerou um grande idiota. Deveria estar fazendo aquilo ao lado de um pesquisador, alguém que soubesse analisar, de fato, os dados.

– Sim, sr. Coleman. Nível muito baixo de dopamina. A serotonina não está boa. É possível que Anna esteja com um transtorno depressivo. Não posso garantir nada porque só temos informações de pouco mais de uma semana.

Richard continuou se sentindo um imbecil.

– Isso justificaria uma traição? Nunca ouvi falar que depressão faz uma mulher trair o marido.

Sr. Campbell ponderou um pouco mais.

– Como falei, não posso garantir nada. Não sou um especialista, mas venho me aprofundando em estímulos e respostas hormonais, para que o sistema funcione como o dr. Hans deseja. Um quadro depressivo traz sensações de tristeza e insatisfação com a vida, sr. Coleman, e às vezes é uma questão meramente biológica. – Harvey fez uma pausa, enquanto as engrenagens do cérebro de Richard funcionavam a todo vapor. Novas ideias surgiam o tempo inteiro. – Não acho que seja impossível Anna trair o senhor por causa disso. Como não sabe responder o que a desagrada considerando seus níveis emocionais, procura em outros tipos de prazeres alguma energia que a impulsione. É biologicamente plausível. Porém, como mencionei, não sou especialista nessa área.

Richard balançou a cabeça em negativa.

– Eu saberia se a minha mulher estivesse com depressão. Ela nunca deu nenhum sinal.

– Às vezes os sinais são invisíveis até para quem está por perto, sr. Coleman. É muito comum familiares só ficarem sabendo diante de uma tentativa de suicídio, por exemplo.

Mas Richard continuou negando as explicações de Harvey.

– Impossível. Anna é muito racional e preocupada com a saúde, além de ser aberta emocionalmente, ao menos comigo. Já teria mencionado algum sintoma e com certeza procurado um psiquiatra ou psicólogo. – O homem teve convicção do que dizia. – A resposta dela para qualquer transtorno psicológico não seria a porra de uma traição. Eu conheço a minha mulher, sr. Campbell. Todas essas características mapeadas hoje devem se tratar de remorso.

Do outro lado da linha, Harvey deu de ombros.

– É possível também. Culpa por tê-lo traído.

Ambos ficaram em silêncio por alguns instantes. Richard imerso em um turbilhão de pensamentos malucos. Sr. Campbell querendo apenas ser deixado em paz para continuar assistindo aos jogos de beisebol daquela tarde enquanto bebia a sua cerveja.

– Suponho que não somos os únicos que estão sendo monitorados no momento, certo? – retomou Richard. – Deve haver outros casais. Oliver mencionou que a amostragem está sendo realizada em pares.

– Temos uma quantidade razoável de amostras em pares, como a sua. Já algumas são individuais; essas avaliam outros aspectos sociológicos. Também queremos entender a dinâmica dos solteiros. É um estudo grande, sr. Coleman.

– Certo. Eu quero as amostras dos outros casais.

Harvey franziu o cenho, envolto numa confusão repentina.

– Não posso fazer isso.

– Pois bem, não precisa me oferecer toda a amostragem. Quero apenas as de casais que estejam juntos há alguns anos e que não tenham demonstrado sinais de traição até este momento.

– Sr. Coleman, eu...

– É claro que vou rechear o seu bolso. Não se preocupe, sei que meu pedido rompe mais uma etapa da ética científica. – Richard riu, tentando soar despretensioso, simpático e disposto a tudo. – Quanto quer para me passar essa papelada ainda hoje?

Harvey Campbell soltou um longo suspiro, preocupado, mas também sorriu. Sentia que havia encontrado uma mina de ouro. Richard ainda poderia lhe render muito dinheiro com aquela história de traição. Para o cientista, não passava de um corno endinheirado. Em sua opinião pessoal, o homem deveria simplesmente romper o casamento e seguir com a própria vida. Era o que ele faria.

– Mais 100 mil dólares – disse, correndo o risco de soar exagerado.

Não imaginava que Richard fosse concordar com um valor tão alto, por isso ficou surpreso com a naturalidade do empresário:

– E quanto o senhor quer para, além de tudo, me ajudar a avaliar as informações?

Harvey suspirou de novo.

– Eu não tenho tanto tempo livre assim.

– Quanto a universidade paga ao senhor? Veja bem, sr. Campbell, sei que não é muito. O dinheiro fica para a pesquisa, para pagar todos os funcionários e o material caro que vocês utilizam. O senhor é apenas um funcionário público, certo? Tenho certeza de que trabalha em seu computador de onde estiver e que apenas coordena a equipe quando se faz necessário. Não é um peão que precisa estar o tempo todo disponível para o trabalho pesado.

Harvey ficou em silêncio. Percebeu que Richard não era estúpido, apesar de estar gastando muito dinheiro com besteira.

– Posso pagar mais pela sua hora – insistiu Richard, haja vista o silêncio do pesquisador. Sabia que tinha acertado em cheio. – Eu quero a papelada e o senhor me ajudando nisso. Não alegue que te dará algum trabalho além da conta. O senhor deve tratar dessas informações o tempo todo para conseguir alimentar o seu sistema.

– É bem verdade, sr. Coleman. O que me preocupa é a questão ética. Serei expulso da pesquisa se souberem do vazamento. Também tenho contratos a zelar. Pagarei uma multa milionária em caso de rompimento com qualquer cláusula articulada pelos patrocinadores. – Harvey passou uma mão ao longo de sua careca. Coçou o topo dela. – E ainda mancharei o meu nome na academia. Tenho pretensões altas para o futuro. Um Nobel, por exemplo.

– Ninguém vai saber de nada. Se desejar, assino outro contrato com valores ainda mais altos e reitero a confidencialidade. O senhor jamais sairá prejudicado.

Harvey ficou bastante tentado. A ideia de ganhar mais era muito atraente. Além disso, ele tinha todos os acessos necessários e o poder de fazer o que desejasse sem deixar rastros. O sistema pertencia à universidade, mas todos os comandos estavam em suas mãos. Com poucos cliques, faria qualquer coisa sem ser questionado por ninguém.

Nem mesmo por Oliver Hans. O cientista era um ótimo médico-pesquisador, mas muito ruim com qualquer tecnologia. Não entendia nada dessa parte.

Inclusive, Harvey pensou, *posso usar os acessos de Oliver para oferecer qualquer informação que Richard Coleman solicitar. Meu nome nunca será envolvido.*

Ter a possibilidade de culpar o dr. Hans caso algo desse errado fez com que Harvey enfim concordasse:

– Estou dentro. – Percebeu que só tinha a ganhar.

* * *

Naquele mesmo dia, a pasta com as informações dos outros casais que faziam parte da amostragem chegou às mãos de Richard. O empresário estava tão absorto naquele estudo que não comeu ou dormiu, apenas bebeu seu uísque e examinou o comportamento sexual tanto quanto qualquer especialista.

O primeiro encontro com Harvey Campbell já estava marcado para a tarde seguinte. Os dois decidiram que precisavam ser discretos, por isso não se encontraram publicamente. Na recepção do hotel, o sr. Campbell deu o nome de Oliver Hans. Mais uma estratégia para nunca, de maneira alguma, deixar rastros que o prejudicassem no futuro. Haveria tantas provas contra o dr. Hans quanto fosse possível.

Assim que adentrou a suíte elegante onde Richard estava, percebeu o homem completamente alterado. Fedia a álcool, tabaco e suor incrustado. Os olhos estavam vermelhos, com olheiras profundas ao redor das pálpebras. Os membros tremiam, indicando uma ira que o sr. Campbell jurou nunca ter visto em qualquer pessoa.

A primeira coisa que Richard fez quando Harvey fechou a porta atrás de si foi vociferar:

– ELA TRANSOU COM O AMANTE DE NOVO!

Harvey ficou sem saber o que dizer. Sentou-se na poltrona mais próxima e suspirou. Aquele homem ficaria maluco por causa da esposa. Achou que seria interessante acompanhar o processo de loucura. No entanto, um detalhe não encaixava.

– Como o senhor sabe? – perguntou, fazendo uma expressão confusa.

O sr. Coleman se sentou na poltrona da frente. As pernas tremelicavam de ansiedade, e os dedos foram contorcidos uns nos outros. O rosto desfigurado pelo ódio assustou Harvey tanto quanto o divertiu.

– Eu tenho o aplicativo comigo – resmungou.

– E como o conseguiu?

Richard ficou calado. O sr. Campbell logo chegou à conclusão de que o dr. Hans não era tão inocente quanto pensava, afinal. E, de repente, ganhou de bandeja mais uma prova contra o colega de pesquisa. Estava tudo tão fácil que não conseguiu evitar um sorriso.

– Acalme-se, homem – murmurou Harvey. Tomou a iniciativa de se levantar e se servir com um copo de uísque, mesmo sendo meio da tarde de segunda-feira. – Descobriu alguma informação a mais?

– Preciso saber onde ela está. Quero saber se levou esse homem para a minha casa. Por que essa porra não tem a localização, como naquela papelada que me deu? – questionou Richard, quase enfiando o celular no rosto de Harvey.

O cientista piscou algumas vezes.

– Porque a sua versão já está desatualizada. Todos os dias instalamos uma nova atualização desse aplicativo.

O sr. Campbell deu um longo gole no copo. Fez uma careta porque o uísque desceu ardendo o seu estômago.

– Ele gozou dentro dela. DENTRO DELA. DA *MINHA* ESPOSA, PORRA!

O descontrole de Richard o fez atirar uma almofada para o lado, com bastante raiva. O objeto se chocou contra a parede e caiu inerte no chão acarpetado.

Harvey voltou a se sentar. Não adiantaria se estressar junto àquele sujeito. O ódio dele era válido. Não estava em seus planos amansar uma fera, mas, por dinheiro, poderia agir como um amigo. Sua hora já estava sendo paga desde que pisou no hotel.

– O senhor precisa se acalmar. Se quer descobrir mais informações, tem que controlar a cabeça. O que acha de tomar um banho, comer alguma coisa e iniciarmos as análises?

Richard olhou o cientista dos pés à cabeça.

– O cheiro aqui não está bom – finalizou Harvey, sorrindo amigavelmente.

O sr. Coleman sentiu que poderia fazer uma amizade. Por que não?

– Tem razão. Preciso parar de me surpreender. Pelo visto, ela é capaz de tudo. Estamos há algumas semanas tentando engravidar, e Anna deixa outro homem gozar nela? – Balançou a cabeça em negativa. Agarrou os cabelos com ambas as mãos e os puxou, absolutamente nervoso. Revoltado até o último fio. – É um absurdo tão grande que custo a acreditar que a minha esposa seja capaz disso. A mulher que amo e com quem escolhi passar o restante dos meus dias.

– Compreendo o quanto está sendo difícil para o senhor.

As mãos de Richard foram levadas ao rosto. Enxugou as lágrimas antes que se derramassem na frente daquele desconhecido. Seria ainda mais humilhante. Ele já se sentia constrangido e com a autoestima em pedaços. Anna estava detonando-o, destroçando tudo de bom que havia dentro de si. Temeu que nunca se sentisse inteiro de novo, mas de uma coisa tinha certeza: iria até o fim.

– Vou me recompor – definiu. – Ela não vai tirar o meu juízo.

Ainda que tivesse dito aquilo com a voz firme, nenhum dos dois dentro da suíte acreditou. Anna Coleman já estava removendo toda a racionalidade de Richard. Era um fato mais difícil de negar a cada instante. No entanto, Harvey ficou inteligentemente em silêncio, e o empresário foi para o banho. Pretendia seguir os conselhos do pesquisador.

* * *

A parceria entre os dois aconteceu de maneira proveitosa. Quando Richard descobriu que Anna transou no shopping, especificamente dentro de sua loja, teve certeza de que se tratava de um funcionário. Logo, ambos descartaram o quesito dinheiro e prestígio. Harvey concordou que o tamanho do membro do amante não poderia garantir traição. Ainda acreditava na sua hipótese envolvendo transtorno depressivo.

Já Richard não estava certo disso. Possuía convicção de que Anna teria demonstrado qualquer sintoma que fosse antes de escolher simplesmente o trair. Não fazia sentido na cabeça dele. Seus instintos sempre tão aflorados também discordavam da versão de Harvey. Teria que haver algo mais. E esse algo talvez pudesse ser respondido avaliando as reações dos casais.

Como prometido, o sr. Campbell também ajudou Richard a analisar as outras amostras. Eram casais interessantes, com dinâmicas distintas, mas, quando se olhava para a quantidade de anos juntos, o fluxo sexual caía tanto quanto o tempo da união aumentava.

Anna e Richard nunca foram assim. Transavam todos os dias, mesmo após dez anos.

* * *

Depois de três dias analisando em primeira mão um período do constante estado depressivo de Anna, Richard foi acometido por mais ideias mirabolantes. Aquela era ainda maior do que qualquer outra que tivera.

Quando o sr. Campbell surgiu na suíte para mais um de seus encontros diários, o empresário logo soltou:

– Sabe o que eu acho? Que esse estudo pode melhorar. As variáveis ainda são escassas para o que quero.

– Do que está falando, Richard? – Harvey havia criado confiança e intimidade a ponto de chamá-lo pelo primeiro nome. – Estou atualizando o seu dispositivo todos os dias, como me pediu.

Os dois se sentaram nas mesmas poltronas que cada qual ocupava ao longo daquelas tardes de análises.

– Estou cansado de mapear esses casais. Estão acomodados, quase não transam, e quando fazem é uma porcaria. Não me interessa se mantêm o histórico de fidelidade. Quero saber se são capazes de trair. E se, ao traírem, são capazes de gozar, de sentir esse prazer que Anna sente.

Harvey estranhou a linha de pensamento de Richard, embora naquela altura já não devesse se surpreender. O homem ficava cada dia mais sem noção. Sempre queria dar um passo que parecia maior do que as pernas.

– E o que sugere? Não fazemos nenhuma interferência na vida deles. A pesquisa se baseia no pressuposto de realidade da dinâmica dos casais.

Richard ficou calado. O sr. Campbell o considerava perigoso quando ficava muito reflexivo. Ele era inteligente, no entanto não podia negar que o empresário também tinha expertise.

– Pensa em contratar pessoas de fora para seduzi-los e ver o que acontece?

Richard Coleman sorriu e respondeu:

– Mais do que isso. Pretendo colocá-los em uma situação específica. Não me interessa conferir reações de longe. Quero ver de perto. – Seu olhar se tornou um tanto rígido, uma frieza que espantou Harvey. – E também quero que eles sejam melhores do que são agora. Parece que sequer sabem transar.

– Qual situação? – perguntou Harvey, mas Richard ficou em silêncio novamente. Um tanto ansioso, o pesquisador piscava na direção do empresário. – O que está pensando? Lembre-se de que não podemos nos expor. Essas pessoas com certeza não querem ter suas intimidades invadidas.

A verdade era que Richard Coleman estava entediado. Dias preso naquele hotel, sem coragem de voltar para casa, sem cabeça para trabalhar, comunicando-se com Anna de uma maneira fraca, morna. Ele precisava se mexer.

– Escute. Eu acho a minha ideia ótima e vou desembolsar muito dinheiro com isso. Estou disposto a tudo, você sabe, Harvey. Todo mundo tem um preço, não concorda? – O sr. Campbell apenas assentiu, e Richard continuou: – Então confie em mim. Vamos elevar esse seu estudo a outro nível. Ninguém nunca viu nada igual.

Richard Coleman iniciou a sua longa narrativa sobre cada detalhe do que andou pensando. No começo, Harvey achou que tudo fazia parte da insanidade do homem traído. No meio do discurso, mudou de ideia, considerou-o inteligente e concordou que a pesquisa teria mais variações, mais bases estatísticas e estímulos diferenciados. No final, voltou a achar que era uma loucura sem precedentes.

Porém, já era tarde demais. Richard mostrou toda a contabilidade que arquitetou para cada fase dar certo. Ele gastaria milhões. Harvey receberia um montante que nunca vira na vida. Era muito além do que ganharia caso todas as suas pretensões profissionais se realizassem. Sendo assim, não importava se achava tudo uma tamanha bizarrice.

Seria pago. Estava dentro.

19

A mostra de design de interiores teria o seu desfecho naquele domingo. A marca Anna Coleman havia ficado entre as finalistas do concurso pensado pela curadoria; eles sempre premiavam os destaques da exposição. Anna não ficou surpresa em ter recebido, também, a indicação de Matthew Smith como artista revelação do evento. Kate Holt estava em êxtase, bem como toda a equipe.

A empresária só teve vontade de sumir do mapa. Depois de passar a semana inteira evitando qualquer contato com Matthew, seria obrigada a estar presente na premiação junto a ele. Tinha certeza de que o seu corpo a trairia de novo, logo quando já estava ficando mais conformada e desejando o retorno de Richard. Ela precisava de normalidade, mas, pelo visto, era pedir demais.

Naquela manhã, decidiu ligar para o marido. Eles estavam conversando apenas por mensagens, fato que a deixava aliviada e desconfiada. Richard se comportava de maneira esquisita. Mesmo se estivesse muito ocupado com o trabalho, não se ausentaria assim. Só podia ser um problema grave na concessionária, algo que ele não estava querendo contar para ela. Ficou preocupada.

– Anna? – Richard atendeu depois de alguns toques. A mulher não fazia ideia do que ele realmente estava fazendo. Se soubesse, não pensaria duas vezes antes de pedir o divórcio. – Você está bem?

Ela ouviu alguns ruídos na ligação, como um vento soprando forte.

– Sim, tudo bem... Onde você está? – Franziu o cenho, estranhando ainda mais. – Esperava que retornasse hoje.

– Eu te avisei que estou bem ocupado, querida – respondeu Richard, com certa grosseria. Continuava achando que Anna estava apenas sondando-o para que pudesse continuar traindo-o. – As coisas aqui exigem a minha atenção.

– Vai me contar o que está acontecendo de verdade, Richard?

Anna foi direta. Sentia-se nervosa por ter ficado tanto tempo sozinha. Seus pensamentos não eram boas companhias. E, se quisesse esquecer Matthew de uma vez, precisava que Richard estivesse por perto. Ela ainda tinha esperança de que tudo voltasse a ser como antes.

Apesar de tanta dor e culpa, tentava se perdoar. Reconhecia suas imperfeições e havia prometido nunca mais fazer nada que magoasse Richard. Estava confusa, solitária e carente. Chorava à toa, às vezes as lágrimas caíam sozinhas. Só queria que o sofrimento passasse, que fosse arrancado de seu peito. O esposo sempre dava um jeito de animá-la.

– Está tudo sob controle – resmungou Richard, embora sentisse que, a cada dia que passava, o controle se esvaía de suas mãos.

– Você está esquisito...

– Você também está – soltou ele, impaciente.

Anna sabia que seria colocada contra a parede em algum momento. Fazia algum tempo que não agia como ela mesma, e o marido certamente havia percebido. Só que ela tinha certeza de que os dois possuíam diferentes motivações. E não nutria nem um pingo de coragem de ser honesta com ele. Porque sabia que nada bom viria da verdade.

– Estou muito cansada e... sinto a sua falta, querido. – Amansou o tom de voz. Anna desejava que Richard trouxesse o seu sossego. – Queria que estivesse aqui.

O homem deixou os olhos marejarem sem esforço. Quase largou tudo e voltou para casa, só não fez isso porque estava um pouco longe de Fort Lauderdale e não podia deixar sua ideia inacabada. Iria até o fim, a qualquer preço.

Anna não conseguiria convencê-lo apenas com um timbre doce e sedutor. Por mais que a amasse e a quisesse como antes. Por mais que desejasse que nada daquilo tivesse acontecido. Ele precisava ser mais forte.

– Também sinto a sua falta – murmurou.

Precisou se segurar para não chorar feito um menino. A saudade ardia em seu sistema, mas, toda vez que pensava em Anna, vinha a memória criada de um homem a possuindo. Maculando o corpo que sempre achou que fosse apenas dele. Não aguentava a força da ira que o dominava ao projetar tais visões.

– Tem previsão de quando volta?

Richard prendeu os punhos de novo. A raiva aumentou. Sim, ela continuava fazendo aquelas perguntas apenas para ter certeza de que ele não estaria por perto quando o traísse outra vez. Teve vontade de gritar com Anna. De novo, a ideia de machucá-la com as próprias mãos o paralisou. Era horrível constatar o quanto ainda estava descontrolado.

– Infelizmente, não, querida.

– A gente podia viajar... Depois que você resolver tudo. Merecemos um descanso, estou tão exausta. – Suspirou. Precisava urgentemente de uma fuga. Talvez uma viagem fosse a resposta. – O que acha?

Richard segurou os lábios. Ao mesmo tempo que era devorado pelo ódio, o amor intenso queimava seu coração. A vontade que teve de voltar para casa também se intensificou. Quis perdoá-la. Quis aquela viagem. Desejou uma reconquista, e que continuassem de onde pararam. Mas não sabia se removeria de sua cabeça a cena de Anna com outro cara. Não sabia se seria capaz de confiar na esposa de novo. Não sabia de nada.

O homem sentia que havia perdido tudo. Que não tinha jeito. O que o impulsionava naquele momento era a ira e a curiosidade, por isso decidiu que precisava terminar o que começou.

– Acho ótimo – limitou-se a dizer.

– Podemos fabricar nosso bebê fora do país. O que acha da Itália? Foi uma das nossas viagens mais emocionantes.

Richard fechou os olhos com força. Não acreditava na cretinice de Anna. Como ela podia sugerir algo assim, depois de aceitar o sêmen de outro cara dentro dela? Por que fazia isso? Por quê?

A verdade era que Anna continuava negando a realidade para si mesma, porque esta lhe era extremamente dolorosa. Estava fixa na ideia de que formar uma família era a melhor opção. Não estava pronta para um rompimento, um divórcio, a ruptura de todos os seus sonhos e planos. Não se via fazendo aquilo, mesmo se sentindo completamente errada.

Achava que era covardia, fraqueza, mas que também era cuidado com o futuro e os rumos da vida. Zelo para com Richard e aquele relacionamento que ela não podia deixar falir.

Ela queria tentar um recomeço.

– Você escolhe, Anna. Confio no seu julgamento.

Aquela frase deixou ambos se sentindo ainda piores.

– Tudo bem. Quando você chegar, decidimos tudo.

– Certo. – Ficaram em silêncio. Richard carregou o peito de ar e soprou: – Eu te amo, Anna.

A mulher marejou. Demorou alguns instantes para responder baixinho:

– Eu também.

Anna fez a sua escolha naquele momento. Prezaria pelo seu relacionamento com Richard a qualquer custo. Nenhum tesão seria maior do que o que construíram durante anos. Ela arranjaria uma maneira de se perdoar pelo que fez e seguiria em frente. Só precisava que o marido retornasse. E também sobreviver àquela noite.

* * *

Anna chegou ao Broward County Convention Center um pouco tarde. Atrasou-se escolhendo um vestido elegante e teve que pagar uma pessoa para ajudá-la no penteado e na maquiagem. Prometeu que ficaria intacta durante toda a noite. Não se deixaria levar pelo olhar azulado de Matthew.

No entanto, assim que o encontrou no meio do salão do evento, conversando com jornalistas e outras pessoas do meio artístico, suas pernas vacilaram. Ele empunhava uma taça de champanhe e parecia importante, embora usasse o mesmo conjunto de terno da semana anterior. Anna não deixou de notar a simplicidade do rapaz. E quando ele enfim notou-a entre as pessoas bem vestidas, foi como se o mundo ao redor desaparecesse.

Anna disfarçou. Manteve-se longe de propósito. Vez ou outra, eles se procuraram com o olhar, mas nem ela nem Matthew ousaram uma aproximação. Mesmo quando as premiações tiveram início em um palco montado, ela não o encontrou. Sentiu um misto de tristeza e alívio ao perceber que o jovem a respeitaria. Não ficaria insistindo.

Foi então que Anna percebeu que o havia perdido para sempre.

Seu coração afundou em uma mágoa inapropriada. Não conseguia entender as próprias emoções, mas elas fizeram com que as trocas de olhares se tornassem mais intensas e constantes. Ela perdia o fôlego quando Matthew a observava. O coração batia forte, pedindo socorro, gritando coisas que Anna não queria ouvir.

Não podia.

– A senhora devia ter vergonha.

Uma mulher se aproximou. Anna levou um susto ao se deparar com uma jovem bonita, na faixa dos vinte e poucos anos.

– Ele é muito mais novo que você. Está deslumbrado com a fama repentina, mas tudo isso vai passar. De qualquer modo, deveria estar envergonhada por se aproveitar dele.

– Do que está falando? – Anna mal conseguia respirar de tão nervosa que ficou com as palavras da desconhecida. – Quem é você?

A garota bufou e riu logo em seguida, carregada de desdém.

– Típico de uma riquinha esnobe. Posso ser apenas uma funcionária, mas não atendi a senhora na joalheria há tanto tempo assim para que esquecesse o meu rosto.

Enfim Anna reconheceu a mulher que a acolheu quando foi à joalheria atrás de Matthew. De fato, não fazia muito tempo, mas Anna não estava em seu juízo perfeito naquela ocasião. Não se lembraria nem se tivesse sido recebida por uma celebridade.

– Não sei o que quer de mim nem do que está falando – disse Anna, sem saber como reagir.

Aquela garota parecia saber sobre ela e Matthew. Será que, como colega de trabalho, ele havia contado tudo? Sentiu-se exposta e traída.

– Com licença – completou Anna, dando um passo para o lado.

Mas Patty insistiu. Colocou-se na frente da empresária e disse:

– Matthew já passou por muita coisa. Não precisa que uma mulher casada e endinheirada se aproveite da bondade dele.

Anna continuou sentindo o coração pulsar nas têmporas. Não esperava que seria cercada daquele jeito por alguém. O rosto ficou tão aquecido que teve certeza de que estava toda vermelha de vergonha, raiva e remorso.

– Agora que conseguiu que ele se demitisse da joalheria, espero que não o deixe na sarjeta. Matthew não tem família, não tem dinheiro, não tem nada a oferecer a alguém como você. Não tem ninguém que o apoie. – Patty deixou os olhos marejarem também. Preocupava-se verdadeiramente com Matt, mesmo que naquele instante estivesse exagerando e sendo invasiva. – Se a senhora o magoar, se tirar dele o pouco que tem, eu juro que conto para todo mundo quem é a verdadeira Anna Coleman.

– Olha aqui, eu não sei quem você pensa que sou, mas...

Anna bem que tentou se defender, porém Patty estava mais afiada e interrompeu-a prontamente:

– Sei bem quem você é: uma aproveitadora sem-vergonha. Uma cretina. Cadê o seu marido para ver a maneira como a senhora olha para ele? – Patty virou o rosto para os lados, buscando alguém invisível. – Na frente de todos, completamente descarada. Eu estava lá quando seu esposo comprou este colar. – A jovem acenou para a joia adornando o pescoço da empresária. – Juras de amor eterno, não foi? – Bufou outra vez, contrariada. – Se tivesse um pouquinho de caráter, a senhora se afastaria de Matthew. Mas não... Fez com que assinasse um contrato exclusivo. Que largasse um emprego que ele demorou a conseguir, depois de meses praticamente passando fome. – Anna arregalou os olhos, porque não fazia ideia de como era a realidade de Matthew. – Tipinhos de gente como a senhora fazem isso, pagam para ter amantes. Brincam com eles e depois jogam fora.

Anna Coleman nunca se imaginou usando a violência como solução para qualquer problema. Contudo, estava tão, mas tão arrasada com as palavras e as expressões de julgamento daquela garota que não conseguiu controlar a própria mão. Ergueu-a em um tapa poderoso, que fez mais barulho do que o previsto.

As pessoas ao redor pararam para assistir. O semblante raivoso e corado da empresária permaneceu incrédulo, enquanto Patty segurava a bochecha esquentada, vermelha pelo choque. As duas passaram instantes decisivos em silêncio.

Percebendo que estava sendo vista, provavelmente filmada, e que na manhã seguinte seria jogada nos tabloides de modo escandaloso, Anna aprumou a postura. Limpou a garganta e tentou manter a pose.

– Não vou discutir com alguém que sequer conheço – murmurou. Patty a olhava com ódio, sem reação, porque não esperava pelo tapa. – Muito menos por causa de homem. Como você bem falou, sou uma mulher casada. Se gosta do sr. Smith, aconselho a tentar a sorte, em vez de soltar o seu veneno em mim.

Naquele segundo, alguém em cima do palco simplesmente falou ao microfone, com toda a empolgação:

– ... Artista revelação: Matthew Smith!

Mais uma salva de palmas preencheu o evento. Anna tinha ficado tão absorta que mal prestara atenção na premiação. E quando encontrou Matt novamente entre as pessoas, ele já estava a apenas um metro, olhando para ela e para Patty com surpresa notável. Viu a cena se desenrolando e finalizando com o tapa. Ainda estava desnorteado, sem saber o que tinha acontecido para que a colega tivesse apanhado logo de Anna.

Havia convidado a garota para que não ficasse sozinho a noite inteira. Para que não saísse do controle de novo e não insistisse em algo que magoaria Anna Coleman. Não para que colocasse a empresária contra a parede, como teve certeza de que foi o que aconteceu, embora não tivesse escutado a conversa. Patty não sabia de nada do que houve entre eles, mas era muito esperta e juntou todos os pontos.

Anna olhou para Matt com os olhos brilhantes pelas lágrimas não derramadas. Pensou em sair correndo, mas temeu que o rapaz a seguisse em vez de pegar o merecido prêmio. O que chamaria muita atenção. As pessoas esperavam que ele subisse ao palco.

Matthew encurtou a distância, colocando-se diante dela.

– Está tudo bem?

Olhou para Patty, que ainda estava chocada. Voltou a encarar Anna. Ele sequer teve tempo de ficar feliz por ter ganhado.

– Vá pegar seu prêmio, Matthew – balbuciou Anna. Sorriu de um jeito forçado, fingindo que estava tudo certo. – Vá, as pessoas te aguardam. Vá!

Ela tocou os ombros dele e o empurrou de leve. Aquilo fez com que o rapaz se mexesse em direção ao palco.

Anna também não teve tempo de ficar feliz com a conquista do jovem. Ainda estava envergonhada, com raiva e, sobretudo, muito triste. As palavras de Patty adentraram em um ponto profundo de seu espírito. Foram como enfiar o dedo em uma ferida já aberta. Doía, latejava, sangrava. Teve ainda mais certeza de que precisava se afastar de Matt. Por outro lado, também constatou que nunca voltaria a ser feliz com Richard.

Era hipocrisia demais. Anna percebeu que nunca se limparia daquela sujeira. Não havia redenção.

Matthew sorria intimidado ao receber aplausos e uma chuva de flashes enquanto tentava localizar Anna no meio das pessoas.

Mas a empresária decidiu não ficar ali. Ela virou as costas, encontrou Kate no caminho e disse rapidamente:

– Se nós ganharmos, pegue o prêmio. Você merece, afinal. Preciso ir.

A funcionária fez uma careta. Não viu o tapa, mas percebeu o burburinho e ficou sem entender nada. Depois, o prêmio de Matthew roubou sua atenção.

– Algum problema, sra. Coleman?

– Resolva tudo o que der, Kate. O resto deixe para a assessoria.

– Espera... A senhora está bem?

– Não. – Foi a primeira vez que Anna não mentiu com relação ao seu estado emocional. – Não estou.

Anna saiu do evento como se fugisse dos próprios demônios, ainda que soubesse que cada um deles a acompanharia para onde quer que fosse. Chegou ao estacionamento às pressas, com os saltos enroscando no chão, até que percebeu passos atrás de si.

Imaginou que fosse aquela garota atrevida e ficou na defensiva, pronta para um novo embate. Porém, ao virar o corpo, deparou-se com Matthew.

Ele segurava o prêmio, uma pequena placa dourada. Olhou para ela com espanto. Estava ofegante porque precisou correr.

– O que aconteceu lá dentro? O que Patty te disse?

– Afaste-se, Matthew.

– Anna...

Ele deu um passo para frente. A mulher recuou.

– Só ouvi a verdade – sussurrou Anna, fraca. – Apenas a verdade.

Em vão, ela tentou engolir o bolo de ansiedade que cresceu em sua garganta.

– Não sei o que ela te disse, Anna, mas com certeza não foi a verdade.

A empresária ergueu os ombros.

– Aquela moça é bonita. Tem a sua idade. Provavelmente é desimpedida e, sem dúvida, está interessada.

Matthew ficou surpreso, tanto que tentou outra aproximação, mas não surtiu efeito. Anna continuava dando passos para longe do rapaz.

– A gente precisa parar com isso. Por favor, Matthew – disse ela.

– Eu não fiz nada. Por mais que quisesse te abraçar e te beijar a noite inteira, fiquei quieto, sequer falei contigo para não corrermos riscos. Mas você não pode mudar o fato de que sou tomado pelo desejo só ao olhar para você. Isso é impossível.

– Você contou para ela – resmungou Anna, amarga.

Matthew chacoalhou a cabeça em desespero.

– Não, não contei. Juro que não, Anna. Acredite em mim.

Ela soltou o ar dos pulmões. Aprumou a alça da bolsa dourada no ombro.

– Aproveite a sua noite. Você ganhou um prêmio importante na área do design.

Anna apontou para a placa nas mãos de Matthew. Ele olhou o objeto com a plena certeza de que o trocaria, sem pensar duas vezes, pela chance de beijar Anna mais uma vez.

– Parabéns. Eu sabia que você venceria.

– Não me sinto vencedor agora – murmurou ele, a voz entristecida.

– Matthew...

Os olhos azuis encontraram os verdes no meio do estacionamento. Anna percebeu cada reação que seu corpo teimava em sentir. O brilho refletido da Lua foi testemunha do que ambos queriam e tentavam evitar.

– Uma noite de verdade – prosseguiu o rapaz aos sussurros. Tomou coragem para soltar a sugestão. Cansou-se de apenas desejar e admirar Anna de longe. – Sem pressa... Com você toda nua, em um local privado e seguro. Sem fugas quando terminar.

– Matthew – ofegou Anna.

– É o que eu mais quero. Avise quando estiver pronta... E não deixe que ninguém fale nada por mim. Já disse uma vez e repito: é você quem desejo. Só você, Anna.

Ela não ousou responder.

Matthew Smith percebeu que estava mais perto de ser mandado embora do que de ter aquele convite aceito, por isso deu alguns passos para trás, sem desconectar o olhar por sobre o rosto sofrido da empresária. Em seguida se virou e caminhou de volta para a premiação. Teve que contornar um punhado de jornalistas na corrida ao estacionamento, e sabia que não se livraria deles agora. Também precisava conversar com Patty.

Aos olhos de Anna Coleman, Matthew não possuía o tipo de vulnerabilidade mencionada pela colega de trabalho. Não sabia como havia sido o passado do rapaz, e imaginou o quanto foi difícil, mas, na frente dela, ao menos quando se tratava de tê-la, ele parecia muito firme e decidido. Ciente dos riscos.

Ela não sentia como se estivesse se aproveitando dele, porém as palavras de Patty ainda machucavam, porque Anna tinha certeza de que deveria estar com mais vergonha. Na verdade, ela não sabia se era possível sofrer além daquilo. Se pudesse, sofreria, porque compreendia que era merecedora.

Aquela ausência de defesas, de qualquer justificativa que aliviasse tanta culpa, fez com que dirigisse até a sua casa envolta no desespero. Chegou arrasada, e a primeira coisa que fez foi retirar o colar presenteado por Richard. Ela já tinha pensado em fazer isso, e as palavras de Patty reiteraram o peso que carregava o tempo todo. Tornou-se insuportável para Anna continuar usando a joia, mais do que a própria aliança em seu dedo.

Também pensou em removê-la, mas, para isso, teria que nutrir uma certeza que não conseguia encontrar. Deitou-se na cama e olhou para o teto. Passou um tempo incalculável inerte, até que a lâmpada se acendeu, e Anna levou um susto. Richard surgiu no quarto, segurando a pequena mala de viagens. Olhou para Anna como se estivesse tão espantado quanto ela.

A verdade é que o homem tinha acompanhado o tesão de Anna atingir picos repentinos ao longo da noite, até evoluir muito. Achou que ela fosse traí-lo outra vez, mas nada que o nanochip pudesse monitorar aconteceu. Viu pelo GPS quando ela seguiu para casa e, para ser sincero, imaginou que estivesse acompanhada do amante.

Foi então que decidiu voltar. A raiva o fez nutrir uma vontade avassaladora de pegar os dois no flagra. Porém, encontrou Anna sozinha, deitada, com o rosto inchado de tanto chorar e, de repente, seu ódio se esvaiu.

Encarar a esposa depois daquela semana de merda fez Richard entender que só queria estar nos braços dela, e mais nada.

– Richard... Você... Voltou?

Anna ainda achava que via um fantasma. Não havia nenhuma mensagem em seu celular, ela tinha checado. Não imaginava que o esposo fosse chegar na calada da noite.

Ele engoliu em seco. Caminhou até ela, deixando a mala no meio do caminho, e se sentou à beira da cama. Analisou-a da cabeça aos pés. Anna parecia péssima, embora ainda estivesse maquiada e penteada.

– Senti tanta saudade, amor – admitiu o homem, sem parar de avaliar cada contorno do corpo dela. Era cruel saber que outro a tinha tocado. Horrível perceber o assombro em seu semblante.

– Eu também, Richard – choramingou Anna, que notou a verdade em suas próprias palavras.

O homem diante dela ainda significava lar, por isso não conseguiu controlar a emoção. Sentia pavor só de vê-lo, mas também pôde suspirar aliviada. Se um milagre acontecesse, voltariam ao normal.

– Eu também senti muito a sua falta – arrematou ela.

O homem constatou que aqueles olhos verdes entristecidos estavam sendo sinceros. Foi tudo de que precisou para seguir em frente. Tentou esquecer o que sofreu nos últimos dias. Aquietou o monstro raivoso. Puxou Anna para si e beijou-a loucamente, já tirando as roupas da mulher com uma pressa soberana. O beijo teve gosto de saudade e de retorno ao lar.

Anna também sentiu toda a nostalgia de ter um cheiro que lhe era reconhecível tão de perto. Tentou não pensar em Matthew. Nem nos seus erros. Na culpa paralisante. Deixou que Richard beijasse a sua pele, que a chupasse até arrancar um orgasmo intenso, que a satisfizesse corporalmente. Percebeu que, sim, ainda sentia desejo pelo marido, e poderia continuar com aquilo. Fingir que nada aconteceu, talvez. Calar todas as vozes gritando em seus ouvidos.

Anna permitiu que Richard a penetrasse com força, invadindo-a com seu membro enorme. Ela gemeu alto, estranhando a diferença.

O homem sussurrou:

– Este é o melhor lugar do mundo.

Assim que as palavras saíram de sua boca, Richard se odiou por dentro. Não suportava a ideia de que outro homem havia ocupado o que era dele. Rosnou, selvagem, e continuou metendo forte.

Anna apenas gemia. Estava entregue e disposta a dar uma chance para si mesma. Ainda assim, não deixou de se sentir desconfortável com a frase de Richard. Palavras que sempre a emocionaram, daquela vez deixaram-na apavorada.

– Você é minha, Anna... – balbuciou Richard, tomado pelo tesão, embalado pela raiva, impulsionado pelos ciúmes e por um misto de emoções que o enlouqueciam.

Metia na boceta de sua esposa com tanta força que provocava um barulho enorme.

– Você é só minha... Toda minha. Ouviu? Essa boceta é *minha*!

Segurou-a pelo queixo. Prendeu os lábios dela entre os seus dedos e a encarou com certa raiva.

– Diga que me pertence. Fale que você é a minha putinha, Anna.

Ela gaguejou. Foi embalada pela quentura que tomava seu ventre com a cadência de Richard. Sentiu que estava muito perto de gozar.

– Eu sou sua... – ofegou, engasgada pela pegada bruta, e foi naquele instante que um pensamento miserável a acometeu.

Anna pensou em Matthew Smith.

Depois de tamanha tragédia, o seu tesão foi completamente embora. A mulher brochou, mas Richard não percebeu porque estava cego pelo ódio.

Fodeu a esposa em todas as posições que desejou, durante o tempo que bem quis, e só parou quando a preencheu com seu gozo intenso, engrossado pelos dias que passou sem um alívio. Mesmo após o fim, Richard não se sentiu satisfeito.

O casal terminou a noite de sexo ardente encarando o teto, respirando alto e sem fazer ideia de como prosseguiriam. Para ambos, pareceu tarefa impraticável.

20

Fazia algumas noites que Anna caía em um sono desmaiado pelo consumo de remédios e não foi diferente daquela vez, por isso não percebeu a agitação do marido bem ao seu lado.

Richard reparou na corrente com pingente de coração sobre a mesa de cabeceira. Seu corpo ardeu de raiva por Anna tê-la removido. Conferiu a aliança no dedo da esposa e suspirou aliviado ao perceber que a mulher ainda a usava. Ele não sabia o que faria se Anna pedisse o divórcio.

Os cestos de lixo da casa foram revirados pelo homem desconfiado, em busca de provas, indícios, qualquer coisa que sugerisse a presença do amante no imóvel, afinal Richard tinha demorado um pouco a chegar. Mas não encontrou nada relevante.

Se fosse há alguns dias, teria achado o teste de gravidez com o resultado negativo e a embalagem da pílula do dia seguinte que Anna consumiu, porém as funcionárias da mansão removiam o lixo diariamente.

Ele teve a ideia de verificar mensagens e ligações no celular de Anna. O choque tomou conta de seu corpo, trazendo mais uma onda de ira, ao constatar que a senha havia sido trocada. Não era a mesma de sempre, à qual ele tinha acesso.

Anna a trocou por puro medo; não sabia se Matthew ligaria ou enviaria mensagens, o que podia acontecer a qualquer momento, já que o rapaz conseguiu seu contato, e ela não podia correr o risco de ser descoberta por Richard daquele jeito absurdo. Decidiu que pensaria no que fazer depois. Até porque o esposo não costumava invadir a privacidade dela, nem o contrário.

A situação de Richard piorou quando ele decidiu avaliar por meio do aplicativo a noite que acabaram de ter. Ficou assustado ao constatar que houve apenas dois indícios de orgasmos por parte dela, todos durante o sexo oral. Depois, o nível de tesão da esposa desceu de 8 para 4,5. Permaneceu baixo durante quase toda a noite, enquanto o tesão dele próprio havia chegado perto do nível 9.

Richard teve certeza de que Anna fingiu alguns orgasmos. Sentiu tanta raiva que passou um longo tempo observando a mulher dormindo, parecendo calma. Quase como se fosse um anjo inocente. Imaginou suas mãos empurrando um travesseiro sobre aquele rosto bonito e, de repente, espantou-se. Os pensamentos alarmantes estavam retornando. Richard teve certeza de que não poderia voltar para casa em definitivo, não enquanto sentisse aquele ódio.

Continuaria seguindo os planos que sua mente mancomunava, justificativas para maquiar o fato de que estava descontrolado, intimamente se afastando da verdade a todo custo. Ao mesmo tempo que queria saber como Anna funcionava, por que o traía, não buscava as informações primordiais.

Com quem? Desde quando? Seria capaz de perdoá-la?

Um bilhete foi deixado entre o celular de Anna e o colar de ouro. O marido achou toda a ironia contida em seu gesto muito engraçada. Não teve coragem sequer de acordá-la ou arranjar uma desculpa melhor; apenas avisou que precisaria voltar para Detroit e que só tinha feito aquela viagem rápida porque havia sentido saudades.

Renovou as roupas dentro da pequena mala e pegou um táxi até o local onde havia estacionado o carro alugado, já que continuaria fingindo estar em um lugar totalmente diferente do que o avisado para a mulher. Ela desconfiaria e faria muitas perguntas caso Richard levasse o próprio veículo.

Desde sexta-feira o empresário havia deixado o hotel em Fort Lauderdale e alugado uma casa esplêndida em Naples, no sudoeste da Flórida, a aproximadamente duas horas de viagem seguindo pela Everglades

Parkway. Na noite anterior, fez aquele percurso em bem menos tempo do que o recomendado.

Não era uma construção qualquer. Tratava-se de uma mansão com o triplo do tamanho e da formosura que a residência atual dele e de Anna. A área de lazer contava com um amplo deck, cozinha ao ar livre, cabana privativa e uma piscina aquecida que iniciava dentro de uma das salas e terminava com borda infinita, de frente para o mar.

O projeto arquitetônico inspirado na Grécia Antiga possuía dois andares, oito suítes e palmeiras compridas ao longo do terreno. Não havia sido uma escolha aleatória; Richard já procurava um lugar onde a família que tentavam construir descansasse. Sabia que passariam algum tempo sem fazer longas viagens, por causa das crianças. A opção ideal era um refúgio de férias, onde também pudesse receber familiares e amigos. A casa estava à venda fazia um tempo, mas o proprietário aceitou alugar para Richard por um período curto. O suficiente para os seus planos.

Já era de manhã quando o empresário adentrou a imponente mansão em Naples. Ouviu uma movimentação na sala de jantar e imaginou que os funcionários estivessem trabalhando. O proprietário manteve a equipe de serviços durante o aluguel, o que era comum na região. No entanto, Richard encontrou Harvey sozinho diante de uma mesa farta com o café da manhã. Em silêncio, bebericava na sua xícara.

– Vejo que já está bem instalado, Campbell – disse Richard, e também se sentou à mesa, já enchendo uma xícara com café fresquinho.

O pesquisador aceitou fazer daquele local uma segunda moradia. Sinceramente, estava aproveitando cada segundo de um ambiente que só tinha visto em filmes.

– Como passou a noite? – perguntou o empresário.

– Muito bem. A cama é tão confortável quanto jamais imaginei que pudesse ser. Nunca deitei em lençóis que parecem abraçar o corpo. Dormi feito uma lagarta no casulo.

Richard soltou uma risada.

– Vai se acostumar com os luxos.

– Imagino que seja bastante fácil. – Harvey sorriu.

Embora preocupado, o pesquisador esquecia-se rapidamente das partes chatas de sua presença naquela mansão. A parte em que ele arriscava perder o seu emprego para seguir um homem traído.

– Os selecionados chegarão em poucas horas. Alguma notícia do casal francês?

Richard assentiu.

– Vão desembarcar no Aeroporto de Naples nesta tarde. Hoje deixaremos os nossos visitantes relaxarem, aproveitarem as dependências da casa... Amanhã o jogo começa de verdade. – Fez uma expressão maliciosa.

Harvey ficou em silêncio, até perceber que Richard estava com a mesma roupa da noite anterior. Apesar de ter se preocupado em refazer as malas, o empresário saiu tão apressado que não trocou as vestes nem tomou um banho. O cheiro de Anna ainda estava impregnado nele e, no fundo, não quis se livrar disso.

– Onde esteve?

– Comprando suprimentos.

Harvey continuou analisando Richard. Sabia que era mentira, porque eles passaram o fim de semana providenciando tudo.

– Tudo bem... Você me pegou. Fui ver Anna. Achei que estivesse com o amante. – O empresário notou que não adiantaria desconversar.

– E não estava?

– Não. – Richard forçou o café a passar pela garganta. – Fizemos amor, ou melhor, eu a fodi com raiva. Depois resolvi voltar. Estar na presença dela é martirizante. Sem contar que Anna não parece ter gostado do nosso sexo.

Harvey permaneceu com o semblante indiferente. Decidiu que se atingiria o mínimo possível com a situação do milionário. Richard era uma bomba-relógio, o sr. Campbell sabia. Só estava esperando o momento em que o homem explodisse, e contava que fosse depois de receber sua prometida fortuna. Não se importava com o restante.

– Os níveis de tesão dela ficaram baixos?

– Sim, em metade da noite. O amante deve ser melhor na cama. Ele faz minha mulher gozar só com penetração e ter múltiplos orgasmos.

Ao dizer isso, Richard soou despretensioso, quase como se estivesse conformado. Mas não estava. Seu interior rugia. Apenas contava aqueles detalhes a Harvey porque se deu conta de que ajudava a não enlouquecer. Guardar a raiva doía mais do que a humilhação de admitir que estava sendo traído.

– Vamos ver se esse casal de franceses sabe do que fala. Estou ansioso pela chegada deles.

– Espero que não sejam charlatões.

Richard negou com a cabeça. Achava improvável. Havia encontrado Pierre e Crystal Leroy em suas pesquisas na internet. O casal de sexólogos fazia palestras e eventos ao redor do mundo, voltados para a descoberta do prazer e da sexualidade. Eram conhecidos como *gurus do sexo*. Possuíam milhares de seguidores em suas redes sociais, eram famosos, portanto o empresário não nutria o receio de Harvey.

Tirá-los da França não foi uma tarefa tão complicada. Richard Coleman havia oferecido alguns milhares de dólares para a presença exclusiva deles em sua mansão durante três dias. O combinado era que dessem aulas de sexo para um público restrito. Nada que estivesse longe do costume de Pierre e Crystal.

– Vamos descobrir, mas eu não me preocuparia. – Richard limpou a garganta e repousou a xícara sobre o pires de porcelana. – O máximo que pode acontecer é sairmos daqui sem as respostas que queremos.

As respostas que você *quer*, pensou Harvey.

O bioengenheiro estava presente pela esplêndida moradia, pela comida saborosa, pelo dinheiro e porque de fato tinha curiosidade sobre os participantes e queria ver como se comportariam diante da loucura de Richard. Não se interessava tanto pelas respostas, até porque não poderia usá-las de maneira científica, já que aquele procedimento era totalmente antiético.

Os participantes foram chegando aos poucos. Richard e Harvey selecionaram cinco casais que já estavam utilizando o nanochip. Contaram apenas que seriam alguns dias de palestras sobre sexo, o que não era mentira, com todas as despesas pagas. Ninguém negou a oferta e, aparentemente, não estranharam o chamado, nem mesmo quando foram obrigados a assinar um acordo de confidencialidade. Eles não podiam sequer mencionar a pesquisa durante a estada.

Dr. Hans já tinha avisado que uma entrevista ou um treinamento poderia ser realizado, mas, evidentemente, ninguém contava que seria algo daquela espécie. Menos ainda o amigo cientista de Richard, já que Oliver não sabia de nada do que estava acontecendo em Naples.

Sendo assim, Richard e Harvey realizaram uma seleção rápida; escolheram pessoas casadas há no mínimo sete anos, na faixa etária entre os trinta e os quarenta, que moravam na Flórida e que fossem muito bonitas. Aquela parte Richard achava fundamental. Não queria que o problema fosse a beleza, por isso obrigou o sr. Campbell a repassar as fichas de cadastro da amostragem.

Os convidados foram recebidos com um buffet de petiscos finos e champanhe, patrocinado por Richard e servidos pelos funcionários da mansão. A cada casal que chegava, o empresário ficava mais satisfeito. Eram muito bonitos ao vivo. Estavam sorridentes e felizes ao adentrar um lugar como aquele, e ficavam ainda mais ao se depararem com a recepção calorosa.

Alguns fizeram perguntas sobre a natureza do encontro, pois ficaram desconfiados. Um homem questionou se precisariam ficar nus na frente dos outros, fato que fez Harvey gargalhar e dizer para que se tranquilizasse. Cada casal ficou instalado em uma suíte diferente, com todas as pompas necessárias.

Richard se encontrou com Harvey no escritório, quando todos estavam se arrumando para o jantar, que prometia ser mais especial que a recepção de acolhimento.

– Os franceses estão chegando – disse o empresário, empolgado. Seu sorriso fora instalado de orelha a orelha. – O que achou dos selecionados? Estou ansioso.

– Parecem modelos de revista. – Harvey sorriu de volta.

– Tem certeza de que todos os homens são bem-dotados?

O cientista soltou um riso sarcástico.

– Combinamos de não escolher nenhum com menos de quinze centímetros. – Harvey apontou para o notebook, aparelho que sempre levava consigo. De Naples, continuava monitorando a equipe de Fort Lauderdale. – Consegui fazer esse filtro pelo tamanho da abertura vaginal em suas esposas durante o sexo.

– Acho que eles gostaram uns dos outros. Aquele cara até pensou em um swing.

– Na verdade, achei que estivesse temeroso em ficar nu.

– Que nada. Reparei que estava ansioso. No fundo, é o que ele quer. Um ótimo candidato para o nosso estudo, não acha?

Harvey deu de ombros. Não concordava com aquela parte. Achava que não sobraria ninguém para que Richard pudesse analisar, mas, por outro lado, sabia que as pessoas agiam menos como elas mesmas quando a questão era dinheiro.

– Vamos ver.

O celular de Richard apitou, e ele sorriu.

– Os franceses acabaram de chegar. Continue monitorando os nanochips. Se alguém transar, quero saber.

Richard desceu as escadarias de mármore e encontrou o casal já no amplo átrio de entrada da mansão. Estavam estupefatos com o tamanho da residência. Ambos tinham um jeito despojado e, ao mesmo tempo, sexy. Richard analisou os semblantes rapidamente e constatou que eles pareciam de fato transar muito e serem felizes.

– Boa noite, queridos convidados! – Abriu os braços em recepção, mas não chegou a abraçá-los. Aproximou-se e transformou o gesto em um cumprimento com as duas mãos. O casal sorria. – Sou Richard Coleman. Podem me chamar só de Richard.

– Que prazer, Richard. – O sotaque de Pierre Leroy era engraçado.

– A sua casa é *fantastique*!

Crystal parecia bem mais nova que Pierre. Tinha um sorriso angelical e cabelos escuros cacheados. A pele era morena com um suave tom dourado. Os olhos castanhos brilhavam com uma intensidade fascinante.

– Muito obrigado. Sejam bem-vindos. Espero que tenham uma ótima estada!

Um funcionário se aproximou para ajudar com a bagagem do casal.

– O restante do pessoal está se organizando para o nosso primeiro jantar – retomou Richard. – Será uma noite especial. Hoje vamos nos estabelecer na casa e amanhã falamos sobre as palestras. Tudo bem?

– Perfeito! Que maravilha, estamos ansiosos.

Pierre era um homem alto e esguio. Richard não o considerou tão atraente, mas ele de fato possuía um charme francês.

– E gratos pelo convite, também – completou o estrangeiro.

Crystal e Pierre deixaram tudo de lado na França quando Richard transferiu o montante para a conta deles.

– Também estou grato e ansioso para ouvi-los.

E era verdade. Richard queria saber onde estava falhando no quesito sexo. Aprenderia com os melhores do mundo no assunto, já que, pelo visto, aquele era o problema de seu casamento.

* * *

A noite ocorreu de modo muito agradável: comida saborosa, música amena que ressoava nos alto-falantes, bebidas caras, conversas iniciais de pessoas dispostas a se conhecerem. O grupo se integrou facilmente, sobretudo quando o teor alcoólico aumentou. Desconhecidos conversaram banalidades em uma área externa iluminada, que ganhava um clima sexy com a ausência do sol.

Pierre e Crystal se apresentaram a cada uma das pessoas. Sempre faziam isso porque sabiam que suas palestras podiam trazer certo choque em um primeiro momento. Era uma maneira de buscar confiança e intimidade com quem os assistia. Deixava os espectadores mais relaxados. Se a proposta não ficasse evidente, podiam ser mal interpretados.

Foi por isso que todos os participantes estavam ansiosos na manhã seguinte, quando teriam a primeira aula dos gurus do sexo. Após um café da manhã vasto e tão bem servido quanto o jantar, o grupo se acomodou em cadeiras enfileiradas em um dos salões da mansão. Havia um espaço específico para eventos como aquele, inclusive com sistema de retroprojetores, microfones e áudio.

Richard não se aguentava de ansiedade. Sentou-se atrás de todo mundo porque queria avaliar as reações das pessoas, mas se mantinha atento aos franceses se organizando para iniciar.

Quem tomou a frente foi Crystal Leroy.

– Costumamos iniciar a nossa apresentação com algumas questões polêmicas... – disse ela, sorrindo. Seu sotaque era agradável por causa da voz doce, quase infantil. – Quem de vocês sabia que o clitóris tem mais de oito mil terminações nervosas?

Quatro mulheres levantaram as mãos. Richard ficou embasbacado com o resultado, porque nenhum homem se mexeu. Ele sabia daquela informação há muito tempo, porém a timidez fez com que não reagisse. Perguntou-se se era o caso dos maridos no recinto, já que a pergunta foi feita repentinamente.

– E quem sabia que apenas um quarto do clitóris é visível a olho nu?

Apenas três das quatro mulheres levantaram a mão.

– Deve ser por isso que os homens não o encontram – falou uma mulher, e o grupo riu com suavidade.

Richard achou que a situação era pior do que imaginava.

A palestrante intensificou o sorriso, como se já soubesse o quanto as pessoas eram ignorantes. De fato, já estava acostumada. Elas não conheciam o funcionamento do próprio corpo. Muitas das mulheres que cruzaram o seu caminho sequer se tocavam.

– Vocês sabiam que duas entre três mulheres que têm relações heterossexuais precisam do estímulo clitoriano para ter um orgasmo durante a relação? – Todos ficaram em silêncio por alguns segundos, depois houve um burburinho seguido de mais risos. – E que os estudos apontam que cerca de 70% das mulheres nunca atingiram o orgasmo com seus parceiros?

Os maridos e as esposas se entreolharam. Crystal prosseguiu:

– Dentro do grupo que consegue atingir o orgasmo durante as relações sexuais, as mulheres alegam que só chegaram lá em 65% das vezes que transaram, enquanto a porcentagem masculina é de 95%. Por que vocês acham que isso acontece?

Alguns deram de ombros. Uma mulher ergueu o dedo e disse:

– Porque os homens costumam se preocupar apenas consigo mesmos.

Richard olhou a expressão do marido daquela mulher, que não foi tão boa. Estava explicado por que aquele casal tinha um nível de tesão abaixo da média.

– Alguém tem mais algum palpite?

Enfim um homem ergueu a mão. Richard prestou atenção nele. Foi o mesmo que perguntou a respeito da possibilidade de ficar nu na frente dos outros.

– É uma questão cultural, eu acho. Mulheres foram criadas com a ideia de que fazer sexo é errado. Ainda é um tabu para elas. Homens sempre foram mais sexualmente livres ao longo da história.

Crystal Leroy sorriu para o sujeito.

– É verdade. Vocês sabiam que cerca de três milhões de garotas ao redor do mundo foram mutiladas, ou seja, tiveram o clitóris removido para evitar que sintam prazer? – O silêncio se fez na sala. Aquela informação nem Richard sabia, mas era realmente muito triste. – O clitóris é o único órgão do corpo humano que serve apenas para isto: gozar. É exclusivamente para oferecer prazer, e, como por vários anos as mulheres tiveram sua sexualidade negada, interrompida e abominada, moldada por questões religiosas e sociais, ainda é um assunto muito difícil. São poucas as pesquisas realizadas a respeito do prazer feminino, e é por isso que sempre começamos nossas palestras com ele: o clitóris.

Crystal tirou de dentro de uma bolsa a armação com o formato ampliado da estrutura do clitóris. Era uma versão realística, feita de um material resistente, que conseguia reproduzir as texturas e até mesmo o cheiro.

– Este aqui é o nosso amiguinho.

Risadas se espalharam pelo ambiente. A plateia olhava com curiosidade para o objeto nas mãos da sexóloga.

– É impressionante dizer isso, mas pouco mais da metade das mulheres no mundo não se masturba. Vinte por cento delas nunca se masturbaram na vida. Quem aqui se masturba?

Depois de um segundo sem que ninguém reagisse, todos os homens ergueram as mãos. As mulheres ficaram reticentes, mas também levantaram. Richard assentiu, sozinho. Era positivo o fato de todos os presentes manterem aquela prática.

– Meus parabéns, continuem assim! – elogiou Pierre, e mais risadas escaparam.

Crystal também riu, porém logo emendou, voltando à seriedade:

– As informações dadas pelas pesquisas atuais são preocupantes, porque o orgasmo é uma questão de saúde. Durante o orgasmo, são liberados hormônios como a oxitocina, a dopamina e endorfinas, que aumentam a sensação de bem-estar, melhoram a qualidade do sono, aliviam dores, inclusive as menstruais e dores crônicas, diminuem o estresse e melhoram o humor. Tanto psicológica quanto biologicamente falando, o orgasmo é uma fonte de saúde.

– E, sim, estamos aqui para ensiná-los a gozar e fazer seus parceiros gozarem – adiantou-se Pierre, sorridente.

– É verdade. – Crystal voltou a mostrar a estrutura clitoriana. – O clitóris tem a mesma formação do pênis, como vocês podem ver, por isso são considerados órgãos homólogos, ou seja, possuem a mesma origem embrionária. – Ela adorou ver os rostos curiosos diante de si. – Contudo, enquanto o pênis está quase todo para fora, a maior parte da estrutura do clitóris não pode ser vista.

– Inclusive, por muito tempo se acreditou que a mulher não era capaz de gozar, que o orgasmo feminino era um mito – completou Pierre, com seu sotaque bastante carregado. – Até hoje há quem acredite nisso, pois como poderia existir um órgão que não tivesse utilidade reprodutiva? No entanto, já foi comprovado cientificamente que o orgasmo feminino também é importante para a recepção e o acolhimento dos espermatozoides. A contração do útero durante o orgasmo ajuda a transportar o esperma, aumentando em até 15% as chances de gravidez. Não que a gente esteja tão interessado nisso.

Ele riu, acompanhado por Crystal e alguns participantes, e continuou:

– Vamos focar o prazer. E se existe um órgão com esse nível de complexidade que serve "apenas" para gozar, significa que, sim, mulheres *precisam* e *devem* gozar.

– Exatamente! – Crystal segurava o objeto realístico com veemência. – Comumente visualizamos apenas a glande do clitóris, que é essa estrutura que pode variar de tamanho e cor, de mulher para mulher, e geralmente está protegida por uma espécie de "capa". Quando está excitada, a glande pode dobrar de tamanho. O clitóris se abre em duas abas, que ficam em cada um dos dois lados internos do canal vaginal. Chamamos essa estrutura de bulbo esponjoso ou bulbos de corpo esponjoso.

– Há alguns teóricos que afirmam que a estrutura que chamamos de Ponto G é parte do corpo esponjoso, que fica dentro do canal vaginal – disse Pierre, e apontou para aquele ponto específico. – Mas o Ponto G ainda é bem polêmico, vamos chegar lá. Há quem acredite que se trata de um ponto único no prazer feminino. E outros dizem que a mulher tem muitos outros pontos erógenos, que não se deve ater apenas a ele. É no que Crystal e eu acreditamos. O Ponto G pode ser estimulado e trazer orgasmos maravilhosos, mas não é o único modo de proporcionar o orgasmo na mulher. Como a minha esposa bem falou, existem outros tipos. Aqui vamos falar de seis: orgasmo clitoriano, vaginal, anal e mamário, e os Pontos G e U.

Pierre virou o corpo e apontou para as imagens no retroprojetor. Havia descrito cada um dos tipos de orgasmo feminino, de uma maneira bastante didática.

– O ideal é experimentar. Saber como fica mais gostoso, como fica mais intenso. – Crystal não teve qualquer vergonha em admitir: – Pessoalmente, gosto de um estímulo duplo no Ponto G e no clitóris.

Ela olhou para o marido com uma expressão maliciosa. Pierre acenou devagar, e Crystal confirmou. Era o sinal que trocavam sempre que estavam prontos para o próximo passo naquela palestra incomum.

– A nossa proposta é diferenciada – iniciou Pierre, depois de limpar a garganta. – É normal vermos pessoas explicando sobre sexo, detalhando com imagens desenhadas e até usando frutas como exemplo, mas pouco se sabe ou se conhece da prática.

– Às vezes, tudo fica muito subentendido, o que ajuda a espalhar desinformação – disse Crystal, séria; nem parecia que faria algo que deixaria todos chocados. – Acreditamos que nem sempre os vídeos e filmes pornográficos trazem a didática correta. Por isso, trazemos para vocês uma vivência real, ao vivo e elucidativa.

Pierre se virou para as pessoas.

– Neste momento, pedimos para que vocês não usem seus celulares para gravar ou tirar fotos. Combinado?

Todos ficaram em silêncio, e Richard estava bem curioso. Até aquele momento, não tinha recebido muitas informações diferentes das que já sabia, mas, pelo visto, o casal faria algo a mais.

E, de fato, aconteceu. Pierre abriu uma toalha grande por sobre a larga mesa de madeira. Crystal, sem aparentar qualquer indício de timidez, removeu o laço de seu vestido envelopado. O tecido escorreu com facilidade. Ela estava completamente nua na frente das pessoas, já que não usava calcinha ou sutiã por baixo.

O silêncio foi tão grande que deu para ouvir o barulho das ondas do mar, ainda que estivessem em uma parte mais interna da residência. Parecia que todos os presentes haviam interrompido a respiração.

A palestrante de curvas perfeitas, e bem reais, sentou-se sobre a mesa sem hesitar. Sequer ficou corada ao simplesmente abrir as pernas na frente de todo mundo, mostrando uma vagina totalmente depilada, com pequenos lábios sobressalentes.

Crystal acompanhou a expressão de espanto das pessoas com certa satisfação. Ela gostava daquela parte. Adorava ser vista, e sabia que seu marido amava também. Juntavam o útil ao agradável. Enquanto levavam ao mundo inteiro informações relevantes sobre o prazer, ofereciam um ao outro a chance de vivenciarem aquele fetiche.

Apesar de ninguém ter dito sequer uma palavra, todos compreenderam que seria um dia muito, mas muito interessante.

21

Metade do grupo já estava excitada apenas em ver Crystal nua e com as pernas abertas em cima da mesa.

Richard fizera questão de abrir o aplicativo para avaliar todos simultaneamente, mas aquela versão não era tão completa quanto o sistema no notebook de Harvey. Ele olhou para o cientista, que parecia espantado com a palestra. Pensou em solicitar que o bioengenheiro trouxesse seu computador, mas isso o faria perder a experiência do evento. Então decidiu que depois faria aquela análise com tudo o que fosse registrado ao longo do dia. Era melhor não perder nenhuma informação dada por Pierre e Crystal.

O francês se aproximou da mulher exposta.

– Como a minha esposa mencionou, aqui podemos ver o nosso querido clitóris, ou ao menos a glande. – Apontou diretamente para o órgão da esposa. – Mas nem todos ficam assim, visíveis. Às vezes, é necessário afastar a capa...

Pierre tocou a pequena pele que emoldurava o clitóris, ergueu-a mais e disse:

– As bocetas têm formatos, cores e texturas diferentes. Não se espante com mulheres que possuem os lábios vaginais protuberantes, isso é absolutamente normal.

Crystal prendeu os lábios. Já estava concentrada na voz e no toque de Pierre. Apesar de ciente da plateia, fator que trazia uma espécie de vergonha que, para ela, culminava em prazer, mantinha-se focada nos estímulos do marido.

No entanto, Pierre se afastou. Apertou o botão de uma caixinha de som e a colocou ao lado de Crystal sobre a mesa. Tocava uma música sensual em volume ameno, para não atrapalhar a palestra e, ao mesmo tempo, deixar a esposa relaxada.

– Vamos explorar os tipos de orgasmos femininos e as melhores maneiras de alcançá-los na prática – explicou ele. – Vale salientar que cada pessoa é única. O que funciona na minha esposa pode não funcionar na sua. Levamos como base os estudos existentes para organizar alguns padrões que são comuns à maioria, no entanto é recomendado que a parceira se conheça, que haja diálogo entre o casal, e experiências para saber exatamente o que dá mais certo.

– A música pode servir como um estímulo a mais – falou Crystal, com o timbre aveludado.

Seu tesão ficou visível a todos. A excitação de quem assistia aumentava gradativamente. Richard não esperava pela ereção que avolumou sua calça jeans.

– Cheiros, toques, beijos... Invista em boas preliminares – disse Crystal.

Pierre sorriu e se aproximou por trás da mulher. Tocou o pescoço da esposa e deslizou os longos dedos pelos ombros dela. Demorou-se um pouco naquela pequena massagem, enquanto Crystal fechava os olhos, deixando-se levar totalmente.

Todos continuaram mudos. Uma participante ofegou e apertou as coxas uma contra a outra. O esposo percebeu a excitação da mulher.

– O primeiro tipo de orgasmo que vamos mostrar não é tão comum. Muitas mulheres não o alcançam, mas boa parte delas acha prazeroso: o estímulo nos mamilos. – Pierre abaixou as mãos e tomou para si ambos os seios da esposa. Apertou-os e os massageou, enquanto Crystal ofegava. – Movimentos circulares são bem-vindos.

Pierre repetiu com gestos. Sabia perfeitamente como manusear o corpo da mulher. Em seguida, apertou os bicos e os puxou até arrebitá-los.

– Algumas mulheres gostam que seja forte. O ponto mais sensível são os bicos, mas ouse tocar em cada parte. Tome cuidado porque umas são mais sensíveis que outras. Também recomendo usar a boca, a língua e o próprio pênis para "brincar" com os seios.

– Por favor, só morda se for devagar... Ou se a sua parceira pedir – disse Crystal, ofegando, e alguns risos envergonhados ressoaram no recinto. – Eu gosto quando o meu marido abocanha tudo... E depois suga com força. Ele vai demonstrar.

Pierre já estava tão acostumado que sabia como deixar o corpo de Crystal na posição certa para que as pessoas pudessem ver na totalidade. O palestrante se esgueirou e repetiu o que a mulher disse; enfiou boa parte do seio dela na boca e deu uma chupada ruidosa, capaz de fazer o bico alongar. Crystal gemeu ao final.

– Geralmente, eu repito desta forma e vou mesclando com a língua.

Pierre se curvou novamente e fez movimentos circulares com a língua ao redor do mamilo de Crystal. Em seguida, chupou-o.

Os espectadores ficaram ainda mais emudecidos. Parecia que evitavam respirar porque, se o fizessem, ofegariam de desejo. Os mais recatados se encolheram, mas não houve uma só mulher que não quisesse ser Crystal naquele instante.

– Eu não atinjo o orgasmo mamário – prosseguiu a sexóloga, quase gemendo, enquanto Pierre continuava demonstrando o modo como chupava os seios da esposa. – Ao menos nunca aconteceu até então. Mas sinto muito tesão, é uma ótima preliminar. Recomendo que faça com calma, sem pressa. Os homens erram muito porque querem chegar logo na hora de foder, porém garanto que haverá mais benefícios se as preliminares forem lentas.

Pierre voltou a se endireitar.

– É mais intimidade, cumplicidade... Traz mais intensidade ao sexo – disse ele, e continuou massageando o par de seios de Crystal; enroscava os dedos nos mamilos, atiçando-os, depois o agarrava todo. – Há quem sinta prazer em outras partes do corpo e quem goze só com um estímulo. A dica é: descubram-se.

– E já estou pronta para o próximo passo! – riu Crystal, e a plateia acompanhou-a.

Richard estava com a tez meio avermelhada pelo desconcerto, porém não conseguia desviar os olhos do corpo nu da palestrante. Percebeu que já fazia com Anna o mesmo que Pierre ensinava, então riscou da sua lista os estímulos mamários. Naquele quesito, ele se dava muito bem, com toda paciência possível.

Pierre voltou a se colocar por trás de Crystal. As mãos desceram devagar, atravessaram a barriga sarada, o umbigo redondinho e, em vez de alcançarem a boceta, desviaram-se e agarraram as coxas.

– Toque na sua mulher – disse Crystal, em um tom meio cambaleante. – A região ao redor do órgão sexual é interessante de ser estimulada, antes de tudo. Provoca a sensação de antecipação. Por isso, meu marido toca as minhas pernas, a parte interna das coxas, o meu ventre...

Pierre foi repetindo em gestos conforme Crystal falava.

– Não precisa ir direto ao ponto. É uma maneira de "acordar" o corpo antes de seguir em frente. Sabem por que as mulheres demoram a gozar mais do que os homens?

Todos ficaram em silêncio. Foi Pierre quem respondeu:

– Biologicamente falando, os homens necessitam de apenas dez mililitros de sangue injetados no pênis para que um orgasmo seja possível. As mulheres, em seu clitóris, precisam de duzentos.

Crystal sorriu. Pierre continuou a massageando ao redor da vagina.

– É por isso que, quanto mais for atiçada antes do ato em si, mais rápido a mulher terá a quantidade de sangue necessária para gozar.

– Percebam que o clitóris dela já está um pouco inchado – notou Pierre, logo apontando lentamente. – É provável que Crystal goze mais rápido, agora que foi estimulada. Se eu tivesse começado por ele, provavelmente levaríamos mais tempo.

– Com certeza – concordou a mulher sendo tocada.

– Durante as preliminares, também se atente aos fatores sociais que levam as mulheres a demorar mais. Insegurança com o corpo, medo de ser mal interpretada, tabus, enfim... Não poupe elogios. Faça com que ela se sinta desejada. Umas sacanagens aqui e ali também são bem-vindas. – Pierre se curvou e falou perto do ouvido de Crystal: – Gostosa... Você é uma delícia. Eu quero te comer todinha, sabia?

Já havia muitos rostos corados dentro do salão de eventos.

Crystal apenas prendeu os lábios, maravilhada. Foi difícil continuar explicando:

– E nós mulheres ainda temos uma importante vantagem. Somos capazes de gozar muitas vezes sem qualquer período refratário. Já os homens precisam de um tempo maior para gozar de novo. Alguns estudos alegam que mulheres podem gozar até cem vezes seguidas. Mas não sei, nunca cheguei perto disso!

Richard se espantou com a informação dada por Crystal. Era um número muito expressivo. Algumas pessoas riram.

– Crystal costuma gozar entre seis e oito vezes. Alguma de vocês, mulheres, chega a isso?

Nenhuma delas se mexeu.

– Alguém goza mais do que duas? – questionou Crystal.

Apenas uma mulher levantou a mão.

Richard percebeu o desgosto no semblante dos maridos. Ainda que não tivesse alcançado as suas respostas, trazer Pierre e Crystal já estava valendo a pena.

O sexólogo, enfim, alcançou o clitóris da esposa, que gemeu prontamente e se curvou para trás.

– O orgasmo clitoriano é o mais comum e catalogado como o mais intenso, apesar de variar de mulher para mulher. Muitas delas só alcançam esse tipo de orgasmo, ou precisam de algum estímulo no clitóris enquanto são penetradas.

Crystal continuou gemendo, pois Pierre a estimulava com alguns movimentos, enquanto dava a sua explicação.

– Seja delicado. Este é o ponto mais sensível do corpo da mulher. Se for forte demais, vai doer. Se for muito fraco, ela não vai sentir nada. Se a sua parceira lubrificar bem, desça um pouco os dedos até o canal vaginal, de onde sai a lubrificação natural... – Pierre fez exatamente do jeito como dizia. – E espalhe pelo clitóris. Mas lembre-se: nem todas as mulheres têm uma lubrificação natural excessiva como a minha esposa, e isso não quer dizer que não estejam excitadas. Verifique sempre pelo tamanho do clitóris, ele fica durinho e maior. Caso necessário, use um lubrificante à base de água.

Perceptivelmente, a boceta de Crystal ficou mais lustrada. Molhada de prazer.

– Nada além disso, não inventem moda – arquejou Crystal, provocando risos. – Não usem vaselina ou qualquer outro produto que não seja apropriado para isso.

– Há alguns movimentos que vocês podem fazer tanto com os dedos quanto com a língua, e até mesmo com a glande do pênis. São os circulatórios... – Pierre iniciou os gestos, e Crystal continuou gemendo. – De baixo para cima... – Modificou a direção de seus dedos. – E de um lado para o outro. Algumas mulheres preferem que o estímulo não seja diretamente no clitóris, por causa da sensibilidade. Nesse caso, vocês podem estimular essa região ao redor, nos grandes lábios.

Pierre demonstrou ao vivo. A carne arroxeada de Crystal se tornou ainda mais à mostra.

– E, claro, podem oferecer os estímulos mesclados.

Alguns esposos no recinto tentavam ignorar o interesse. Outros já tinham desistido, se até as mulheres estavam bem compenetradas no que acontecia diante deles...

– Crystal gosta neste ponto, bem do ladinho do clitóris. É aqui que costumamos usar alguns vibradores. Claro que trouxemos alguns.

Pierre se afastou apenas para pegar a mochila. Retirou de dentro uma sacola e mostrou alguns tipos de vibradores clitorianos trazidos da França: o *bullet*, o golfinho, o sugador e a famosa varinha mágica.

Crystal se adiantou:

– A maioria dos homens se sente insegura diante de vibradores, mas garanto que é uma maneira deliciosa de esquentar a relação. Não se preocupem, homens, vocês não serão substituídos! – A plateia riu. – Incentivem o uso deles. Fará a sua mulher se conhecer e gozar muitas vezes. O sexo nunca mais será o mesmo.

– Alguém aqui faz uso de vibradores? – questionou Pierre.

Apenas uma mulher ergueu o dedo.

Richard não deixou de observar que era a mesma que tinha conhecimento sobre o que foi perguntado e a que admitiu que gozava mais de duas vezes durante uma relação. Não podia ser coincidência. Ela era bem mais aberta ao sexo e certamente seria uma ótima candidata ao experimento.

Pierre fez a demonstração usando o *bullet*, que nada mais era do que uma bolinha que vibrava muito, ligada por um fio até o controle de velocidade. Tão logo encostou em Crystal, a mulher irrompeu em um orgasmo audível. Contraiu-se e tremeu na frente de todos, gemendo alto. Pierre sorriu, satisfeito com a reação da esposa. Estava excitado demais. Usava uma calça escura que disfarçava a ereção, porém qualquer um podia notá-la.

Os outros homens não estavam diferentes dele, incluindo Richard e Harvey.

– O orgasmo clitoriano costuma ser prolongado, principalmente se tiver bastantes estímulos prévios – repetiu Pierre. – Não é, querida?

Ofegante, Crystal respondeu com um sorriso. Os participantes riram.

– Nem toda mulher gosta ou se sente confortável em receber sexo oral, por isso sempre pergunte antes de simplesmente enfiar a boca na sua parceira – prosseguiu o homem, daquela vez de modo mais sério, enquanto Crystal ainda respirava alto. – Para o homem, é importante encontrar a cadência e a velocidade que ela gosta, e que pode variar de mulher para mulher. Não deixe muita quantidade de saliva escorrer. Não tenha nojo. Se for para chupar, chupe direito, ou não chupe. Se estiver desconfortável, não faça, afinal ninguém é obrigado a nada. Mas não espere que a boceta tenha cheiro de flores. O odor da vagina é característico, e também pode variar de mulher para mulher, a depender da alimentação e de outros fatores hormonais, biológicos e climáticos.

– Porém, se estiver muito forte, cuidado, meninas, pode ser uma infecção – alertou Crystal. – Procure um ginecologista caso o odor esteja desagradável.

– Exatamente – assentiu Pierre, e voltou a explicar: – Sua chupada precisa ter certa firmeza. Claro, se for muito intensa, vai doer. Se for muito fraca, podc scr difícil a mulher sentir prazer, talvez ela sinta só cócegas, o que não é o ideal neste momento, certo?

Algumas cabeças chacoalharam afirmativamente.

– Experimentem velocidades, direções e ritmos distintos. Lembram-se dos movimentos que fiz com os dedos? Repitam usando a língua, mas não somente ela, os lábios também. Distribuam algumas chupadas no clitóris e na região ao redor. Outra ótima estratégia é, em vez de sugar, assoprar.

– E façam o favor de roçarem a barba na parte interna das coxas – completou Crystal, sorridente. – É muito bom!

Pierre coçou a própria barba loira, com ar divertido.

– Comecem devagar, como se explorassem cada contorno da sua parceira. Beije, chupe, assopre e lamba os grandes e pequenos lábios, o clitóris... Desça para o ânus, se ela e você se sentirem confortáveis com isso.

Pierre apontava cada região que mencionava. Crystal respirava depressa, acompanhando os gestos do marido.

– Não deixem as mãos paradas, usem-nas também para estimular enquanto realizam o sexo oral. Toquem nas coxas dela, nos seios, nos quadris... Se necessário, usem-nas para abrir os lábios de sua esposa e ajudar no movimento.

– Algumas mulheres conseguem gozar apenas com estímulo no Ponto U – mencionou Crystal, e no mesmo instante Pierre apontou a região.

– O Ponto U é uma zona erógena abaixo do clitóris, entre a uretra e o canal vaginal, conseguem ver?

Foi engraçado acompanhar os espectadores se esgueirando e semicerrando os olhos para analisar a intimidade de Crystal. Ela se sentiu envergonhada, e sua face corou, porém, como sempre acontecia, aquilo só lhe arrancava mais prazer. O despudor era como uma gasolina no seu desejo. Teve vontade de gozar de novo e saboreou o gosto bem-vindo da antecipação.

Pierre pegou o sugador e o depositou sobre o Ponto U de Crystal. A mulher se contorceu fortemente. Apertou a beirada do tampo da mesa entre os dedos e soltou um gemido espalhafatoso.

– Crystal gosta de usar o sugador especificamente nesta região – tentou explicar Pierre.

Mas todos estavam chocados com o modo como a mulher gritava e tremia da cabeça aos pés. Os olhos reviravam, até que ela atingiu mais um orgasmo.

Richard observava a cena com interesse redobrado. Nunca tinha ouvido falar no Ponto U e, de fato, não experimentou com Anna. Ele focava bastante o clitóris. Não sabia se a mulher sentia aquele tipo de prazer, por isso fez uma anotação mental para testá-lo.

Quando finalizou o clímax, Pierre afastou o sugador e sorriu para Crystal. A palestrante parecia muito satisfeita. O corpo se manteve aquecido, acalorado pelas ondas de prazer. O francês mal esperava para terminar aquela palestra. Precisava da esposa com urgência, no entanto manteve-se controlado e profissional.

– Já a melhor maneira de estimular o Ponto G, também conhecido como ponto de Gräfenberg, é com esses dois dedos. – Pierre ergueu o indicador e o dedo médio juntos. – Pode ser usado um consolo ou outros tipos de vibradores internos também. Mas aconselho os homens a sentirem a textura dessa região erógena dentro de sua parceira. Trata-se de uma cavidade localizada a aproximadamente três centímetros da entrada da vagina, perto da uretra e da bexiga.

O francês introduziu os dedos, de modo meio inclinado para cima, dentro do canal vaginal da esposa, e Crystal soltou um ofego.

– Fica bem na divisão dos corpos cavernosos do clitóris. Cientistas alegam que o Ponto G especificamente não existe, não é uma estrutura por si só, e sim apenas uma área interna pertencente ao clitóris, o que faz todo o sentido.

Crystal aproveitou o momento para mostrar onde ficava o Ponto G usando o clitóris realístico, deixando os participantes abismados. Richard não sabia daquela informação, apesar de estimular o Ponto G de Anna com certa frequência.

– É importante fazer essa inclinação com os dedos, já que a região do clitóris fica mais em cima. Dá para sentir uma textura diferenciada, meio rugosa. Se sentiu, pronto, você achou o Ponto G – sorriu Pierre. – Crystal tem uma relação interessante com essa zona tão comentada e polêmica. Vocês vão ver.

Pierre Leroy iniciou uma sucessão de arremetidas para dentro da esposa. Os dois dedos se moveram com muita cadência, em uma velocidade avançada, muito bem posicionados. Em menos de um minuto, Crystal começou a gozar e, não somente isso, um esguicho poderoso saiu de dentro dela, espalhando líquido por toda parte. Os espectadores, um pouco inclinados para frente, recuaram no mesmo instante. O espanto foi geral.

Richard achava que nunca tinha sentido tanto tesão na vida. Estava abrasado, doido para foder, mas só queria sua esposa. Não havia interesse em Crystal ou outra mulher. Seu corpo exigia Anna.

– Vocês acabaram de ver uma ejaculação feminina acontecendo – explicou Pierre, com a expressão de contentamento. – Algumas mulheres conseguem ejacular, outras, não, e está tudo bem. Não há aporte científico que garanta que um orgasmo com ejaculação é necessariamente melhor ou mais intenso. Crystal, por exemplo, só ejacula quando o Ponto G é devidamente estimulado.

A mulher ainda respirava alto, mal se recompondo para prosseguir com a palestra. Seu corpo estava trêmulo.

– E antes que perguntem, não, este líquido não é xixi. Não tem cor nem cheiro, nem pode ser confundido com a lubrificação natural da vagina. É só um fluido ejaculatório com pouca definição científica.

Em suas memórias, Richard tentou buscar algum momento em que Anna tivesse ejaculado e não encontrou nenhum. Não sabia se ela conseguiria algum dia. Ou se ele havia falhado no modo como estimulava o Ponto G da esposa.

– Percebo que muitas mulheres ficam pressionadas a ter uma ejaculação, como se fosse um objetivo a ser alcançado. Outras, que são mais suscetíveis, têm vergonha, sentem constrangimento – disse Crystal, inclinando-se para frente, ainda um tanto ofegante. – A ejaculação feminina continua sendo carregada de tabus. Pessoalmente, recomendo que a mulher se conheça e faça tentativas, mas que não se pressione. O importante é gozar, sentir prazer e relaxar. Para quem consegue com facilidade: não se intimide, aprenda a respeitar e valorizar o funcionamento do seu corpo.

– É por respeito ao corpo da minha esposa que não vamos demonstrar o orgasmo anal – completou Pierre. – Crystal não goza apenas com estímulo no ânus, nem gosta de ser atiçada nessa região além da conta. E tudo bem. – O homem tirou de dentro da sacola um pequeno plug anal. – Os únicos estímulos que ela gosta são leves. Geralmente uso a língua, a ponta do dedo ou esse amiguinho aqui. Este possui um tamanho menor, mas existem outros maiores e mais grossos, a depender do gosto da pessoa.

Pierre massageou o ânus de Crystal e, com muita gentileza, acoplou o plug. A peça se fincou na mulher, que soltou um arquejo baixo.

– Também gostamos de estimular o períneo, essa região entre o canal vaginal e o ânus. – Pierre apontou com o dedo melado do gozo de Crystal. – É uma área rica em vascularização e terminações nervosas, por isso acaba sendo uma zona erógena. Mantê-la estimulada pode contribuir para a manutenção da excitação do clitóris, porque nela também existem musculaturas que sustentam o sistema urogenital. Podem massagear, chupar, usar vibradores por aqui... Ajuda muito para aumentar a possibilidade de um orgasmo e, o principal, não dói.

– Isso é importante! Mulheres, jamais se sintam obrigadas a fazer sexo anal – disse Crystal, séria, ainda que em uma posição delicada. – Precisa ser confortável e prazeroso. Recomendamos o uso de plugs, começando sempre pelos menores, bastante lubrificante e posições diferentes. A mais aconselhada é a posição de lado. Ainda assim, se doer e você não gostar, como eu, não force.

Pierre completou:

– Nunca use produtos que removam a sensibilidade do ânus. Pode fazer com que você se machuque seriamente. O recomendado sempre será lubrificante à base de água.

– Homens, nunca fodam um cu como se fosse uma boceta, porque não é – completou Crystal de modo bem direto. – Precisa de cuidado. Tem que ser aos poucos, com bastante lubrificação, já que o ânus não se lubrifica sozinho. Evitem usar a saliva. E mesmo assim, quando encaixar, vá devagar, não enfie tudo de uma vez. Respeite a sua parceira. Não insista se ela não gostar ou não se sentir confortável.

Crystal observou a reação dos casais. Os rostos ainda coravam de timidez, porém mantinham-se curiosos. Certamente nunca haviam vivenciado um momento como aquele. A francesa sorriu, já antecipando o que viria. Seu marido voltou a tomar a frente:

– Embora às vezes aconteça, é um pouco difícil que Crystal tenha um orgasmo vaginal, ou seja, apenas com a penetração. – Pierre se afastou e retirou um consolo de tamanho invejável de dentro da sacola. – Usamos a combinação do pênis com o plug anal ou com vibradores clitorianos. Ou os três.

O sexólogo fez uma pausa estratégica.

– Vamos fazer uma demonstração de um orgasmo vaginal com combinação de estímulo anal. E é o que sempre recomendamos: misturar os estímulos a fim de saber exatamente qual mais agrada.

Delicadamente, Pierre foi penetrando a vagina de Crystal com o consolo. A mulher fechou os olhos e voltou a arquear para trás. Os seios pesados ficaram mais à mostra. Foi uma das cenas mais eróticas que metade dos participantes presenciara na vida.

Pierre já sabia como fazer para que sua esposa não demorasse a gozar. Acelerou o ritmo das enfiadas do pênis anatômico, imaginando a si próprio ali, fodendo a mulher.

Crystal tornou a gemer alto, descontrolada. O plug em seu ânus de fato era um estímulo a mais para que alcançasse o orgasmo. Sentia-se preenchida de modo diferenciado, e ainda que não curtisse o sexo anal em si, adorava a sensação repleta oferecida pelo brinquedinho.

O francês agitou a mão, dando mais algumas estocadas, até que Crystal enfim gozou. Daquela vez, não esguichou, porém o orgasmo foi intenso o bastante para que ela tremesse e convulsionasse. A mulher sentiu a liberdade que era fazer aquilo na frente de desconhecidos. Encheu-se de prazer por ser vista e admirada.

Pierre deu a ela um tempo para se recuperar, enquanto guardava o consolo com tranquilidade, como se não tivesse feito nada de mais. Removeu o plug cuidadosamente e também o guardou.

A naturalidade com que o casal agia deixou Richard espantado. Em seu íntimo, invejou os dois. Logo ele, que sempre teve um relacionamento invejado pelos outros. Pensar nisso o revoltou.

– Agora que já conhecemos os tipos de orgasmos femininos, farei uma demonstração completa de sexo oral na minha esposa – prosseguiu Pierre. – Percebam que usarei algumas técnicas mencionadas. Também farei algumas combinações com os vibradores e usando os dedos. É possível que Crystal tenha um orgasmo múltiplo, ou seja, quando há mais de um orgasmo consecutivo.

– Assim como no caso da ejaculação feminina, não é preciso haver tanto mistério para o orgasmo múltiplo – disse Crystal, já ansiosa para receber o trato de seu marido. – Ainda que a mulher esteja muito relaxada e excitada, pode nunca acontecer. Varia de organismo para organismo. Reitero que o que vale é a tentativa sem pressões. No meu caso, é comum acontecer quando Pierre acrescenta mais de dois estímulos. Por exemplo, chupar o meu clitóris enquanto massageia meus seios com uma mão e, com os dedos da outra, penetra a vagina. Ou posso também estar usando o plug anal... Enfim, às vezes acontece, às vezes, não.

– E está tudo bem – reiterou Pierre.

– Isso mesmo. O importante é sentir prazer. Vamos começar?

O casal se posicionou para que todos pudessem visualizar enquanto Pierre se esgueirava e abocanhava a esposa. Começou chupando intensamente, seguindo todas as instruções que havia dado. Usou lábios e língua para explorar cada partícula da vulva umedecida e, enfim, concluiu no clitóris bem durinho.

Crystal se contorcia e gemia, focava o ponto de prazer tão bem atiçado pelo marido. Estava pronta para gozar, porém sabia que o estímulo máximo viria e estava ansiosa pelo momento.

Com muita desenvoltura, Pierre enfiou os dois dedos a fim de iniciar o movimento de vai e vem no Ponto G de Crystal, sem deixar de chupar o clitóris da mulher com a cadência necessária. Tudo no ritmo exato para ver o clímax acontecendo.

O estímulo duplo, do clitóris com o Ponto G, fez a mulher convulsionar enlouquecidamente, tanto que a plateia temeu que ela não suportasse. As pernas trêmulas se mantiveram abertas, no entanto; ainda que houvesse muita pressão exercida sobre elas. Crystal se segurou o quanto pôde até irromper em um orgasmo profundo, prolongado, com direito a um pequeno esguicho, que Pierre fez questão de tomar diretamente na boca.

Foi nesse momento, em que os participantes se dividiram entre vergonha, curiosidade, espanto e tesão, que o celular de Richard tocou. O nome de Oliver Hans invadiu a tela. O empresário tinha se esquecido completamente do amigo cientista.

Um tanto sem jeito, levantou-se da última cadeira do salão e se retirou sem que ninguém percebesse. Estavam focados demais na performance dos sexólogos para notar Richard atender o telefone.

– Coleman... Como tem passado?

– Hum... Estou muito bem – respondeu Richard, olhando de um lado a outro do longo corredor da mansão, decorado com quadros, vasos e estátuas de tirar o fôlego.

– Estava aguardando o seu contato para que refizéssemos seus exames e reaplicássemos o nanochip. Não podemos continuar apenas com os dados de Anna, Richard. Já se passaram mais de cinco dias. Tomou toda a cartela com os antibióticos?

– Sim, tomei.

Richard não tinha pensado no fato de que precisaria retornar para a maldita reaplicação. Longe de Anna, seria muito difícil sustentar as versões que dava ao amigo. Não sabia quando ela o trairia de novo, se é que aconteceria. Por um instante, ficou desnorteado.

Refletir sobre o nanochip o fez perceber o quanto Anna estava desatenta. Ela sequer tinha visto o curativo na parte interior da perna do marido. Ao menos não fez qualquer pergunta a respeito. Ainda que tivesse cicatrizado bem, necessitando apenas de um band-aid, a Anna que Richard conhecia teria questionado e se preocupado.

– Podemos agendar para amanhã? – insistiu Oliver.

Richard limpou a garganta. Não poderia deixar Naples tão cedo. Harvey não daria conta de recepcionar os participantes e o casal de sexólogos. Por outro lado, não conseguiu pensar em uma desculpa elaborada. Que fosse ao menos quando o casal vindo da França tivesse ido embora, e os participantes, liberados.

– Pode ser na quinta-feira, Oliver? Nesta semana estarei um pouco atarefado.

– Pela manhã?

– Combinado.

– Você e Anna estão bem? – perguntou o dr. Hans.

Pelo timbre agravado do amigo, Richard soube que ele já estava desconfiando de algum problema. Provavelmente, analisara os dados de Anna e tivera as mesmas constatações de Harvey: a atividade hormonal da mulher continuava esquisita, e era óbvio que o corpo dela não estava funcionando como de costume.

– Anna está bem cansada. Situações no trabalho, estresses da rotina... Estamos pensando em viajar em breve. Para a Itália, talvez...

– É uma boa ideia, Coleman. Vi os jornais e concordo que um descanso seria ótimo para ela.

Oliver respirou aliviado na linha, mais um fator que comprovava as teorias de Richard. No entanto, o empresário enrugou a tez e ficou confuso quanto ao que dr. Hans disse. *O que raios havia nos jornais?*

– Aguardo você na quinta-feira.

Richard pensou em questioná-lo, mas se controlou. Não queria parecer ignorante. Em vez de fazer perguntas a fim de saber a verdade por terceiros, decidiu que ele mesmo verificaria as notícias de Fort Lauderdale. A esposa não mencionara absolutamente nada.

O que poderia acontecer envolvendo Anna e os jornais?, perguntou-se Richard.

Como o empresário não fez qualquer comentário a mais, coisa que Oliver intimamente esperava, o cientista decidiu que seria melhor conversar pessoalmente. Se é que o amigo tocaria no assunto.

– Passar bem, amigo.

– Passar bem – murmurou Richard, prontamente desligando.

O empresário ouviu os gemidos escandalosos de Crystal do lado de fora da sala. Pelo visto, a sessão de sexo oral ainda acontecia. Pensou em retornar e acompanhar o desfecho das explicações, porém Richard foi cegado pela curiosidade e pela ira. Teve medo de receber respostas para as perguntas que alimentara ao longo dos últimos dias. Nutriu ainda mais receio de encontrar o que não queria e não saber lidar com isso.

Nervoso, extremamente abalado, o homem traído cambaleou até a suíte em que havia se estabelecido. Precisava revirar a internet atrás de notícias atuais a respeito de Anna Coleman, já que ela parecia disposta a se manter calada. Como se não passasse de uma desconhecida.

22

Ao fim da apresentação dos sexólogos, houve um momento aberto para perguntas dos casais. No início, os participantes ficaram envergonhados, pois não queriam se comprometer na frente dos outros, mas depois os questionamentos foram se acumulando, e Crystal e Pierre responderam cada dúvida com muita paciência e didática. A maioria das questões era boba.

Richard Coleman não acompanhou o final da primeira palestra de seus convidados franceses. Trancado na suíte, revirou em seu smartphone cada notícia de Fort Lauderdale. A primeira que encontrara em relação à sua esposa foi uma grande conquista: a marca Anna Coleman havia ganhado o prêmio de destaque na mostra de design com seus artigos decorativos. O homem sorriu de orgulho. Por outro lado, sentiu-se horrível porque a mulher que amava sequer tocou no assunto.

As parcas mensagens que trocaram mais cedo o enervavam. Porém, achou melhor permanecer daquele modo. Falar demais com Anna implicaria uma briga, talvez uma conversa para a qual ele não se sentia preparado. Tinha medo de exagerar, de passar da conta nas agressões verbais. E ainda que não admitisse, sentia verdadeiro pavor de que ela pedisse o divórcio. Richard não gostava de pensar a respeito. O seu chão era removido a cada instante em que as mais diversas loucuras invadiam sua mente.

Ficou em dúvida se Oliver Hans mencionara o prêmio ou alguma questão grave. Não fazia muito sentido. Richard acreditava que precisava haver algo a mais além de uma informação positiva, pois o timbre usado pelo amigo estava agravado, sério demais até, para alguém pragmático como o cientista.

O empresário revirou tabloides, sites de fofoca e a versão digital de alguns jornais, até encontrar, em algumas colunas sociais muito específicas, notícias estranhas de um possível envolvimento de Anna em uma discussão com uma desconhecida. As versões não condiziam: enquanto algumas alegavam que Coleman agredira uma funcionária, outras indicavam que houvera apenas um bate-boca.

Richard precisava tirar a limpo. Não confiaria no sensacionalismo das notícias. Ligou para a esposa e logo foi atendido, para seu alívio.

Anna estava em casa naquela segunda-feira. Não teve forças para sair da cama. Acordar com o bilhete de afastamento do marido foi um alívio para ela, porque se sentia presa em uma encruzilhada. Não sabia o que fazer, para onde ir, apenas nutria uma vontade assustadora de sumir do mapa. Queria a sua vida de volta.

– Oi, querida – disse Richard, assumindo um tom suave, que pouco condizia com o que ocorria em seu interior. – Como você está?

Anna mordeu os lábios e fechou os olhos. Estava cansada de mentir, fingir, de se considerar aquela cretina. Seu autojulgamento funcionava sem piedade.

– Cansada. – Assoprou bastante ar dos pulmões. – Não fui trabalhar hoje. Como estão as coisas em Detroit? – Desviou o assunto rapidamente.

Richard observou a luxuosa suíte à sua volta.

– Estou resolvendo...

Segurou os punhos para buscar controle. A vontade era de gritar com Anna. Por que a mulher não contava as novidades? Ela sempre lhe dizia tudo, cada detalhe de seu dia e do que acontecia na empresa. Jamais esconderia um prêmio, e muito menos um atrito com alguém.

– Parabéns. Soube da premiação, ontem... Você conseguiu – disse Richard, e engoliu em seco. – Queria ter sabido por você, claro. Mas cheguei de surpresa na noite passada, não foi? Não tivemos tempo para conversar.

Richard tentou justificar a esposa até para si mesmo.

Anna sentiu o corpo congelar. Se o marido sabia do resultado da premiação, certamente havia conferido as notícias. Ele já estava ciente da discussão com a garota e, óbvio, estava sondando-a porque queria ouvir a notícia vinda da boca dela.

– Não estou tão feliz assim com o prêmio, Richard. Você deve ter visto algumas... *notícias desagradáveis* sobre o meu comportamento.

O silêncio se fez por segundos intermináveis.

– Fiquei imaginando o que poderia ter acontecido para que você perdesse a calma. – Richard precisou segurar as emoções. Teve muito medo de que Anna dissesse qualquer coisa que ele não queria ouvir, ainda mais por telefone. – E ainda não sei de fato o que aconteceu. Agrediu aquela mulher? Quem é ela?

Anna suspirou profundamente.

– Uma maluca que apareceu do nada. Falou coisas horríveis sobre mim, e eu perdi a cabeça. A minha equipe de assessoria já está contendo os danos, removendo as reportagens, enfim...

As lágrimas voltaram a tomar o rosto da empresária. Nunca se imaginou em uma situação como aquela: vulnerável e destruída pelo próprio cinismo.

– Foi um tapa – admitiu Anna. – Eu bati nela, Richard. Foi um momento muito rápido, porque logo me retirei.

– Mas você não a conhece?

– Não.

– E o que ela falou?

Anna não soube o que dizer. A verdade não seria compreendida ou aceita por Richard. Ela jamais mencionaria nada por telefone. Se fosse para se abrir, que acontecesse de vez, contando desde o princípio, com calma e cuidado.

– Não vou repetir as palavras, querido, foram muito feias. Desculpe, mas não estou bem... Quero só ficar deitada e quietinha hoje.

– Quer que eu volte para casa?

Anna e Richard congelaram diante da ideia. Ele sabia que aquilo abria margem para que a esposa contasse toda a verdade. Ela também pensou nisso. Mas nenhum dos dois estava preparado.

– Resolva suas coisas, querido. Eu vou ficar bem. Só preciso esquecer o que ela falou e preparar a minha equipe para um possível processo.

– Essa gente quer fama e dinheiro a todo custo. Talvez seja melhor fazer um acordo. Dá menos dor de cabeça.

Anna assentiu. Não conhecia a garota, não sabia do que ela era capaz, mas, como sempre fizera em suas questões profissionais, ficaria preparada para tudo. Estava apavorada, porque a colega de Matthew sabia demais e já a tinha ameaçado. A empresária morria de medo de ser chantageada, e nada garantia que a moça não espalharia a traição de Anna para os tabloides, sempre dispostos a ouvir uma boa fofoca. Seria terrível para a empresária, tanto pessoal quanto profissionalmente.

– Vamos ver o que ela pretende fazer – disse ela por fim.

Richard e Anna retornaram ao silêncio. O homem teve vontade de dizer que a amava, de insistir em palavras de afeto e carinho apenas para conferir as reações da esposa, no entanto desistiu. Não estava em condições de manter a hipocrisia.

– Ligo mais tarde, amor – murmurou Richard, enervado. – Fica bem.

– Você também, querido.

Ambos desligaram depressa, e Anna passaria o restante do dia embaixo de seu edredom, sem coragem de encarar o mundo ou a si mesma.

* * *

Apesar de achar bastante esquisita toda a história envolvendo sua esposa, Richard era, no momento, um grande anfitrião, que precisava cuidar de seus convidados. Era a única coisa sob seu controle. Ao que ele agradecia, por manter sua cabeça ocupada com algo além de Anna. Se não fosse o experimento, já teria cometido uma loucura.

Quando Richard desceu as escadas, a palestra de Crystal e Pierre já havia sido concluída. Os dois se recolheram na suíte em que se estabeleceram, bem como alguns dos participantes. Harvey ainda estava no salão de eventos, assimilando o que acabara de acontecer. Ele não imaginava que seria daquela maneira.

– Como foi? – perguntou Richard. – Perdi o desfecho, precisei atender uma ligação e resolver algumas questões do trabalho.

– Uma experiência interessante. – Sr. Campbell manteve os braços cruzados na frente do corpo. – Eles disseram que a próxima palestra será amanhã. Vão abordar os orgasmos masculinos, e acho que vai ser a vez de o francês ficar pelado.

Richard assentiu, sorrindo com malícia.

– Provavelmente. Será uma aula por dia, foi o combinado. Temos o restante do tempo para analisar os participantes, interagir... – O empresário se sentou em uma das cadeiras e suspirou. – O almoço já está sendo montado na área externa. Contratei um buffet especial para o jantar desta noite. Enfim, teremos dias agradáveis por aqui.

Harvey Campbell já não estava se sentindo tão confortável. Embora admitisse que a palestra tivesse sido significativa, reveladora e tão didática quanto possível, não sabia o que esperar dos outros casais, menos ainda dos sexólogos ou do empresário.

Já Richard estava disposto a tudo para parar de pensar em Anna e em todas as estranhezas e, depois de um almoço perturbador para alguns e engraçado para outros, levou o primeiro baque: um dos casais desistiu de prosseguir na mansão.

Eles pediram desculpas, informaram que precisariam retornar ao lar e foram educados ao dizer que aquelas aulas não eram de seu interesse. Internamente, Richard ficou possesso, porque perdeu duas pessoas de uma só vez e não sabia se conseguiria levar tudo adiante. Harvey imaginava que algo do tipo pudesse acontecer.

Durante o jantar, o anfitrião fez um brinde e agradeceu a presença de todos. Com uma humildade forçada, pediu aos casais que não desistissem antes do tempo, embora fossem livres para fazer isso. Crystal e Pierre também ajudaram na narrativa apaziguadora ao dizerem que as palestras podiam realmente chocar, mas que traziam muito aprendizado. Eles respeitariam todos do princípio ao fim.

Os quatro casais que permaneceram estavam de fato curiosos demais para ir embora. Além de quererem acompanhar a próxima palestra, dois deles já tinham usado as dicas dos sexólogos durante a tarde e ansiavam por mais conhecimento. Além disso, estavam comendo e bebendo de graça, em um lugar pelo qual dificilmente poderiam pagar. Tomaram aqueles dias de descobertas como se fossem férias.

Richard e Harvey continuaram monitorando os nanochips dos casais presentes na mansão. De fato, naquela noite, todos transaram, e os níveis de tesão permaneceram mais elevados do que de costume. Eles ficaram satisfeitos com os resultados.

Sr. Campbell tentava analisar cada detalhe a fim de buscar modos de usar o experimento para melhorar a performance de seu sistema. Apesar de ser difícil se manter afastado da equipe, participou de algumas reuniões on-line ao longo do dia.

* * *

Na manhã seguinte, o grupo já estava mais socializado. Todos sabiam os nomes uns dos outros e ficaram menos intimidados quando se reuniram no salão de eventos. Ainda que fosse meio esquisito para os homens ter um cara nu à sua frente, estavam curiosos e dispostos a obter conhecimento. A palestra do dia anterior os ajudara a esquentar as relações, e havia muita expectativa de que melhorassem seus desempenhos.

Crystal e Pierre tomaram a frente tão logo organizaram o retroprojetor e a mesa de apoio. Estavam renovados e prontos para a segunda etapa da palestra.

– Algumas pessoas nos perguntam o motivo de falarmos sobre o orgasmo masculino, já que os homens costumam meter, gozar e pronto – começou Crystal, já provocando os espectadores. – Para que falar no assunto, se é tudo aparentemente tão simples?

Ela foi de um lado ao outro, fazendo uma pausa que servia para trazer mais curiosidade.

– A verdade é que, atualmente, o orgasmo masculino é menos comentado do que o feminino. Existem tabus envolvidos, poucos estudos experimentais e, ouso dizer, certo desprezo pelo assunto. Chegamos à conclusão de que talvez os homens só metam, gozem e pronto porque não há informação, não há debate, e muito devemos ao machismo; alguns homens acham que precisar falar sobre isso é admitir que não sabem lidar com sua sexualidade.

Richard apoiou uma mão no queixo. Ficou logo interessado com aquele início.

– Acreditamos que informação é tudo – prosseguiu Pierre, com seu sotaque e jeito didático. – Apesar de o sexo ser um ato carregado de instintos, com o objetivo biológico de procriação, não necessariamente nascemos *sabendo* transar. Nesse aspecto, falamos da transa como um momento de prazer, de intimidade, de troca. Meter, gozar e procriar é instintivo, provocar prazer, despertar desejos, experimentar posições, tentar novos estímulos... É o que nos diferencia de outros animais.

– Homens precisam falar mais sobre sexo sem ser para se gabar no meio da roda de amigos. – Crystal sorriu de um jeito ameno, mas que teve certa conotação de ironia. – Sem ser para dizer: "Olha só, comi fulana", como se fosse um troféu conquistado pela masculinidade. Aqui falaremos do prazer masculino sem a armadura do patriarcado.

Pierre assentiu com a cabeça e acrescentou:

– É importante, primeiramente, admitir vulnerabilidade. Por que não querer aprender? Por que não aceitar que não sabemos tudo? Somos corpos, e às vezes falhamos. – Abriu os braços e os repousou com veemência nas laterais do corpo. – Como as mulheres, também ficamos sem saber o que fazer. Sexo é troca, depende de duas ou mais pessoas, e a falta de conhecimento total do outro pode gerar dúvidas. É normal.

Ele fez uma pausa estratégica para que os participantes refletissem.

– A autodescoberta masculina vai muito além de ver aquele vídeo pornográfico ensaiado e bater uma punheta. Não necessariamente significa que você se conhece, nem que chega ao limite do prazer que seu corpo consegue alcançar.

– E com certeza não significa que você sabe transar. – Crystal foi direta.

Richard ficou muito reflexivo. Engoliu em seco, porque de fato reconheceu que a sua masculinidade guerreava com a própria inteligência em muitos momentos. Oferecer prazer absoluto a Anna era seu objetivo e sua maior conquista, no entanto nunca pensou que ele mesmo experimentar outras formas de prazer faria parte do esquema sexual. Na sua cabeça, era sua responsabilidade e obrigação, e apenas dele, incitar o maior desejo possível na esposa e manter uma performance agradável para ela.

Era evidente que ele se deleitava durante o processo, aproveitava cada segundo. Tinha orgasmos muito intensos com Anna. Mas nunca pensou que pudesse ir além. Ele não sabia que havia outros tipos de orgasmo masculino além daquele que sempre alcançava ao final de uma foda com a esposa. Estava curioso, atento e interessado.

Sentiu dúvidas sobre si mesmo. Será que realmente sabia transar?

– Nós gostamos de começar explicando sobre as fases do orgasmo masculino.

Daquela vez, foi Pierre quem roubou a cena. Enquanto Crystal depositava uma toalha sobre a mesa de madeira, o francês removeu a camisa com muita tranquilidade, depois tirou a calça. Mostrou o membro ainda amolecido, todo depilado, sem qualquer pudor.

Alguns maridos ficaram desconcertados. As mulheres olharam com interesse. Era a vez delas de admirar um corpo masculino real.

Os rostos corados fizeram Crystal sorrir de empolgação. Aproximou-se do marido com delicadeza.

– A primeira fase é a excitação. É o processo em que o fluxo sanguíneo desce para o pênis, fazendo com que ele aumente de tamanho e fique rígido. Comumente chamamos de ereção. – Crystal tocou os ombros de Pierre e iniciou uma massagem. – Vocês devem pensar que homens não possuem dificuldades nesta parte, certo? É só ficar duro e assunto resolvido.

Ela esperou um momento, ainda que a pergunta tivesse sido retórica.

– *Errado*. Ainda que muitos homens sejam visuais, isto é, respondam rapidamente ao que veem, e conhecidos por necessitar de poucos estímulos para se excitarem, é importante dizer que eles também precisam de cuidados, afeto e dedicação.

Pierre já estava endurecido só com o toque de Crystal por trás de si.

– Acho que sou dos que necessitam de pouco – disse, provocando risos.

Crystal continuou massageando os ombros do marido.

– As mulheres pecam em achar que são os homens que comandam o sexo. Entregam nas mãos deles a única responsabilidade de proporcionar prazer para os dois, o que não é justo.

Crystal escorreu os dedos ao longo do peitoral do marido.

– Homens também possuem zonas erógenas. Sejam os mamilos... – Apertou os bicos intumescidos de Pierre, que arfou. – A barriga, as coxas...

A mulher repetiu em gestos o que falava, escorrendo as mãos de um jeito suave. A lentidão com que fez isso deixou todos ansiosos. O membro de Pierre, já imenso, apontava para cima. Ele sentia latejar.

– A próxima fase é o *plateau*. É o momento em que as veias do pênis se enchem de sangue, e a glande e os testículos aumentam de tamanho.

A pressão sanguínea sobe, o pulso acelera, os músculos das coxas e das nádegas ficam mais tensos... – Crystal sorriu. – O meu marido já está com os devidos dez mililitros de sangue em seu membro, preparado para gozar. Mas não significa que isso precise ser rápido. Toque o seu parceiro. Explore o corpo dele, distribua afeto e cuidado, crie o laço da intimidade. Coloque música, use um óleo cheiroso para massagear, desperte outros sentidos.

– Garanto que não vão se arrepender de irem devagar – acrescentou Pierre, um tanto ofegante. – Homens, aproveitem o prazer de desfrutar os estímulos oferecidos por suas parceiras. Mostrem-se vulneráveis e dispostos, também.

Houve alguns segundos de silêncio. Cada qual com seus pensamentos e a visão do membro pulsante de Pierre.

– Quando uma troca elaborada acontece, as preocupações de manter uma ereção ou de gozar rápido podem ser mais controladas. O homem relaxa. Para de pensar em performance e foca os estímulos, o contato. – Crystal massageava as coxas torneadas do marido como se tivesse repetido o gesto muitas vezes, e era verdade. – Antes de falarmos sobre o orgasmo em si, vamos esmiuçar os tipos que podem ocorrer, e depois retornamos às fases. Ao contrário do que a maioria pensa, nem sempre o orgasmo masculino é ejaculatório. O homem pode ter todas as sensações de prazer e não liberar a ejaculação.

Pierre controlava a respiração ofegante como podia. Estava acostumado com aquilo e se sentia ótimo palestrando naquelas condições. Como Crystal, tinha muito tesão em estar sendo visto, avaliado, analisado. Era um tipo de fetiche do qual os dois compartilhavam na mesma medida. Qualquer constrangimento era apenas uma brasa a mais na fogueira do tesão.

Sendo assim, o francês elucidou tranquilamente:

– Há algumas técnicas, principalmente as tântricas, de controle dos músculos ejaculatórios, que estimulam o corpo do homem sem sequer tocar o pênis. – Richard fez uma careta, porque nunca tinha ouvido falar naquilo. – Ainda assim, o orgasmo acontece sem diminuir excitação em seguida. É o que chamamos de ejaculação controlada.

Crystal, enfim, segurou o membro rígido de Pierre.

– E, sim, também há vários formatos, tamanhos, texturas e cores de pênis – disse ela enquanto o massageava. – É totalmente normal. Mulheres, também não esperem cheiro de flores: os pintos têm seus odores característicos. Conheçam o órgão de seus parceiros. E, homens, parem de focar o tamanho e a performance, tranquilizem-se. Sexo é mais do que isso.

Em um movimento suave, Crystal ergueu o pênis de Pierre com o saco escrotal. O homem abriu um pouco mais a perna, deixando partes à mostra, o que fez tanto os homens quanto as mulheres se sentirem desconfortáveis. O casal não teve qualquer objeção em demonstrar o que para eles era muito natural.

– Uma dessas técnicas, e que vamos mostrar agora, é bloquear a chegada da ejaculação pressionando o períneo. Lembram-se dele? – perguntou Crystal, divertindo-se. – A pequena e prazerosa zona erógena entre o ânus e o saco escrotal. – Apontou com o dedo, fazendo uma linha vertical. – Sim, os homens também possuem essa região, pouco explorada porque muitos não permitem estímulos aqui. O curioso é que essa zona é conhecida como o Ponto G masculino.

Richard ficou estupefato. Não imaginava que homens tivessem um Ponto G.

– Imagina só viver a vida inteira sem saber que uma região do seu próprio corpo pode ser a sua favorita? – questionou Pierre, e todos se mantiveram calados. – É o que acontece com muitos homens que não se tocam nem se permitem ser tocados.

– O meu marido permite, e eu adoro – brincou Crystal.

Alguns espectadores sorriram.

– Vale ressaltar que sentir prazer nessa zona é absolutamente normal. – disse Pierre, e soltou um pequeno resmungo ao receber uma suave massagem de sua esposa, que o atiçava com muita desenvoltura. – Gosto sempre de repetir para os homens: sentir prazer na região anal ou perto dela não é sinal de homossexualidade.

– Sendo bem específica, não é isso o que vai sinalizar a sua orientação sexual. Por muito tempo, o prazer anal foi estigmatizado como algo realizado pelo homem ativo sobre outra pessoa que sempre era passiva, como mulheres e escravos. – disse Crystal, retornando à seriedade para explicar com cuidado. – Culturalmente, significou sinal de submissão, de entrega, e pouco valia para aquele que estivesse recebendo. Muitos comentários homofóbicos são espalhados por pessoas ignorantes, presas nessa ideia fechada e carregada de tabus no que envolve o prazer corporal masculino.

Pierre assentiu e reiterou:

– Mas os tempos mudaram, pessoal. Não precisamos continuar vinculados a uma ideia social de submissão atrelada ao sexo anal. Ninguém é inferior por gostar de receber determinado tipo de prazer. Nós acreditamos que os homens perdem muito ao não se permitirem esse tipo de estímulo.

O sexólogo soltou um gemido sufocado quando Crystal apertou o seu períneo com um pouco mais de força. Ele se contorceu, com o cacete latejando forte. Fechou os olhos e tentou voltar a atenção à palestra.

– Meu marido não tem nenhum problema em ser estimulado na região anal – admitiu Crystal, sem qualquer vergonha.

Ela desceu os dedos para a área indicada e fez movimentos circulatórios, o que fez Pierre ofegar.

– Inclusive, mulheres, podem adicionar essas zonas erógenas durante o sexo oral. Não chupem só o pênis: prestem atenção, com bastante cuidado, no saco escrotal, no períneo e no ânus, por que não?

– Mas, claro, se ambos estiverem confortáveis com isso – ressaltou Pierre. – Sempre repetimos que ninguém é obrigado a nada no sexo.

– Exatamente!

Crystal continuou massageando a região, ora no períneo, ora subindo para o ânus de Pierre. O homem ofegava alto, arrebatado por um prazer diferenciado.

– Há quem goze apenas com esses movimentos, ou com estímulos na pelve. Acredita-se que é um orgasmo bem forte, sem mexer no pênis, mas que requer muita paciência. Chamamos de orgasmo pélvico, mas é muito difícil que meu marido goze somente assim.

– Já aconteceu uma vez e foi ótimo – disse Pierre, sorrindo com entusiasmo. – Eu estava especialmente relaxado, e Crystal fez uma massagem completa, bastante demorada, em todo o meu corpo. Fiquei com tanto tesão que gozei sem toques no pênis.

– Verdade, querido, foi maravilhoso, e repetimos várias vezes. Ainda que nem sempre haja orgasmo, é um momento intenso, de muita intimidade. – Crystal piscou um olho para ele, em seguida se voltou para a plateia: – Mas o que deixa Pierre louco é aquilo que chamamos de orgasmo da próstata. Vocês têm noção de que, mesmo que seja carregado de preconceitos, o sexo anal é muito mais prazeroso para os homens do que para as mulheres?

O silêncio se fez na sala. Richard estava meio perturbado. Nunca havia experimentado aqueles tipos de toque em seu corpo. Anna não chegava muito perto de seu ânus, porque ele próprio não permitia. Ela respeitava e, pronto, assunto encerrado.

– Alguém saberia responder o motivo? – questionou Pierre.

– Imagino que tenha algo a ver com a próstata – respondeu a mulher sentada mais à frente.

Richard agora sabia que ela se chamava Isabella. Era uma negra alta, com o corpo escultural e os olhos escuros muito expressivos. Uma verdadeira beldade, e forte candidata na lista do empresário.

– Muito bem! – sorriu Crystal. – De fato, tem a ver com a próstata. O estímulo na região anal, principalmente mais em cima, aqui no reto...

Ela penetrou o princípio de seu dedo dentro de Pierre, que soltou um gemido. E então continuou:

– ... nos coloca em contato muito próximo com a próstata. Além disso, é uma região sensível porque existe uma terminação nervosa, um nervo chamado "pudeno", o mesmo que inerva o pênis e a pele da bolsa escrotal. As mulheres também possuem o pudeno, mas como não têm a próstata, muitas precisam de outros estímulos no clitóris e na vagina, como vimos ontem.

Crystal se afastou de Pierre para pegar a mochila. Os participantes já ficaram cientes de que dali sairia mais algum objeto interessante. Ela retirou uma espécie de plug anal da cor azul, um pouco mais grosso e alongado que o utilizado nela mesma durante a palestra anterior.

Richard abriu bem os olhos, muito atento. Não sabia se queria acompanhar a cena, mas não tinha outro jeito: estava curioso.

– Para o estímulo anal, costumamos usar este brinquedinho.

Crystal mostrou-o para todos verem. Pegou também um tubo de lubrificante e espalhou o conteúdo nos contornos do objeto.

– A regra do lubrificante é a mesma: usem um à base de água e tomem bastante cuidado. A região anal é sensível e necessita de atenção redobrada. Nunca enfiem nada de vez. Sejam delicados.

Crystal se esgueirou e, sem qualquer pressa, foi enfiando o plug no ânus de Pierre. O homem abriu mais as pernas e se contorceu, ofegante.

Richard voltou a sentir o mesmo do dia anterior: a sensação de que seu rosto estava em brasas. Porém, ao contrário da primeira palestra, nesta não teve uma ereção. Não sabia se era porque não possuía qualquer tesão pelo corpo masculino ou se por causa da cabeça perturbada pelos mais variados pensamentos de insegurança.

Assim que Pierre ficou todo preenchido, Crystal sorriu. O ventre do homem convulsionava: ele estava à beira de um orgasmo. A esposa sabia que não necessitaria de muito esforço; ainda assim, continuou mantendo a calma. Voltou a massagear o períneo com uma mão e, com a outra, mexia o plug em movimentos circulares. Pierre soltou um gemido muito alto.

– Há quem não consiga gozar apenas com o estímulo na próstata – disse Crystal, enquanto continuava o movimento. – Nesses casos, recomendo que haja também estímulo no pênis, como masturbação ou sexo oral. A mistura de estímulos traz muito prazer ao parceiro, garanto que terão uma grande descoberta. Mas, como sei que Pierre costuma ter o orgasmo da próstata, vamos demonstrar assim.

Crystal não perdeu a cadência de movimentos. Sabia exatamente como fazer, por isso não se espantou quando Pierre começou a ejacular, tremendo, gemendo de um jeito que lhe trazia um tesão absurdo. Ela ficava louca em vê-lo gozando. Jatos e mais jatos de sêmen escapuliram da glande inchada de Pierre.

A mulher só removeu o plug quando o marido se aquietou. Ambos estavam sorridentes. Trocaram um olhar de cumplicidade que Richard Coleman invejou.

Pierre ainda ofegava. Seu pau continuava inchado, duro feito uma rocha, mas os olhos se mantiveram fechados após o contato rápido com a esposa.

– Vocês acham que homens podem ter múltiplos orgasmos? – questionou Crystal.

– Eu acho que não – respondeu prontamente Paul, um dos homens mais simpáticos do grupo.

– Também acho que não... Sei lá – completou Isabella.

– Nos filmes eróticos sempre acontece, deve ser possível – lembrou Travey, o marido de Isabella. – Teve um dia que...

Mas a mulher apertou o braço do marido, impedindo-o de falar demais, e todos riram, incluindo a própria Crystal.

– É um pouco raro. Falamos ontem que o homem tem um período refratário maior. É comum que leve mais tempo para se excitar de novo – disse Pierre, ainda com o pênis ereto. – Esse tempo pode variar de quinze minutos a doze horas, dependendo de muitos fatores, principalmente da idade do homem. Quanto mais novo, maior a probabilidade de o período refratário ser menor.

Crystal tirou um lenço umedecido da mochila. Limpou a ejaculação de Pierre com cuidado, uma delicadeza de emocionar qualquer um que assistia, porque deixou visível o amor e o cuidado entre eles. Mas nem assim o pênis do homem diminuiu, o que a fez sorrir.

Às vezes eles precisavam dar um tempo para prosseguir com a palestra, mas, daquela vez, não seria necessário.

– A terceira fase do orgasmo masculino, após o *plateau*, é a ejaculação, que acabamos de ver. Já a quarta fase é a resolução, ou seja, o estado pós-orgásmico que geralmente dá sono nos homens. É o período em que ele se recupera, a respiração volta ao normal, assim como os batimentos cardíacos. – Crystal deixou o lenço sujo sobre a toalha, um pouco mais afastado. – Mas não vai ser agora que Pierre terá seu período refratário. Como podem ver, ele ainda está excitado.

Risos baixos e envergonhados ecoaram pelo salão.

– A minha esposa vai demonstrar a melhor maneira de estimular o pênis de um homem e de fazer sexo oral – disse Pierre, mal se aguentando de antecipação.

Richard estava surpreso com a capacidade do francês de se manter excitado mesmo após um orgasmo que considerou intenso, ao menos foi essa a impressão que causou. De sua última cadeira, continuava observando os sexólogos e o restante dos participantes. Estava ainda mais introspectivo, emudecido.

O casal se posicionou melhor perante os espectadores. Pierre ainda sentado sobre a mesa, e Crystal, entre suas pernas abertas.

– A lubrificação é muito importante para qualquer estímulo no pênis, porque a ausência dela pode machucar. Enquanto no sexo oral feminino é aconselhável que não se deixe tanta saliva, no sexo oral masculino é o contrário – explicou Crystal, e segurou o membro teso de Pierre pelo talo. – Não deixe o pênis solto, segure-o com firmeza. Neste momento, podem usar um lubrificante ou a própria saliva para deixá-lo bastante lubrificado.

Crystal cuspiu na cabeça inchada do marido, diante de todos, e falou:

– A glande é o ponto mais sensível de todo o pênis. Tenham muito cuidado com ela, principalmente se o pênis de seu parceiro não for circuncidado, ou seja, que não tenham feito a remoção do prepúcio, esta capa aqui. – Crystal remexeu a pele do prepúcio de Pierre. – Geralmente os homens não circuncidados possuem mais sensibilidade na glande. Seja delicada no movimento, mas, como nas mulheres, se for muito suave, pode não ser tão agradável.

– Não mordam! – disse Pierre, taxativo, provocando mais risos. – Por favor, não mordam nem de leve, não encostem os dentes. A menos que o seu parceiro peça, claro.

– Os movimentos mais comuns são aqueles que imitam o sexo. O vai e vem de baixo para cima. – Crystal repetiu o gesto, e Pierre precisou gemer. – Mas, antes, dê uma atenção à glande. Chupe, lamba, roce seus lábios... Deixe bastante saliva espalhada tanto nela quanto no corpo do pênis.

A mulher parou a explicação para exemplificar na prática. Passou a língua ao redor da glande de Pierre, arrancando dele gemidos de prazer, em seguida chupou. O ruído reverberou pelo salão, já que todos estavam em silêncio absoluto.

Crystal repetiu algumas vezes. Depois, passou a glande em seu rosto, atiçando com calma, uma desenvoltura que provocou arrepios em alguns participantes.

– O segredo de uma boa chupada está na lubrificação e na cadência – disse Pierre, com muita dificuldade. – Se estiver insegura, com nojo, não faça. O homem percebe quando está sendo mal chupado. Não é só colocar na boca, garanta que seus lábios friccionem o membro.

Crystal continuou demonstrando com bastante experiência, mas depois se afastou para acrescentar:

– Eles também gostam quando enfiamos tudo até a garganta, mas aconselho que misture os movimentos. O mais importante está aqui em cima, na glande. – Tocou a cabeça rosada, lustrada de saliva. – Ela que é a sua grande aliada. Outra coisa importante é avaliar como seu parceiro se toca. Homens gostam de ritmos e direcionamentos diferentes. Alguns fazem mais forte, outros, mais devagar.

Pierre gemeu, antes de dizer:

– É fundamental que a parceira saiba como o homem leva a si próprio ao prazer. Por exemplo, Crystal sabe que gosto nesta velocidade. – Acenou para a mulher com a cabeça. – Mas, claro, tente também estímulos diferentes. Inclusive, há itens de sex shop voltados ao estímulo peniano que também podem ser utilizados.

Crystal continuou demonstrando na prática.

– Você pode mesclar a massagem com as mãos e a boca. Envolva essa região abaixo da glande, entre ela e o início do corpo do pênis. Essa pequena curvinha é uma região muito prazerosa de ser estimulada.

Ela rodeou os dedos na área mencionada, e Pierre virou a cabeça para trás. Ofegou alto. A mulher continuou o movimento, utilizando as mãos para atiçar. Em seguida, voltou a abocanhar o marido.

Crystal distribuiu algumas chupadas, repetindo o gesto de vai e vem, enquanto Pierre enlouquecia de desejo. A mão dele foi colocada sobre a cabeça de Crystal, enquanto a outra o ajudava a se apoiar sobre a mesa.

– Não empurrem a cabeça de sua parceira, ao menos não antes de saber se ela gosta – disse ele, ofegante. – Tenha respeito pelo que elas estão fazendo e também pelos seus limites. Empurrar o pau na boca dela de uma vez pode ser desconfortável, sua parceira pode passar mal ou até vomitar. Deixe que ela fique com o controle. Claro, segure os cabelos, dite o ritmo se desejar, mas com cuidado e respeito. Por isso é bom manter o diálogo aberto: algumas mulheres gostam, Crystal não curte ser forçada a chupar.

A mulher se afastou do pênis o suficiente para voltar a usar as mãos. Demonstrou alguns movimentos, começando pela base, seguindo pelo corpo e findando na glande. Enroscou uma mão em concha na parte superior. Depois, usou os dedos indicador e médio para estimular a região entre glande e prepúcio. Explicou com detalhes a importância daquela fricção para a incumbência do orgasmo.

Por fim, Crystal voltou a abocanhar Pierre. Chupou-o com ritmo constante, rápido, ajudada pelas mãos experientes. Deixou-o muito lubrificado, e em minutos Pierre começou a gozar. Daquela vez, não soltou muito sêmen. Em condições normais, a sexóloga teria engolido a ejaculação, mas fez questão de se afastar e deixar os espectadores verem o gozo. Então esperou que o marido se recompusesse, e todos assistiram à cena com olhos bem abertos.

– É normal que, na segunda vez, a ejaculação venha em menor quantidade e mais "rala". Pierre quase não teve período refratário, seus órgãos não tiveram tempo de fabricar mais sêmen – explicou a sexóloga, soltando o membro do marido, que daquela vez amoleceu. – Meninas, como disse meu marido, ninguém é obrigado a nada durante o sexo, por isso não se sintam na obrigação de ingerir o sêmen do parceiro. Só façam isso se estiverem confortáveis. Tem um gosto, um cheiro e uma consistência características, que não são agradáveis a todo mundo, e está tudo bem.

Pierre sorriu, arrasado e um tanto suado. O rosto ainda estava vermelho pelo orgasmo, mas ele se manteve notavelmente feliz. Contente de um jeito que intensificou a inveja de Richard. O empresário chegou até a resmungar, emburrado. Suas ideias seguiam rumos obscuros.

Pierre considerou importante acrescentar:

– Homens, lembrem-se de que qualquer problema a respeito da ejaculação ou da ereção precisa ser visto com um médico. Dificuldade de manter a ereção, ejaculação precoce ou retrógrada, enfim... Não se mediquem sem recomendação.

– É isso. Vão ao médico e se cuidem! – disse Crystal, sorrindo. – Agora, vamos abrir a palestra para responder às perguntas. Alguém tem alguma dúvida?

Prontamente, Richard levantou o dedo, e, sorrindo, Pierre acenou.

– Vocês transam todos os dias?

Aquela pergunta foi feita pelo monstro dentro do empresário. Nem um pouco racional. Era uma curiosidade que invadia seu peito.

Pierre olhou para Crystal e deu de ombros. Era uma pergunta íntima, mas que não viam problema em responder, afinal haviam compartilhado grandes intimidades com aquelas pessoas. Queriam que se sentissem entre amigos.

– Quase todos – confessou o francês. – Às vezes estamos cansados. Trabalhamos muito. – Os dois riram.

– Ainda bem que nosso trabalho é prazeroso.

Isabella levantou a mão.

– E como vocês separam o que acontece no palco do que acontece na vida a dois? Ainda sobra fôlego para mais tarde?

Foi Crystal que respondeu:

– Só damos um tipo de palestra por dia justamente por causa disso. E nunca marcamos em todos os dias da semana. Mas, para resumir, o que acontece aqui nada mais é do que a nossa preliminar. Depois a gente manda ver!

Todos riram com a resposta.

Mais algumas perguntas foram feitas, porém Richard continuou reflexivo. Ficou tão imerso que parou de prestar atenção no que estava acontecendo. Ele já não sabia mais se o sexo com Anna era bom mesmo. Para si próprio e para ela. E não tinha certeza se havia sido esse o fator determinante da traição.

Também ficou espantado com o fato de que um casal aparentemente feliz, de adoradores do sexo, não transasse todos os dias. Era bom manter sexo rotineiro? Era mesmo necessário? Fazia sentido para Anna, como fazia para ele? Richard Coleman questionou todos os âmbitos de seu casamento, inclusive o carnal.

Uma pergunta não parou de circular a cabeça do homem: *será que Anna transava todos os dias apenas para satisfazê-lo?* Mas o orgasmo da mulher era intenso! E, na maioria das vezes, era ela quem começava a provocação horas antes... Nas festas, nos jantares ou até mesmo na troca de olhares cheios de más intenções.

E ele? Satisfazia-se de verdade com aquele sexo, ou só era levado pelo vício, como alguém que se importava demais com algo que fazia pouco sentido?

A natureza de sua relação estava em jogo.

23

Há situações na vida pelas quais não planejamos passar. Nem com toda a criatividade e a imaginação possíveis, Anna Coleman se enxergou, algum dia, pensando seriamente em juntar suas coisas dentro daquela mansão e ir embora.

Não podia mais dizer que a base que a sustentava estava ruindo. O desmoronamento encerrou. Já se mantinha no chão, entre cacos e pedaços de nada, ciente de que não haveria outra maneira de reencontrar a paz que não fosse se retirando definitivamente.

Ela precisava dizer a verdade, porque acreditava que isso a libertaria, nem que fosse para buscar um senso de justiça e moralidade que gritava dentro de seu peito. Ninguém quer ser o vilão da história, o errado, o ser inapropriado que age com egoísmo. Anna jamais se percebeu sendo essa pessoa, assumindo o papel inescrupuloso de quem se aproveita da bondade alheia.

Achava que estava manipulando não somente o marido como também Matthew Smith, e, por que não, a si mesma. Refletiu se todas as suas atitudes condiziam com um desvio de caráter ou com a autossabotagem. Já ouviu falar que pessoas muito felizes tendiam a buscar a tristeza, a tragédia, algo que lhes trouxesse a frustração necessária para manter a vida interessante.

Perguntou-se se não era o caso dela. Reavaliou o seu passado de berço de ouro, os bons estudos, a ótima e amorosa família, as oportunidades que surgiram e como tudo ao seu redor parecia dar certo, como nos filmes. Uma vida idealizada, sem dúvida. Um conto de fadas que se rompeu por um motivo que ela própria desconhecia. Perdeu a confiança, a fé na sua existência.

A força que a empurrou na direção do abismo foi fatal e cruel, rápida, impiedosa, acima dos conceitos de certo e errado que guerreavam sem cessar, construídos pela sua criação aparentemente perfeita. A pior dor era a da moral, Anna Coleman constatou. Mais sofrido do que perder tudo o que construiu com tanto amor e dedicação era saber que a grande culpada se revelava toda vez que ela encarava o espelho.

* * *

Ainda que a ruína fosse iminente, na manhã da quarta-feira ela se levantou da cama. E embora a empresária estivesse emocionalmente abalada, não era tola. Sabia o que uma separação acarretaria. Precisava cuidar mais ainda do que era dela, o que significava que pararia de se esconder e encararia os fatos de uma vez. Zelar pelo seu bom nome, pelo prestígio da empresa e pela sua forma primária de sobrevivência.

Vestiu-se elegantemente e chegou ao shopping com a cabeça erguida. Não era mulher de esperar por nada, nunca foi. Anna assumia os riscos. Era uma mulher decidida, por isso sequer olhou para os lados quando adentrou a joalheria e se deparou com a garota que a havia terminado de destroçar. Fingiu olhar alguns brincos até a funcionária se aproximar.

Patty ficou surpresa com a presença de Anna Coleman, visto que Matthew não estava mais trabalhando ali. Achava que nunca mais veria a empresária de novo. O ex-colega de trabalho não gostou de sua atitude; havia pedido que não se intrometesse naquele assunto nunca mais, pois não tinha o direito.

A garota entendeu o recado. Jamais obteria a atenção de Matthew, com ou sem a presença de Anna na vida do rapaz. No entanto, sua preocupação era genuína. Temia que ele fosse descartado como um lixo. Que, assim que Anna Coleman enjoasse, ele voltasse para a vida de insegurança alimentar, poucos recursos e futuro incerto.

– Não pretendia vê-la outra vez, sra. Coleman – disse Patty, aproximando-se carregada de desdém. – Acho que já sabe disso, mas o sr. Smith não está presente. Arranjou um novo e improvável emprego, então eu terei que atendê-la.

Anna se manteve firme. Não deixaria que Patty removesse sua calma outra vez. Na noite da premiação, estava despreparada. Naquele reencontro tinha a oportunidade de fazer o que considerava apropriado.

– Foi com você mesmo que vim conversar.

– Não temos nada para conversar, sra. Coleman. Se não estiver interessada em alguma joia, creio que seja melhor se retirar.

Anna franziu o cenho.

– Está me expulsando?

– De modo algum. Estou apenas fazendo o meu trabalho.

– E eu, o meu – continuou Anna, com a postura aprumada.

Patty tentava não se intimidar, mas intimamente o seu coração batia forte. Tinha muito medo, porque sabia que a corda sempre arrebenta para o lado mais fraco.

– Estou cuidando do que me pertence, por isso vamos pular a parte em que você é debochada e começar a falar sério – disse Anna.

Patty sorriu ironicamente. Decidiu que se manteria tranquila. Se levasse um tapa dentro da joalheria, poderia sobrar para o seu emprego. Anna Coleman era poderosa demais. Tinha a capacidade de lhe remover dali em um segundo, bastava uma conversa mais elaborada com a gerência.

– O que a senhora deseja?

– Sei que o que fiz foi errado – começou Anna, abaixando um pouco a guarda. Seria melhor agir com humildade. Teria que admitir que suas atitudes não foram justas, ainda que tivesse sido atacada. – Ninguém tem o direito de agredir o outro, por isso peço as minhas sinceras desculpas.

Patty só não cruzou os braços na frente do corpo porque ainda mantinha o porte de vendedora. Sabia que estava sendo monitorada por câmeras.

– Não sei se está sendo sincera. E, no fim das contas, não me interesso pelas suas desculpas. Aposto que não vai parar de trair o marido ou de se aproveitar de Matthew.

Anna precisou de muito autocontrole para não revidar. Observou o rosto bonito da funcionária por alguns instantes, até tomar coragem o suficiente para retirar da sua bolsa a cópia do acordo feito pela equipe jurídica. Antes de sair de casa, a empresária o imprimiu e avisou a todos que resolveria aquela questão pessoalmente. Era o que estava tentando fazer.

– Você deve imaginar que tenho muitos advogados – disse Anna, entregando o papel nas mãos de Patty. – Todos bastante competentes. Fiz uma coisa errada e cabível de processo, você deve saber disso e está se fazendo de sonsa. Não vou esperar que uma intimação me alcance, por isso estou aqui para fechar um acordo com você.

Patty olhava o papel sem entender nada. Não conhecia aqueles termos tão específicos, elaborados por pessoas acostumadas a lidar com a lei. Ela era apenas uma garota que trabalhava em uma joalheria luxuosa. Não tinha grandes pretensões.

Seu fôlego foi removido, e o coração bateu mais forte ao se deparar com o montante do acordo. Aquela parte ela entendeu. Receberia dinheiro para ficar calada. Não procuraria a polícia alegando qualquer agressão de Anna e, ainda mais, nunca admitiria a nenhum meio de comunicação o que tinha acontecido. Em resumo, seu silêncio recebeu um preço.

Patty se sentiu extremamente ofendida e tola. Não havia passado por sua cabeça abrir um boletim de ocorrência contra Anna Coleman. Ninguém em sã consciência atiçava uma fera com vara curta. Em outras palavras, achava que pobres não se metiam com ricos.

– Não vou assinar essa merda.

Devolveu o papel com mais cuidado do que era o seu desejo.

Anna fez o possível para manter a calma, com uma expressão de indiferença.

– Tudo bem, mas devo avisar que uma briga no tribunal não será justa para você. Tenho todos os recursos e irei utilizá-los para...

Anna olhou ao redor e sentiu-se suja, portanto não concluiu a frase. Apenas disse:

– Enfim, você vai perder a causa, e as consequências serão graves. Não seja estúpida, assine o acordo, pegue seu dinheiro e nunca mais nos falaremos outra vez, isso eu garanto.

Patty ficou tão chateada que bufou. Balançou a cabeça em negativa, achando inacreditável que uma mulher pudesse ser tão vil. Achava que Anna agia com desfaçatez. Tinha as piores opiniões possíveis a respeito da empresária. E quem olhasse de fora jamais justificaria qualquer atitude de Anna, talvez por isso ela mesma estivesse tão mal.

A funcionária teve uma ideia contraditória e, sem pensar muito, soltou:

– Tudo bem, eu assino essa porcaria, mas com uma condição.

Anna fez uma careta.

– E qual seria?

– Quero que saia da vida de Matthew. Ele não merece passar por isso.

Patty aspirou forte, inflando o corpo para parecer mais intimidadora perante Anna. Manteve os olhos fixos na empresária e continuou:

– Soube que ainda não assinaram a papelada da demissão dele, e sei que o nosso gerente não gostou de perdê-lo. Ainda dá tempo de voltar atrás, de devolver a vida dele, deixar tudo como era antes – disse Patty, e então apontou para o ofício na mão de Anna. – Assino assim que ele estiver seguro. Se for sensata e bondosa, é o que vai fazer, sra. Coleman. Mas, se for egocêntrica e cretina, continuará com essa farsa.

Anna se deparou com uma torturante encruzilhada. No entanto, ao olhar bem para o rosto de Patty, decidiu que não se deixaria dominar pelas suas palavras. Matthew havia sido direto quando disse que não queria que ninguém falasse por ele. Era muito injusto. Sem contar que o contrato com a marca já estava assinado e só poderia ser revisto após cinco anos. O rapaz teria segurança. O rompimento da cláusula era cabível de uma multa que o deixaria confortável durante muito tempo.

Sendo assim, as preocupações de Patty eram infundadas, ao menos com relação ao dinheiro de Matt. Além do mais, tudo o que Anna havia feito até o momento teve o consentimento do rapaz. Não seria aquela funcionária que tomaria a decisão, ainda que isso arriscasse o negócio de Anna.

A empresária ergueu um pouco mais o queixo.

– Então é assim que será. Aguardo a intimação.

Patty não acreditou no que a mulher havia escolhido. Ficou confusa, ainda ofendida e inconformada com o descaramento de Anna.

– Não me arrependo do que falei – disse a garota, dando um passo para trás a fim de evitar um novo tapa. – A senhora é imunda.

Anna bufou, rindo, e negou com a cabeça.

– Não. Você não vai decidir por Matthew. Sabia que não fui a única a oferecer uma oportunidade para ele?

Patty ficou surpresa diante daquilo. Ela não sabia. Matt não contou.

– Acho que te falta fé no que ele faz. Conhece o trabalho dele? – disse Anna, enquanto a funcionária permanecia emudecida, sem argumentos. – Pode ter certeza de que Matthew não voltará para esta joalheria, estando ou não vinculado à minha empresa.

Anna olhou ao redor. Percebeu que o outro funcionário as encarava, porém desviou o rosto.

– Seria tolice perder um bom profissional, e seria ridículo ceder aos seus caprichos – concluiu a empresária. – Se quer arriscar, tudo bem, nós nos vemos no tribunal. E devo informar que qualquer coisa que disser para a imprensa será tida como calúnia. Meus advogados não vão pegar leve. Então, se eu fosse você, garantiria esse dinheiro.

– Calúnia? – riu Patty, dando de ombros. – A senhora sabe que eu só falei a verdade.

– A sua verdade não serve a ninguém. Quero ver você tentar provar.

Anna Coleman achou que aquela conversa já tinha durado tempo demais. Estava disposta a beneficiar a garota, mas, se ela não queria, não havia o que fazer além de esperar a ofensiva. Estaria pronta. Montaria as suas defesas, porque ninguém iria chantageá-la daquele modo, ainda mais quando as escolhas não estivessem em suas mãos. Bastava à empresária ir embora com o contrato em branco.

No entanto, antes de alcançar a saída da joalheria, Patty mudou de ideia:

– Espera!

Anna se virou, mas continuou muda, avaliando Patty engolir em seco e mudar para uma postura mais gentil.

– Nunca esteve em meus planos fazer nada contra a senhora. Para alguém como você, pode ser difícil confiar na bondade dos outros, mas o que quero é apenas o bem de Matt.

Anna se aproximou dela de novo. Olhou-a no fundo dos olhos.

– Pare de repetir isso. *Alguém como você.* A verdade é que você não me conhece, e se conhecesse, saberia que estou passando pelo pior momento da minha vida. Saberia que estou arrasada, que me sinto culpada e que nada do que fiz foi premeditado – disse Anna, tentando soar verdadeira sem parecer fraca.

No entanto, seus olhos marejaram. Ela piscou algumas vezes, contendo a emoção. E Patty se assustou com a sinceridade da empresária.

Anna também se manteve surpresa consigo mesma. Jamais imaginou que se abriria tanto, menos ainda para uma desconhecida. Sequer se lembrava do nome da moça, mencionado por Matt na noite da premiação. Contudo, estava ciente de que vivia no limite. Se não desabafasse com quem quer que fosse, implodiria.

– Eu também quero o bem dele – continuou, com a voz recomposta, quase como se nada significasse. – Também prezo pela integridade de Matthew. Acredite ou não, desejo que ele se dê bem no que sabe fazer de melhor. Não pretendo descartá-lo. Nunca foi a intenção brincar com ninguém, e levo a minha vida a sério.

Patty continuou sem palavras. Anna voltou a entregar o papel para ela, que o recolheu sem hesitações.

– Sei que foi horrível ter batido em você. Passei dos limites. Aceite o dinheiro como sinceras desculpas, porque realmente são.

A funcionária não teve forças para fazer nada além de pegar uma caneta, que já estava no bolso do uniforme, e assinar o tal contrato. Preencheu-o com seus dados, incluindo a conta bancária, e, por fim, devolveu o papel à Anna.

– Você receberá uma cópia do contrato e o dinheiro ainda hoje.

Patty achou por bem acrescentar:

– Não estou aceitando por querer me aproveitar da situação.

Anna assentiu.

– Tudo bem, eu entendi isso. Está tudo certo.

A empresária, como uma mulher de negócios, findou erguendo a mão para Patty. A garota aceitou o gesto, e as duas se cumprimentaram rapidamente, ambos os rostos sérios, agravados pela força dos acontecimentos.

* * *

Anna Coleman tentou ser produtiva, mas passou o dia inteiro pensando em Matthew. As palavras de Patty eram repetidas em sua mente o tempo todo. O peito ficou carregado de preocupações. Ela tinha uma decisão imensa para tomar e, mesmo assim, não foi capaz de avaliar o seu casamento pela milionésima vez. Em vez disso, foi acometida pela pressa em saber de fato onde havia se metido.

Talvez Anna precisasse voltar para casa e juntar suas coisas, ou então viajar para Detroit a fim de ter uma conversa decente com Richard, mas, assim que a mulher entrou no seu veículo ao fim daquele dia, sua única vontade foi de olhar nos olhos de Matthew e entender um pouco mais a vida do rapaz.

Anna tentou se conter. Dirigiu até sua casa com a mente confusa, empertigada. Parou na frente dos grandes portões e soltou um longo suspiro. Não queria ficar entre paredes que a sufocavam. Seu lar havia desmoronado. Entrar ali seria como conferir os destroços e lamentar por tudo. Seria afundar na culpa e na amargura outra vez.

Ela sabia que merecia sofrer, mas era apenas um ser humano e, como tal, havia mecanismos em seu corpo que evitavam a dor, que ansiavam pelo equilíbrio com o objetivo de proteção. Era instintivo se defender da tragédia. Ainda que sua razão estivesse contra qualquer atitude que envolvesse Matthew, a capacidade de fugir do sofrimento e ser guiada para um caminho mais agradável venceu a guerra.

Em um ínfimo segundo, Anna Coleman não penou por tudo o que perdeu, apenas focou a única coisa que ainda poderia ter de bom. Foi por isso que pegou o celular e ligou para um número que pensou jamais ligar.

Esperou apenas dois toques e ouviu a voz grave:

– Anna.

A mulher fechou os olhos. Concentrou-se na sensação de bem-estar provocada por aquele homem, que ainda lhe era tão desconhecido. Ela não tentou entender como Matt tinha aquele poder, apenas se deixou levar, talvez vencida pelo cansaço.

– Matthew – murmurou. – Onde você está agora?

O rapaz olhou ao redor, um tanto confuso e surpreso. O coração já tinha começado a bater acelerado ao ver o nome dela piscando na tela do celular, e piorou quando ouviu a voz de Anna.

– Hum... Em casa.

Anna demorou a dizer qualquer outra coisa. De repente, sentiu-se muito estúpida. Deveria desligar e fingir que nada aconteceu. *Deveria*. Ela deveria ter feito muitas coisas de outro jeito. A culpa a apunhalou mais uma vez.

– Anna? – perguntou Matt, preocupado com o silêncio da mulher. – Aconteceu alguma coisa?

Ela continuou calada.

– Anna?

O tom do rapaz mudou para a preocupação. Ele morreu de medo de que algo muito grave tivesse acontecido.

Ao perceber que estava deixando Matthew preocupado, Anna criou forças para reagir. Porém, não conseguiu fazer nada além de exalar uma grande verdade:

– Eu estou tão, tão cansada. – A voz saiu entre os lábios trêmulos. – Cansada de me sentir perdida. Cansada de pensar, de sofrer, de lamentar, de me culpar, de sentir esse desespero, essa agonia. Estou farta, Matthew, me desculpe por ter ligado.

Matt sentiu que ela desligaria a qualquer momento, e era o que de fato aconteceria, por isso se adiantou:

– Espera, Anna!

Houve alguns instantes de silêncio.

– Por favor, não desliga. Se me ligou, teve um motivo. Estou aqui, nem que seja só para te ouvir.

Anna assentiu lentamente e acomodou a cabeça no descanso do banco do veículo. Ainda estava estacionada em frente à mansão, sem vontade ou coragem de entrar.

– O meu casamento acabou, e o meu marido ainda não sabe.

Admitir em voz alta o que vinha guardando por tanto tempo fez Anna cair no choro.

– Talvez desconfie... Mas o fato de ele não saber me enerva. E esse fim... – soluçou. – Esse fim inesperado me traz tanta revolta! Nunca fui tão fraca, tão medrosa e inconsequente. Não sei o que me tornei. Eu não sei o motivo de, em vez de pensar em como seguir com a minha vida, estar aqui te ligando porque só queria ouvir sua voz.

Matthew não foi capaz de responder. O coração estava preocupado, agitado, temeroso e enciumado, mas se esquentou na frase final de Anna. De um jeito que ele não previa. Matt compreendeu que estava mais envolvido do que imaginava.

– Eu achava que era feliz – prosseguiu Anna com o desabafo, aproveitando que Matt não conseguia elaborar nenhum pensamento coerente. – Achava que estava completa, que teria a minha família, que seria sempre realizada e satisfeita.

O coração de Matthew apertou.

– Não queria te trazer tanta infelicidade, Anna.

Enquanto ela ficava em silêncio, o rapaz se sentia a cada segundo mais entristecido com toda a situação.

Anna Coleman começou a pensar de outra maneira por causa das palavras de Matt. Não poderia culpá-lo por tudo. Não era justo. Nenhum dos dois quis aquilo e, ao mesmo tempo, ambos prosseguiram, fizeram suas escolhas.

– Você não me trouxe infelicidade.

Anna voltou a fechar os olhos. Sentiu lágrimas quentes lambuzarem as bochechas. Chegar a essa conclusão a acalmou um pouco:

– Trouxe perspectiva. Vejo tudo à minha volta de outro jeito. É assustador e surreal, mas talvez seja a verdade que estava oculta.

– E o que você vai fazer com isso?

– Eu não sei, Matthew. Estou cansada para lutar. Desisto de tentar justificar os meus erros. Não tenho perdão.

Matt precisou se sentar à beira da cama para continuar aquela conversa. Estava quase surtando de nervosismo. Não sabia qual seria o desfecho da ligação, e se espantava com a possibilidade de dar errado. Embora suas chances fossem mínimas, ele ainda tinha esperanças. Queria Anna. Isso era inquestionável.

– Você quer ser perdoada? – perguntou.

A mulher voltou a silenciar.

– Pelo que disse, seu marido não sabe de nada. Se quer manter o casamento, mantenha – disse Matt, e engoliu em seco.

Odiou-se por dizer aquilo, mas se odiaria ainda mais se não falasse o que seu coração mandava. Não queria que Anna fizesse uma escolha que a deixasse infeliz. Mesmo que ele terminasse em frangalhos, prezava muito por ela. Era um tipo de sentimento que jamais nutriu por ninguém, por isso tinha tanta certeza de que era real.

– Encontre um jeito de se perdoar e siga em paz, Anna.

As palavras de Matt doeram nos dois. Anna ficou bem chateada, porque parecia que ele queria se livrar dela. Era prudente e aceitável, racionalmente falando. Ainda assim, Anna se ofendeu. Quase desligou sem falar mais nada, porém se manteve na linha.

– Eu não posso – sussurrou ela.

– Se perdoar ou seguir em paz?

– Os dois.

Matthew soltou um suspiro prolongado.

– Eu não sei o que dizer. Só você pode decidir o que fazer, e vou respeitar suas escolhas. Odeio ter te colocado nessa posição e também me sinto culpado, mas não quero te perder – disse Matt, soando um tanto desesperado.

Anna ficou aliviada por entender que, na verdade, ele não queria se livrar dela. Estava apenas tentando ser justo e compreensivo, o que intensificou a vontade que a mulher sentia de abraçá-lo. Por outro lado, esse desejo despertou outros medos.

– Acho melhor eu desligar.

– Onde você está? – Matt logo cortou o assunto, tentando manter Anna na ligação o máximo de tempo possível.

– Na frente do lugar que costumava chamar de lar. Estou parada porque não quero entrar – respondeu ela, deixando Matt espantado. – Sabe, eu me orgulhava da minha casa. Achava enorme e linda. Agora só vejo um monte de tijolos e ostentação sem propósito.

Anna observou através da janela do veículo. Piscou algumas vezes.

– Perspectiva. Fico me perguntando se sempre foi assim e eu estava cega antes. Ela um dia foi bonita? Um dia foi aconchegante? Não sei mais responder.

– Preciso te ver – definiu Matthew. – Você não está bem, estou muito preocupado. Pelo que entendi, está no meio da rua, é isso?

– Dentro do meu carro.

– Diga um lugar, e irei te encontrar.

Anna balançou a cabeça, em negativa, com o celular grudado ao ouvido.

– Não sei, Matthew. Eu perdi a minha casa.

– Então venha para a minha – soltou o rapaz depressa.

Ele não imaginava Anna adentrando um alojamento para estudantes. Seu quarto não era luxuoso ou ostensivo, mas era o que ele chamava de lar e tinha muito respeito por isso.

– Não é nada de mais. Não passa de um humilde prédio para estudantes, mas é o meu canto, e você é bem-vinda.

Anna pensou em negar. Era loucura dirigir até Cooper City e se perder dentro de um quartinho estudantil. Nunca se imaginou fazendo isso. Mas parou para analisar os próprios sentimentos e percebeu que não importava o lugar. Queria estar nos braços de Matt, e quem sabe assim encontrar algum sossego, alguma paz, qualquer coisa que lhe arrancasse tanta dor.

Desejava sentir o cheiro dele e tentar encontrar um motivo para prosseguir.

– Envie a sua localização – murmurou. – Você tem certeza de que quer isso? Não vou te incomodar?

Matthew Smith não acreditava que ela tinha aceitado a proposta. Deu um tiro no escuro e acertou em cheio. Olhou ao redor e percebeu que teria cerca de uma hora para deixar tudo arrumado e garantir que cada canto estivesse limpo. Queria causar boas impressões em Anna, apesar de toda a humildade do quartinho.

– Nunca me incomodaria – respondeu ele, com um sorriso aberto. – E, sim, eu tenho certeza de que quero você, Anna.

Em meio ao caos, a mulher também conseguiu sorrir.

– Até daqui a pouco.

– Até daqui a pouco. Dirija com cuidado.

Durante o trajeto, não houve sequer um segundo em que Anna tivesse pensado em retornar.

24

Quando os braços fortes de Matthew Smith rodearam o seu corpo carregado de exaustão, Anna se deu conta de que valeu a pena ter dirigido até a casa do rapaz. Ela pôde respirar outra vez, porque foi erguida das profundezas do oceano cheio de mágoas e culpas em que havia se jogado.

Não viu muito do restante da casa do rapaz. Os colegas dele estavam na universidade, e Matthew também deveria estar, porém escolheu faltar à aula daquela noite para ficar com Anna e jamais se arrependeria disso. Foi com o coração em polvorosa que Matt apresentou seu recanto particular para a empresária.

De fato, era humilde, mas a mulher não reparou em nada além das telas, dos cavaletes, das tintas e dos pincéis muito bem organizados. Adiantou-se para se aproximar de todo aquele material. Imediatamente, achou o lugar mágico, porque era onde Matthew se mostrava transparente através de sua arte. Anna Coleman prendeu o fôlego ao analisar algumas telas incompletas, mas que estavam ficando perfeitas.

– Meu Deus, Matthew – ofegou, maravilhada.

Algumas delas estavam penduradas na parede por falta de espaço. Anna as admirou com os olhos brilhando, arrebatada por uma nova emoção. Era orgulho sincero.

– São lindas. Incríveis!

Matt ficou um pouco envergonhado. Não esperava que um dia Anna o visitasse. Era um lugar muito íntimo. Nunca havia se exposto tanto a qualquer mulher. Ele notava que Anna invadia cada uma de suas cavidades emocionais. Tinha muito medo. Por outro lado, sentia-se vivo e disposto a lutar por ela, ainda que estivesse em desvantagem.

Anna ergueu o braço e tocou uma tela impressionante com a figura de um cavalo. Era tão real e detalhista. Os tons de marrom e vermelho estavam impressionantes. Os olhos do animal pareciam vivos. A tela exalava poder, autoridade e, ao mesmo tempo, uma sensibilidade de espantar.

Matt continuou em silêncio. Admirava a beleza de Anna, bem como o encanto da mulher por suas telas. O cheiro de perfume caro e as roupas de grife quase não combinavam com o quartinho. Quase. Porque o âmago de Matthew encontrou sentido na presença dela, apesar dos pesares. Não percebeu diferença de classe ou idade, porque ela lhe trouxe uma tranquilidade impressionante. A sua certeza aumentou: ele a queria muito, e de todas as formas.

– Elas vão para a minha loja? – perguntou Anna em um murmúrio.

– Sim, em breve. – Matt colocou as mãos nos bolsos da calça de moletom. – Já estão sendo feitas com materiais bons. Agora que estou com tempo, tive um surto de criatividade e produzi novas peças muito rápido.

– E esta? – perguntou Anna apontando para o cavalete.

Havia um lençol cobrindo a tela, o que deixou a mulher com curiosidade para conferir o que havia por baixo.

Matthew sentiu o rosto aquecendo.

– É um novo projeto. Não terminei ainda.

– Posso ver?

O rapaz pensou em inventar alguma desculpa, mas não foi capaz de mentir. Tomou coragem e fôlego e removeu o lençol calmamente, com cuidado para não manchar o quadro. Concordou que estava ficando impressionante.

A imagem era do perfil do rosto de Anna Coleman olhando para uma janela através da qual se via um jardim. Matt ainda precisava trabalhar melhor nas cores, mas a perspectiva e sobretudo os detalhes do rosto de Anna estavam perfeitos o suficiente para que se orgulhasse.

Anna precisou suspender a respiração. Analisou a tela à sua frente e se emocionou de verdade. Achava que não possuía mais lágrimas, porém seus olhos se encheram delas. Não as derramou. Engoliu o nó de emoção preso em sua garganta e, repentinamente, sentiu-se amada. Ficou muda, estarrecida diante do trabalho inacabado.

Ver a si própria encarando um jardim fez com que se percebesse em toda a sua essência. Ela era aquela mulher que ansiava um tipo de liberdade desconhecida. Mas apenas a admirava com curiosidade, ainda de longe.

O fato de Matthew ter sacado isso deixou-a ainda mais surpresa. Entendeu que ele a conhecia mesmo sem a necessidade de muito tempo ou muitas palavras.

– Era para ser um presente para você.

– E não é mais? – Anna quase não conseguiu perguntar. A voz saiu fraca.

– Quanto mais eu pinto, mais quero ficar com ela.

Enfim Anna se virou para encarar os olhos azuis de Matthew Smith. Não precisou dizer nada. Deu alguns passos na direção dele, até que foi possível que o homem depositasse as mãos grandes em sua cintura estreita.

– Estou com tanto medo – confessou Anna.

Matt assentiu.

– Eu também. Mas, quando estou com você, tudo fica mais fácil.

Ele ergueu as mãos para segurar as laterais do rosto bonito de Anna. Admirou-a de perto e quase não acreditou que a mulher estivesse mesmo ali. Parecia um sonho.

Anna concordou com a cabeça.

– Não posso garantir nada, Matthew, e-eu... – começou, com o timbre preocupado e apreensivo, mas foi calada pelos dedos do rapaz.

– Shh... Eu sei. Não se preocupe nem pense nisso. Você está exausta, e quero que apenas descanse.

Matt pegou as mãos de Anna e a levou para a sua cama de solteiro. Não se importou se os dois caberiam ou não. Dariam um jeito.

Deitou-se e trouxe a mulher consigo, para a quentura do seu abraço apertado. Enroscou as pernas nas dela. Soltou um longo suspiro porque também considerou mais fácil respirar.

Passaram longos minutos em silêncio, até que Anna o rompeu:

– Fiquei o dia todo preocupada com você. Agora, não estou mais.

– Como assim? – estranhou Matthew. Era ele quem devia estar preocupado.

Anna suspirou e ergueu a cabeça, encarando-o nos olhos outra vez.

– Eu jamais deixaria que isso acontecesse novamente, mas pensar em você passando dificuldades, sentindo fome...

Matt congelou. Não soube de onde Anna Coleman havia retirado aquela informação. Ele nunca mencionou nada além do fato de ser órfão.

– Mas sei que não vai se repetir – continuou ela. – O seu talento será espalhado em breve.

O rapaz continuou calado, um tanto desconfortável e se sentindo mal pelo seu horrível passado.

– Anna... Como soube... – questionou Matt em um sopro de voz.

– Aquela sua colega da joalheria. – Anna fez uma expressão enciumada. – Você foi um guerreiro até aqui, Matthew. Estou orgulhosa de você.

Foi a vez de os olhos do rapaz se encherem de lágrimas. Anna não fazia ideia de quanto aquelas palavras foram significativas para ele. Crescer e viver em um orfanato não foi fácil. Passou por muita coisa e, quando alcançou a maioridade, sobreviver se tornou seu foco. Teve que lutar muito para ter uma boa educação. Para não se envolver com coisa errada. Para manter a cabeça no lugar e ter um objetivo de vida, com planos e sonhos.

– Eu tinha apenas dois anos quando a minha mãe biológica ficou muito doente e faleceu. Éramos só nós dois.

Matthew começou a narrativa porque sentiu essa necessidade. Anna desabafou naquela noite, ele se sentiu livre para fazer o mesmo.

– Não havia família registrada. Ela era uma pobre imigrante negra que trabalhava na casa de uma família rica e engravidou do filho jovem do casal de abastados. Foi jogada na sarjeta sem nenhum recurso, descartada feito um animal. – A pausa de Matthew fez Anna entender como tudo aquilo ainda o machucava. – Nunca fui atrás dessa gente e não me interessa saber quem são. Enfim, é tudo o que sei sobre quem sou. As únicas informações que o orfanato possuía. O resto precisei construir sobrevivendo.

– E construiu muito bem, Matthew. Você é um homem educado, inteligente, gentil, talentoso e lindo. – Anna sorriu para ele. Estava emocionada também. – Eu sinto muito pelo seu começo neste mundo ter sido tão difícil. Mas reitero a minha certeza: as dificuldades não vão se repetir.

Anna o apertou com mais força e, em resposta, sentiu os dedos de Matthew a agarrarem.

– Obrigado por tudo. Principalmente por ter vindo.

A mulher arfou.

– Obrigada você, por ter me acolhido no seu cantinho. Aqui é aconchegante.

Matthew havia achado incrível o fato de ainda não terem se beijado. O desejo de sempre foi acionado assim que se viu diante da presença de Anna. Ambos se controlaram até aquele instante carregado de significado. Foi ainda mais intenso tomar os lábios da mulher. Foi gratificante aspirar aquele cheiro, sentir o sabor daquela língua, agarrá-la em um lugar que para ele era mesmo bastante confortável.

Anna ofegou, já com a respiração suspensa por causa da intensidade do beijo. Ainda não podia explicar aquela mágica que os envolvia toda vez que se encontravam. Arrepiou-se da cabeça aos pés sob o toque mais firme do homem. Não precisou de qualquer esforço para se sentir muito excitada, sedenta por mais.

Matt fez uma pausa e olhou para Anna, acariciando o queixo da mulher.

– Aquela noite calma que sugeri... – murmurou, e continuou alisando-a com delicadeza. – Pode ser agora. Quero te ter em paz. Preciso te beijar inteira e te fazer minha sem pressa.

Anna estremeceu diante dele.

– Posso? – perguntou Matthew.

Ela não tinha resposta. Mas encontrou-a no fundo dos olhos decididos de Matthew. A única certeza que possuía era de que seu corpo implorava por aquilo, como sempre fazia quando perto dele. Era fraca demais para resistir. Estava cansada para brigar consigo mesma. Quando se propôs a dirigir até ali, já sabia o que aconteceria. Não havia como negar o que cada terminação nervosa exigia.

– Por favor – pediu Anna, enfim.

Matthew girou o corpo dela com precisão e cuidado. Depositou-a com as costas sobre o colchão simples e se colocou por cima. Beijou-a como nunca antes. Os lábios e as línguas se entrelaçaram com profundidade o bastante para arrancar gemidos, ofegos e um tesão que fazia ambos os corpos se arderem.

Anna o abraçou com pernas e braços. Puxava-o para si como se fosse insuportável ocuparem espaços diferentes. Queriam se tornar apenas um, e essa necessidade notável emocionou ambos.

Em todas as vezes que se encontraram, havia sido com pressa, urgência, desespero e a sensação do errado e proibido pairando sobre suas cabeças. Daquela vez, tudo mudou. Matthew não se sentia sujo, esquisito ou deslocado. Embora ainda não fosse certo ou justo, achou-se no direito de fazer aquilo, porque sentimentos bailavam em seu coração, e ele só queria um modo de colocá-los para fora.

Ele acreditava que o amor podia ser injusto, mas que nunca seria feio. Não havia como manchar a confiança que vibrava em seu peito enquanto removia as roupas de Anna. Era puro, genuíno e bonito, porque era real.

Foi com delicadeza que ele beijou cada curva da mulher, cada reentrância que se mostrava perfeita aos seus olhos. Matthew contornou a língua em todas as partes que quis. E toda vez que Anna gemia, ele se deliciava. Perdeu-se na quentura dela, no gosto da pele quente, na forma inteiriça com que se entregava.

A mulher estava tão disposta a sentir o máximo de prazer que estava quase se derramando só com aquela sessão de beijos e carícias. E quando a língua de Matthew alcançou o seu centro, Anna convulsionou em um orgasmo instantâneo. Queimou da cabeça aos pés. Seu espírito ardia, era fogo vivo, e foi naquele momento, enquanto agarrava os cabelos de Matthew e ele a chupava com cadência, que percebeu que aquilo tudo era maior do que imaginava.

Não podia ser bobo ou passageiro, um capricho, um momento em que só havia tesão. Existia muito mais, coisas além da sua capacidade de compreender.

Matt continuou chupando-a, até que introduziu um dedo para ajudá-lo, o que facilitou um novo orgasmo. A mulher simplesmente explodiu, maravilhada, encarando aquele teto que lhe era desconhecido, mas não estranho. Sentiu-se viva. Foi impulsionada pelo desejo de viver, de continuar existindo e de lutar por si mesma. Depois de findado aquele orgasmo, estava amolecida e com as pernas trêmulas.

Matthew rastejou o rosto pelo corpo da mulher até voltar a alcançar a boca e beijá-la, compartilhando o gosto de Anna numa intimidade sem disfarces. A empresária enlouqueceu ao sentir o próprio sabor durante um beijo arrebatador. Seu juízo há muito tempo havia sido removido. Nem a razão tentava mais aflorar. Era irracional.

– Gostosa – sussurrou Matthew entre seus lábios. – Eu te sinto tão minha.

Deu-lhe um selinho molhado. Em seguida, beijou a ponta do nariz de Anna carinhosamente.

– Nunca quis ninguém como te quero, Anna – admitiu ele e, com tranquilidade, aprumou seu corpo grande para que fosse possível sentir aquela boceta úmida.

Pincelou o pau na cavidade, fazendo um movimento de vai e vem. O membro teso esfregando no clitóris da mulher a fez gemer um pouco mais alto. Ela não soube o que dizer, apenas se sentia entregue e sabia que jamais recuaria.

– Matthew... – balbuciou Anna. – Por favor.

– O que você quer? – perguntou ele, e continuou atiçando-a enquanto agarrava-a pelos cabelos, apoiado nos cotovelos ao redor da mulher. – Quer que eu te foda, é isso? Quer meu pau todo em você?

Anna já engasgava de tanto tesão. A antecipação gritava forte em seu corpo. Deixava-a desesperada. Precisava senti-lo com urgência. Ainda que tivessem concordado em não ter pressa, estavam em um instante de pura necessidade. Em algum momento teriam que ser selvagens, brutos, porque era assim que se desejavam.

– S-sim. Por favor.

Matthew se esgueirou para pegar um preservativo na gaveta da pequena e única mesa de cabeceira. No entanto, Anna o apertou e se contorceu, exigindo-o de uma vez. Seu membro endurecido encontrou a porta do paraíso em um segundo.

Anna estava tão úmida que Matt deslizou com facilidade, sem tempo para mais nada. Ele achou que tudo bem desistir da proteção. Queria-a inteira. Desejava senti-la daquele modo, aquecida e latejando ao seu redor.

– Anna! – Ofegou, carregado de tesão.

A mulher tremeu tanto com aquele preenchimento impecável que só conseguiu continuar gemendo, absolutamente entregue. Anna abriu mais as pernas e deslizou um dedo para o clitóris. Sentia que estava quase explodindo, e a vontade de gozar excedeu a paciência para tentar só com penetração. Atiçou seu ponto mais sensível com a agilidade necessária para chegar ao clímax.

Matthew se segurava para continuar fodendo na máxima velocidade. Quase fraquejou quando mais um orgasmo fez o corpo de Anna estremecer. Os gemidos da mulher soavam como música. Matt abocanhou um seio exposto e continuou se esforçando, concentrado, disposto a arrancar de Anna o limite do prazer.

Foi a mulher que decidiu trocar a posição. Ela o empurrou pelo peitoral e exigiu que ele se deitasse. Matt ficou ofegante, sem entender por alguns segundos, mas depois permitiu se deitar e relaxar. Anna veio por cima. Ele sabia que seria ainda mais complicado não gozar com ela daquele jeito.

Anna apoiou os pés no colchão e se abriu toda. Apoiou as mãos no abdômen de Matthew e movimentou os quadris com exigência. A penetração se tornou mais crua, selvagem. As coxas de Anna provocaram um ruído alto ao baterem contra a pelve de Matthew.

Ele visualizou seu pau saindo e entrando naquela boceta, que ainda estava muito umedecida e quente. Seu membro era comido até o talo e, depressa, a faminta retrocedia apenas para repetir o choque.

– Porra, Anna – praguejou Matthew. – Gostosa demais! Que boceta deliciosa... Fode o meu pau – resmungou, grosseiro, enquanto prendia a cintura dela para ajudá-la no movimento. Fez questão de se mexer para a metida se tornar mais intensa.

Ele quase não aguentava mais quando Anna, tomada por um tesão fora do comum, sentiu o seu âmago atingir um ponto bastante específico e novo, que a fez se contorcer e irromper em um orgasmo absoluto. Quando percebeu, não se conteve mais. A força do clímax foi tão grande que sua boceta empurrou o membro de Matt. Assim que se desconectaram, um esguicho poderoso saiu de seu corpo.

Anna nunca tinha ejaculado antes. Ela gritou tão alto que Matt precisou tampar sua boca com a mão. Ele não sabia se algum colega havia chegado, mas achou melhor não fazerem tanto barulho.

Anna ainda tremeu e gemeu abafado sob os dedos do homem. Seu orgasmo durou tanto tempo que ela mesma se surpreendeu com seu corpo.

A barriga do homem terminou completamente ensopada. Ele estava tão feliz com aquilo que abriu um sorriso de satisfação. Adorou receber o gozo dc Anna na pele, numa quantidade impensável, e achou que estivesse nas nuvens.

– Acho... – arquejou Anna, amolecendo sobre ele. – Acho que ejaculei em você.

Ele riu, achando a conclusão tão óbvia que chegava a ser engraçada.

– Você foi maravilhosa. – Ainda estava bem ofegante. – Linda demais gozando. Linda demais em todos os momentos.

Matthew agarrou-a e abraçou-a forte. Anna se endireitou e voltou a conectá-los. Sentiu o pau dele ainda muito endurecido e, embora tivesse gozado algumas vezes e estivesse fraca, não pensou em parar de jeito nenhum.

As mãos dele deslizaram pela coluna de Anna. Foi um gesto tão delicado que a emocionou. Deu para perceber o cuidado. Ela recomeçou o movimento bem devagar. Dolorosamente lenta. Matthew voltou a se desesperar de tanto tesão. Estava quase explodindo.

– Desse jeito eu vou gozar – avisou.

Anna o olhou com malícia. Deu algumas reboladas, prendendo o pau com os músculos vaginais. Matthew agarrou os seios da mulher. Ficou vidrado naquele rosto contorcido pelo prazer. Prendeu os lábios quando ela subiu e desceu entre uma rebolada e outra.

– Amo estar dentro de você – disse baixo, passando a língua sobre os lábios de Anna.

Prendeu-a pela cintura e trouxe-a para mais perto. Agarrou-a em seus braços e, agilmente, começou a arremeter forte para dentro, fazendo-a voltar a gemer. Matthew estava por um fio e alertou:

– Eu vou gozar agora...

Mas a mulher não se retirou, ao contrário, agitou-se mais forte sobre o homem e permitiu que ele se derramasse dentro dela. Matt gozou ruidosamente, expelindo seu sêmen aquecido no interior de Anna. Ela o sentiu latejante.

Mesmo após concluir, Matthew continuou endurecido. Respirava forte, com as mãos circulando o corpo suado de Anna. Havia se entregado de corpo e alma para ela. Sentia que, depois daquela noite, não seria a mesma coisa. Eles tinham ultrapassado os limites de uma relação movida apenas por desejo. Não era só isso. Matt sabia, e Anna se assustava porque começava a entender.

Foi ela que, percebendo o pau ainda rijo de Matthew, tomou a iniciativa de retirá-lo de dentro da boceta. Usou a lubrificação dela própria, junto ao sêmen dele, para guiar a cabeça inchada do homem até o seu ânus.

Matt olhou para ela com surpresa evidente no rosto. Não esperava por aquilo. Anna forçou o membro do rapaz na entrada e, devagar, Matt a invadiu por ali.

– Quero você em toda parte – disse ela, sentindo-se uma devassa e, ao mesmo tempo, adorando isso.

O novo estímulo a fez delirar. Estava tão disposta e melada que não teve nenhuma dor.

– Preciso que me coma inteira.

– Porra, Anna – balbuciou Matt, provocando risos suaves nos dois.

Nem se o homem quisesse, deixaria o seu membro amolecer. Sentir aquela cavidade o apertando lhe renovou o tesão instantaneamente. Matthew agarrou as nádegas de Anna, permitindo que a invasão fosse mais profunda. Continuou lento para não a machucar. Gemeu alto quando boa parte de seu membro se colocou dentro da mulher.

– Que cuzinho delicioso – sussurrou.

– Gostou? – sorriu Anna, cheia de tesão e malícia.

Ela retrocedeu uma vez e voltou a descer, provocando um ofego em Matt.

– Amei... Bem apertadinho. Que vontade de te foder toda.

– Fode – arquejou ela, quase como se fosse uma ordem.

Foi o incentivo que Matt precisava para agarrá-la e começar a se movimentar mais depressa. Arremeteu o quanto podia dentro do ânus de Anna, que gemia e se contorcia, entregue ao estímulo diferenciado, sentindo-se repleta. Não era tão fã de sexo anal, mas curtia de vez em quando. Geralmente em ocasiões especiais.

Matt percebeu que Anna estava cansada e trocou de posição. Deixou-a deitada de bruços na cama e se colocou por cima. Abriu as nádegas dela e se enfiou no meio. A foda ficou mais brutal e cadente. Sua pelve se chocava com força contra a bunda de Anna. Foi fácil manter o ritmo. A mulher o recebia de forma íntegra e gemia no travesseiro.

– Que delícia foder esse cu! – vociferou Matthew.

Continuou arremetendo tão intensamente que quase não acreditou quando outro orgasmo se formou.

– Vou te dar porra aqui também!

Logo em seguida, liberou-se dentro de Anna, enquanto gemia no ouvido dela. Concluiu o êxtase arrasado, mas ciente de que a mulher não tinha gozado de novo.

Ele queria isso, portanto a girou e abriu as pernas de Anna, que pensou em não permitir uma nova chupada. Estava cansada e satisfeita, porém, ao ver Matthew introduzindo um dedo e a chupando com força, mudou de ideia.

Deixou que ele a atiçasse até arrancar o último e sofrido gozo, menos intenso, mas bom o bastante para que ela sorrisse ao final. Sentiu-se fisicamente exausta, mas com o emocional um pouco melhor.

Matt se endireitou sobre a cama e a puxou de volta para si. Anna foi como uma marionete, sem pestanejar, com os membros ainda trêmulos pelo esforço e os orgasmos. Ela soltou bastante ar dos pulmões. Decidiu que não sentiria nada controverso nem fugiria. Seu organismo expulsou as complicações pela própria sobrevivência. Ela precisava de paz, depois de tanto tempo arruinada.

Matthew abraçou-a como se jamais quisesse largá-la. Era verdade.

– Você é maravilhosa – soprou perto do rosto dela.

– Você que é.

* * *

Foi a primeira vez, depois de muito tempo, que Anna conseguiu adormecer sem tomar medicamentos. No entanto, em poucos minutos acordou assustada. Percebeu que não deveria ficar ali. Tinha que voltar para casa.

– Preciso ir, Matthew.

– Tem certeza? Fica aqui comigo.

– Não posso. – Anna suspirou ruidosamente. – Tenho que tomar coragem e encarar meus problemas.

Não especificou mais nada. Matt entendeu.

– Tudo bem.

Ele pensou em perguntar quando se veriam de novo. Estava ansioso e com medo de nunca mais reencontrá-la. No entanto, sabia que não adiantaria forçar a barra. Anna Coleman passava por um processo de transformação grande. Precisava de tempo e espaço para se recompor, para colocar a mente no lugar e fazer suas escolhas. Cabia a Matthew esperar o momento dela.

Anna dirigiu de volta para casa tentando afastar a culpa. Quase conseguiu. Talvez tivesse encontrado alguma paz se, quando tivesse chegado, não percebesse vestígios da presença de Richard na mansão. Foi como levar um soco no estômago.

Ela subiu as escadas com o coração acelerado, apavorada e com uma expressão confusa. Quase deu um grito ao ver a pequena mala do marido disposta no corredor, como se tivesse sido deixada para trás de propósito. Ela precisou levar uma mão ao pescoço a fim de conter o berro. Temeu nunca mais conseguir respirar.

Entrou no quarto e encontrou o marido com a expressão séria, sentado à beira da cama como se a aguardasse.

Anna achou que era azar demais. Os últimos minutos de tranquilidade foram falsos, ela se deu conta, apenas uma ilusão para que suportasse um pouco mais. A realidade era a que se mostrava bem na sua frente. Teria que enfrentar Richard e simplesmente não sabia o que fazer.

Era culpada. Havia assassinado um grande amor de um dia para o outro. Manchou uma história que era para ser linda, perfeita. Destruiu os planos dos dois. Agiu com cretinice e vulgaridade. Defender-se seria em vão.

25

Naquela manhã de quarta, aconteceu o grande desfecho do casal Crystal e Pierre Leroy. A palestra não foi no salão de eventos como nos dois primeiros dias, mas na suíte máster da mansão. Cadeiras foram colocadas ao redor da cama *king size*, o que deixou os espectadores ansiosos e um tanto intimidados com o que viria pela frente. Sabiam que observariam uma transa acontecendo ao vivo.

Por outro lado, os momentos de interação fizeram com que as pessoas ficassem menos envergonhadas diante umas das outras. Conversavam durante refeições e horas de descanso, então o clima se tornou de coleguismo, o que também ajudou os profissionais a prosseguirem sem receios. Ao menos ninguém sairia correndo.

– Primeiramente, vamos mostrar em tempo real todas as preliminares que ensinamos nas primeiras palestras – informou Pierre, usando apenas uma bermuda leve, enquanto Crystal vestia uma camisola curta e fina, já que demorariam pouco tempo com aquelas roupas. – Não vamos fazer pausas para explicar. Em seguida, daremos alguns direcionamentos sobre o momento da penetração e, obviamente, mostraremos na prática.

Richard apoiou a mão no queixo, cruzou as pernas para evitar uma possível ereção descoberta e esperou. Estava muito introspectivo. Harvey Campbell começava a temer o silêncio do empresário, porque sabia que nada bom sairia daquilo. Entretanto, o cientista escolheu não assistir àquela apresentação. Preferiu trabalhar de seu notebook.

Crystal e Pierre protagonizaram uma cena completa de massagem, carícias, sexo oral e variados estímulos. Os casais olhavam cada detalhe quase sem piscar. Era impossível não sentir constrangimento, por isso uma aura tensa se fez dentro do quarto. Uma música romântica suavizava o clima ao ressoar baixinho. Todos fizeram silêncio absoluto enquanto os sexólogos davam o melhor de si.

Antes da hora da penetração, no entanto, Pierre se ergueu e explicou, com seu pau teso apontado para o teto:

– É importante saber quais posições são mais cômodas para o casal. Quais as mais confortáveis e as melhores para gozar. Mulheres costumam ter mais orgasmos quando estão por cima, pois conseguem comandar o ritmo, mas isso pode variar. – Fez uma pausa e olhou para baixo, apontando o próprio membro. – Se você tiver um pênis maior, é possível que algumas posições e velocidades machuquem a sua parceira. Não forcem até o final, se perceberem que o canal vaginal dela já está preenchido.

– Precisa ir com calma. Pierre tem um belo exemplar, por isso usamos bastante lubrificante – acrescentou Crystal, sorrindo. – Mas, se o pênis for menor, sugerimos as posições "de quatro" e "frango assado", ou seja, com a mulher por baixo e as pernas totalmente erguidas nos ombros dele. Facilita, e muito, uma penetração com mais atrito.

Pierre puxou Crystal pelas pernas e a trouxe para a beirada da cama.

– Já a velocidade depende muito de como cada um gostar. Sempre recomendamos experimentar e mesclar ritmos. É lógico que o homem não vai conseguir se manter sempre rápido, e nem sempre a rapidez é sinônimo de prazer para a mulher. Se a sua parceira gosta mais lento e você também, não tem por que manter a performance só para se exibir. Lembrem-se do Ponto G dela. – Gesticulou na direção da vagina de Crystal. – Com a posição do pênis inclinado para cima, é mais fácil atingi-lo. Dê preferência a posições em que ela possa gozar ou até ejacular.

Pierre penetrou Crystal do modo como explicou, com o membro mais apto a alcançar a parte interna do clitóris, o que provocava um prazer diferenciado. Manteve-se meio curvado sobre o corpo dela.

– Muitos homens se preocupam com o tempo que o sexo durará. Tentam pensar em outras coisas para não gozar e acabam perdendo a ereção.

Acreditamos que isso seja uma tortura, não é recomendado – prosseguiu Pierre, ainda que meio ofegante pela metida suave que oferecia à boceta de Crystal. – Foquem o prazer, a pele, o contato, a intimidade.

Ele continuou penetrando-a enquanto suas mãos deslizavam ao longo da pele da esposa.

– Já mostramos a vocês várias outras maneiras de gozar. Sendo assim, mesmo que você não dure tanto, pode continuar oferecendo prazer à sua parceira de outras maneiras. O sexo não precisa acabar no momento da ejaculação masculina.

– Homens, não gozem, virem para o lado e durmam antes de ter certeza de que sua parceira gozou, por favor! – disse Crystal, rindo um pouco.

Ela estava completamente entregue sobre aquela cama. Adorava o fato de ter que usar a seriedade para soar didática e, ao mesmo tempo, estar no meio de uma transa.

Pierre assentiu, também sorrindo.

– Inclusive, depois que acaba, sempre recomendamos o abraço, a troca, a conversa. O desfecho também faz parte do sexo, nem que seja para caírem no sono juntos. Isso faz toda a diferença na relação e na satisfação sexual.

Crystal soltou um gemido porque Pierre resolveu acelerar mais um pouco. Ele ainda arremetia devagar, enfiando-se até o talo dentro dela. Seu corpo tremia de tesão.

– Se gostarem de sexo anal, tomem muito cuidado. – Pierre ofegou, circulando um dedo no ânus da sexóloga. – O ideal é usarem preservativos para se protegerem de infecções, além de bastante lubrificante, como já alertamos na aula anterior.

Crystal deu continuidade, ofegante:

– Nunca penetrem a vagina após terem penetrado o ânus, a não ser que mudem ou retirem o preservativo. Isso pode levar bactérias ao canal vaginal e acarretar problemas de saúde.

– E, lembrem-se, só porque estão fodendo, não significa que devam usar apenas um estímulo.

Pierre pegou o vibrador clitoriano que estava separado sobre o colchão. Ligou-o e o colocou sobre o clitóris de Crystal, que gemeu ainda mais alto. Ela fechou os olhos e prendeu os dedos no lençol.

– Usem e abusem, aticem, troquem as posições – concluiu ele.

– Há certos momentos em que Pierre e eu transamos, os dois, com nossos plugs anais e é uma delícia! – disse Crystal, já quase gozando.

Pierre estava louco para concluir aquela etapa de explicações. Queria comer a esposa como nunca. Todos o veriam no auge da excitação, provocando e sendo provocado. Adorava ser observado em pleno ato.

– Vamos mostrar tudo para vocês na prática. Sem interrupções. Ao final, responderemos todas as dúvidas! – finalizou o homem.

Os dois se esqueceram do mundo ao redor deles. Foderam durante uma hora completa. Mostraram posições que nem mesmo Richard havia tentado. Ele achou muito interessante ver pessoas experientes mostrando outras perspectivas do sexo.

Pierre e Crystal, de fato, não pararam para dizer nada. Arrancaram orgasmos um do outro, sobretudo a mulher, que gozou incontáveis vezes. Richard Coleman já não se achava tão bom assim. Anna gozava bastante, mas não tanto quanto Crystal nem tão depressa. Ainda que as mulheres fossem diferentes, e que ele soubesse disso, o homem não levou em consideração. Culpava-se e se martirizava.

Ainda nutria todo tipo de dúvida e, quanto mais se fazia perguntas, com mais raiva ficava de si e de sua esposa traidora.

Richard acompanhou o belo desfecho em silêncio, quando Pierre soltou jatos imensos de sêmen sobre o corpo de Crystal.

Houve poucas perguntas em seguida. Os casais estavam com os rostos corados após as cenas assistidas e, sem dúvida, muito excitados. Ninguém quis se demorar muito.

Tão logo a palestra acabou, o empresário percebeu um fenômeno interessante: os casais se recolheram em suas suítes e, a partir das análises dos nanochips, constatou que estavam transando.

Encontrou Harvey no escritório após decidir que deixaria os participantes em paz para curtirem seus momentos de prazer.

O cientista estava em silêncio, compenetrado no trabalho. Desde o dia anterior, o sr. Campbell fingia que atualizava o aplicativo de Richard, mas não fazia nada. Sabia que uma hora o empresário explodiria.

A pesquisa estava mais séria, e Harvey não queria problemas futuros. Oliver Hans incrementara testes de DNA aos estudos, e o pesquisador estava muito ocupado com aquela parte. Trabalhar com códigos genéticos dispunha de análises e esforços de toda a equipe.

O sr. Campbell ergueu os olhos para Richard.

– Como foi? – perguntou com certo interesse.

– Como o esperado.

O homem andou até a mesa onde havia uma garrafa de uísque bebida pela metade. Encheu um copo e virou o conteúdo. Richard estava excitado, porém a raiva conseguia se sobressair. Bebia mais do que o comum durante os dias em Naples.

– Estão todos transando em suas suítes enquanto Pierre e Crystal se recuperam da foda. Foi insano. Eles são realmente bons no assunto.

– Os franceses vão embora hoje?

– Sim, depois do almoço.

– E o restante?

Richard se sentou no sofá luxuoso, muito confortável, em frente à mesa de madeira onde Harvey trabalhava. Era um escritório todo equipado, cheio de estantes com livros dos mais diferentes gêneros.

– Não acho que os segurarei por mais tempo nesta casa. Depois que os sexólogos forem embora, reunirei os meus escolhidos.

– Você já se decidiu?

Harvey ficou espantado. Não colocava fé naquela parte dos planos, porque sabia que provinha das loucuras de Richard. Era impensável. Ainda assim, estava sendo pago para acompanhar tudo de perto.

– Foi fácil demais. – Richard bebeu mais um gole. – Percebi os olhares, reparei em todos os comportamentos e conversas. São pessoas atraentes, afinal. Agora basta seguir em frente e torcer para alguém morder a isca. Só preciso de um casal.

Harvey o analisou por algum tempo, silenciosamente. Observou o rosto endurecido de Richard, e era notável que ele não estava em seu estado normal.

– E por que precisa deles mesmo?

– Já falei. Todos parecem amar seus parceiros, por isso quero ver se são capazes de trair na cara de pau. Se vão sentir prazer com outros corpos, se vão gozar. Entender se a nota do tesão permanecerá na média ou se haverá um incremento considerável... pelo ato em si da traição. Preciso ver com meus próprios olhos. Testar. Na prática.

– Eu ainda não sei no que isso te ajuda, Richard.

O empresário encarou Harvey com desgosto visível. Na cabeça dele, fazia sentido. Se um casal era capaz de amar seu cônjuge e, ainda assim, traí-lo, então talvez houvesse alguma esperança para ele e Anna. Era óbvio que Richard poderia resolver tudo com uma conversa. Mas estava fugindo disso como o diabo foge da cruz.

Preferia manipular, analisar, jogar, usar outras pessoas a encarar a realidade. Ainda estava monitorando Anna e, no fundo, adorando o fato de ela parecer deprimida a cada instante. Sentia remorso, ele sabia. Estava penando por tê-lo traído. Aquele experimento o ajudaria, sim, a avaliar os fatos. Richard nunca, jamais trairia, e achava que a esposa era como ele, mas talvez fosse como outros casais, outras pessoas com realidades distintas.

E, se fosse o caso, por que não a perdoar? Ele só precisava ter calma e paciência.

– Mais tarde vou reunir os selecionados no salão de eventos. – Richard se ergueu depressa.

Não queria entrar no assunto de novo com Harvey. Estava decidido e não importava se suas ideias faziam ou não sentido para o cientista.

– Continue monitorando-os.

Harvey assentiu e não teceu mais qualquer comentário.

* * *

Depois de um almoço comemorativo, que selava a despedida do casal de sexólogos, os participantes ficaram relaxados. Não sabiam por quanto tempo ficariam na mansão, portanto aguardavam direcionamentos com certa ansiedade. Os franceses foram embora no meio tarde, mas deixaram ensinamentos indispensáveis, informações que tocaram cada um dos presentes e que eles com certeza usariam na vida.

Deixaram também uma cartilha do prazer, espécie de resumo do *modus operandi* do gozo e do êxtase, com todas as informações que passaram nas aulas descritas de modo didático e de fácil entendimento. O interesse dos participantes foi unânime, quando questionaram quem gostaria de receber o material compilado, uma verdadeira *master class* do orgasmo.

Foi durante a noite que Richard Coleman chamou apenas os nomes que lhe interessavam: Isabella, Paul, Elisabeth e Dustin. Uma pessoa de cada casal. Dois homens e duas mulheres. Eles se reuniram no salão de eventos e ficaram bastante curiosos. Não imaginavam por que haviam tido suas presenças convocadas por Richard Coleman sem estarem acompanhados de seus cônjuges.

Richard usou toda a sua expertise para avaliá-los e sabia que eram as pessoas certas para o que queria. Fechou a porta do salão e se sentou na cadeira à frente. Harvey se acomodou atrás, olhando o procedimento de longe e com curiosidade.

O sr. Campbell se sentiu no meio de um jogo, de um reality show ou algo assim. Aquelas pessoas não faziam ideia de onde haviam se metido, mas ao menos tinham escolha.

Richard estava mais tranquilo do que imaginava que ficaria. Talvez estivesse se acostumando a controlar as reações corporais.

– Eu os reuni aqui para dar prosseguimento à próxima etapa do nosso experimento – disse o empresário de um jeito sério. – Foram escolhidos a dedo.

As quatro pessoas se entreolharam com expressões confusas. Isabella sorriu. Não sabia o que significava aquela reunião, mas se sentiu atraída. Parecia um jogo.

– Vocês podem, ou não, contar aos seus parceiros o que foi dito aqui. É uma das escolhas que terão que realizar. Eles não serão chamados, apenas vocês saberão o que fazer.

Os olhos de Elizabeth, uma loira muito bonita, abriram-se em espanto. Já Dustin cruzou os braços na frente do corpo e esperou que Richard se explicasse.

– Vou deixar que decidam com quem gostariam de realizar o experimento.

– Mas que experimento? – questionou Paul, curioso. – Nós... Nós vamos...

O homem olhou para o lado. Isabella o encarava em descrença. Ela também achava que havia entendido mal, porque as ideias que a tomaram foram loucas.

– Não sei se compreendi – disse Dustin por fim.

Richard sorriu com um pouco de malícia.

– Quero que vocês escolham um parceiro ou uma parceira dentro desta sala, claro, menos eu ou meu amigo sr. Campbell, para transar durante onze dias. – Os participantes ficaram tão embasbacados que silenciaram. Não acreditavam na proposta. – As regras são poucas e simples. Onze dias de transa diária, no local que escolherem, do jeito que quiserem. Só precisa ser uma vez, e a obrigatoriedade é de um orgasmo por pessoa a cada 24 horas. Todos precisam gozar para validar a participação do determinado dia e a continuidade no experimento. Outra exigência é que troquem fluidos. Já fizeram seus exames e estão todos limpos, portanto não usarão nenhum preservativo. Quem não conseguir, será eliminado. Vocês terão sempre um período máximo de 24 horas entre um orgasmo e outro. Não adianta ter dois orgasmos num dia e nenhum no próximo.

– Mas o que significa isso? – perguntou Elizabeth, levantando-se da cadeira, ofendida. – É um absurdo. Não parece uma pesquisa, e sim um jogo sem sentido. Por que faríamos uma coisa dessas? Por que trairíamos nosso marido ou nossa esposa?

– Sente-se, Elizabeth – ordenou Richard, apontando para a cadeira.

A mulher se recolheu, mas ainda incrédula. Os outros participantes pareciam indignados, menos Isabella. Ela queria escutar, porque sabia que tinha que existir algo a mais. E realmente havia.

– De fato, esta etapa é um pequeno jogo, faz parte de uma pesquisa pessoal. Vocês assinaram a confidencialidade, e devo lembrá-los de que temos um contrato em vigor. Nada será divulgado. E ninguém é obrigado a nada. Podem simplesmente se recusar a participar e ir embora.

– Pois então me recuso a participar! – resmungou Elizabeth.

– É uma pena – disse Richard, voltando a sorrir de leve. Sentia o sangue circulando com rapidez pelas veias; era pura adrenalina. – Os que conseguirem concluir os onze dias de experimento ganharão um milhão de dólares. Seguindo as regras que acabei de descrever.

Todos emudeceram. As expressões se modificaram no mesmo instante. Isabella sorriu mais, ainda que estivesse surpresa. Dustin descruzou os braços e encarava Richard como se não soubesse se aquilo era sério ou não.

– Assinaremos novos contratos que vão garantir que o que estou falando é a verdade – prosseguiu Richard, porque percebeu no olhar deles que já o estavam considerando um louco ou, no mínimo, mentiroso. – Não é uma competição. O objetivo é transar, gozar e trocar fluidos pelo menos uma vez, durante onze dias. Apenas isso, e suas contas bancárias receberão um presentinho.

Ele abriu mais o sorriso e completou:

– Ah, e tem outra condição: depois dos onze dias, vocês não poderão mais ter encontros sexuais. Se isso for descoberto, e pode ter certeza de que descobrirei, terão que devolver a quantia integral, acrescida de uma multa contratual bem elevada.

Elizabeth ainda estava chocada. Nunca se deparou com a possibilidade de ganhar tanto dinheiro em toda a vida. Era um milhão de dólares. Sequer tinha ideia do que fazer com o montante.

– Vocês têm a noite toda para pensar – disse Richard, maravilhado com a expressão abobalhada daquela gente. – Amanhã terão que me dar a resposta. Como falei, podem ou não comentar com seus cônjuges, desde que garantam que eles não repassem a informação aos outros. Se isso acontecer, vocês perdem a chance de participar.

– Como vocês saberão que... – começou Paul, e então engoliu em seco. Coçava a cabeça, perplexo. – Que vamos transar e gozar?

– Os nanochips – respondeu Dustin no lugar de Richard, que assentiu.

– Exatamente, os nanochips.

Houve alguns instantes de silêncio antes de Richard acrescentar:

– No entanto, há informações que ainda não conseguimos recolher por meio deles. – O empresário foi esperto o suficiente para pensar sobre aquele detalhe. – Portanto, cada um de vocês receberá uma escuta e a usará apenas quando estiver cumprindo com o acordo. Depois, podem retirá-la e voltar a usar somente no outro dia.

Dustin riu, meio sem graça. Não conseguia acolher aquela ideia com normalidade.

– Não é... uma competição? – soltou Paul.

Ele estava embasbacado, mas muito disposto a seguir em frente. Sua esposa não precisava saber de nada. Eles necessitavam de dinheiro para pagar a hipoteca. E as duas mulheres no recinto eram belíssimas, seria fácil demais. Aquela grana salvaria sua vida.

– Não – sorriu Richard, negando com a cabeça. – Não é uma competição para ver quem chega primeiro. Apenas cumpram com o acordo e receberão a grana.

Em seguida, o empresário se levantou. Deu a reunião por encerrada, mas, antes, entregou cópias do novo contrato nas mãos de cada um. A notícia positiva foi que todos os quatro selecionados seguraram o papel. Não o rejeitaram de prontidão, sinal de que pensariam antes de dar uma resposta.

– Amanhã preciso da confirmação e do nome do parceiro que escolherem – disse Richard, colocando as mãos nos bolsos e indo em direção à saída. – Se quiserem conversar entre si, por favor, sejam discretos. Podem usar o salão de eventos à vontade.

Retirou-se sem dizer mais nada, deixando o mistério no ar. Era o efeito que queria causar nos participantes. Richard se sentia poderoso, no comando da vida daquelas pessoas desconhecidas.

* * *

Minutos depois, Harvey encontrou Richard no escritório.

– Foi melhor do que imaginei – comentou o cientista, sorrindo. – Nenhum deles desistiu de cara. Acho que todos vão aceitar, no fim das contas. É muito dinheiro.

Richard sorriu.

– Eu avisei. Todo mundo tem um preço.

O sr. Campbell ainda não sabia com que propósito Richard gastaria tanto. Os resultados não provariam nada. Não fariam sua esposa parar de trair. Não solucionariam o seu casamento. Só o fariam de idiota mesmo. Contudo, Harvey não se importava de verdade. Como o empresário bem dissera, todo mundo tinha um preço, e o valor dele estava sendo quitado. O resto que se explodisse.

* * *

Foi no fim da noite, logo após o jantar com um clima meio esquisito, que Richard enfim se deitou para conferir os dados de Anna antes de dormir e levou um grande susto. A atividade sexual da esposa já estava ativa fazia uma hora. O homem se distraíra miseravelmente e não conferiu as notificações.

Richard quase teve um ataque cardíaco. Ofegou, tonteou, sentiu o coração bater depressa, golpeando a caixa torácica numa velocidade insana. Depois, veio o ódio mortal. A raiva absoluta por Anna estar transando e, segundo o aplicativo, gozando diversas vezes. Seu nível de tesão estava mantido no 9,5, uma taxa altíssima.

O homem não acreditava que a mulher havia passado dias deprimida para, no fim das contas, traí-lo de novo. Sua ira se intensificou quando a localização de Anna não mostrou o trabalho, e sim um prédio perdido e humilde em Cooper City. Ele não fazia ideia de quem poderia morar lá. Soltou um rosnado furioso e quase jogou o celular contra a parede, mas se segurou como pôde, porque tinha que continuar tendo acesso a cada detalhe da pesquisa.

Richard voltou a conferir os dados da empresa de Anna Coleman. Nenhum funcionário morava em Cooper City. A falta de respostas o indignou e, possesso, o homem destruiu alguns objetos de decoração da suíte. Agitado e suando frio, esmurrou a parede. Os selecionados só não ouviram nada porque a mansão tinha uma acústica perfeita.

Quando o aplicativo alertou atividade de sexo anal, Richard se sentiu no limite. Jamais conseguiria ficar parado. Precisava fazer alguma coisa, e se odiou por estar longe. Teria que, necessariamente, dirigir para alcançar a esposa.

Pegou a mala, enfiou as roupas dentro e desceu as escadas. Foi frio e calculista o bastante para continuar fingindo que estava em Detroit. Teria que chegar como se tivesse passado pelo aeroporto.

Agradeceu por não ter encontrado nenhum casal ou mesmo Harvey. Estavam todos recolhidos para dormir. Talvez alguém o impedisse de pegar o carro naquelas condições, mas não foi o que aconteceu.

Richard Coleman cantou os pneus do carro alugado, e em nenhum momento a sua velocidade foi inferior aos cem quilômetros por hora. Gritava conforme dirigia, ainda acompanhando Anna pelo aplicativo, ciente de que a esposa transava loucamente com outro homem. Que oferecia o que sempre havia sido somente seu para um idiota qualquer. Impossível pensar e cogitar isso.

O homem abriu as janelas e permitiu que o vento forte entrasse. Berrou, esmurrou o volante, enfiou o pé no acelerador e correu sérios riscos de vida.

Quando chegava perto de Fort Lauderdale, percebeu a localização de Anna mudando. Ela estava seguindo o caminho de casa, havia deixado Cooper City.

Richard dirigiu ainda mais depressa, porque queria chegar primeiro. Vociferou, indignado, quando invadiu a garagem da mansão e, de fato, Anna ainda não estava lá. Deixou as chaves na mesa do hall de entrada, junto do casaco. Praticamente jogou a malinha no corredor do primeiro andar, antes de alcançar o quarto e esperá-la.

Queria olhá-la nos olhos. Queria saber se ela continuaria mentindo. Se teria a cara de pau de prosseguir com a farsa. E se estivesse acompanhada do sujeito? Richard tinha certeza de que o mataria com as próprias mãos. Não conseguiria se controlar.

Dentro de poucos minutos, ouviu Anna passar pela porta da entrada principal. Sentou-se na cama. Acompanhou os passos lentos da mulher subindo as escadas. Seu coração ameaçou escapar pela boca. Quando a mulher atravessou o portal da suíte, meio descabelada e sozinha, Richard tentou buscar algum controle.

A expressão de Anna era de culpa. Richard precisou se segurar para não a agarrar pelo pescoço. Apenas se levantou e, com o rosto asseverado, perguntou:

– Onde esteve?

Anna não soube o que responder. Incapaz de mentir, também não teve coragem de começar a contar a verdade. Seria cruel demais, e o marido não merecia aquilo. Mas com certeza desconfiava de algo.

Diante do silêncio da esposa, Richard deu alguns passos à frente. Sentiu o cheiro de outro homem nas roupas de Anna e teve vontade de vomitar. Quis xingá-la, maltratá-la, cometer uma loucura. Mas, em vez disso, o monstro feroz rugiu, e o homem agarrou-a pela cintura. Deu-lhe um beijo sem pedir licença.

Enfiou a língua na boca de Anna e exigiu que ela correspondesse. Dominou-a em seus braços porque se achou no direito de usufruir de sua posse. Anna Coleman era dele. De ninguém mais. Queria que ficasse muito claro para ela.

A mulher não conseguiu reagir. O corpo amoleceu, e o coração agitado ameaçava fraquejar. Sentiu vontade de chorar, mas nenhuma lágrima escapou. Quis sair correndo, dizer para que Richard recuasse. Pensou milhões de vezes em espernear e impedir que seu marido avançasse mais.

No entanto, não pôde. Anna não precisou se perguntar o que tinha feito para merecer tamanha dor. A resposta estava óbvia, e por isso achou que de fato merecia. Era o seu castigo por ter sido covarde. Por não passar de uma vadia.

Ela não queria ser possuída por Richard. Na verdade, sentia que nunca mais seria capaz de permitir isso, não depois da noite deliciosa com Matthew. Um momento que, naquele instante, perdia-se no tempo até se transformar em nada. Anna não resistiu. Deixou seu corpo ser roubado, usado de qualquer jeito. Sentiu a raiva do marido enquanto removia suas roupas, quase rasgando-as. Decidiu que não choraria, que aguentaria firme, porque não era nada injusto que seu corpo sofresse aquele tipo de coisa.

Richard jogou-a sobre a cama e começou a chupá-la. A sua boca ardia na pele de Anna. Ela não foi capaz de se excitar, de sentir nem o mínimo prazer. O marido sentiu um gosto estranho na vagina e, de repente, lembrou-se de que o último que estivera ali não foi ele. Eram vestígios de outro homem.

Richard soltou um rosnado gutural, revoltado. Sem demoras, colocou o membro para fora da calça. Abriu as pernas de uma mulher inerte, amolecida, e visualizou as duas entradas que sempre achou que fossem suas. Ficou indignado por alguém ter comido sua esposa por trás, quando até ele precisava convencê-la disso às vezes.

Foi por isso que começou pelo rabo da mulher. Usando cuspe como lubrificante, enfiou-se profundamente. Lembrou-se das aulas dos sexólogos e riu, insano. Não se importou com proteção. Richard fodeu Anna feito um louco, sem se preocupar com o prazer da esposa, sem ligar para as aulas, para nada. Foi totalmente invadido pelo monstro raivoso. Arremeteu sem pausas, rosnando, até cansar e sentir vontade de gozar.

No entanto, não era ali que queria deixar suas sementes. Ignorando os avisos dos sexólogos para nunca levar vestígios anais à região vaginal, Richard meteu fundo na boceta de Anna.

Ela continuava sem resistir. Apenas gemia, achando que devia fazer isso. A verdade é que não sentia nada além de vontade de sumir. Humilhação, sofrimento, dor, tristeza: sentiu-se pisada pelo carma. Esperou que Richard gozasse fundo e, por fim, se afastasse, ofegante.

O homem visualizou Anna nua, repleta de gozo, sobre a cama, diante de si. Resmungou bravamente, cuspindo saliva pelos ares:

– Você é minha! Somente minha!

Anna sentiu os olhos marejarem, porém manteve-se firme, imóvel. Nunca se considerou tão vulnerável. Tão fraca e humilhada. Sua imundície piorava, misturava-se com outras sujeiras, e ela não teve qualquer anseio de continuar respirando. Encarou o olhar de Richard, embravecido. De algum modo, ele sabia. Não tinha ideia de como, mas o marido sabia. Só isso justificava aquela atitude brutal.

Anna não objetou, porque continuava achando justo. Merecia o pior. Culpou-se inteiramente, e quase não suportou o peso do remorso.

– Você é toda minha – prosseguiu Richard, ainda respirando alto e todo suado, porque comeu Anna na maior velocidade que pôde, até gozar forte dentro dela. – É a *minha mulher*.

Anna continuou sem responder. Encarava o seu castigo com bravura.

Emburrado, Richard se perdeu no banheiro, tomou um banho e saiu do quarto com uma toalha enrolada na cintura.

A mulher ficou jogada na cama durante um bom tempo. Encarava o teto sem sentir nada, estava torpe, inerte. Usada e abusada. Tinha certeza de que nunca encontraria a felicidade de novo.

Depois de alguns instantes, Richard retornou. Estava mais calmo após uma dose de uísque, mais controlado emocionalmente. Não conseguiu ver a esposa daquele modo miserável. Sentiu-se culpado, também, e odiou-se por isso. Mas, afinal, ela era quem tinha feito uma grande sacanagem com ele. Foi Anna quem o obrigou a agir daquela maneira selvagem.

Richard se sentiu no direito de abusá-la, e era difícil discernir se estava arrependido ou não. Pegou-a nos braços e colocou-a debaixo do chuveiro. Anna parecia uma boneca sem vida. Ainda assim, o marido cuidou de seu corpo, removeu todos aqueles vestígios da pele dela e a devolveu para a cama em silêncio. Acomodou-a, beijou sua testa, desejou um boa-noite fraco e cobriu-a com o edredom.

Anna continuou muda. Não teve a capacidade de encará-lo. Estava com o espírito bem longe daquela casa, em outra dimensão, um lugar onde não existia aquele nível de sofrimento. Dormiu em questão de instantes. O seu corpo entendeu que seria insuportável ficar acordado. Ela precisava de uma pausa, e a mente, enfim, apagou de vez.

26

Oliver Hans não era um tolo. Havia percebido algumas nuances que lhe deixaram empertigado durante os últimos dias. A primeira delas foi que, após a conversa de Richard com o sr. Campbell, ambos ficaram estranhos e sumidos. Harvey não frequentava o laboratório diariamente, como de costume; em vez disso, monitorava a equipe a distância, fato que o dr. Hans abominava.

Estavam em uma fase complicada de atualização do sistema e melhoramento do aplicativo. Os resultados avançavam. Informações genéticas começavam a ser incluídas como uma variável importante, e ele precisava da presença de Harvey Campbell.

Oliver também reavaliava o comportamento de Anna e Richard Coleman. Alguma coisa não se encaixava. Pensar no ferimento do amigo o fez desconfiar com mais força, além de sua indisposição para recolocar o nanochip.

Os instintos do cientista quase nunca costumavam falhar. Conhecia o amigo e sabia que, quando colocava uma ideia na cabeça, era difícil que a removesse. O modo como ele vinha agindo comprovava a esquisitice, por isso o dr. Hans tinha certeza de que Richard e Harvey haviam se juntado para, talvez, monitorar Anna... Ou por algum outro motivo que ele desconhecia.

Sendo assim, foi com algum desconcerto que recebeu Richard em sua sala de atendimentos naquela manhã de quinta-feira. O amigo estava visivelmente alterado. A barba se mantinha por fazer. Os cabelos não receberam a devida atenção. Richard sempre foi vaidoso, tinha muito cuidado com a aparência, mas se apresentou com aspecto relaxado. O dr. Hans jamais havia encontrado o empresário daquele jeito. Mais um indício para mantê-lo desconfiado.

Richard havia saído de casa após uma noite insone. Anna não acordou, e ele achou melhor assim. Foi resolver a situação com Oliver, aproveitando que já estava em Fort Lauderdale. Adentrou a sala em silêncio. Não sabia o que dizer depois dos últimos acontecimentos. Sentia-se um lixo, e era difícil conter o ódio.

– Coleman... Como tem passado? – perguntou Oliver apenas pela força do hábito; era óbvio que Richard não estava bem.

– Alguns problemas no trabalho – mentiu. – Difíceis de resolver.

– Entendo. E como está Anna? – insistiu o dr. Hans.

Pelo olhar perdido de Richard, sabia que o amigo estava mentindo, e sabia também que contrariá-lo não era uma boa opção. Sempre mantiveram uma amizade respeitosa, sem ultrapassar os limites. Nenhum era obrigado a se expor ao outro, e estava tudo certo.

– Com alguns problemas, também.

Richard prendeu os lábios. As recordações do corpo de Anna marcado por outro homem o arruinavam pouco a pouco. Entendia que, se não fosse mais firme, seria derrotado pelo emocional.

– Mas vai ficar tudo nos eixos – completou o empresário.

Richard torcia por isso.

– Sim, sim, claro. – disse o dr. Hans, e observou o amigo fixamente. – Vamos dar uma olhada na perna?

O doutor apontou para a maca já higienizada.

Richard tirou a calça jeans e se sentou, então Oliver avaliou-o com cuidado. Percebeu que a ferida havia cicatrizado bem. O homem estava fora de riscos de infecção. Como seus exames recentes eram muito bons, achou que não precisava refazê-los. Decidiu recolocar o nanochip na outra perna e monitorar ativamente. A qualquer sinal de rejeição do corpo de Richard, dr. Hans removeria o casal da pesquisa.

Não demorou tanto tempo para concluir o procedimento. Oliver ficava cada vez melhor em aplicar o aparelho minúsculo, mas de enorme potencial. Continuava sentindo orgulho daquela pesquisa, só estava intrigado com a ausência de Harvey e a estranheza de Richard. Decidiu que o sondaria um pouco.

– Tem conversado com o sr. Campbell? Soube que trocaram contatos.

Oliver mentiu. Na verdade, não soube de nada. Os dois se mantiveram em silêncio. No entanto, Richard assentiu com a cabeça.

– Sim, mas muito pouco. Não estou com tempo de compreender o sistema agora.

Richard mal encarava Oliver. A mentira ficou evidente.

– E a sua doação? – perguntou o dr. Hans, ainda que se sentisse envergonhado com o assunto.

O olhar de Richard modificou um pouco. Ele não tinha pensado em uma resposta. O dinheiro que investiu foi diretamente para Harvey. Nada foi entregue à universidade ou aos envolvidos no estudo.

O homem precisou pensar rapidamente:

– Chegamos à conclusão de que teríamos problemas com os patrocinadores. Essas coisas envolvendo dinheiro são complicadas. – Richard deu de ombros. – Deixei para lá, já que o sr. Campbell foi gentil e me explicou sobre o sistema sem a necessidade de uma doação.

– Compreendi.

Oliver passou um algodão no local onde fez a aplicação do nanochip e, em seguida, colocou um curativo pequeno sobre a pele avermelhada.

– Já terminou?

Richard estava ansioso para se ver livre do amigo e retornar a Naples. Não conseguiria passar em casa. Deixaria Anna outra vez, porque tinha medo de cometer mais maldades com ela.

– Foi rápido.

– Sim. Vamos ficar de olho desta vez. Se houver qualquer coceira, irritação ou ferimento, por favor, não hesite em informar. A sua saúde é prioridade.

– Tudo bem, Oliver.

Dr. Hans assentiu. Continuou encarando o amigo e, por fim, suspirou.

– Não vou mentir, Coleman. Estou bastante preocupado com Anna. – Oliver viu quando Richard fez uma careta completamente desgostosa. – Acredito que ela precisará retornar para uma nova avaliação. Os índices hormonais estão muito abaixo da média, depois sobem incrivelmente. Parece uma montanha-russa. Os dados diários apontam para um possível transtorno depressivo maior.

Se pudesse, Richard gritaria com Oliver.

– Você viu o que aconteceu nos jornais. – O homem usou aquela informação ao seu favor. – Está preocupada com o trabalho e exausta, mas vai ficar bem. Dê um tempo para ela. Logo os níveis hormonais voltarão a ser como antes.

Era o que Richard, sinceramente, esperava. Queria sua esposa de volta. Ansiava que fosse tudo um grande pesadelo e que a qualquer instante acordaria e retomariam de onde haviam parado. A felicidade de construírem uma família estava fortemente ameaçada. O homem não sabia o que fazer sem Anna. Todos os seus planos, desejos e sonhos a envolviam.

Dr. Hans assentiu. Percebeu que não adiantaria insistir no assunto. Continuaria monitorando os dois e avaliando os resultados, mas, de antemão, já tinha certeza de que a alegria e a satisfação do casal não eram como Richard sempre se orgulhava e espalhava aos quatro cantos. O seu interior gostou de saber disso. Afinal, ninguém possuía tanta felicidade; seria desleal e injusto com os outros seres humanos. Oliver acreditava que a vida em sociedade precisava de certo equilíbrio.

Na saída do laboratório, os amigos se cumprimentaram. Dr. Hans estava ainda mais desconfiado, por isso resolveu que dedicaria parte de seu tempo para acompanhar os passos de Richard. A primeira informação que recolheu foi da localização do amigo. Ele não foi para casa ou para o trabalho após a aplicação. Em vez disso, pegou a Everglades Parkway, uma via pedagiada. Oliver não teria motivo para desconfiar, se Harvey não tivesse mencionado uma questão a ser resolvida em Naples como justificativa para o seu sumiço.

Dr. Oliver Hans, enfim, teve certeza de que ambos estavam juntos, maquinando alguma coisa que era de seu total desconhecimento. Ele estava disposto a descobrir o que era. Só precisava ter cautela, porque sabia que nenhum dos dois era imbecil.

Richard dirigiu mais devagar daquela vez. Deixou a mala em casa, por isso, antes de chegar à mansão alugada, comprou algumas mudas de roupa no centro comercial de Naples. Achou melhor isso a ter que encarar a própria esposa. Depois da noite anterior, Richard esperava todo tipo de consequência ruim. Sua situação piorava. Anna podia exigir o divórcio em breve e, pior, colocar a culpa toda nele.

O empresário tinha certeza de que não era o errado naquela história, muito pelo contrário. Ainda assim, arriscar perder Anna não era uma opção. Percebeu que precisava fazer alguma coisa, além de apenas fugir. Foi por isso que acessou o site de uma floricultura e encomendou um arranjo. Providenciou um bilhete que considerou carinhoso e se envergonhou por ter se emocionado ao redigi-lo.

Sua mulher se tornou uma desconhecida, não havia como prever seus passos. Ele continuaria fugindo o quanto pudesse, ao menos até ter certeza de que não a machucaria. Richard também não estava certo de que a perdoaria por tê-lo traído. Não conseguia. Seu orgulho berrava escandalosamente, estava ferido e latejava de ódio.

O pessoal já estava reunido para o almoço na área externa. Richard percebeu o clima descontraído, mas, dando uma olhada geral, sacou que isso só era possível porque os selecionados não dividiram a nova etapa do experimento com seus cônjuges. Foi uma conclusão interessante. Ele soube que uma traição, mesmo que por dinheiro, era fácil de ser ocultada até da pessoa mais importante de sua vida.

* * *

Mais tarde, veio a constatação, quando se reuniu novamente no salão de eventos. Os quatro estavam presentes. Richard tinha certeza de que os que não aceitariam já teriam ido embora dali. No entanto, todos permaneceram. Embora os semblantes estivessem nervosos, eles fariam aquilo.

– Devo supor, então, que todos irão participar? – questionou Richard.

Isabella foi a única que sorriu. Levantou-se e entregou o contrato assinado nas mãos do empresário, que correspondeu ao sorriso. Um a um, os outros fizeram o mesmo.

Elisabeth era a que parecia mais preocupada. Olhava para os lados como se fosse vigiada e estivesse prestes a ser descoberta. A culpa começava a pesar, e ela nem tinha feito nada ainda. Porém, omitiu aquela informação do marido e teria que lidar com isso. Será que conseguiria? Richard queria saber.

– Ótimo. – O empresário empilhou os contratos sobre a mesa. Achou que se sentiria satisfeito, mas não foi o que aconteceu. Estava mesmo era indignado. – Já escolheram com qual parceiro vão prosseguir?

Isabella se adiantou:

– Paul e eu decidimos fazer isso juntos.

Paul olhou para ela com seriedade. Em seguida, virou-se para Richard e assentiu. Não parecia orgulhoso de sua atitude, no entanto também não estava exalando arrependimento. Elisabeth e Dustin também se analisaram por alguns instantes.

– Então vocês dois serão o segundo casal?

A mulher chacoalhou a cabeça em afirmativa. Não parecia satisfeita, e Richard até que a entendeu, por um lado. No fundo, não compreendia de verdade como eles foram tão fáceis de manipular.

– Alguém compartilhou as informações com o cônjuge?

Todos ficaram calados, como o previsto. Richard apenas suspirou. Estava decepcionado. Tinha certeza de que contaria para Anna qualquer coisa que lhe acontecesse, por mais difícil que fosse. Ao menos, faria isso um tempo atrás. E tinha plena certeza de que ela também contaria tudo para ele. Era o que parecia. Era assim que viviam e conduziam a vida. Juntos. Cúmplices. Inseparáveis. Atualmente, entretanto, ela não passava de uma mentirosa, e ele, de um verdadeiro psicopata.

Transformava-se em tudo de pior que um ser humano podia ser.

– Certo. – Richard se levantou da cadeira. Não havia mais o que definir e, sinceramente, teve raiva de olhar para aquelas pessoas. – Vocês começam hoje.

– Hoje?

O empresário mal identificou quem falou, porque a comoção foi geral. Houve um burburinho e exclamações de surpresa.

– Hoje. Poderão ficar aqui até o domingo, depois estarão por conta de vocês.

Domingo era o dia que Richard precisava devolver a mansão intacta. Não faria mais sentido manter o aluguel. Depois disso, teria que dar um jeito de voltar para casa e encarar Anna. Se não fosse capaz, voltaria para um hotel, mas sentia que não conseguiria ficar entre aquelas paredes. Era difícil saber que ali poderia ter sido o lugar onde sua família descansaria, gozando da plena felicidade. Tudo lhe pareceu muito distante.

– Se quiserem ir embora antes, retirar seus parceiros e parceiras da casa, tudo bem. Façam como preferirem, mas comecem hoje. Sejam inteligentes e estratégicos. Utilizem a cartilha, ela pode ser a chave do prazer e da fortuna.

Os participantes silenciaram. Os corações batiam agitados.

– Boa sorte. Aqui estão as escutas que devem usar durante o ato.

Richard retirou dos bolsos os dispositivos pequenos, facilmente aplicados nas roupas. Quem os providenciou foi Harvey. Explicou que funcionava acionando um único botão e pronto. Muito simples.

– Espero que daqui a onze dias vocês se saiam vitoriosos.

Sorriu de uma maneira meio forçada. Não se sentia contente, apenas curioso e disposto a ir até o fim. Se perguntassem a sua opinião muito sincera, considerava todas aquelas pessoas umas estúpidas. Traidoras da pior espécie.

Mereciam perder o prêmio no meio do percurso e serem descobertas pelos maridos e esposas. Deveriam ficar sem dinheiro e sem amor, porque arriscar a felicidade conjugal era uma grande tolice. Mas Richard não se envolveria nessa parte. Deixaria que o destino se incumbisse de atribuir um direcionamento àquela gente.

* * *

Já em Fort Lauderdale, Anna só despertou quando ouviu baterem com insistência à porta da suíte. Zonza, desnorteada e cambaleante, ela se levantou e abriu a porta. Era uma das funcionárias, que murmurou um boa-tarde curioso – o estado da patroa era péssimo e preocupante. Logo lhe entregou um arranjo de lírios brancos.

Anna não teve como se sentir contente ou surpresa. Ainda não sentia nada, e havia dormido durante horas infindáveis. Estava torpe, como se não tivesse saído do transe desde a noite passada. Seu corpo latejava de dor, por dentro e por fora.

As partes íntimas doloridas a deixavam pior. Sentia a mistura insana do corpo de Matthew com o de Richard e se odiava amargamente. Detestava-se em todos os sentidos. Queria sumir e gritar, mas não fez nada além de segurar o arranjo, pedir para não ser incomodada de novo e fechar a porta praticamente no rosto da funcionária.

Anna deixou o arranjo sobre a mesa de apoio. Olhou para ele ciente de que eram de Richard. Ele que sabia de quais flores Anna gostava.

Quais cores preferia. Não teria como Matthew Smith saber. Isso era doloroso. Tudo doía, na verdade. A mulher achou que não fosse suportar. Achou que, antes de ler o bilhete, escolheria se atirar contra a porta da varanda e tombar ao encontro do chão.

No entanto, em vez de desistir de tudo, respirou fundo, pegou o envelope e o desdobrou. Precisou reunir muita coragem e seus últimos resquícios de energia para ler:

Meu amor,

Desculpe-me por ontem. Creio que fui indelicado, apesar de não ter sido a minha intenção. Estou muito cansado por causa do trabalho e insatisfeito com o fato de ter que ficar longe de você. Precisei retornar para o serviço. Sinto que estamos distantes, e não queria isso. Eu te amo muito. Sempre amei e sempre vou amar. Cuide-se, por favor, e conte com o meu apoio. Quero construir uma família contigo. Acho que também estou nervoso com a possibilidade de não te dar o que você quer. Mas vamos conseguir, juntos. Teremos nossas crianças. Encheremos a nossa casa de alegria. Você vai ver.

Sempre seu,
Richard Coleman

Anna Coleman não sabia que Richard tinha se feito de sonso, ignorado suas culpas, manipulado palavras e misturado a realidade das emoções com pensamentos idealizadores. Ele fingiu manter uma perfeição que os havia deixado há um tempo. Aquele bilhete era uma meia-verdade escondida pela raiva suprema, ou uma mentira imperfeita, contada sobretudo para si mesmo. Ele não estava mais pensando com a certeza e a objetividade que sempre foram um dos fortes de sua personalidade.

No entanto, aquelas frases causaram em Anna o efeito que Richard esperava. A mulher se sentiu tão culpada quanto foi possível. Ela se deu conta de que precisava dar um basta em tudo aquilo, e que o melhor caminho era retornar aos braços de seu marido. Não dava para trocar o certo pelo duvidoso. Além do mais, teria que encarar as consequências de seus erros. Já teve um enorme castigo e podia tentar encontrar uma redenção.

Nunca seria feliz com Matthew, porque haviam começado do modo errado, estavam manchados com a sujeira da traição. Só causaria dor, destruição e mais agonia se prosseguisse, se tomasse outros rumos na vida. Comprometeria não apenas a sua felicidade, mas a de todos ao redor. Nem Richard nem Matthew mereciam isso, portanto Anna decidiu que abriria mão de si mesma pelos dois.

Ela aceitaria ser castigada pelo resto da vida, até o corpo do marido deixar de ser o estranho da noite passada. Até que retornasse a gostar de tudo que tivesse a ver com ele. Tinha que calar a voz e o desejo mais instintivo que gritava em seu peito. Manteria os planos de construir a família tão desejada, ainda que não fosse do jeito que queria. Focaria em criar os filhos. Era o certo, o justo a ser feito.

Arrasada, a primeira atitude de Anna foi ser corajosa o bastante para dar um basta. Pegou o celular e ligou para Matthew. Engoliu em seco ao ouvir a voz do rapaz.

– Anna.

A mulher fechou os olhos. Sentiu tudo doer. Richard a havia machucado. As paredes internas da vagina e do ânus pareciam feridas pela brutalidade do esposo. Todos os resquícios dos carinhos de Matthew foram removidos. Anna não se lembrava mais, ainda que também tivessem sido distribuídos na noite anterior. Tudo se apagou.

Richard garantiu isso.

– Eu tomei a minha decisão – disse ela de uma vez, antes que mudasse de ideia.

Anna se deixou cair no chão e segurou o choro. Precisava manter o timbre firme, do contrário Matthew insistiria.

– Quero que a respeite e não me questione.

Do outro lado da linha, Matt se calou. Havia passado a noite inteira pintando a tela com o rosto de Anna, por isso estava cansado, mas muito feliz. Inspirado como nunca antes. Achou que aquela seria uma ligação positiva, talvez para exalar saudades, mas, pelo visto, enganou-se. Seu coração previa a queda. O golpe fatal.

O desespero começava a tomar forma em seu sistema. Ainda assim, o rapaz se manteve em silêncio. A mulher colocou uma mão na boca para conter o soluço. Afastou o celular do ouvido, a fim de não permitir que Matthew escutasse sua respiração errática. Só voltou a falar quando achou que podia voltar à firmeza.

– Não podemos continuar – disse Anna, soando menos definitiva do que pretendia. – Não farei isso. Não deixarei o meu marido.

Matt continuou mudo. Anna não soube que ele quase desmoronou na frente da tela. Melou-se de tinta porque cambaleou para frente e precisou se segurar na aquarela. Foi atingido em cheio. As palavras duras da mulher foram como um tiro no peito. À queima-roupa. Ele não pôde respirar ou falar. Tudo doeu.

– Nosso contrato permanece. Trate tudo com Kate. Cuide-se.

Anna voltou a prender a própria boca. Queria berrar alto. Desejava dizer a plenos pulmões o que tinha acontecido na noite anterior. Não se sentia dona do próprio corpo ou de suas vontades.

– Eu te amo, Anna – disse Matt, no ínfimo de voz.

Precisou desabafar o novo sentimento, não teria outra chance.

A mulher não conteve o soluço. O rapaz o escutou e, então, soube o quanto a decisão era difícil para ela. Até aquele momento, na percepção dele, estava parecendo fácil. Anna se manteve tão fria. Porém, Matthew percebeu que era tudo fingimento. Ela estava arrasada por ter escolhido aquele caminho.

No entanto, o que ele podia fazer? Anna pediu para não ser questionada.

– Vou respeitar, mas queria que soubesse – murmurou. – Eu te amo.

Anna soltou um choramingo e, percebendo que não se controlaria, apenas desligou. Permaneceu jogada no piso durante muito tempo. Naquele dia, não comeu nem cuidou de qualquer necessidade corporal. Enfim, desistiu de se movimentar, de lutar, de entender, de tudo.

Já Matthew, que nunca tinha chorado por uma mulher na vida, derramou algumas lágrimas enquanto continuava pintando. Pensou que, depois da noite passada, em que entregou não somente seu corpo, mas toda a sua alma e um amor que jamais recebeu de ninguém, as coisas seriam diferentes.

Pintar foi o que lhe sobrou. Estava acostumado a perder, afinal. Focar os contornos e as cores do quadro se tornou prioridade para sua sobrevivência. Jogou toda a dor na tarefa. Transformou-a em arte.

27

Elisabeth decidiu que não ficaria na mansão, traindo o seu marido praticamente na frente dele e fingindo que nada estava acontecendo. Não possuía esse nível de mau-caratismo. Achou melhor voltar para casa, em Gainesville, ainda que fosse bem distante de onde Dustin vivia: Miami. Nenhum dos dois possuía aquele tempo disponível, mas estavam dispostos a tentar.

A resolução acordada foi de dirigir todos os dias para um lugar próximo à metade do percurso: nas imediações de Orlando. A mulher teria que seguir de carro cerca de duas horas para chegar ao hotel de beira de estrada escolhido. Já Dustin, um adorador de motocicletas, possuía uma máquina que considerava rápida. Ele queria realizar o trajeto para Orlando, que geralmente durava três horas e meia, pela metade do tempo.

Acreditaram que os esforços valiam um milhão de dólares. Eram apenas onze dias, fariam o possível para se encontrarem e, no fim, dariam adeus àquela loucura. Infelizmente, tiveram que começar o jogo do jeito que menos desejavam: encontraram-se na sauna da mansão ainda na quinta-feira, um lugar afastado e privativo, quando seus parceiros já estavam dormindo. Eram suas últimas noites em Naples.

Ambos se sentiram péssimos ao se encararem. Elisabeth suspirou. Dustin era um homem muito bonito e atraente, mas a culpa que carregava sobressaía qualquer desejo.

– Vamos ser rápidos – disse ela, decidida. – Não precisamos transar. Pelo que entendi, a necessidade é fazer o outro gozar e trocarmos fluidos. Querem avaliar nosso tesão. Os nanochips medem o orgasmo e identificam os rastros de líquidos, certo?

Dustin assentiu. Havia pensado muito a respeito, e com certeza não queria trair a esposa, ainda que Elisabeth fosse uma mulher linda. Ele se sentiria melhor com uma traição mais leve, sem fodas.

Os dois sabiam pouco sobre a capacidade do nanochip. Não faziam ideia de como estavam sendo avaliados. Richard havia sido direto sobre eles terem que transar, mas, ouvindo aquela conversa murmurada, o empresário resolveu que não os corrigiria. Ficou curioso para saber se seguiriam em frente usando outros termos.

– Não quero que me beije – prosseguiu ela, com a respiração errática. O homem estava perto demais, de modo intimidador. – Não sou tão fácil de gozar, por isso prefiro que me chupe. Eu posso te masturbar e depois passar seu sêmen na boca... Sou boa com as mãos.

– Não vou chupar você. – Dustin se manteve rígido. – Não é nada pessoal, mas acho que... Seria demais. Posso te masturbar também? Fico usando a saliva e lambendo sua lubrificação nos meus dedos. É melhor.

Dentro de sua suíte, Richard ouvia tudo o que estava acontecendo na sauna. Achou muito interessante que o casal tivesse aquela resolução, ainda que fugisse de suas regras. Imaginava que não perderiam tempo antes de transarem, mas se aliviou por ainda existirem pessoas que ponderavam, que prezavam por seus casamentos, mesmo que não tanto quanto ele próprio. Foi um dos motivos para aceitar que eles se mantivessem no jogo. Havia uma chance de ganhar dinheiro traindo "menos".

– Podemos tentar. – Elisabeth avaliava os fatos. – Você... Hum... Pode penetrar seus dedos em mim e eu atiço o clitóris. Assim vamos mais depressa... Só não se esqueça de lamber, para que troquemos fluidos.

– Certo.

Estavam muito envergonhados. Passaram alguns instantes se encarando, sem saberem o que dizer. Não sabiam como começar.

– Se não vamos nos beijar ou passar dos limites, como raios nos excitaremos? – perguntou Dustin.

Ele não parava de pensar na esposa, mas tentava focar o dinheiro e o que fariam com ele.

Elisabeth aspirou fundo. Carregou bastante ar nos pulmões e, ao exalar, balançou a cabeça em negativa. Não sabia se funcionaria. Se seria capaz.

– Eu nunca traí o meu esposo, Dustin – confessou.

Ele deu de ombros e disse, com sinceridade:

– Eu também nunca traí. Mas é um milhão de dólares. Minha família precisa do dinheiro. – Diante das palavras de Dustin, a mulher concordou com um aceno. – Ninguém nunca saberá de nada, e temos um motivo forte. Não vou começar isso sem terminar. Você precisa me garantir que vamos conseguir, Elisabeth. Por favor, não me faça trair a minha esposa em vão. Tenho certeza de que você também não quer isso.

– É claro que não quero.

Richard se sentou sobre a cama. Não parou de prestar atenção na conversa dos dois, que ficava cada vez mais interessante. Deu alguns pontos para o casal. Ao menos estavam mais conscientes e mostraram algum valor.

Os dois voltaram ao silêncio.

– Vai topar ir até o fim? – murmurou Dustin.

Olhou ao redor para conferir, pela milésima vez, se alguém os havia seguido. Mas não se escutava nada além do ruído das ondas do mar. Seria um cenário perfeito, se estivesse com sua mulher.

Elisabeth, novamente, precisou tomar uma decisão. Seria definitiva.

– Vou. – Suspirou. – Vamos fazer isso, Dustin.

– Certo. Vou começar com uma massagem... E depois vou tirando suas roupas.

A mulher ofegou. Não acreditava em si mesma.

– Tudo bem.

– Concentre-se para gozar. Relaxe. Confie em mim, não farei nada forçado.

Dustin fez o possível para deixar Elisabeth tranquila. Sentia que ela estava tensa demais e que poderiam demorar mais do que o necessário ou, pior, não concluir a missão. Não era o que ele desejava. Quanto mais rápido fosse, melhor, e precisava ser certeiro. Por isso, Dustin iniciou a massagem e a virou de costas, assim não precisavam se encarar. Seria mais fácil sem contato visual.

O homem a apoiou em uma das faces da parede e fez o serviço lento. Tocou-a em todas as partes. Quando percebeu que a respiração de Elisabeth começava a ofegar, entendeu que ela estava excitada e foi para a próxima etapa. Distribuiu beijos molhados nos ombros da mulher. Sentiu que precisava de um pouco de cuidado e carinho.

Seu pau ficou duro naquele instante. Esfregou-o na retaguarda dela, que já se contorcia um pouco. Esperou que relaxasse mais, que se tornasse exigente, em seguida abaixou seu short junto com a calcinha. A mulher gemeu baixo, envergonhada. Foi horrível constatar que estava excitada, mas era a realidade.

Richard acompanhou o tesão da mulher chegar a 7,5. O de Dustin também estava muito próximo. O homem não perdeu tempo e fez o que Elisabeth sugeriu: colocou os dedos na boceta dela e se surpreendeu ao notar a umidade. Ela tinha lubrificado. Um ótimo sinal. Dustin aproveitou a chance e levou o dedo melado à boca, antes de prosseguir. Voltou a beijar a pele da mulher, percebendo-a mais aquecida.

Misturou o líquido natural junto à própria saliva no clitóris e o massageou.

– Aaaah! – gemeu Elisabeth.

Dustin perdeu metade do raciocínio. A visão se distorceu pela força poderosa do tesão. O fato de ser proibido o encheu de uma sensação esquisita. Ainda estava reticente, porém prosseguiu. Agarrou a nádega dela com uma mão e, com a outra, continuou atiçando-a no ponto mais sensível.

– Goza... – falou ele ao seu ouvido, enquanto esfregava a ereção naquela bunda e se encaixava por trás.

Sentiu vontade de foder. Precisou se controlar. Elisabeth era, definitivamente, deliciosa. Ele a tinha literalmente provado.

– Goza gostoso, vai...

Continuou trabalhando no clitóris, sobretudo quando notou que a mulher lubrificava mais.

– Ah, meu... Acho que...

Ela ofegou, chocada com aquele tesão que a arrebatava. Sentir um homem desconhecido atrás de si era empolgante. Uma emoção nova, maluca, perturbadora. Elisabeth conseguiu se concentrar o suficiente e mal acreditou quando irrompeu no orgasmo.

– Ah, eu vou gozar!

– Isso! – sussurrou Dustin, enlouquecido. – Isso, goza.

Assim que terminou, Elisabeth tomou coragem para colocar uma mão para trás. Não quis olhar Dustin nos olhos, mas encontrou um pênis enorme, sedento; lá no fundo, quis que ele a invadisse. Desejou uma foda. Conteve-se, no entanto. Usou uma mão apenas para massageá-lo e quase não encontrou ângulo para isso.

O homem se esforçou para manter o foco. Estava bastante excitado. Havia sido ótimo ouvir Elisabeth gozando rápido, um estímulo para seu ego masculino. Ele nem precisou penetrar o dedo, fez tudo sozinho, sem a ajuda dela. Queria devolver a gentileza, por isso deixou que a mulher o estimulasse.

Foi depressa. Ela era realmente boa. A ejaculação grossa veio, absoluta, e ele se afastou um pouco para não sujar nada. Elisabeth pegou apenas o suficiente de sêmen para levar à boca e o experimentou. Engoliu.

Dustin terminou de gozar com a ajuda das próprias mãos, apontando o membro para o outro lado. Arfou e gemeu, soltando um rosnado ao final. Estava ofegante.

Elisabeth se vestiu rapidamente. Esperou que Dustin se recompusesse.

– Não foi tão ruim – disse ela. – Podemos fazer isso, não é?

– Para ser sincero, foi melhor do que imaginei. Agora não tem mais volta.

O homem soou definitivo. Olhou-a de relance, com o pau melado e a bermuda na metade dos joelhos.

– Não tem mais volta – reafirmou Elisabeth.

Richard não soube responder com certeza qual foi o resultado da primeira vez do casal. Achou bacana a resolução que tiveram de não transar, entretanto precisava de mais informações. O nível de tesão de ambos não foi tão diferente daquele que costumavam atingir. As variações foram poucas. Por outro lado, frustrou-se: achou que Elisabeth não gozaria, mas fez isso bem depressa, para quem tinha caráter e quase negou a oferta.

Os próximos dias de avaliação seriam fundamentais, Richard sabia. Ficaria de olho naqueles dois. Achou-os mais interessantes do que Paul e Isabella. Ambos decidiram ficar na mansão, mesmo que morassem na mesma cidade: Fort Myers, que, por sinal, nem era tão distante assim de Naples.

Não havia justificativa para os dois, Richard concluiu. Sequer pensaram nas questões que Dustin e Elisabeth ponderaram. A primeira foda de Paul e Isabella foi completa, com beijos, carícias, sexo vaginal e anal, além de muitos orgasmos. Não conversaram muito, foram logo se pegando e se comendo.

Richard os abominava. Não pareciam culpados. Seus níveis de tesão foram maiores do que nunca. Era ridículo, segundo o empresário. Ficou com tanto asco que os evitou, mas Isabella e Paul ficaram até o último instante. Os rostos nem se envergonhavam durante as refeições em conjunto. Passavam os dias fingindo normalidade e, na calada da noite, encontravam-se em uma das tantas salas da mansão para foderem como animais.

– Estúpidos! – praguejou Richard na manhã de domingo, assim que todos foram embora e se viu sozinho com Harvey. – Eles não têm vergonha na cara, essa Isabella e esse Paul. Prefiro Elisabeth e Dustin, mesmo quebrando a principal regra. Estão sendo muito mais úteis para mim agora.

Sr. Campbell assentiu, mas foi um gesto involuntário. Naquela altura, concordava com tudo o que Richard dizia. Achava natural que casais quisessem transar com outras pessoas, sobretudo quando já tinham muitos anos de relacionamento. Mas, como Oliver, ele também era solteiro. Passava muito tempo trabalhando, não havia espaços para aquele tipo de coisa. Pelo que percebeu, manter relações só dava dor de cabeça.

– Qual será o próximo passo? – questionou, mudando de assunto. – Preciso voltar à Fort Lauderdale. A pesquisa me espera.

Richard soltou um longo suspiro.

– Vamos retornar e continuar avaliando-os.

Harvey ficou feliz. Richard não sabia avaliar sozinho todas as variáveis, ainda precisava dele, embora tivesse aprendido muito nos últimos dias. Ou seja, ele continuaria recebendo pelas horas trabalhadas. O sr. Campbell havia acumulado um ótimo montante graças a Richard.

– Vai voltar para casa ou ficar em um hotel?

Harvey não era idiota. Tinha avaliado o sistema muitas vezes. Anna traiu o marido de novo e, em seguida, transou com ele. Ainda estava chocado com o comportamento daquela mulher. Percebeu que, enquanto se esbaldou com o amante, Anna havia transado com o esposo só por transar, porque seus níveis de tesão foram péssimos, abaixo de 3.

Richard deveria estar possesso. E, realmente, estava.

– A minha esposa me aguarda para o almoço – resmungou.

Anna Coleman ficara sumida ao longo daqueles dias, mas no sábado mandou uma mensagem perguntando quando Richard retornaria. Ele foi sincero ao avisar que domingo, no almoço, queria estar em casa. A mulher disse que faria uma comida especial e que estava ansiosa para vê-lo.

O homem se sentiu feliz com a notícia. Achava que poderia se controlar a partir de então. Cansou-se de dormir em camas desconhecidas e fugir do seu lar.

– Certo – disse Harvey, mas sabendo que aquilo podia significar problema.

Na noite anterior, o pesquisador havia ficado de olho em Richard. Percebeu que, se não fizesse algo, uma tragédia aconteceria e ele seria conivente. Não daria para escapar invisível se houvesse um crime no meio daquela história. Diante de uma tragédia, avaliariam todo o comportamento de Richard e chegariam à Harvey facilmente.

O sr. Campbell não podia se comprometer e era esperto a ponto de estar um passo à frente.

Usou seu talento na tecnologia e baixou uma atualização falsa no aplicativo de Richard. Ele continuaria recebendo as notificações dos selecionados em tempo real, mas não as de Anna. Essas girariam em ciclos, repetindo dias em que ela não havia feito nada de diferente.

Quando soube que Richard havia recolocado o nanochip, Harvey fez o seu sistema sempre avisar assim que o homem estivesse em atividade sexual. Quando transasse com Anna, o próprio aplicativo dele atualizaria automaticamente a versão da esposa. Daria a Richard as respostas positivas que queria, a fim de amansá-lo. Todas falsas.

Faria aquele código específico rodar no celular de Richard até convencer Oliver Hans a remover o nanochip do casal de malucos. Queria-os fora da pesquisa, mas, antes, ganharia um pouco mais de dinheiro.

Precisava de um tempo. Para isso, ficou com o controle total de ambos. Anna não era confiável, e Richard era uma bomba.

* * *

Quando o empresário enfim chegou à sua casa, Anna já o aguardava. A mulher passou três dias trancada no quarto, penando, chorando e se martirizando. Não trabalhou nem comeu, apenas vegetou. Depois, decidiu que se dedicaria ao esposo. Tinha que continuar. Como acreditava que ele já sabia de tudo, resolveu, também, não dizer nada. Richard a havia perdoado, e ela tratou de fazer o mesmo.

O homem abraçou-a forte, e Anna devolveu o abraço. O seu cheiro ainda era reconhecível, embora agora despertasse incômodo na mulher. Ela sentiu medo do próprio marido. Não queria passar por aquele pesadelo de novo, portanto usou seu timbre mais suave:

– Fiz lasanha para você, querido.

– Que ótimo. Obrigado, amor.

Richard sorriu de leve. Reparou que a esposa parecia cansada, mas ainda estava ali, sendo carinhosa, prestativa e encarando-o. Talvez fosse o momento de abaixar a guarda e ir com calma.

– Vamos comer, depois vou fazer uma massagem em você e assistiremos a um filme.

Anna sorriu, meio sem graça. Não queria transar. Começou a se desesperar com a possibilidade, mas o esposo a segurou pelas mãos, beijando-as. Tampouco Richard conseguiria tal feito: olhava Anna e ainda sentia raiva. O ego ferido o massacrava por dentro.

– Só massagem mesmo. Estou muito cansado, e acho que você também.

Anna suspirou de alívio.

– Combinado, querido.

Enquanto almoçavam juntos, a mulher tentou buscar algum assunto que não tivesse a ver com as estranhezas das últimas semanas. Falaram sobre o trabalho, e Richard mentiu de maneira elaborada a respeito de um problema na sua empresa.

Depois, Anna comentou a reforma em um dos quartos da mansão, e o homem mencionou uma possível troca de casa. Ela achou a ideia perfeita. Estava se sentindo vazia ali dentro. Talvez, se mudasse de cidade, seria melhor ainda para seguir em frente.

– O que acha de Nova York? – questionou Anna.

Richard fez uma careta.

– Nunca pensei que você quisesse sair da Flórida.

Ela deu de ombros. Richard a avaliou com cuidado e compreendeu: Anna estava disposta a ir para bem longe do sujeitinho que a comia. Era uma boa notícia, certo?

– Não sei se Nova York seria uma boa opção para as crianças... A cidade é muito grande e confusa.

– Podia ser uma casa no subúrbio. Há muitas oportunidades profissionais para nós dois, mas pode ser em outro lugar. Só cansei de Fort Lauderdale.

Anna assoprou, parecendo, de fato, exausta. Queria sair correndo. Como não conseguiria isso sem Richard, então faria ao lado dele. Queria recomeçar. Precisava. Seu corpo exigia sossego.

– Tudo bem, querida, podemos avaliar depois do meu aniversário.

Anna franziu o cenho. Não se lembrava dos quarenta anos de Richard, que aconteceria dali a duas semanas. Já tinham contratado tudo para uma festa grande no quintal da mansão. Ele a planejava fazia alguns meses. Richard gostava de promover eventos e sempre ficava à frente dos detalhes, talvez por isso Anna tivesse esquecido.

– É verdade.

Ela amansou. Não estava com clima para festas. Suportar duas semanas talvez fosse demais. Porém, tinha que tentar, com muita resiliência. Até porque não sabia se a mudança realmente a ajudaria.

– Depois do seu aniversário, avaliamos com calma outra casa em um lugar apropriado – concluiu ela.

Richard não questionou a esposa. Sabia que Anna preferia o calor, as praias, o clima ameno. Não se daria bem no frio. Mas, se fosse para ficar longe daquele cara, o marido aceitaria qualquer coisa. Pensar no amante o enchia de revolta. Pelo visto, Anna pararia de traí-lo.

Richard tinha duas semanas para ficar de olhos bem abertos. Se a mulher voltasse a encontrar o amante, seria o fim. Sabia disso. Estava ali para um recomeço sem dramas, sem discussões, farpas ou consequências graves. Precisava seguir firme, controlar-se, deixar os ânimos bons até que tudo voltasse ao normal.

Tinha que dar certo.

* * *

Nos dias seguintes, Richard monitorou não apenas a esposa, mas também os selecionados. Elisabeth e Dustin se esforçaram para manter os encontros diários, contudo ainda mantendo o máximo de respeito que podiam em uma situação como aquela.

Já Isabella e Paul seguiam o percurso contrário. Esforçavam-se pouco para se ver, pois moravam perto, e a qualquer hora e lugar faziam o sexo diário. Falavam quase nada, Richard basicamente só ouvia os gemidos e as respirações. Iam direto ao ponto. Talvez fosse o modo como funcionavam, de um jeito mais corporal e menos verbal.

Foi na terça-feira, sexto dia de experimento, que Elisabeth e Dustin tiveram um grande problema. Foram acometidos por uma tempestade na região de Orlando. A moto do participante derrapou na estrada e quase causara um grave acidente. O homem escapou, mas o pneu da máquina furou, e ele ficou incomunicável no meio da estrada, pois o celular estava sem sinal.

Não conseguiu falar com a mulher, que já o aguardava no quarto do hotel reservado até o fim daquele jogo insano. Dustin precisou caminhar com a moto até o posto de gasolina mais próximo, que ficava a mais de dez quilômetros, com uma chuva torrencial deixando-o ensopado. Elisabeth se preocupou quando o atraso aumentou.

Dustin só conseguiu falar com ela quando pediu emprestado o telefone fixo da loja de conveniência dentro do posto de gasolina. Elisabeth estranhou o número que telefonava, mas atendeu mesmo assim.

– Oi, é Dustin!

Estava ofegante pela caminhada. Havia perdido muito tempo tentando fazer a moto voltar a funcionar, depois vencendo os quilômetros a pé e colocando a cabeça no lugar para avisar Elisabeth.

– Meu Deus, Dustin. – Ela olhou o relógio de pulso. Quase duas horas de atraso. – Onde você está?

– Fui pego pela tempestade, o pneu da moto furou e só achei um posto de gasolina agora. Estou nos arredores de Kissimmee.

Elisabeth se espantou. Voltou a observar o relógio.

– Não temos muito tempo.

– Escute, Elisabeth, você precisa dirigir até aqui. Não vou conseguir resolver a situação da moto agora. Nossas 24 horas estão acabando. Venha para cá.

A mulher ficou ainda mais assustada. Não esperava por um contratempo daquele tipo. Os encontros com Dustin duravam apenas alguns minutos, mas custavam horas valiosas de seus dias, e mais ainda de seu emocional. Evitava transar com o marido e já não sabia mais quais desculpas dar a ele para justificar seus sumiços. Estava ansiosa para que tudo aquilo acabasse.

– Não sei se consigo chegar aí em uma hora... – balbuciou ela, sentindo o desespero crescer dentro de si. – E ainda vamos ter que... Dustin, isso é loucura!

– Você precisa tentar! – Dustin já estava apavorado. – Por favor, dirija com cuidado, a tempestade está se deslocando e é muito forte. Mas não desista, Elisabeth. Por favor, não desista. Pelas nossas famílias.

– Tudo bem. Tudo bem, estou indo.

O homem deu as coordenadas para que Elisabeth conseguisse localizar o posto de gasolina. Na metade do percurso, o tempo ruim a alcançou, e ela precisou diminuir a velocidade, do contrário colocaria em risco sua vida. Dirigindo devagar, a participante demorou mais tempo do que deveria.

Encontrou Dustin todo molhado em frente à loja de conveniência. A chuva não cessava. Elisabeth estacionou por perto e estava prestes a sair do carro quando o homem se aproximou e entrou do jeito que estava. Molhou todo o banco do carona.

– Só temos treze minutos – disse ele, ofegante.

Quase enlouqueceu esperando aquela mulher. Achou que ela não fosse conseguir.

Dustin removeu o cinto de segurança de Elisabeth e se movimentou para o banco de trás.

– O que está fazendo?

– Terá que ser aqui – definiu.

– Aqui? No carro?

Elisabeth olhou ao redor. O local estava meio vazio e pouco se via por causa da chuva torrencial que caía. Não viu ninguém por perto.

– Tem certeza?

Dustin não respondeu. Apenas puxou a mulher, que se apoiou para alcançar o banco de trás, e ligou as duas escutas. Em seguida, a adrenalina fez com que o homem agarrasse Elisabeth pelas roupas. O movimento ajudou para aumentar a pressa de ambos. Ela se viu nos braços dele, e o corpo agiu sozinho; inclinou-se para beijá-lo.

Era a primeira vez que se beijavam.

O homem arquejou sobre seus lábios, puxando-a para si, até que ela teve de abrir as pernas ao redor de Dustin. Ele sabia que Elisabeth deveria gozar primeiro. Era assim que faziam. No fundo, sentia-se melhor por tê-la beijado sem levar um tapa. Ajudou bastante para que seu tesão aflorasse. Esqueceu-se da tempestade, dos problemas com a moto, de tudo. Beijou aquela mulher como se fosse dele.

– Dustin… – gemeu ela quando o homem enfiou a mão por dentro de sua roupa.

Elisabeth sempre usava saia ou vestido, para que não precisasse retirar as vestimentas. Para que o acesso fosse mais fácil e terminassem logo.

Os dedos de Dustin massagearam o clitóris do jeito que ele vinha aperfeiçoando, fazendo algumas pausas para lamber os dedos e garantir a troca de fluidos. A cada dia, a mulher sentia que ficava melhor, mais gostoso. Isso a enchia de culpa depois. Mas, querendo ou não, já se acostumava com o cheiro, o toque, os beijos que aquele homem deixava em sua pele, só para ajudá-la a relaxar.

Com a língua de Dustin bailando em sua boca, Elisabeth se sentiu mais entregue. Em contrapartida, mais desesperada e alarmada. A culpa vinha com tudo, e ela não conseguia se concentrar.

– Goza… – sussurrou Dustin, quase implorando. O tempo estava contra eles. – Goza para mim, gostosa. Você é uma delícia… – prosseguiu, dizendo aquelas palavras porque eram a verdade.

Ele a achava maravilhosa. Provar o beijo de Elisabeth foi surreal. Havia se segurado de todas as formas possíveis para não avançar o sinal, não a forçar a fazer o que não queria, mas vinha sendo difícil.

Desde o terceiro dia, Dustin havia desistido de ser fiel, justo e respeitador. Na primeira oportunidade que tivesse, foderia Elisabeth até se fartar. Estava louco por isso e não se orgulhava. Culpava-se, mas não tanto quanto a mulher fazia.

– Dustin… – gemeu ela, e se contorceu, mas o orgasmo não vinha.

Elisabeth ficava cada minuto mais angustiada, ansiosa. Por outro lado, o estímulo era muito bem-vindo. Dustin atiçava-a perfeitamente.

Para ajudar, porque notou que ela estava com dificuldade, o homem se lembrou da cartilha e a inclinou para trás, fazendo as costas da mulher se apoiarem no banco da frente. Usou a outra mão para penetrar alguns dedos, alcançando o Ponto G.

Elisabeth gritou e se contorceu, inteiramente trêmula. Naquela posição, conseguiu cavalgar sobre os dedos de Dustin.

– Oh! Dustin! – Remexia-se e rebolava, completamente entregue.

O homem não fazia ideia de quanto tempo ainda tinha. Estava excitado, com a ereção dura escondida pela calça molhada. Gozaria em segundos, com o estímulo certo. Mas, antes, só precisava que Elisabeth gozasse.

Ela gemeu e equilibrou os braços nos ombros dele. Apertou-os, sentindo que estava perto, mas o orgasmo voltava. Recusava-se a sair.

– Porra… – xingou ela.

Estava arfante e frustrada. Parou, enterrada nos dedos dele, e o encarou.

– Dustin… Você vai ter que me foder ou me chupar. Preciso de mais estímulos.

O homem encarou o fundo dos olhos dela e se sentiu o cara mais sortudo do planeta. O pedido não poderia vir em melhor hora. Estava tão ansioso que sequer pestanejou: desabotoou a calça, abaixou o zíper e colocou o seu pau grande para fora. Seria tolice chupar Elisabeth faltando tão pouco tempo. Ele também precisava gozar. Queria estar a ponto de bala assim que a mulher explodisse.

Fazia um tempo que Elisabeth usava contraceptivos, portanto a exigência de não usarem preservativo não era tão preocupante.

Dustin arremeteu profundamente dentro dela, enfim tomando para si o que tanto quis nos últimos dias.

– Ah! Como eu queria foder essa boceta... – arquejou ele, alucinado. – Estava quase enlouquecendo, Elisabeth – admitiu, devasso, tomado por aquele instante que dividia prazer e agonia. E murmurou perto do ouvido da mulher: – Você é gostosa demais... Goza no meu pau, goza. Quero te ver toda linda gozando.

Daquela vez, o homem encarou-a nos olhos e beijou-a. Puxou-a mais para si, agarrando-a pela cintura e movimentando os quadris com toda força e cadência. A mulher se deixou derreter nos braços dele.

Elisabeth perdeu toda a noção da realidade. Já não se preocupava com a hora, com o orgasmo, com nada. Foi difícil se dar conta de que realmente estava curtindo aquela foda com outro homem.

Ela se contorceu por inteira e tremeu. Precisou de várias arremetidas para enfim iniciar um orgasmo que veio com tudo. Intensidade pura.

Dustin gozou logo em seguida, mas não amoleceu. Não foi capaz de finalizar aquele momento profundo, repleto de tesão. Continuou fodendo a boceta enquanto a mulher, totalmente envolvida, gemia e também prosseguia. Não pararam.

Ainda que soubessem que o tempo-limite havia passado, e que não tivessem certeza se haviam conseguido atingir o objetivo, foderam.

Em Fort Lauderdale, Richard acompanhava o casal com curiosidade. Tinha escutado tudo e conferia, em tempo real, todas as variações biológicas. Ficou assustado quando notou que enfim aquele casal mudara de estratégia. Estavam transando de verdade e não pararam.

O empresário pensou em ligar para eles antes de Dustin penetrá-la. O tempo havia se esgotado enquanto Elisabeth cavalgava os dedos do homem. No entanto, Richard se manteve quieto, acompanhando-os como se fossem ratos de laboratório. Estava impressionado.

Chegou às seguintes conclusões: até mesmo os mais fiéis podem trair, se colocados em situações extremas. Depois que traem, é mais fácil traírem outra vez, a tirar pelo nível de tesão deles, que a cada dia aumentava. Um estímulo nunca é suficiente todos os dias, as pessoas querem sempre mais. Elas vão mais longe. Isso justificaria a escolha de terem usado a penetração e de continuarem sem necessidade.

Richard encarava a tela de seu celular e sabia que ali estavam pessoas que não transavam por dinheiro. Fodiam porque queriam. Não havia um motivo específico além da casualidade que ele próprio montou. Foram jogados em uma situação e seguiram a maré até se tornarem só carne. *As pessoas são animais*, pensou Richard, *usam os instintos mais primários para se satisfazerem*.

Quando Dustin gozou de novo, e a mulher já tinha explodido em pelo menos três orgasmos, Richard ligou para o celular dela. Elisabeth saiu de cima do homem, bastante assustada, temendo ter sido pega pelo marido. Demorou a encontrar a bolsa, depois a achar o celular e, enfim, a atender.

– Aqui é Richard Coleman. Por favor, coloque no viva-voz.

Elisabeth fez uma careta para Dustin, mas atendeu à solicitação de Richard. Depois de alguns instantes, o homem acrescentou:

– Vocês dois foram eliminados.

A voz saiu dura. Sorriu um pouco, porque economizaria muito dinheiro, e aquelas pessoas ficariam sem nada. No fundo, era o que sempre quis. Torcia por isso, sobretudo depois que começaram a transar.

– Elisabeth, você não gozou a tempo. Enviarei todos os dados capturados via e-mail, assim vocês podem conferir que foi uma eliminação justa. – Houve alguns segundos de silêncio. – Estão liberados. Podem se desfazer da escuta como preferirem.

Richard desligou. Não deu a menor chance de falarem alguma coisa, nem que fosse para se despedirem. Eles ainda estavam ofegantes e nus. Dustin podia quase sentir uma revolta, não fossem os orgasmos loucos que acabara de ter.

Elisabeth se afastou do homem e ficou amuada como um bicho indefeso.

Ele suspirou alto e resmungou. Em seguida, puxou a mulher e segurou seu rosto.

– Não se culpe. Você fez o que pôde. Aconteceu um imprevisto.

Ela negou com a cabeça. Estava triste demais por não ter conseguido ir até o fim. E culpada por ter transado com Dustin, sucumbido ao desejo. Teria que carregar aquela sujeira para sempre, e ainda perdera a chance de receber o dinheiro.

– O que vamos fazer? – perguntou ela, choramingando.

Dustin deu de ombros.

– Nada. Tudo termina aqui, neste posto, debaixo desta tempestade.

Elisabeth assentiu. Dustin a puxou e a beijou de repente, deixando-a espantada.

– O que está fazendo?

– Foda-se. Acabou. Não vou te ver de novo, mas ainda estamos presos aqui e... Porra... Ainda tenho muito tesão por você.

Elisabeth não disse nada. Diante das palavras do homem, atirou-se em seus braços e tentou não se importar com o que estava fora daquele veículo. Fizeram todas as preliminares que se negaram a ter. Foderam até a tempestade passar e, quando os corpos já não aguentavam novos estímulos, finalmente se despediram.

28

O empenho em acompanhar o casal que ainda estava no experimento aumentou conforme Richard acrescentava dúvidas à sua enorme lista. Reavaliou o comportamento de Dustin e Elisabeth inúmeras vezes, a fim de entender o que havia acontecido naquele final, para que fizessem uma mudança tão drástica.

Desespero? Medo de perder o dinheiro? Tesão desenfreado? Ele não duvidava de que as pessoas iam longe com a motivação certa, mas ainda não compreendia quais eram as raízes da traição.

O casal de eliminados tinha casamentos aceitáveis, segundo as conclusões de Richard. Já Isabella e Paul, que mantinham níveis de tesão ótimos em seus casamentos, gozavam e ficavam mais excitados quando estavam juntos. Richard achava que não haveria muito o que descobrir com aqueles dois. Em sua opinião, eram podres. Decidiram trair rapidamente, e não havia qualquer sinal de culpa.

O empresário se distraía com suas análises infindáveis, trancado no escritório de casa, para não focar a fase terrível de seu casamento. Não conseguia tocar em Anna, e ela, a cada pequena carícia, acuava-se. Era a primeira vez em dez anos que passavam tanto tempo sem sexo. Richard acreditava que ambos precisavam de um tempo, mas, por outro lado, o ódio crescia dia após dia.

Seu ego continuava sangrando. Mantinha-se revoltado, inconformado e à beira do descontrole. A cada noite em que não acontecia nada com a esposa, a esperança diminuía, porque parecia que nenhum dos dois voltaria a ser como antes. Ele queria que o tempo passasse mais rápido. Paul e Isabella ajudavam nisso.

Acompanhou os dez dias que se passaram com bastante dedicação. O casal finalmente definira um horário e um local, então ficava mais fácil se preparar para as novas análises. Eram sempre transas intensas, cheias de preliminares e orgasmos. Pouca conversa. Richard não sabia se eles ligavam a escuta apenas durante o ato, desligando-a depois para poderem trocar informações sem serem ouvidos. Era uma possibilidade.

Estava curioso com aqueles dois traidores. Investigou toda a vida deles, e eram realmente pessoas de família. Isabella tinha uma filha, e Paul, um casal. Enquanto ela era casada há oito anos, o homem já chegava a quase doze. Tinham bons empregos e certa independência financeira.

Richard só conseguia explicar seus comportamentos por meio da perversão, da maldade dos seres humanos. Tinha muita gente mentirosa e cretina no mundo. Seu maior medo era ter se casado com uma. Ter investido sua vida inteira em alguém assim. Não conseguia admitir e não se conformava de maneira alguma.

No décimo primeiro e último dia do experimento, Richard já estava ciente de que teria de desembolsar o valor acordado com aqueles sujeitinhos. Eles não fraquejariam, e os odiava por isso, por serem traidores ordinários. Não queria que se dessem bem, mas seria justo, por isso não intercedeu.

Aguardou o desfecho.

Naquele domingo era aniversário do filho de Paul. O homem e sua esposa haviam organizado uma festa com crianças no quintal de casa. A ideia dele era aguardar um momento propício para sair sem ser notado e se encontrar com Isabella, que já o estaria aguardando. No entanto, a presença do pai foi solicitada muitas vezes. O aniversariante não o largou e exigiu que Paul participasse das brincadeiras. Ele tentou se afastar, mas a esposa notou o comportamento arredio e ficou desconfiada.

O dia todo passou sem que o homem conseguisse dispersar a atenção de seus familiares. Já havia gastado o estoque inteiro de desculpas, e nenhuma delas funcionou. Começou a ficar preocupado quando percebeu que a noite surgia.

As 24 horas estavam acabando.

Isabella ligou faltando poucas horas para tudo estar perdido.

– O que está fazendo, Paul? Cadê você? – A mulher estava possessa ao telefone. – É o último dia. Não faça isso comigo, precisamos nos encontrar!

O homem foi até uma das varandas de sua casa. As crianças convidadas, graças aos céus, já estavam indo embora na companhia de seus familiares. Por outro lado, o homem teria que ajudar a sua esposa a reorganizar o lar inteiro. Estava tudo sujo e fora do lugar. Seria muito difícil fugir da obrigação como dono da casa.

– Eu não sei o que fazer, Isabella, não consegui sair daqui hoje.

Várias vezes, passou pela sua cabeça contar a verdade à esposa. Ela não iria se opor que ele buscasse a grana, certo? Mas Paul não tinha certeza. Poderia perder tudo: o dinheiro e a esposa.

– Vamos ter que dar outro jeito... Talvez você deva vir para cá.

– Para a sua casa? Com que desculpa? Não vou chegar aí no dia do aniversário do seu filho e... – suspirou Isabella, tão agoniada que tremia da cabeça aos pés. – Pense em outra coisa!

Contrariado, Paul andou de um lado a outro. Levou uma mão aos cabelos, notavelmente nervoso.

– As visitas estão indo embora, e a casa está uma bagunça – disse ele, de repente tendo uma ideia. – Minha esposa está cansada demais para arrumar as coisas. Não acho que vá negar se eu propuser um jantar fora e só arrumarmos tudo amanhã. Nossos filhos também vão adorar, ainda estão frenéticos.

Isabella assentiu do outro lado da linha.

– E nós nos encontramos no restaurante? – questionou Isabella, já sacando a ideia de Paul.

– Sim. Terá que ser bem rápido.

– Informe se a sua ideia deu certo e o nome do restaurante. Estarei lá.

Paul soltou a sugestão primeiramente para os filhos. Foi uma atitude muito esperta. Talvez a esposa negasse por causa do cansaço, mas as crianças jamais perderiam a oportunidade de sair para comer fora. Depois de um dia de atividades, era de se esperar que estivessem exaustas, mas Paul sabia que ambos eram bem agitados.

A confusão se formou, e a esposa não teve outra opção além de aceitar o desfecho. Assim que confirmou sua presença no restaurante, Paul enviou uma mensagem para Isabella. A mulher se aprontou rapidamente, inventou uma desculpa para o marido e saiu. Deixou a filha aos cuidados do esposo.

Isabella entrou no restaurante e logo localizou Paul e sua família reunidos em torno de uma mesa. O clima era descontraído, pelo que percebeu, e no fundo ela se sentiu um lixo. O que estavam fazendo era errado em tantos sentidos. Não desejava que duas famílias tão bonitas se desfizessem, mas aqueles onze dias serviram para que reparasse em muitas coisas que não enxergava antes. Isabella questionou, pela primeira vez na vida, se queria continuar casada.

Paul a encarou do outro lado do salão do restaurante. Havia escolhido uma mesa estratégica e deixado a esposa sentar de costas para a entrada, assim não reconheceria Isabella da semana em que habitaram a mesma casa. Ele conferiu o relógio do celular e constatou que tinham cerca de meia hora para concluir o último dia de experimento. Esperava estar rico ainda naquela noite.

O homem acompanhou quando Isabella escolheu uma mesa perto da entrada. Admirou-a por mais tempo do que devia. Sua esposa era encantadora, e sem dúvida ele havia escolhido uma mulher linda e bondosa com quem compartilhar a vida. Mas, desde que conheceu Isabella, Paul se sentia mexido. Nunca tinha olhado para outro alguém. Jamais pensou em trair, contudo, quando encontrou um motivo, uma justificativa para seu íntimo interesse, pegou-a sem pestanejar.

Sentia-se mal e culpado. Não sabia o que seria dos filhos caso fosse descoberto. Nunca foi sua intenção magoar a esposa. Prezava pela família. Porém, não sabia se fazia aquilo por dinheiro ou porque queria. Parecia um criminoso em potencial, que apenas aguardava a oportunidade para colocar as garras de fora.

Cada dia ao lado de Isabella estava sendo de descobertas. Paul se sentia mais íntimo, solto, alcançava prazeres diferentes e assumia: estava aproveitando todos os momentos. Sentia-se preso a uma gama de emoções que não compreendia, porque eram muito controversas.

– Preciso ir ao sanitário – disse ele para a esposa em um tom ameno.

A mulher não objetou, apenas gesticulou e continuou conversando com as crianças animadamente. A festa de aniversário tinha sido um sucesso.

Paul se sentiu um merda enquanto caminhava em direção aos banheiros. Não olhou para Isabella, mas notou uma presença atrás de si. Escolheu o banheiro masculino porque supôs que estivesse vazio e que teriam mais privacidade nas cabines. A maioria dos caras usava mictórios.

Abriu a porta e ficou aliviado por não ter ninguém. Andou até a última cabine, a mais afastada, e se virou para trás. Alguns segundos depois viu a figura de Isabella. Trajava um vestido preto curto e saltos combinando. Os cabelos cacheados estavam armados. Era uma mulher exuberante. Paul estava apaixonado por aquela cor de pele e não via a hora de beijá-la.

– Poucos minutos – disse ela, aproximando-se.

Parecia uma leoa. Paul se sentia um menino perto daquela deusa. Ainda assim, tentava se fazer de forte. Buscava maneiras loucas para fodê-la, dominá-la em seus braços, fazer-se presente. Ela não imaginava o quanto ele ficava enfraquecido quando terminavam.

– Depressa – reiterou o homem.

Deixou que Isabella entrasse na cabine primeiro e, depois de verificar se alguém estava no recinto, seguiu atrás dela. Fechou e trancou a porta. Não demorou um segundo e já estavam atracados, aos beijos, gemendo sobre os lábios um do outro.

Isabella pulou sobre o corpo grande do homem, enlaçando-o com suas pernas compridas.

– Espera... As escutas! – Ela ofegou.

– A minha já está ligada.

A mulher pegou o pequeno objeto, apertou o botão e o grudou na alça do vestido.

Voltaram a se beijar de um jeito ardente. Isabella não sabia como seriam os próximos dias. Teria muito dinheiro, mas nunca sentiria aquele beijo de novo. As fodas com Paul lhe despertaram coisas inimagináveis. Todos os dias, ficava ansiosa pelos encontros. Excitava-se só com as lembranças, e em nenhum momento pensou em desistir, ainda que também se sentisse culpada.

Paul a virou de costas, já sabendo que assim Isabella teria o primeiro orgasmo depressa. Agachou-se por trás dela e parou um pouco para analisar os contornos daquela bunda. Ela veio sem calcinha. Só foi necessário subir um pouco o seu vestidinho. Paul rosnou de agonia, de vontade e desespero para tê-la.

Sem hesitar, abocanhou a intimidade da mulher. Lambeu os grandes e pequenos lábios, circulou o ânus, sugou a lubrificação natural que já saía em enxurradas. Isabella tinha um gosto delicioso.

Paul não conseguia parar de fazer comparações, e se sentia péssimo com isso. A sua esposa jamais havia saído de casa sem uma calcinha. Aquela safadeza despertava nele um lado desconhecido. Era a novidade, a devassidão, o proibido ou apenas o fato de que o sexo com Isabella era melhor? Não sabia.

– Ah... – gemeu a mulher, empinando a bunda.

– Senta na minha cara, safada – exigiu Paul, falando bem baixinho.

Isabella se sentiu uma grande vadia e adorou a sensação. Apoiou-se no rosto de Paul, que a segurou pelas nádegas e se concentrou em seu clitóris. Ele bebia o líquido natural da mulher e se deliciava, mas percebia que estava demorando. Precisava ser mais efetivo.

Foi então que Paul se lembrou do casal de sexólogos e resolveu incrementar: enfiou dois dedos na vagina de Isabella, tomando cuidado para usar a inclinação certa a fim de alcançar seu Ponto G. Aquelas aulas trouxeram muitas possibilidades. A mulher gemeu e se contorceu mais, as pernas tremelicaram com perigo, e o homem sorriu. A cartilha funcionava.

Paul voltou a se enfiar entre as carnes dela, concentrando a língua no clitóris inchado, que vibrava forte a cada estímulo. Isabella mal conseguia conter os gemidos. Não demorou mais do que um minuto para que tremesse e gozasse. Explodiu dentro daquele banheiro como se nada mais fosse importante.

Suas mãos prenderam a face da cabine, e ela continuou rebolando sobre a boca de Paul. A intensidade foi tão grande que ele sentiu Isabella soltando um esguicho forte, melando sua boca. Ele a abriu e bebeu tudo que jorrava. Ficou tão louco que a chupou e chupou, até cada gota ser devidamente tomada.

Depois de um tempo, o homem decidiu que era melhor gozar logo. Não queria arriscar o prêmio. Se pudesse, ficaria ali por mais tempo, até arrancar outros orgasmos de Isabella.

Quando se levantou, ainda por trás dela, encostou a boca no ouvido da mulher e admitiu, cheio de tesão:

– Eu te chuparia pelo resto da vida... Mas preciso gozar... – A mente já nem raciocinava mais. – Onde você quer que seja, delícia?

– Me fode, Paul... – ofegou Isabella, praticamente implorando.

– É a nossa última foda – disse Paul, e no mesmo instante os dois corações se apertaram, errando várias batidas, como se gritassem. – Decida onde quer ser fodida.

– Quero olhar para você – admitiu Isabella, logo se virando.

Ela encarou o homem ofegante, com os lábios e as bochechas meladas de seu gozo. Foi naquele instante que a participante entendeu que algo mais estava acontecendo não apenas com ela, mas com ele também. Paul estava diferente, como se lamentasse o fim. Isabella enxergou nos olhos do homem as nuances de tristeza que deveriam estar nos seus próprios. Nenhum dos dois conversou sobre o assunto. Aliás, sequer se falavam. A comunicação era corporal, e se compreendiam assim, talvez mais do que muita gente.

As regras que se impuseram desde o princípio foram diretas: fariam aquilo do jeito que desejassem, não se arrependeriam, iriam até o fim, alcançariam o maior prazer que pudessem; e, depois de pegarem o dinheiro, esqueceriam um ao outro para sempre. Isabella não sabia mais se era capaz de cumprir a última parte.

– Me fode toda, Paul... – balbuciou a mulher, enlouquecida pela excitação. – Fode a minha boceta, meu cu, minha boca...

O homem a agarrou pelo queixo.

– Tem que ser rápido, Isabella. – Negou com a cabeça. – Você sabe tudo o que está em jogo agora.

– Não faz isso comigo.

Ele pensou em fazer perguntas. Não soube se entendeu direito o que ela queria dizer, mas teve medo das respostas. Parecia que Isabella não queria o fim. Como ele, a mulher estava triste por nunca mais se encontrarem.

O homem decidiu que, primeiro, garantiria a grana. Sem isso, tudo o que fizeram não teria o menor sentido. Deixaria o resto para depois.

– Decida – ordenou ele, e apertou os dedos nos lábios dela. – Se não, eu que vou escolher, e você sabe que sou louco pelo seu cu.

– Amei a sua escolha. – Isabella sorriu.

Paul resmungou e voltou a empurrá-la contra a parede. Deixou-a de costas para ele e, por fim, encontrou o caminho para a entrada apertadinha da mulher.

– Vou foder essa bunda até ela nunca mais me esquecer – declarou ele, em tom de despedida. – Toda vez que você se sentar, vai se lembrar de mim, Isabella.

A mulher achou aquela sentença tão profunda quanto podia ser. Paul arremeteu devagar, tomando cuidado para não a machucar. Esperou que se acostumasse, que ela o recebesse melhor. Os dois gemiam, arfavam, os corações explodindo de adrenalina.

Isabella sempre curtiu estímulo anal. Quase nunca sentia dor, por isso foi a primeira a se movimentar mais rápido, exigindo que o ritmo se intensificasse. Paul aproveitou para se enfiar mais. Manteve a cadência por alguns minutos. A vontade de gozar se achegava e, infelizmente, ele não podia segurar a fim de fazer aquele momento durar mais, como fizera tantas vezes ao longo da semana.

Isabella rebolava a bunda, e a vontade de Paul era de lhe desferir um tapa bem alto. Mas não podia chamar aquela atenção. Em vez disso, agarrou as duas nádegas como se fosse as estraçalhar. Usou bastante força para ajudar no movimento de vai e vem, que se tornou tão intenso que provocava ruídos.

Os caras que entrassem ali saberiam o que estava acontecendo. Paul torcia para que ninguém chamasse a gerência.

– Goza... – murmurou Isabella, ciente de que ele não podia se segurar.

– Repete... – respondeu ele baixinho, quase chegando ao limite. – Aqui no meu ouvido... Fala o que devo fazer e onde devo fazer, quero ouvir de você, delícia.

A mulher mal respirava. Estava sufocada dentro da cabine, absorta pelas sensações. Levou um dedo ao clitóris. Queria gozar junto. Seus gemidos se intensificaram por causa do estímulo adicional. Ela estava quase tendo outro orgasmo.

– Goza no meu cu... Goza, safado.

– Repete... – insistiu Paul.

– Goza no meu cu!

As palavras de Isabella foram tidas como ordem e, enfim, Paul se enterrou dentro dela. Derramou-se daquela forma, enfiado nas carnes da mulher, com o pau latejando forte por causa da ejaculação. Surpreendeu-se ao perceber Isabella gozando de novo. Simplesmente se deixou levar, e a pressão foi tão grande que seu pênis escapuliu.

Eles se desconectaram.

Isabella se virou para Paul e clicou no botão da escuta. Não permitiria que ninguém ouvisse aquela última conversa. O homem fez o mesmo. Conferiram de novo se estavam mesmo desligadas. Sempre faziam isso após a transa.

Ofegantes, os dois passaram um bom tempo se olhando. Foi Paul quem conferiu o relógio de pulso. Eles conseguiram. Ainda faltavam alguns minutos para as 24 horas finalizarem, e os dois já tinham gozado.

– Preciso ir.

Isabella prendeu os lábios. A hora de dizer a verdade era aquela. Do contrário, nunca teria a chance.

– Você quer dizer adeus? – questionou ela.

Não sabia por onde começar. Ela nem se deu a chance de comemorar o prêmio. Agora que sabia que não veria Paul, não parecia uma conquista. Naquele instante, só focou no que perderia.

Ele sorriu, disfarçando o constrangimento.

– Como assim? É o que temos que fazer – respondeu Paul.

Isabella ficou calada. Paul a encarou mais um pouco, e então balançou a cabeça.

– Não podemos. Não podemos, de qualquer modo.

– Vamos remover o nanochip. Richard Coleman não tem como saber.

Paul continuou negando com a cabeça.

– Isso é loucura, Isabella. Somos casados, temos famílias...

– Você quer dizer adeus? – repetiu a mulher. – Olhe para mim e diga que quer.

Paul se calou. Suspirou fundo.

– Você sabe que não quero.

Foi a primeira vez que ela teve algum indício de que o homem podia sentir o mesmo. Sua expressão se modificou. Os dois continuaram se olhando.

– Eu tenho que ir – repetiu Paul, baixinho.

Ergueu uma mão e tocou os lábios carnudos da mulher. Ele não queria se afastar. A noção de nunca mais vê-la o entristecia de verdade.

– Fique bem. Cuide-se e seja feliz – disse ele por fim.

– Não é justo.

– Eu sei, mas... – Paul ergueu os ombros. Sabia que não podia fazer nada, era muito arriscado, coisas demais a perder. – Vamos seguir nossas vidas, é melhor. Você foi... incrível. Maravilhosa. Sempre vou sentir tesão e carinho pensando em você, Isabella. Não vou te esquecer, disso tenho certeza.

Os olhos da mulher se encheram de lágrimas. No entanto, ela se manteve firme.

– Não sei se continuarei casada – confessou de prontidão.

A notícia fez Paul se assustar.

– Quando o mundo girar e achar que deve me procurar, provavelmente estarei livre. Quem sabe? Cuide-se, Paul.

Ele continuou assombrado com a ideia, enquanto Isabella começou a arrumar o vestido. Ela deixou um beijo demorado nos lábios do homem e foi embora sem dizer mais nada.

A falta de reação por parte de Paul foi porque ele nunca imaginara que aqueles dias fariam a mulher tomar uma decisão tão grande. O homem passou a questionar seriamente a própria felicidade. Pela primeira vez, sentiu que havia uma decisão real a ser tomada.

* * *

Se Richard estivesse ouvindo aquela parte da conversa, talvez chegasse à conclusão de que traição também pode ser um processo de mudança, ainda que de modo atravessado e malvisto socialmente. Era como uma pancada forte que servia de aviso: *não ande por aí, mude a rota, isso machuca, aprenda com a dor, algo está errado*. Traições podem ser o maior sinal de egoísmo de um ser humano, mas muitas vezes é o egoísmo que os leva aos caminhos necessários.

Isso faria das traições algo necessário? Havia muito a se questionar. Em um ponto de vista moralista, trair pode ser a pior coisa do mundo, algo que deve ser evitado a todo custo. Nunca é relativizado, porque parece cruel demais justificar uma atitude errada. A pessoa que trai uma vez é manchada com essa imagem para sempre. Definitivamente traidora. Não se leva em consideração nuances sociais e psicológicas.

Não há justificativas além do fato de as pessoas serem falhas. Mas e se, ao contrário, em vez de sinal de falha, fosse um grito para exigir o avanço? Muitas coisas não evoluem com base na educação, e sim aos tropeços.

Contudo, o que acontecia em Fort Lauderdale estava longe de ser uma compreensão a respeito do ato de trair. Richard Coleman ficou tão irritado por aqueles dois imbecis terem concluído a tarefa que apertou as mãos com força. O copo de uísque que segurava sofreu bastante pressão, até simplesmente arrebentar.

O líquido melou o piso do escritório do empresário, bem como as gotas de sangue e os cacos de vidro. Ele soltou um rosnado gutural e jogou a parte inferior do copo, que era mais grossa e não se quebrou, contra a parede. Puxou os próprios cabelos, cheio de revolta. Na cabeça de Richard, foi como se a traição recebesse honrarias.

Percebeu que queria que todos se dessem mal por conta própria, que sentissem culpa e arrependimento, que desistissem no meio do caminho por acharem errado. Ansiou por isso como ansiava que a humanidade fosse inteiramente boa e correta.

Ele não tinha reparado a própria estupidez até entender que o que fez foi uma grande besteira. Harvey estava com a razão: não lhe ajudou em porcaria alguma. Só compreendeu que as pessoas eram miseráveis, manipuladoras e manipuláveis, não tinham respeito nem caráter. Todas oportunistas. Que o ser humano age por instinto animal e egoísmo puro, e que simplesmente ignora os afetos alheios quando lhe convém. Tesão, dinheiro, poder sobre o outro...

Richard não era perfeito, mas achava que fosse por causa do fato de ser fiel. Era o que tinha de melhor a favor de si mesmo. Jamais perderia a sua qualidade, por isso decidiu que nunca permitiria tal defeito em outra pessoa: a infidelidade. Ainda que a amasse muito.

* * *

Naquela mesma noite, enquanto o casal era premiado e Richard bebia suas mágoas junto a um uísque caro, o telefone de Harvey Campbell tocou. Era uma ligação do dr. Hans. Embora fosse domingo, jamais deixaria de atender o colega de trabalho. O funcionamento do sistema era prioridade.

– Dr. Hans, tudo bem? – Harvey forçou uma voz animada. Estava relaxando em sua casa depois dos dias que passou fora.

– Não sei o que está fazendo com Richard Coleman, mas pare agora mesmo – disse o cientista, imperativo, usando-se do tom mais grave e urgente que possuía.

Harvey se levantou do sofá.

– Não sei do que está falando.

Oliver bufou, contrariado.

– Mentira! Não perca o nosso tempo, Harvey, sei que estão aprontando.

O dr. Hans estava em seu último grau de nervosismo. Havia passado o dia inteiro analisando dados.

– Não pense que vou hesitar em tirá-lo da pesquisa.

A ameaça fez o sr. Campbell rir.

– Não fui eu quem colocou o aplicativo no celular de um participante e rompeu todas as cláusulas de sigilo possíveis e imagináveis. E, segundo meu sistema, não fui eu que deixei vazar dados de outros participantes.

Oliver ficou vermelho feito um tomate.

– Eu não vazei dados de outros participantes – resmungou.

– O meu sistema não diz isso, dr. Hans. E ele é *seu* amigo, não meu.

O sr. Campbell fingiu tranquilidade. No fundo, esperava que um dia aquilo acontecesse. Completou:

– Nunca mais me ameace. Se eu me ferrar, você vai comigo. Há muitas provas contra o querido e antiético dr. Oliver Hans.

Oliver segurou a vontade de gritar com o sujeito.

– Você precisa remover o aplicativo do celular de Richard. Ouviu? – Os olhos dele estavam bem abertos de raiva. – Se não der um jeito nisso, vai sobrar para nós dois, e eu não vou perder a minha pesquisa por causa de um filho da puta feito você.

Harvey respirou fundo.

– Foi *você* quem colocou tudo em risco, porra! O cara está pirado, e a culpa é *sua*, dr. Hans.

– Harvey, ouça... Se não der um jeito de...

– Já alterei o código do sistema no celular dele – interrompeu o sr. Campbell. – Não sou burro, sei que seu amiguinho rico ficou louco depois que foi traído. Um homem desses é capaz de qualquer coisa.

Oliver sentiu o corpo congelar da cabeça aos pés.

– O que você sabe sobre isso?

– Tudo. Analisei todos os dados de Anna Coleman até me cansar.

Houve um longo hiato de silêncio. Oliver precisava saber mais. Tinha que entender o que Harvey fazia com Richard. Porém, antes, precisava garantir a segurança de todos os envolvidos.

– Então Richard não tem mais acesso aos dados dela?

– Não os atualizados. Deixei o código trabalhando do jeito que eu queria. Ele agora só tem acesso a informações falsas. – Harvey sorriu, orgulhoso de seu feito.

– Ótimo... ótimo. – Oliver suspirou aliviado.

– Dê um jeito de tirar essa gente da pesquisa o quanto antes.

– Vou falar com Anna, pedir que venha remover o nanochip e...

– Anna não sabe – comentou Harvey.

Oliver quase teve um infarto naquele instante.

– Como assim, Anna não sabe? Sobre o nanochip? Mas ela...

– Vai dizer que você não sabe que ela não tem a mínima ideia de que está com a porra de um nanochip aplicado?

O dr. Hans queria estrangular Richard Coleman e Harvey Campbell. Os dois idiotas ao mesmo tempo.

– Precisamos conversar. *Pessoalmente* – disse Oliver, e passou as mãos pelos cabelos, irritado e bem nervoso, ao constatar que as coisas eram piores do que ele imaginava. – Temos que pensar sobre o que fazer, Harvey, senão essa merda vai ser espalhada. Anna está grávida.

O sr. Campbell ficou surpreso, mas sorriu de contentamento.

– O sistema captou o nosso primeiro registro de fecundação? – Não evitou o tom orgulhoso.

– Sim. – Oliver suspirou.

– Pelo seu timbre fraco, deve ser filho do amante!

Harvey soltou uma risada. Sabia que uma hora a bomba explodiria e, agora sim, Richard perderia o controle.

– Não. Quer dizer, não sabemos.

– Como não sabemos? Temos o sistema mais evoluído do mundo para saber se...

Oliver quase engasgou:

– Cala a porra da boca, Harvey! Escute, o sistema registrou a fecundação, mas não fazemos a mínima ideia de quem engravidou Anna Coleman.

– Mas isso é impossível.

– Eu também achei que fosse um erro – resmungou Oliver. – Fiz todas as análises, comparei com os exames de Richard e... – Dr. Hans engoliu em seco. Suava frio. – O sistema consegue distinguir anatomicamente os registros sexuais de Anna, a diferença no tamanho dos pênis e nas idades dos espermatozoides. É correto que ela teve dois parceiros sexuais diferentes nas últimas semanas, mas... Essa porra não consegue diferenciar algumas cadeias genéticas.

Harvey nunca ouviu Oliver Hans falando tantos palavrões.

– O que está me dizendo, Oliver? Que o meu sistema não funciona?

O dr. Hans fechou os olhos.

– Estou dizendo, sr. Campbell, que seu sistema funciona.

– E por que raios ele não distingue o DNA dos dois homens?

– Porque... – Oliver ofegou. – Porque o índice de similaridade entre os códigos genéticos dos dois é maior do que o das diferenças.

Harvey fez uma careta.

– O que caralho você está me dizendo?

Oliver ficou calado.

Ainda não conseguia entender o que tentava dizer. Só sabia que algo estava muito errado, e ele precisava de Harvey para solucionar aquele quebra-cabeças. Para descobrir o que tinha, de fato, acontecido com Anna e Richard Coleman. Sobretudo, para conter as reações que seu amigo teria assim que descobrisse aquela insanidade.

29

O quintal da mansão de Richard e Anna Coleman foi devidamente decorado para a comemoração dos quarenta anos do empresário. Garçons circulavam com boas comidas e bebidas requintadas, e os convidados estavam trajados de modo elegante. Uma banda afinada foi contratada para animar a noite. Familiares, amigos, homens de negócios, pessoas influentes conversavam ao redor das mesas montadas para garantir conforto.

Luzes, balões e voais deixavam o ambiente com a elegância necessária para uma noite como aquela. Richard andava para todos os lados, conversando com os convidados de maneira forçadamente entusiasmada. Quase havia cancelado a festa. Não estava nem um pouco bem, e o ódio já havia se tornado parte de seu corpo. Respirava movido pela ira. Em cada foto que tirou com os convidados, abriu um sorriso falso.

Anna Coleman não estava diferente, mas, em vez de ódio, sentia tristeza. Profunda e absoluta. Passou aqueles dias em uma penitência interminável. Nem o trabalho ajudou a distraí-la. Afundava dia após dia em sentimentos torturantes, que lhe arrancavam do eixo. Apesar de estar charmosa em um vestido lilás, bem maquiada e penteada, não conseguia exalar outra coisa além do extremo cansaço.

Ela sentia que estava por um fio. Não quis comer nem beber nada, apenas recebia os convidados com educação. Não entrou em qualquer conversa nem se enturmou com ninguém, pois se sentia um peixe fora d'água. Achava que não pertencia àquele lugar. No entanto, nele permaneceu, com a ideia de ter que ficar para sempre ali a devastando.

Depois que saudou a grande maioria dos convidados, afinal jamais seria mal-educada, fez questão de ficar pelos cantos. Observar o trabalho da cozinha era mais interessante. Deixou que Richard fosse o grande protagonista da noite e se enfiou nas sombras da própria solidão.

Até que um par de olhos reconhecível surgiu no meio da festa, e Anna Coleman segurou o fôlego. Achou que estivesse vendo coisas. Piscou diversas vezes e teve que deixar a escuridão para se aproximar do fantasma que viera assombrá-la. Com a expressão confusa, os dedos tremendo e o coração agitado, constatou que, sim, Matthew Smith estava ali. Não fazia ideia de como ou por quê.

Anna deu vários passos para trás quando o jovem a encarou de volta. Estava lindo dentro do humilde terno de sempre. Os cabelos escuros penteados para trás deixavam evidentes os olhos azuis brilhantes. Visivelmente, Matthew estremeceu diante da imagem de Anna. A mulher não suportou o baque. Já era difícil permanecer na festa. Tornou-se impraticável com a presença do rapaz.

Ela foi para dentro da mansão, atravessou a imensa sala e estava quase subindo as escadas quando ouviu a voz chamando-a:

– Anna! Anna!

A mulher se assustou com a possibilidade de serem vistos juntos. Não queria chamar a atenção das pessoas que circulavam dentro da casa, por isso paralisou e encarou Matthew. Estava assombrada e só queria sair correndo. Achava que nunca mais o veria de novo e tentava se conformar com isso.

– O que está fazendo aqui? – perguntou ela, quase sem voz.

Sua respiração falhava. Não conseguia controlar o corpo. O estômago ardeu, e ela achou que fosse vomitar a qualquer momento. Matthew ficou surpreso com a sua reação.

– Eu fui convidado.

A mesma expressão confusa tomou o rosto de Anna.

– Convidado? – perguntou ela, balançando a cabeça em negativa. – Impossível.

Ela olhou para os lados, temerosa. Todo o seu corpo tremia de pavor. Era insustentável.

– Vá embora, Matthew, não quero te ouvir ou te ver. Você não devia estar aqui.

Ela fez menção de que subiria a escada, chegou até a se apoiar no corrimão luxuoso, mas o rapaz se aproximou e a segurou pela mão.

– Anna, eu... Achei que... Achei que você tinha me dado um convite.

Anna continuou negando com a cabeça e se desvencilhou dele. Não deixou que se aproximasse demais.

– Por que eu faria isso? É aniversário do meu marido.

– Não sei. Mas eu vim.

Anna bufou, descrente.

– Não deveria ter vindo. Saia daqui, por favor.

Matthew percebeu que a mulher não parava de olhar para todos os lados, como se houvesse câmeras escondidas na mansão. Ficou desconfiado.

– Precisei vir. Tinha que conferir se você estava bem.

Anna parou por um instante e o encarou fixamente. Tudo nela ardia. Parecia que haviam acendido uma fogueira e a rechaçavam de dentro para fora. Expulsavam-na do próprio corpo.

– Agora que tenho certeza de que não, vai ser difícil ir embora.

– Matthew, por favor...

– Anna, olha para você. Visivelmente perdeu peso e está abatida. Parece assustada, e não te vi sorrindo uma vez sequer, mesmo estando no meio de uma festa. Alguma coisa está acontecendo, e precisa me contar o que é.

– Matthew...

– Você saiu da minha casa naquela noite com um sorriso nos lábios, parecia renovada e disposta a lutar por si mesma – disse ele, soltando tudo de uma vez, sem demoras, porque não queria perder a chance e tinha que dizer as coisas certas, afinal não fazia sentido que Anna tivesse desistido. – Na última vez em que te vi, achei que fosse sair dessa farsa e ser sincera consigo mesma. Tive tanta esperança, Anna. Eu te entreguei tudo o que podia, e sei que você sentiu o meu amor.

A mulher o interrompeu:

– Pare. Pare, por favor, estamos em público.

Não havia ninguém no pequeno hall antes da escadaria. Ainda assim, Anna Coleman continuou apavorada. Matthew olhou ao redor e deu de ombros.

– Então me leve a um local onde possamos conversar. Eu não vou embora sem saber a verdade, Anna. Não vou.

Ele cruzou os braços na frente do corpo.

A mulher sentiu as lágrimas se juntarem nos olhos aflitos. Soltou um suspiro profundo e, sem dizer qualquer palavra, andou de modo sorrateiro. Seguiu por caminhos que não estavam sendo usados para a festa. Foi ao jardim a partir de uma pequena porta lateral e andou mais um pouco. Desceu escadarias perto de uma área que parecia restrita. Matthew se deu conta de que era uma espécie de porão, onde Richard guardava itens de pesca e demais parafernálias caras que pouco usava.

Enfim, Anna parou no meio do espaço afastado. Abraçou a si mesma e manteve certa distância do rapaz. Encarou-o, mas foi quase como se não quisesse fazer isso.

– O que está havendo? – perguntou ele outra vez. – Tomou sua decisão e está assim, infeliz, triste, cabisbaixa. Sem o menor brilho nos olhos. Você se arrependeu, Anna? Se tiver mudado de ideia...

– Eu estou bem – interrompeu ela, para insistir na mentira; porém, algumas lágrimas escorreram. – Você garantiu que me respeitaria. Por que apareceu aqui do nada para me colocar contra a parede?

– Já disse: recebi um convite e achei que tivesse vindo de você. Nunca perderia a chance de te ver, Anna, nunca.

Matthew se mantinha muito sério. Não se aproximou mais porque entendeu que ela precisava de espaço.

– Mas não esperava te encontrar desse jeito. Você parece definhar.

– Pare com isso. Está me menosprezando.

– Não. Nunca. Só estou triste. Abalado. Porque essa não é você. – Apontou para ela. – Por que está fazendo isso consigo mesma?

Anna não respondeu. Foi incapaz de encará-lo.

– Por que fez uma escolha que não te agrada? – continuou ele.

Ela prendeu um soluço na garganta.

– Eu... – murmurou ela, trêmula. – Era o certo a ser feito.

– Certo? Por favor, não me diga que acha certo você sofrer assim. Isso não existe.

Matthew tentou se aproximar, e Anna recuou. Arregalou os olhos, apavorada, então o rapaz percebeu que ela estava mesmo com muito medo. Mais do que ele imaginava. Parecia um animal que tinha sido machucado e, para se proteger, evitava contato.

Matt sentiu a raiva adentrar o seu sistema. Os olhos assustados de Anna berravam que havia alguma coisa importante que ela não queria contar. E que podia ter a ver com Richard. Toda a intuição do rapaz se voltou contra o marido traído.

– O que ele fez para te convencer? – perguntou Matthew em um resmungo abafado pela ira. Ela desviou o rosto, envergonhada, e ele insistiu: – Anna... Olhe para mim.

A mulher obedeceu. Já estava em prantos.

– O que ele fez com você?

– N-nada – disse ela, mas não foi capaz de persuadir ninguém.

– Mentira.

Matthew identificou prontamente, sem qualquer esforço. Fechou os punhos com força. Queria abraçá-la, beijá-la e dizer que tudo ficaria bem, mas Anna parecia com medo até mesmo dele. Teria que controlar a raiva e tentar arrancar a verdade de outra maneira. Decidiu que seria manso, afinal a mulher estava sofrendo:

– Por favor, Anna. Conte o que está acontecendo. Eu imploro.

Anna mal se mantinha ereta, de tanto que chorava. Não sabia se seria capaz de repetir o que houve, mas, de repente, a voz escapou entre seus lábios, e as palavras se fizeram presentes:

– Depois que saí da sua casa, Richard tinha voltado de viagem e me... encontrou. Desconfiou que estive com outro. Eu acho. – Não conteve os próximos soluços. – Nós transamos, e fiz a minha escolha. Ele me perdoou, então... Foi isso.

Matthew deu um passo para trás. O choque o afastou de Anna.

– Vocês transaram naquela noite?

Anna assentiu com a cabeça.

Matthew fez uma expressão tão esquisita que o seu rosto doeu. Sentiu ciúmes, dor e sofrimento, mas continuou nutrindo raiva, que só se fazia expandir. Não encaixava na sua cabeça. Uma peça importante estava fora do lugar, porque ele tinha muita convicção de que Anna não se atiraria nos braços do marido logo após a noite que tiveram. Não havia sido um momento qualquer. Ele tinha certeza de que haviam trocado muito mais do que prazer.

De repente, um pensamento horrível o acometeu.

– Vocês transaram ou seu marido te forçou a transar com ele?

Anna continuou choramingando.

– Não fui forçada.

Matthew precisou de alguns instantes calado. Estava tão arrasado quanto podia. Anna ainda pranteava. O rapaz teve certeza de que a mulher havia sido subjugada.

– Você queria? Olhe para mim, Anna, você queria transar com ele?

Ela não o olhou, não teve coragem. Mas negou com a cabeça. Não falou nada, só chorava e negava desesperadamente.

O coração de Matthew se afundava mais e mais. Era dominado pela raiva por aquele sujeito.

– Ele sabia que você não queria?

Anna soltou repetidos soluços. Pareceu se angustiar mais, tanto que se curvou para frente. Apoiou a cabeça nas mãos, desesperada.

– Anna... Responde, por favor.

– Ele sabia – sussurrou. – Não fiz nada, fiquei lá... sem fazer nada. Só meu corpo sem vida. Ele sabia. Não havia como não saber.

Matthew teve vontade de berrar e procurar aquele homem para socá-lo até a morte. Não tinha problema em fazê-lo na frente de todos, no meio da festa, mas estava preocupado com Anna, sua prioridade.

Sendo assim, deu alguns passos cuidadosos na direção dela e, enfim, a mulher diminuiu a distância. Ela o abraçou com força, chorando ruidosamente, aspirando seu cheiro, e só então encontrou alívio.

– Eu mereci – disse, em plena angústia. – Foi o meu castigo. Mereci.

Matthew teve que se afastar para encará-la.

– De modo algum, Anna. Ninguém merece passar por isso.

– Eu o traí.

– Ele te estuprou! Você tem noção disso, não é?

Anna arregalou os olhos. Em todo aquele tempo, não tinha pensado nessa palavra. Fez o possível para justificar o comportamento do marido.

– Ninguém tem esse direito, Anna, é um crime. Se ele sabia que você não queria e te forçou, está errado! – resmungou Matt, com raiva, o rosto ficando vermelho. – Isso não vai ficar assim. Ele não pode te...

Pausou, porque sentia que explodiria se não respirasse, e continuou:

– Ser traído não dá a ele o direito de te estuprar!

Matthew... Eu vou ficar bem.

– Não vai! Não vai, Anna, pare com essa merda! Olha só o estado em que a culpa te deixou! Nós dois erramos, mas você não pode aceitar os abusos dele e o fato de que será infeliz pelo resto da vida.

Anna não respondeu nada. Sentia-se fraca demais.

– E como você acha que ela será feliz? Com você?

Uma voz grave se assomou aos apelos de Matthew e ao pranto de Anna. Em seguida, uma risada desdenhosa.

Richard saiu das sombras como uma aparição. Os dois levaram um susto gigantesco. A primeira reação de Matthew foi proteger Anna com o próprio corpo. Ao visualizar a figura de Richard, com o rosto desfigurado pela sandice, o rapaz soube que o homem traído não estava ali para brincadeiras.

Matthew Smith ganhou mais uma constatação: Richard segurava um revólver e o apontava para o meio de sua testa.

Quando Anna viu a arma por trás dos ombros de Matt, soltou um grito apavorado. O som ecoou dentro do porão, mas não alcançou a festa. Eles estavam distantes demais, e Richard foi esperto a ponto de fechar a grossa porta de madeira.

– Saia de perto dela – vociferou o empresário.

Matthew não se mexeu. Preferia morrer a deixar Anna desprotegida. Então o homem berrou:

– SAIA! SAIA DE PERTO DA MINHA MULHER, PORRA!

Foi Anna quem o empurrou para o lado. Matt cambaleou, perdeu a postura de defesa e deixou a mulher na frente do sujeito. No entanto, Richard desviou a direção da arma. Retornou para Matthew.

O rapaz teve certeza de que morreria naquela noite. Nada impediria aquele homem de matá-lo. Seu olhar cruel dizia tudo. O mais estranho de tudo era que aquela expressão no olhar lhe parecia familiar e, por alguma razão, Matthew não estava com medo de morrer.

Richard abriu um sorriso debochado.

– Sr. Matthew Smith – cuspiu o nome dele.

Depois que passou o susto inicial, Matt começou a nutrir sentimentos diferentes. Não estava exatamente assombrado com a possibilidade da morte. A raiva era maior. O olhar maníaco daquele homem o fez pensar que tipos de absurdo Anna havia passado durante aqueles dias. Estava indignado. Prometeu a si mesmo que podia morrer, mas nunca a deixaria ao lado daquele sujeito. Era um homem perigoso e estragaria a vida dela para sempre.

– Eu deveria ter desconfiado desde o princípio – continuou Richard, com a voz engrossada pelo monstro. Já não o controlava, sequer se esforçava para contê-lo. – Mas até que fui rápido. Você só esteve anônimo enquanto decidi que assim permanecesse. Quando quis te encontrar, foi a coisa mais fácil do mundo.

– Richard... – choramingou Anna. – Abaixe essa arma, por favor.

O marido a ignorou completamente. Estava com os olhos focados em Matthew.

– Uma matéria no jornal e tudo fez sentido. Por que o funcionário de uma joalheria estaria pintando para a empresa da minha esposa? Até recebeu um prêmio! – disse, e gargalhou com desdém. – Incrível, não? Depois disso, compreendi o início de tudo. As peças se encaixaram. Desde quando a minha mulher me traía? Desde quando ficou esquisita? A resposta veio depressa: desde o maldito arrepio.

Ele se virou apenas para Anna e debochou:

– Se eu soubesse, querida, teria te presenteado com um perfume.

– Então foi você que me convidou – concluiu Matthew.

O rapaz deixou de lado a postura de bicho acuado e se endireitou. Não sentia medo daquele homem. Sentia ódio. E sabia que era uma emoção absolutamente recíproca.

– Olha só, até que você não é burro. Eu sabia que se encontrariam às escondidas – resmungou Richard. – Fico me perguntando o que Anna viu em você. O que você tem que eu não tenho. Agora que está aqui na minha frente, só vejo um frangote que mal saiu das fraldas.

Ele afastou um pouco a arma para encarar o rapaz com minúcia.

– Richard... – balbuciou Anna.

Ela dava pequenos passos na direção do marido, sem ele perceber. Estava completamente apavorada com o desfecho que sabia que não tardaria. Uma tragédia iminente.

– Larga a arma – pediu Anna.

– Um pobretão desclassificado – cuspiu Richard.

Estava todo vermelho. O terno chique que vestia havia amassado em algumas partes, principalmente ao redor do pescoço. A gravata estava mal colocada, e alguns botões da camisa, abertos. Com certeza bebera demais.

– Olhando bem, até que somos parecidos. Você me lembra a mim mesmo quando mais jovem, sr. Smith – murmurou Richard. – Será isso? Idade? Anna queria uma versão mais nova de mim?

Encarou a esposa com muito ódio, e Anna gemeu, assustada. Richard não ousou apontar a arma para ela, mas os olhos azuis eram como duas metralhadoras avaliando seu rosto.

– Acha que não dou conta do recado, querida? – perguntou, cheio de ironia. – Estou com pouca energia, é isso? Nosso sexo diário e os seus orgasmos intensos não são o bastante? Achei que estivesse te comendo bem.

Matthew soltou um rosnado enciumado, o que fez Richard encará-lo.

– Que porra você tem? – perguntou de novo o marido traído. – Porque se ao menos tivesse caráter, não sairia com mulher casada.

– Só o fato de estar com essa arma explica muita coisa, não acha? – atiçou Matthew. – Não sei o que tenho nem o que ela viu em mim, mas com certeza o senhor tem um sério problema na cabeça. Anna deve ter percebido.

A resposta de Richard foi mexer na trava de segurança da arma. Destravou a pistola com um clique seco, o que fez Anna gritar:

– Richard! Não, por favor!

– Você é corajoso... Ousado – murmurou Richard, que continuava ignorando a presença de Anna. – Muito bem, rapaz. Conte-me, o que mais tem aí? Porque também sou um homem de coragem e, ao contrário do que pensa, bastante racional e consciente.

– Não vejo coragem em um estuprador, apenas covardia. Nunca encostei um dedo em Anna sem a permissão dela.

– Nem eu – rosnou o marido.

– Não foi o que eu soube, sr. Coleman.

– Olha aqui, seu filho de uma...

– Se vai me matar, faça logo – interrompeu-o com grosseria. – Não fique enrolando e se achando melhor do que eu, porque não é.

Matthew encarava Richard de um jeito fixo. Nunca se sentiu tão determinado.

– Tem bastante dinheiro, provavelmente se livrará de uma prisão, mas nunca terá o respeito ou o amor de Anna.

Richard vociferou tão alto que ardeu os tímpanos de Matthew.

– Nem você, sr. Smith! Nem eu nem você.

– Richard, pare com isso, por favor...

A mulher enfim aproximou-se o suficiente para tocá-lo, mas o esposo a rechaçou de prontidão. Usou apenas um braço para empurrá-la para longe. Anna se chocou contra uma parede e cambaleou.

Matthew se moveu para ampará-la, mas Richard voltou a se concentrar nele, e o rapaz teve de parar no meio do caminho. Ele decidiu que o continuaria mantendo ocupado:

– Eu já a tenho, sr. Coleman. Tenho o respeito e o amor dela. O senhor é que não tem nada e se lamenta. Não passa de um verme!

– Matthew, não... – implorou Anna.

Mas o rapaz estava decidido a falar suas verdades. Não morreria antes de ter a chance de proferi-las:

– Apenas aceite que ela não te ama mais. Ninguém é obrigado a estar com o outro para sempre.

– E você acha mesmo que ela te ama? – Richard riu. – Não seja otário! É óbvio que não. Não é, querida? Não é?

Anna ficou calada. Pela primeira vez, Richard se viu apontando a arma para ela.

– Você ama esse sujeitinho? RESPONDA!

– Não... – disse Anna, acabada.

Jamais faria nada que sustentasse a ira de Richard. A vida deles estava por um fio. Não jogaria ou brincaria com fogo.

– Não o amo. Agora, por favor, largue a arma. Ele já estava indo embora. Por favor, Richard.

O marido balançou a cabeça em negativa.

– Nenhum de nós vai sair vivo deste porão, Anna.

Richard passou o cano do revólver pela própria testa, depois voltou a apontar para Matthew. Anna quase caiu no chão, de tão fraca que ficou com aquela notícia horrível.

– Não a perdoei. Eu te amo com a minha vida, mas não posso te perdoar. Tentei, querida. Tentei não te machucar, só que o que você fez foi cruel e sujo. Você acabou comigo, tirou de mim tudo o que eu tinha de precioso. Agora vou acabar com você e com esse frangote. Ele primeiro, claro.

Anna chorava e implorava:

– Richard... É seu aniversário. Tem pessoas lá fora.

– Um ótimo dia para morrer. Já me despedi de todos os que admiro. – Richard parecia, de fato, decidido. – Não vou viver sem você, Anna. Eu me recuso.

Matthew estava mais indignado do que nunca:

– Por que não se mata e nos deixa em paz para escolher como viver?

– Matthew, fique quieto, pelo amor de Deus! – ralhou Anna, e virou-se para Richard: – Querido... Vamos acalmar os ânimos e conversar.

O homem balançou a cabeça em negativa.

– Não há justificativa para o que você fez, Anna. Gastei muito dinheiro tentando explicar, e não existe nada que dê lógica à sua traição. Não tem conversa.

– Agora você acha que todo mundo tem que morrer porque não aceita que perdeu? Poupe-a, se for homem e se a ama de verdade – incitou Matt mais uma vez, sem saber de onde tirava tanta coragem, sabendo apenas que jamais permitiria que uma bala alcançasse Anna. – Ninguém é perfeito. Pessoas traem, e às vezes não é porque querem. Pode acontecer.

– Pessoas como vocês traem. Eu, não. A traição é uma escolha.

– Não. O senhor não trai, o senhor estupra e mata.

Anna viu quando o marido tocou o gatilho. Estava prestes a atirar em Matt, e não havia nada que pudesse fazer para evitar a tragédia. Porém, talvez aquela nova informação fizesse Richard repensar:

– EU ESTOU GRÁVIDA! – soltou Anna a plenos pulmões.

Richard encarou-a, surpreso. Ficou paralisado na visão da mulher diante dele, aos prantos. Não acreditou no que ela disse.

– Como é que é?

Matthew também a encarava em choque.

– Estou grávida, querido... – choramingava Anna.

Suas palavras podiam fazer com que o desfecho fosse diferente. Era sua última saída, a única opção.

– Vamos ter um bebê. Tudo vai mudar, prometo. Deixe que ele vá e siga em paz. Não dá para cuidar de uma criança na prisão. Certo?

Se é que aquilo era possível, o marido perdeu ainda mais o controle.

– É mentira. Você se tornou uma mentirosa. Não te conheço mais.

– É verdade! Richard, é verdade.

Mas o empresário, apesar de descontrolado, não deixava a sua mente parar de maquinar. Calculava todas as informações com muita precisão. Precisava ter lógica.

– E quem garante que esse bebê é meu? – perguntou, apontando a arma para a barriga da mulher. – Você deixou esse filho da puta gozar em você. Permitiu que um qualquer deflorasse o meu melhor lugar do mundo.

Algumas lágrimas escaparam dos olhos de Richard.

– Deu a ele o que era meu. Esta criança também? Ofereceu o que seria o nosso filho a esse moleque? Foi isso, então? Achou que eu não fosse capaz de te engravidar?

O desespero do homem se tornou visível em cada sílaba.

– É claro que não, Richard... Essa criança é sua – mentiu Anna.

A verdade era que não fazia a menor ideia. Havia vomitado muitas vezes ao longo da semana, por isso a perda drástica de peso mencionada por Matthew. Anna desconfiou, fez um teste rápido e comprovou a gravidez. Ainda não sabia o que fazer com isso. Não se animou. Não se orgulhou ou comemorou. Apenas sofreu, porque tinha ficado tão deprimida que se esqueceu de arranjar uma pílula. Mais um enorme erro e mais uma tonelada de culpa nas costas.

– Por favor, Richard. É a nossa família, a que você sempre quis... Proteja a nossa família! Só depende da sua decisão agora.

Matthew estava tão surpreso quanto devastado. Não sabia o que era verdade ou mentira no que Anna contava. Compreendia que ela falava coisas para deixar Richard tranquilo, para evitar que o marido atirasse; ainda assim, tudo o que saía da boca da mulher doía demais dentro dele. Era como se ele recebesse diversos tiros.

Richard hesitou. Apontava o revólver para Matthew e o olhar feroz para a esposa. Não sabia se podia confiar nela. Eles não transavam fazia um tempo. A última vez foi traumatizante e, na mesma noite, sabia que ela tinha fodido com o sr. Smith. Anna não sabia de quem era aquela criança. Não havia como saber.

Foi então que Richard se deu conta de que o sistema do sr. Campbell não lhe avisou a respeito de nenhuma fecundação. Ele era feito para isso. Com certeza teria alertado se Anna estivesse grávida. Os hormônios ficariam diferentes. Suas taxas mudariam. E sem dúvida Oliver Hans já lhe teria telefonado dando as boas notícias.

Richard chegou a apenas uma conclusão: Anna continuava mentindo. Sua mão mudou de direção. Apontou para o meio da testa da mulher.

– Sua mentirosa cretina. Não está grávida coisa nenhuma. Deve ser seca por dentro e só agora notei – sussurrou, com um ar bem doentio. – Maldito dia em que achei que podia confiar em você. Eu te amei com o meu corpo e a minha alma. Essa sua mentira descarada vai te custar alguns minutos, Anna. Você vai embora primeiro.

Richard não hesitou. Depois da última frase, apertou o gatilho e a arma disparou, provocando um estalido alto.

30

Naturalmente, Harvey Campbell e Oliver Hans foram convidados para a festa de quarenta anos de Richard. Os dois se encontraram em algum momento, após trocarem olhares sérios. Nenhum estava satisfeito com o outro, mas tinham certeza de que deveriam se unir para resolver aquele grande problema.

Campbell dava prioridade à pesquisa. E, apesar de o dr. Hans prezar pelo estudo, também estava preocupado com o casal de amigos. Os cientistas conversaram muito nos últimos dias, a fim de se protegerem de eventuais contratempos. Harvey se dispôs a apagar todos os rastros. Não havia qualquer registro que os incriminasse, ao menos não quando o assunto era o seu sistema.

Acharam mais vantajoso lavarem a mão um do outro.

– Dr. Hans... Que surpresa encontrá-lo nesta noite.

O sr. Campbell saudou-o em tom de ironia. Colocaram-se lado a lado. Harvey percebeu que Oliver não parava de encarar um ponto específico da festa. Olhou na mesma direção e viu Richard confraternizando com os convidados.

– Harvey – disse Hans, limitando-se ao murmúrio como saudação.

Oliver tomou um gole da sua taça de champanhe e continuou de olho no anfitrião. Richard parecia muito esquisito. Conhecendo-o de longa data, o dr. Hans tinha certeza de que o amigo não estava em seu estado normal. Como um bom pesquisador, avaliava todo e qualquer comportamento de Richard.

– Anna já anunciou a gravidez? – perguntou Harvey num tom baixo.

– Pelo visto, não. Deve estar sem sintomas ainda. Está muito cedo. Pode demorar a perceber e deve levar um tempo até anunciar.

– Não sei se tenho essa paciência. Não acha melhor falarmos a verdade, ao menos para ela? Assim Anna escolherá o que fazer.

Oliver negou devagar.

– Depois de tudo o que você me contou, sei que a verdade pode acarretar uma tragédia.

Com os olhos arrependidos, ele enfim encarou Harvey. Se pudesse voltar no tempo, Oliver jamais teria qualquer conversa com Richard a respeito daquela pesquisa.

– Anna é esperta. Quando souber da gravidez, ou até antes, vai transar com o marido e faremos como o planejado. Os dados no aplicativo de Richard trabalharão no tempo que quisermos e darão a notícia a ele. Final feliz para todos.

– E se ela não transar com Richard? Estamos esperando isso há dias. Essa mulher pode simplesmente o deixar e voltar para o amante.

– Como nós, ela não saberá de quem é a criança – murmurou Oliver Hans. Aquela parte ainda o chocava: achava que nunca seria capaz de contar tamanho absurdo para o amigo. – Anna não arriscaria a felicidade da família. Ela sabe que, do jeito que está... Vai ser difícil convencer Richard de que o filho é dele.

Harvey tinha outra opinião. Se dependesse de sua vontade, Anna já teria sido avisada, e o nanochip, retirado. Mas Oliver queria acompanhar a gravidez e traçara aquele plano maluco para aliviar a barra do casal.

O sr. Campbell não tinha certeza se era por preocupação com os amigos ou se havia um motivo egoísta envolvido. Era a primeira concepção do sistema, e os avanços seriam enormes com a amostra de uma grávida. Encontraram uma barreira genética interessantíssima e trabalhavam dia e noite atrás de soluções.

– Acha que voltarão ao normal? Que esse casamento vai prosseguir? – perguntou sr. Campbell, coçando a barba; ele duvidava muito.

Richard Coleman soube de detalhes que nenhum marido jamais deveria saber. Não dava para esquecer coisas como aquelas. Nunca confiaria em Anna de novo. O casamento estava fadado ao fracasso, e levá-lo adiante era tolice. Uma hora o empresário perceberia.

– Eu não sei, Harvey. Só estou torcendo para que tudo fique bem. – Oliver suspirou de cansaço. – Não vou tirar os olhos e os ouvidos do homem que sempre chamei de amigo, mas que agora desconheço.

– Não sei se Richard vai ficar convencido com a nossa resolução – prosseguiu sr. Campbell, um tanto reticente. – Ele fareja as mentiras como um cão treinado, Oliver. É um homem perigoso.

Oliver não considerava o amigo um perigo, apesar de ter se surpreendido com suas atitudes recentes. Sabia que tinha a personalidade forte, que era orgulhoso e muito inteligente, mas nunca que faria algo grave contra Anna ou qualquer pessoa. Ainda assim, ficou calado. Seu dever era desconfiar e permanecer atento.

Foi a atenção de Oliver Hans que o permitiu acompanhar o momento exato em que Richard se retirou da festa, com um olhar que parecia feroz. O cientista não hesitou; começou a acompanhá-lo de longe.

Harvey percebeu a inquietação de Hans e também o seguiu na surdina. Queria conferir o que estava acontecendo, e se os amigos mancomunariam contra ele.

Dr. Hans percebeu quando Richard entrou na casa depressa e adentrou o escritório. Monitorou seus passos, usando os tantos cômodos da casa para se manter escondido. Harvey fez o mesmo. Depois de alguns minutos, o empresário saiu e, com os mesmos passos largos, seguiu em direção à saída lateral da mansão, rumo à parte mais afastada do jardim.

Oliver continuou acompanhando-o. Deixou Richard vários passos à frente e quase o perdeu, até que ouviu o ruído de uma porta de madeira se fechando no escuro. O dr. Hans era um frequentador daquela casa e sabia que se tratava do porão. Richard colocava ali todas as coisas que seu vasto dinheiro podia comprar e ele não tinha onde guardar.

O homem se esgueirou para ouvir atrás da madeira.

– O que está fazendo? – perguntou Harvey, surgindo atrás de si.

O cientista quase caiu na grama, tamanho o susto. Encarou Harvey com um olhar raivoso.

– Shhh... Cala a boca. Tem alguma coisa acontecendo ali dentro.

Oliver apontou para a entrada do porão, e os dois homens se contorceram para ouvir. Escutaram gemidos, gritos, tons de ordem. Através das frestas da porta, tentaram ver o que acontecia. Oliver se esgueirou o bastante para enxergar, de modo muito fraco, a presença de um revólver.

– Puta que pariu, ele está armado! – sussurrou, quase empurrando Harvey.

Os dois voltaram a se contorcer e, enfim, constataram que a tragédia anunciada acontecia naquele exato momento.

– Porra.

– O que faremos?

– Chame a polícia. Vou tentar entrar sem ser visto e impedir que uma desgraça aconteça.

Harvey arregalou os olhos de espanto. O coração dos cientistas batia de maneira frenética.

– Você ficou maluco? Não se coloque no meio da mira de um revólver, Oliver.

– Fui eu que causei isso.

O dr. Hans estava movido pela culpa. Ganhou uma súbita coragem para amenizar o grande erro que tinha cometido. Sabia que nunca teria paz se aquela arma fosse acionada.

– Chame a polícia, depressa!

Harvey se afastou e sacou o celular do bolso, enquanto Oliver Hans encontrava um jeito de avançar sem piorar a situação. Continuou ouvindo muito choro, gritos e ameaças, mas quase não distinguia nenhuma palavra. O ferrolho da porta era duro demais para que passasse despercebido. Provocaria barulho de qualquer modo. Sua cautela talvez não surtisse efeito algum.

– Droga... Porra... – xingava, enquanto tentava adentrar.

Seu coração sofreu uma súbita sensação de congelamento quando, de repente, ouviu o barulho de um tiro. Adiante, Harvey também ouviu e berrou de euforia.

Dentro do porão, Matthew gritou bem alto e se jogou na frente de Anna Coleman.

– NÃO!

A voz do rapaz ecoou intensa, mas nada faria um projétil voltar para o cartucho depois de acionado com tanta decisão.

O olhar de Richard Coleman exigia sangue. Estava no auge de sua irracionalidade, completamente tomado pelo ódio. O monstro, enfim, conseguiu a plena liberdade, e o empresário fez o que quis desde que soube da traição.

No entanto, Matthew Smith se colocou no caminho como um super-herói, e a bala atravessou a mão estirada do rapaz. O projétil seguiu seu curso a toda velocidade e rasgou a carne da lateral de seu rosto, até se perder no fundo de uma estante. O sangue espirrou da mão e da cabeça de Matthew, que caiu por causa da tontura súbita.

Anna soltou um berro animalesco e encarou Richard. Tinha certeza de que Matt estava morto.

– O QUE VOCÊ FEZ? – vociferou ela, tomando coragem para dar muitos passos para frente.

Seu rosto estava tomado pelas lágrimas, assim como o de Richard.

– O QUE VOCÊ FEZ, RICHARD?

– Você é a próxima – resmungou ele, cuspindo saliva.

A arma ainda estava apontada, e Richard a engatilhou. Anna ouviu aquele ruído tão característico quase sem acreditar no que o marido foi capaz de fazer.

– Diga suas últimas palavras.

Anna não achava que merecia ficar viva, não depois do corpo de Matthew cair inerte no chão. Ela sabia que, se alguém se machucasse naquela noite, tinha que ser ela. Não conseguiria viver com a culpa de ter acabado, literalmente, com a vida de alguém. Foi por isso que a mulher manteve o olhar mais frio na direção de Richard.

– Eu estou mesmo grávida – disse, entredentes, com a raiva também gritando em seu corpo, e abriu os braços de modo dramático. – Mate. Mate a mim e a essa criança.

Richard estava em negação. Usou a mão esquerda e o cano do revólver para coçar a cabeça, misturar os fios do cabelo em plena loucura. Ele sabia que não era possível. Por que raios Anna mentia na hora de sua morte? Não fazia sentido. Ela morreria levando inverdades para o túmulo. O que mais ela tinha a perder?

– Cala a boca! – gritou Richard, ainda massageando o crânio.

– Não há um motivo, Richard! – prosseguiu Anna. – Fui feliz ao seu lado, fui fiel enquanto pude, fui sua cúmplice e melhor amiga, estive sempre com você, eu te amei!

O homem começava a se contorcer. Deu vários passos para trás. A respiração ofegante provocava um ruído alto e se misturava ao choro de Anna.

– Não sei explicar o que houve. Tentei me manter correta. Mas não sei por que te traí, não sei por que precisou ser com Matthew, mas fiz isso e foi errado. Só que agora me pergunto o que mudaria se eu tivesse feito tudo certo. Se tivesse pedido o divórcio no primeiro instante. Você me respeitaria?

– Cala a boca, Anna! Você não tem o direito de...

– VOCÊ NÃO TEM DIREITOS SOBRE MIM! – gritou ela, tão forte que a voz esganiçou. – Você não é dono do meu corpo, não é o meu dono, nem nunca foi! Eu me entregava a você porque era a MINHA escolha, a MINHA vontade e o MEU desejo.

Richard voltou a mirar a arma na direção dela. Estava mais louco do que antes. Chorava e tremia, começava a esmorecer com tantos sentimentos conflitantes. Mal conseguia sustentar o perigoso objeto em sua mão.

– Não vou voltar atrás – definiu, enfim, completamente trêmulo. – Seu amante já está morto. Não há felicidade para nós neste mundo.

A mulher gemeu de agonia.

– Eu te amo, Anna.

No último instante, Oliver Hans conseguiu abrir a porta e jogar o próprio corpo contra Richard. A arma disparou e caiu das mãos do homem, que soltou um grito endiabrado. Anna Coleman agiu rápido, chutou o revólver para debaixo de uma das estantes e, enfim, seu marido percebeu que havia falhado naquela última missão.

– NÃO! – gritava Richard, enquanto Oliver tentava contê-lo.

Sua força foi tamanha que ele conseguiu jogar o cientista para o lado. Em seguida, encarou Anna e se aproximou. Ergueu as mãos para puxá-la pelos cabelos e submetê-la com as próprias mãos. Mataria a esposa de qualquer modo, custe o que custasse, porque não sairia daquele porão sem dar o seu desfecho cruel.

Foi quando Matthew Smith deu uma rasteira nas pernas de Richard. O rapaz sangrava muito e estava um tanto desnorteado, mas ainda não tinha perdido a consciência e usou suas forças para arrancar aquele homem de perto de sua amada. Richard caiu no chão, e então os dois homens, Oliver e Matthew, se juntaram para contê-lo.

Um tanto distante, Richard ouviu sirenes. Soltou um grito e tentou fugir outra vez, mas Anna, pensando rápido, encontrou uma rede de pesca antiga sobre um dos armários de ferro. Agitou-a sobre o homem, e os dois que tentavam segurá-lo amarraram-no com força, colocando os braços do empresário para trás.

Ao se perceber fora de perigo e entender que Matt estava vivo, ainda que muito machucado, Anna caiu sentada no chão. Seu marido se contorcia, Matthew sangrava e tonteava, Oliver berrava para que Richard ficasse quieto. Foi o maior pesadelo pelo qual a mulher já passara em toda a sua existência.

– Não pode deixar que me prendam, Oliver! – berrou o empresário.

A força que fazia para se mover era tamanha que o nariz começou a sangrar. Os berros que soltava espalhavam saliva e sangue pelos ares.

– Vou acabar com a sua pesquisa! Você vai se arrepender!

– Somos quatro testemunhas contra você, Coleman. – Oliver tentava manter a calma, mas também ofegava. – Pagará pelo que fez. Nunca deveria ter te sugerido o uso desse nanochip. Você obrigou sua esposa a usar um dispositivo sem consentimento!

Furioso, Richard urrou. E Anna fez uma careta, sem entender nada.

– Nanochip? Do que estão falando?

Matthew não conseguiu mais aplicar força no empresário. Todas as suas energias se esvaíram. A bala não parecia ter atingido um órgão importante, mas sua mão fraquejava e o sangue escorria da cabeça. Caiu no chão, cambaleante, e a mulher o capturou em seus braços. Anna chorava enquanto o olhava de perto, percebendo que ele ainda corria risco.

– Ele precisa de um hospital! Ajude, Oliver, por favor!

– E AINDA SE PREOCUPA COM ESSE DESGRAÇADO!?

Foi o último grito que Richard deu naquela noite. Poucos instantes depois, policiais adentraram no porão e declararam o flagrante.

Levaram o homem sem dificuldades, porque ele desistiu de fugir. Tinha sido pego, afinal.

Matthew seguiu para o hospital, e, apesar de querer acompanhá-lo, Anna teve que seguir para a delegacia com Oliver e Harvey. Alguém precisava prestar queixa.

O sr. Campbell foi muito discreto. Esperou a polícia chegar à mansão e os desviou pelos fundos na direção do porão, sem alardes. As pessoas na festa continuaram a comemoração sem perceber o que estava acontecendo.

* * *

Quando Anna Coleman saiu da delegacia, com os saltos altos em mãos, os cabelos assanhados e a maquiagem borrada do tanto que chorou, sentia-se acabada. Encontrou Oliver sentado em um dos bancos. Ele se levantou quando a viu.

– Anna... Precisamos conversar.

– Acredito que agora não seja um bom momento – murmurou ela, sem forças.

Anna precisava saber se Matthew estava bem. Se já estava fora de perigo. Quando tivesse essa certeza, pretendia dormir, e o seu desejo era de nunca mais acordar.

– Não posso aguardar mais – insistiu Oliver. – Foi ter ficado calado que fez tudo isso acontecer. Por favor, queira me acompanhar até o meu laboratório. Vou te explicar o que houve... E o que está ocorrendo neste momento.

O olhar agravado do dr. Oliver Hans fez Anna aceitar a solicitação.

* * *

Quando a empresária soube tudo o que Richard fez, começando com o nanochip, o experimento com os participantes, o monitoramento diário e cada detalhe daquela sujeira, seu sofrimento aumentou. Por outro lado, também surgiu uma vontade incontestável de sobreviver àquilo. Ela errou muito ao ser infiel, mas o seu marido, para agir daquele modo, só podia ser um homem inescrupuloso.

Coisas muito piores podiam ter acontecido. E se tivessem tido uma família? Anna não quis pensar a respeito. As possibilidades eram bizarras. Se Richard sentia que não conhecia Anna, a mulher passou a nutrir o mesmo sentimento em relação ao marido.

Mas assim que Oliver deu a última informação necessária, ela caiu em outro choro copioso. Não podia prever as façanhas do destino. Em nenhuma de suas mais loucas imaginações, chegaria a uma conclusão tosca como aquela. Sentiu como se tivesse levado uma facada, um tiro, algo poderoso o suficiente para lhe remover o chão.

Anna compreendeu que nunca, jamais, poderia ficar ao lado de Matthew Smith. Suas esperanças foram todas removidas de uma só vez, e ela enfim percebeu que ter sucumbido a um desejo tão forte foi o mesmo que se atirar de um precipício.

Epílogo

Quatro meses depois

O que garante a felicidade?

Anna havia penado o bastante até descobrir que ser feliz era ser capaz de fazer escolhas. Nunca foi a casa grande, o carro importado ou o sucesso da empresa. Não estava nas roupas elegantes, nas condições sociais favoráveis, no quanto era influente ou mesmo no seu casamento, que sempre lhe pareceu satisfatório... Até deixar de ser.

Foi difícil buscar algumas compreensões. Anna pensava muito sobre a intuição intrínseca, que costumava usar em seus negócios ou quando o assunto era arte. Não era descartada a probabilidade de que uma parte de seu interior soubesse que, mesmo diante de tanta perfeição, algo em seu relacionamento estava errado.

Embora não soubesse dizer o quê.

Demorou um tempo para que a empresária aceitasse tal destino. Precisou acolher a ideia de que a vida tem a sua fluidez, nada é rígido ou para sempre. Pessoas mudam, ideias se modificam, pensamentos e sentimentos se transformam diante da força do tempo. Ninguém ficava imune ao decorrer dos dias. Seja evoluindo, lutando, aprendendo ou errando, o tempo passa, e a água que corre no rio nunca é a mesma a cada instante.

Seria possível que seu corpo tivesse mudado de ideia. Por que não? O que lhe parecia bom e agradável um dia deixou de ser. Descobriu prazeres diferentes, energias propulsoras que a levaram a outros caminhos, tão distintos do que planejou. O ideal nem sempre é alcançável e, quando sim, também pode mudar.

Do que ela jamais gostaria de se desfazer era de seu poder de decisão. Não queria nunca mais deixar que a culpa ou o remorso lhe arrancassem a vontade de viver e ser feliz. Richard havia feito isso. Não respeitou seu limite primário, a necessidade de privacidade inerente aos pensantes. Estando certa ou errada, nem ele nem ninguém jamais teria o direito de seguir seus passos como se ela fosse uma fugitiva.

Anna percorreu aquele corredor com a cabeça erguida. O tempo que passou foi fundamental para tomar essa coragem. Fez um grande pedido a Oliver: queria ser a responsável pelo seu destino, sem que ninguém se achasse no dever de fazer o que era de sua responsabilidade. Removeu o nanochip naquele mesmo dia e esperava ficar bem longe da pesquisa daqueles cientistas. Para ela, não interessava saber os mistérios do sexo, tomar um remédio que trouxesse satisfação ou enlatar o prazer e aquela força que a empurrou ao longo dessa história mirabolante.

As pessoas seguiam o ideal sem ter a mínima noção de que depois da linha de chegada ainda há um longo caminho.

Anna parou de frente para um homem carrancudo, que abriu a porta indicada, permitindo o seu acesso a uma pequena sala, composta de apenas uma mesa e duas cadeiras na frente uma da outra. Em uma delas, estava Richard Coleman com as algemas nos punhos. Um animal enjaulado.

O homem a olhou com a expressão espantada. Ela sabia que causaria esse efeito, e fez questão de usar um vestido preto justinho para deixar aparente a protuberância em seu ventre. O bebê que carregava com todo o amor que lhe era possível.

Richard marejou, mas se manteve calmo. Perguntava-se quando ela teria coragem de visitá-lo, e se um dia faria isso. Seu foco era sair dali o mais depressa que pudesse, mas levaria alguns anos. Já tinha perdido Anna há tempos. Existia apenas porque respirava, e sem dúvida não imaginava que teria aquela notícia.

Ele se enganou, Anna não havia mentido.

– Você está mesmo grávida? – falou em um murmúrio, sentindo-se novamente traído.

Richard recebia visitas periódicas de Oliver, que ia vê-lo apenas para mantê-lo na linha. Para proteger sua pesquisa.

– Por que ninguém me disse isso?

– Porque este é o meu corpo – disse Anna, sentando-se à frente dele e encarando-o com uma seriedade gritante. – É a *minha* vida. E você só saberia sobre mim quando *eu* quisesse, quando estivesse pronta.

Richard prendeu os dentes com força. Não sabia se gritava de alegria ou se chorava, porque não fazia ideia de quem era aquela criança. Pelo olhar determinado de Anna, pelo seu porte altivo, que retornou depois de semanas de puro sofrimento, não podia ser de alguém que lhe trouxe um nível alto de angústia.

– Veio aqui me dizer que este bebê é dele? – grunhiu Richard, seco.

Anna negou com a cabeça.

– Eu vim aqui trazer dois documentos importantes.

A mulher retirou de sua bolsa o primeiro envelope. Abriu-o e colocou-o na frente do homem emburrado, completamente modificado pela vida dentro da cadeia. O inferno dele prosseguia. Já Anna se sentia com uma nova chance e tentava voar na direção de seu próprio céu.

– O primeiro deles é o divórcio. Peço que assine sem alardes, pois não tenho tempo para dramas. E agradeço por ter sugerido a separação de bens. Como eu era boba naquela época... – Riu sozinha, sob o olhar firme do homem. – Com certeza será muito útil para nós agora. Cada qual fica com o que é seu.

Richard continuou com a mandíbula presa. Sentia tanta raiva daquela situação que estava prestes a gritar, mas, se fizesse isso, com certeza nunca mais veria Anna e não saberia o que havia no outro documento. Sua curiosidade sempre foi inquestionável. Ele possuía a amarga sede da verdade.

Resignado, e sabendo que não teria outro jeito, Richard pegou a caneta que Anna ofereceu e assinou a papelada sem objeções. De novo, teve de lidar com aquela emoção azeda, a sensação intragável de tê-la perdido para sempre. O que o fizera quase cometer uma loucura. Anna tirou dele a felicidade, a sanidade e a liberdade.

Sempre a culparia, até o seu último suspiro.

– O segundo é um teste de DNA.

Richard arregalou os olhos. Pegou o segundo papel como quem esperava o veredito para sua sentença de morte. Esperou que fosse o resultado para saber quem seria o pai da criança. No entanto, deparou-se com outras informações. Algo que ele não previa. O teste não era entre ele o bebê que Anna carregava, mas entre ele e o odiável Matthew Smith.

O mais impressionante de tudo era o resultado pulsando no fim da página.

Probabilidade de paternidade: 99,999978708195%

– O que... Mas o que significa isto?

A pergunta de Richard saiu com o timbre esganiçado. O rosto se esquentou completamente enquanto os olhos abriam até o limite. A cabeça doeu como se tivesse sido espancada.

– É o que é – murmurou Anna. – Matthew Smith é o seu filho.

Richard quase teve um desmaio na frente da mulher. O rosto empalideceu, e ele precisou de um minuto para restabelecer o controle do corpo. Enquanto respirava forte e o coração batia acelerado, pensava no seu passado.

Sua mente navegou para muitos anos atrás, quando Richard tinha dezessete anos. Lembrou-se da empregada da família. Dos momentos loucos que tiveram dentro da própria casa, escondidos. Ele ainda estava experimentando a sexualidade, aprendendo a viver. Achava tudo muito divertido e era bobo demais para nutrir qualquer responsabilidade, até que a funcionária disse que estava grávida.

Não teve outra opção além de contar aos pais. Eles prontamente a demitiram, pagaram uma clínica para que ela fizesse um aborto e sumiram com a mulher para sempre. Richard nunca mais a encontrara em parte alguma. Era só um adolescente irresponsável. Não fez muitas perguntas aos pais. Estava estudando para ingressar em uma boa faculdade, e seu foco inteiro estava nisso. Jamais passou pela sua cabeça a possibilidade de ter um filho vivo, nascido.

– Anna, eu...

– Busquei saber a história com a sua mãe. A velha mal me olhou nos olhos – continuou Anna, muito séria. – Saiba que a funcionária foi jogada na rua como um animal, com seu filho. Mais ou menos a mesma coisa que você tentou fazer comigo.

– Eu não sabia, Anna – disse Richard, negando com a cabeça. – Era um adolescente, eles disseram que iam resolver... Eu não sabia!

Anna assentiu.

– Acredito em você, mas pouco importa agora. Ele é seu filho, e você quase o matou.

Richard rosnou, furioso:

– E você dormiu com ele!

Seu autocontrole ameaçava sumir outra vez.

– Sim. Dormi.

Anna se levantou devagar. Recolheu apenas a papelada do divórcio, pois deixaria aquele teste de DNA de presente para o ex-marido.

– Não vai me dizer de quem é esta criança?

Richard acenou para o ventre dela. Odiou-o. Ainda que fosse seu, detestou o fruto que Anna carregava no primeiro instante em que o viu. Jamais seria capaz de amá-lo. Saber disso o fez derramar mais lágrimas.

– Eu não sei nem saberei. – Anna chacoalhou os ombros. – Entre dar à luz o fruto de um abuso e gerar uma criança proveniente de um momento intenso de amor, cuidado e prazer, prefiro a segunda opção. Você nunca será pai de um filho meu, Richard. Nunca.

O homem rosnou.

– Anna, eu posso ser pai ou avô desse infeliz. EXIJO SABER A RESPOSTA!

A mulher se curvou na frente dele. Sabia que não seria atingida, porque os punhos do homem estavam devidamente presos. Seus olhos o encararam com seriedade e uma determinação impressionante. Ela estava muito certa de sua decisão.

– Você não tem o direito de exigir nada. E, reitero, jamais será NADA dessa criança. Espero que mofe aqui dentro e saiba que foi o seu ego que te colocou aí, não eu.

Richard soltou um rosnado alto, escandaloso, mas Anna não se afetou. Virou as costas e foi embora de uma vez. Sua pretensão era seguir para bem longe de Fort Lauderdale, e organizou a vida inteira para que falar com o ex-marido fosse a última coisa que fizesse na Flórida.

A mulher pegou um táxi rumo ao aeroporto. Deixou a maioria dos pertences para trás. Não queria nada que tivesse a ver com Richard.

Assim que se sentou no banco, colocou a mão sobre a barriga e respirou aliviada. Sentia-se mais livre do que nunca. Pronta para a nova fase de sua vida. Nova York a esperava.

Depois de saber que Matthew ficaria bem, precisou reavaliar sua trajetória e se redescobrir. Tiveram uma longa e difícil conversa. Matt não fez nada e avisou que jamais faria qualquer coisa a respeito da notícia que recebeu. Não exigiria porcaria alguma de Richard Coleman e, no fundo, preferia não ter sabido o nome do pai.

Aquele sujeito foi tão cruel para a sua vida que não bastou afetar o seu início; teve que atrapalhar também outra fase importante, em que ele conquistava sucesso na carreira. Foi Richard que o arrancou de Anna, porque a mulher percebeu que nunca poderia tocá-lo sem se sentir esquisita. Ela tomou a decisão, e Matt não pôde fazer nada além de respeitar.

Seu grande defeito estava no sangue.

Anna nunca tiraria a criança, disso tinha certeza absoluta. E não queria saber de quem era, apenas que a amaria e cuidaria com toda a dedicação possível. Matthew tentou convencê-la a deixar que participasse daquela etapa. Foi em vão. Por fim, o rapaz achou que seria horrível tirar da mulher o direito de escolher, sobretudo depois de ter seu corpo corrompido por aquele monstro.

Matt a compreendia. Era difícil, muito difícil.

Ainda assim, esperava que, um dia, o destino os juntasse outra vez. Aguardava o momento em que se olhariam de novo e seus corpos agiriam sozinhos, como sempre. Ele tinha muita fé na energia que os impulsionava. Sabia que Anna, em um instante perdido no tempo, encararia seus olhos e se arrepiaria novamente, e Matt estaria pronto para isso.

Nutria uma esperança avassaladora naquele desejo desenfreado.